楚辞全鉴

（战国）屈原◎著

孙红颖◎解译

中国纺织出版社

内 容 提 要

《楚辞》是我国第一部浪漫主义诗歌和骚体类文章总集。全书以屈原作品为主，其余各篇也是承袭屈赋的形式。其运用楚地的文学样式、方言声韵和风土物称等，具有浓厚的地方色彩，故名《楚辞》。《楚辞》开创了中国浪漫主义文学诗篇之先河，是继《诗经》之后，对中国文学最具深远影响的一部诗歌总集。

图书在版编目（CIP）数据

楚辞全鉴 /（战国）屈原著；孙红颖解译. —北京：中国纺织出版社，2016.2（2019.9 重印）

ISBN 978-7-5180-2239-7

Ⅰ. ①楚… Ⅱ. ①屈… ②孙… Ⅲ. ①古典诗歌—诗集—中国—战国时代②楚辞—译文③楚辞—注释 Ⅳ. ① I222.3

中国版本图书馆 CIP 数据核字（2015）第 295536 号

策划编辑：段子君　　　　责任印制：储志伟

中国纺织出版社出版发行
地址：北京市朝阳区百子湾东里A407号楼　邮政编码：100124
销售电话：010－67004422　传真：010－87155801
http://www.c-textilep.com
E-mail:faxing@c-textilep.com
中国纺织出版社天猫旗舰店
官方微博 http://weibo.com/2119887771
佳兴达印刷（天津）有限公司印刷　各地新华书店经销
2016年2月第1版　2019年9月第5次印刷
开本：710×1000　1/16　印张：20
字数：233千字　定价：38.00元

凡购本书，如有缺页、倒页、脱页，由本社图书营销中心调换

前言

　　楚辞又称"楚词"，是战国时代的伟大诗人屈原创作的一种新诗体。《楚辞》是中国文学史上第一部浪漫主义诗歌总集，对后世文学诗歌的创作有着极其深远的影响。

　　"楚辞"这一名称，最早见于西汉前期司马迁的《史记·酷吏列传》。在汉代，楚辞也被称为辞或辞赋。汉成帝时，刘向整理古文献，将楚国人屈原、宋玉的作品以及汉代人淮南小山、东方朔、王褒、刘向等人承袭模仿屈原、宋玉的作品汇编成集，共十六篇，定名为《楚辞》。汉武帝时，淮南王刘安编纂的《离骚传》，是历史上最早的一部关于楚辞作品的注本，不过久已失佚。继刘安之后，相继出现了不少《楚辞》注本。东汉汉元帝初年，王逸给刘向所编的《楚辞》作注，又增入己作《九思》，命名全书为《楚辞章句》，成《离骚》《九歌》《天问》《九章》《远游》《卜居》《渔父》《九辩》《招魂》《大招》《惜誓》《招隐士》《七谏》《哀时命》《九怀》《九叹》《九思》十七篇，是现存最古的一种注本，成为后世通行本。

　　《楚辞》灵活地运用了楚地（今湖南、湖北一带）的文学样式、方言声韵，叙写着楚地的山川江河、人物风情，使文中的声韵、歌调、思想乃至精神风貌具有鲜明的楚地特色，如宋人黄伯思所说，"皆书楚语，作楚声，纪楚地，名楚物"。全书以屈原作品为主，其余各篇也都承袭屈赋的形式。由于屈原的《离骚》是楚辞的代表作，所以楚辞又被称为

"骚"或"骚体"。

  《楚辞》是继《诗经》四言体后出现的一种新诗体。它的出现，打破了《诗经》以后两三个世纪的沉寂而在诗坛上大放异彩，开始了我国诗歌史上继《诗经》之后的第二个重要时期。

  《楚辞》突破了《诗经》以四言为主的句式，汲取南地楚歌的韵调和句式，采用散文化的长句，以六言为主，长短相间，灵活多变，独创了一种参差错落、灵活多变的新体式，扩大了诗歌的表现力。在结构形式上，它把《诗经》整齐短小的重章叠句发展成为"有节有章"的长篇巨幅，更适合表现繁复的社会生活内容和抒写在较大时段跨度中经历的复杂情感。在语言上，采用了大量的楚国地名、物称、方言、口语等，使诗歌语言生动、形式活泼；比兴夸饰与神话传说的广泛运用，使诗歌具有强烈的浪漫主义色彩。《诗经》和《楚辞》一起构成了中国古代诗歌史上的两大源头，分别开创了中国古代诗歌现实主义和浪漫主义的先河，成为中国古代诗歌史上的"双璧"，在中国文学史上有着特殊的意义。

  因为《楚辞》中的语言习惯、社会背景等都年代久远，对于当代读者来说比较陌生，为了能较好地理解《楚辞》作品，从中领略楚辞的精粹，我们特编写了《楚辞全鉴》一书。

  本书以权威版本的《楚辞补注》为底本，通过题解、注释、译文三部分对《楚辞》中的每篇诗文进行诠释。每篇前的题解以简明精要的语言阐述篇章概要；注释主要对文中难理解和多解的字词和文化常识加以注解，注释语言力求简明准确，尽可能让读者理解诗文，参透诗词的蕴意；译文则力求直译，不妄加改动、随意增减，便于读者更清晰地理解诗文本意，品悟其中深厚的内涵。希望此书能够帮助您轻松学习《楚辞》，增长知识。

解译者
2015 年 11 月

目录

离骚 ………………………………………… 1

九歌 ………………………………………… 25

　◎ 东皇太一 …………………………… 26

　◎ 云中君 ……………………………… 27

　◎ 湘君 ………………………………… 29

　◎ 湘夫人 ……………………………… 32

　◎ 大司命 ……………………………… 35

　◎ 少司命 ……………………………… 37

　◎ 东君 ………………………………… 39

　◎ 河伯 ………………………………… 41

　◎ 山鬼 ………………………………… 43

　◎ 国殇 ………………………………… 46

　◎ 礼魂 ………………………………… 47

天问 49

九章 69
  ◎ 惜诵 70
  ◎ 涉江 76
  ◎ 哀郢 81
  ◎ 抽思 86
  ◎ 怀沙 92
  ◎ 思美人 97
  ◎ 惜往日 101
  ◎ 橘颂 107
  ◎ 悲回风 109

远游 117

卜居 129

渔父 133

九辩 137

招魂 153

大招 165

惜誓 175

招隐士 181

七谏 185

- ◎ 初放 …… 186
- ◎ 沉江 …… 188
- ◎ 怨世 …… 192
- ◎ 怨思 …… 196
- ◎ 自悲 …… 198
- ◎ 哀命 …… 201
- ◎ 谬谏 …… 204

哀时命 …… 211

九怀 …… 219

- ◎ 匡机 …… 220
- ◎ 通路 …… 222
- ◎ 危俊 …… 225
- ◎ 昭世 …… 227
- ◎ 尊嘉 …… 230
- ◎ 蓄英 …… 233
- ◎ 思忠 …… 235
- ◎ 陶壅 …… 237
- ◎ 株昭 …… 240

九叹 …… 243

- ◎ 逢纷 …… 244
- ◎ 离世 …… 248
- ◎ 怨思 …… 252
- ◎ 远逝 …… 256
- ◎ 惜贤 …… 260
- ◎ 忧苦 …… 264

- ◎ 愍命 ……………………………… 267
- ◎ 思古 ……………………………… 271
- ◎ 远游 ……………………………… 275

九思 ………………………………… 281

- ◎ 逢尤 ……………………………… 282
- ◎ 怨上 ……………………………… 285
- ◎ 疾世 ……………………………… 288
- ◎ 悯上 ……………………………… 291
- ◎ 遭厄 ……………………………… 293
- ◎ 悼乱 ……………………………… 296
- ◎ 伤时 ……………………………… 299
- ◎ 哀岁 ……………………………… 303
- ◎ 守志 ……………………………… 306

参考文献 ……………………………… 311

离骚

【题解】

《离骚》是战国时期著名诗人屈原的代表作,是我国古代最长的一首政治抒情诗。关于诗题《离骚》的解释历来异说纷呈,而联系作品实际,本书认为"遭受忧患"及"离别忧愁"之说较为确切。

《离骚》共三百七十三句,二千四百余字,可分十二章。依次追述家世、姓名的由来,历数上古君主尧、舜、桀、纣等人的为政得失,申述诗人远大的政治抱负和在政治斗争中遭受的迫害,对楚国的黑暗现实进行了揭露和批判,对幻想中的美政理想进行了热情的讴歌,表达了诗人追求政治革新、振兴楚国的美好愿望,反映了诗人不与邪恶势力同流合污的斗争意志和不惜以身殉国的崇高精神。

《离骚》是楚辞的灵魂篇章,其篇幅之长、文采之美、想象之丰富、气势之宏伟、感情之强烈,在古典诗歌宝库里首屈一指,不愧为我国浪漫主义诗歌的典范。

【原典】

帝高阳之苗裔兮①，朕皇考曰伯庸②。摄提贞于孟陬兮③，惟庚寅吾以降④。皇览揆余初度兮⑤，肇锡余以嘉名⑥。名余曰正则兮⑦，字余曰灵均⑧。纷吾既有此内美兮⑨，又重之以修能⑩。扈江离与辟芷兮⑪，纫秋兰以为佩⑫。汩余若将不及兮⑬，恐年岁之不吾与⑭。朝搴阰之木兰兮⑮，夕揽洲之宿莽⑯。日月忽其不淹兮⑰，春与秋其代序⑱。惟草木之零落兮⑲，恐美人之迟暮⑳。不抚壮而弃秽兮㉑，何不改乎此度㉒？乘骐骥以驰骋兮㉓，来吾道夫先路㉔。

【注释】

①帝：先秦的"帝"字，直至战国中期，指的都是天神、天帝。夏以后的人间君主称为"后"或"王"，而不称"帝"。古氏族为了美化自己的世系，都要托祖于天神天帝，自称是某"帝"或某"神"的后裔。高阳：即古代帝王颛顼（zhuān xū）的别号，传说为高阳部落首领，实际上是楚人崇拜的天帝，是太阳神。苗裔（yì）：苗，初生的禾本植物。裔，衣服的末边。这里苗裔连用，喻指子孙后代。兮：语气词，楚国方言，相当于现代汉语的"啊"。②朕：我，上古时代的第一人称代词，至秦始皇二十六年（前221年），诏定为封建帝王自称的专用词。这里是屈原自称。皇考：对亡父的尊称。皇，大、美、光明。考，在先秦西汉的典籍里，有时指从祖父以上的先人，有时仅指亡父，东汉以后，专指亡父。伯庸："皇考"的名或字，不见经传，可能是化名。③摄提：这里指"摄提格"的简称。战国时代根据岁星（木星）的运行纪年。木星绕日一周约十二年，以十二地支表示，寅年名摄提格。贞：正。孟：开端。陬（zōu）：农历正月的别名。正月是一年的开始，故称"孟陬"。夏正建寅，夏历正月也即寅月。④惟：句首发语词。庚寅：屈原出生的日子，纪日的干支。寅年寅月寅日，古人认为是难得的吉日。降（古音hóng）：诞生、降生。本意指从天降临，这里屈原自言天生。⑤皇：即上文"皇考"的省略。览：观察。揆（kuí）：揣测，衡量。初

度：指初生的时节，即生辰。⑥肇：同"兆"，占卜的意思。锡：同"赐"，送给。⑦正则：公平而有法则，这是对屈原名"平"的解释。⑧灵均：灵善而均调，这是对屈原字"原"的解释。⑨纷：美盛的样子。内美：先天具有的内在的美好品德。⑩重(chóng)：加上。修：美好，优秀。能：才能。修能，即优秀的才能。⑪扈(hù)：披，楚地方言。江离：江蓠，一种香草。辟：幽僻的地方。芷：幽香的芷草。⑫纫：楚地方言，连接，联缀。秋兰：香草名。以为：以之为。佩：佩戴。⑬汩(yù)：楚地方言，水流得很快的样子，这里指时光飞逝。不及：赶不上。⑭不吾与：即"不与吾"的倒装，意思是不等待我。⑮搴(qiān)：拔取。阰(pí)：大的山坡。木兰：香树名，又称黄心树，紫玉兰，皮似桂而香，状如楠树，高数仞，相传去皮而不死。⑯揽：采摘。洲：江河中的陆地。宿莽：一种经冬不死的香草。⑰忽：过得很快的样子。淹：通"延"，逗留，停留。⑱代序：轮流。序，通"谢"，过去，逝去。⑲惟：想。⑳美人：这里指楚怀王。迟暮：比喻晚年。㉑不："何不"的省文，"为什么不"的意思。抚壮：趁着盛壮之年。秽：指污秽的行为。㉒度：态度。㉓骐骥：骏马，这里比喻贤能的人。驰骋：纵马疾驰，奔驰。㉔道：通"导"，引导。夫：语气助词。先路：前面的路，即先王的路。

【译文】

我是天帝高阳氏的后裔，我已去世的父亲名字叫伯庸。岁星正好在寅年的孟春月，我从天降临。父亲仔细揣测我的生辰，通过卦兆赐给我相应的美名：给我取名叫作正则，同时起字叫作灵均。天赋给我很多内在的美好品质，再加上有外在的出众才能。披戴着江蓠和芷草，把秋兰结成佩环挂在身上。光阴似箭我怕赶不上，岁月不等待人令我心慌。早晨我在坡地上拔取木兰，傍晚在小洲中采摘宿莽。时光迅速逝去从不停下脚步，四季更相交替永无止境。想到草木在西风里一片片凋零，恐怕楚王步入衰残的暮年。为什么不趁着盛时抛弃污秽啊，为何还不改变你的态度？骑上千里马纵横驰骋吧，来吧，我在前面为你引导开路！

【原典】

昔三后之纯粹兮①，固众芳之所在②。杂申椒与菌桂兮③，岂维纫夫蕙茝④？彼尧舜之耿介兮⑤，既遵道而得路⑥。何桀纣之猖披兮⑦，夫唯捷径以窘步⑧。惟夫党人之偷乐兮⑨，路幽昧以险隘⑩。岂余身之惮殃兮⑪，恐皇舆之败绩⑫。忽奔走以先后兮，及前王之踵武⑬。荃不察余之中情兮⑭，反信谗而齌怒⑮。余固知謇謇之为患兮⑯，忍而不能舍也。指九天以为正兮⑰，夫唯灵修之故也⑱。曰黄昏以为期兮，羌中道而改路⑲。初既与余成言兮⑳，后悔遁而有他㉑。余既不难夫离别兮㉒，伤灵修之数化㉓。

【注释】

①昔：从前。后：君王。三后：指夏禹王、商汤王、周文王。纯粹：丝无杂质称纯，米无杂质称粹，这里引申比喻古三王的德行完美无缺。②固：本来。众芳：比喻众多有才能的人。在：聚集。③杂：动词，杂集、汇集。申椒：申地所产的花椒。菌桂：应作"箘桂"，即肉桂，一种香木。④维：通"唯"，仅，只。蕙：兰草的一种，又名薰草。茝（zhǐ）：即白芷。⑤耿介：光明正直。⑥遵道：遵循正道。路：大道。⑦猖

披：衣不束带的样子，这里引申为狂妄偏邪之意。⑧捷径：斜出的小路，这里比喻不走正道。窘步：迈不开步子，犹言步履艰难。⑨夫：代词，表示远指，相当于"那些"。党人：朋党，指朝廷里结党营私的奸臣。偷乐：贪图享乐，苟且偷安。⑩幽昧（mèi）：昏暗不明。险隘：危险狭隘。⑪惮：畏惧，害怕。殃：灾殃。⑫皇舆：君王所乘的车子，比喻国家政权。败绩：翻车，比喻国家灭亡。⑬踵（zhǒng）：脚跟。武：足迹。⑭荃：香草名，又名"荪"，这里代指楚王。察：体察，了解。中情：指内心真诚。⑮齌（jì）怒：暴怒。⑯謇謇（jiǎn）：直言的样子。⑰九天：古说天有九层。正：通"证"，验证。⑱灵修：能神明远见的人，这里指楚怀王。⑲曰黄昏以为期兮，羌中道而改路：此为衍文。⑳成言：成约。㉑悔遁：变心。他：别的主意。㉒难：畏惮，畏惧。㉓数化：屡次变化。

【译文】

从前楚国三位贤王的德行多么完美、纯正无私啊，所以群贤都在那里聚会。花椒与菌桂汇集到一起，岂止只有茞和蕙贯穿连缀？唐尧虞舜多么光明正直，他们沿着正道使国家步入坦途。夏桀殷纣多么狂妄邪恶，贪图捷径以致走投无路。结党营私的人苟安享乐，国家的前途昏暗不明危险难行。难道我是害怕自身招灾惹祸吗？我是怕君主的车子将要倾覆。我急匆匆为王车奔走照料，希望君王能赶上先王的脚步。君王却不深入了解我的忠心，反而听信了谗言对我发怒。我本就知道忠言直谏会引来灾祸，宁可忍受痛苦却又无法改变初衷。高高的苍天请给我作证，这一切都是为了君王的缘故。君王你以前已经和我有成约，随后又反悔另有他求。我并不为与你别离而难过啊，我只是伤心你反复无常。

【原典】

余既滋兰之九畹兮①，又树蕙之百亩②。畦留夷与揭车兮③，杂杜衡与芳芷④。冀枝叶之峻茂兮⑤，愿竢时乎吾将刈⑥。虽萎绝其亦何伤兮⑦，哀众芳之芜秽⑧。众皆竞进以贪婪兮⑨，凭不厌乎求索⑩。羌内恕己以量人兮⑪，各兴心而嫉妒⑫。忽驰骛以追逐兮⑬，非余心之所急⑭。老冉冉其将至兮⑮，恐修名之不立。朝饮木兰之坠露兮⑯，夕餐秋菊之落英⑰。苟余情其信姱以练要兮⑱，长颔亦何伤⑲？擥木根以结茝兮⑳，贯薜荔之落蕊㉑。矫菌桂以纫蕙兮㉒，索胡绳之纚纚㉓。謇吾法夫前修兮㉔，非世俗之所服。虽不周于今之人兮㉕，愿依彭咸之遗则㉖。

【注释】

①滋：种，栽种。九畹（wǎn）：表示种得很多。畹，古代面积单位，有十二亩、二十亩、三十亩一畹几种说法。②树：种植。百亩：也是种得多的意思。③畦（qí）：分畦种植。留夷：香草名，一说即芍药。揭车：香草名。④杂：掺杂栽种，套种。杜衡：亦称"杜蘅"，香草名，似葵而香，亦名杜葵，俗名马蹄香。芳芷：即白芷。⑤冀：希望。峻茂：高大茂盛。⑥竢（sì）：等待。刈（yì）：收割。⑦萎绝：指草木枯萎零落，比喻自己政治上的失败。⑧哀：悯惜。众芳：指上文提到的兰、蕙等，喻指众贤。芜秽：荒芜污秽。这两句话比喻自己培养的人才受到腐朽势力的拉拢而变质，竟然变成了一片恶草。⑨众：指众小人。竞进：争相钻营。贪婪：贪得无厌。⑩凭：楚地方言，满的意思。厌：满足。求索：追求索取。⑪羌（qiāng）：楚地方言，发语词。内：自己。恕：用自己的心揣度别人的心。量：估量别人。⑫兴心：生心，起心。⑬驰骛：疾驰，奔腾。⑭所急：急于去做的事。⑮冉冉：渐渐。⑯饮：小口吸食。坠露：掉下的露水。⑰餐：吞食。落英：坠落的花朵。⑱苟：如果，只要。信：确实。姱：美好。练要：精粹，纯洁。⑲长：长期。颔：因饥饿而面黄肌瘦的样子。⑳擥（lǎn）：执持。木根：木兰的根。结：系上。茝：同"芷"，香草名，即白芷。㉑贯：穿，串连。薜荔：香草名，蔓生灌木，亦称木莲。落蕊：陨落的花蕊。蕊，花心。㉒矫：举。㉓索：绳索，这里用作动词，搓绳。胡绳：香草名，叶可作绳。纚（lí）纚：形容绳索长而下垂，整齐美观的样子。㉔謇（jiǎn）：楚地方言，发语词。法：效法。前修：前代的贤人。㉕周：调和，适合。㉖依：依照。彭咸：据王逸《楚辞章句》，彭咸是殷朝贤大夫，相传他因劝谏国君不被采纳而投水

自杀。屈原在作品中多次提到他,生平事迹不可详考。遗则:留下的榜样。

【译文】

　　我曾经栽植很多兰花,又种植了上百亩蕙草。分垄培植了芍药和揭车,还把杜衡和芳芷套种其间。我希望它们都枝繁叶茂,等待成熟的季节收获。即使枯萎死绝又有何伤感,可悲的是它们中途质变。大家都争着向上爬,利欲熏心而又贪得无厌。拿自己的私心去猜疑别人,勾心斗角,相互妒忌。急于奔走钻营争权夺利,这些不是我所追求的东西。只觉得老年在渐渐来临,我担心的是美好的名声不能树立。早晨我饮春兰滴下的露滴,晚上我用菊花坠落的花瓣充饥。只要我的情志精粹纯洁,神形消损又有什么关系。我用木兰的根须编结白芷,再把薛荔花蕊穿在一起。我用菌桂枝条连结蕙草,把胡绳搓得又长又美。我这是向古代的圣贤学习啊,不是世间俗人能够做得到。即使与现在的人不相容,我也愿依从彭咸这位榜样。

【原典】

　　长太息以掩涕兮①,哀民生之多艰②。余虽好修姱以鞿羁兮③,謇朝谇而夕替④。既替余以蕙纕兮⑤,又申之以揽茞⑥。亦余心之所善兮,虽九死其犹未悔。怨灵修之浩荡兮⑦,终不察夫民心⑧。众女嫉余之蛾眉兮⑨,谣诼谓余以善淫⑩。固时俗之工巧兮,偭规矩而改错⑪。背绳墨以追曲兮⑫,竞周容以为度⑬。忳郁邑余侘傺兮⑭,吾独穷困乎此时也。宁溘死以流亡兮⑮,余不忍为此态也。鸷鸟之不群兮⑯,自前世而固然⑰。何方圜之能周兮⑱,夫孰异道而相安?屈心而抑志兮,忍尤而攘诟⑲。伏清白以死直兮⑳,固前圣之所厚。

【注释】

　　①太息:叹息。掩泣:擦眼泪。②哀:感伤。民生:民众。③虽:同"唯",只。好:爱慕。修姱(kuā):修洁而美好,这里指美德。鞿(jī)羁:马缰绳和马笼头,这里比喻束缚。④謇:发语词。谇(suì):进谏。替:废弃。⑤纕(xiāng):佩的带子。⑥申:再次,重复。揽茞:采摘兰茞。

⑦灵修：指楚国国君。浩荡：原指水大的样子，这里意同荒唐。⑧民心：人心，这里屈原自己的心思。⑨众女：比喻楚王周围的权贵。蛾眉：指女子美丽的容貌，又用以比喻屈原自己优秀的品质。⑩谣诼：造谣诽谤。淫：邪乱，荒淫。⑪偭（miǎn）：违背。规矩：规和矩，校正圆形和方形的两种工具，这里比喻法度。错：通"措"，措施。⑫绳墨：本指木工画直线时用的墨斗墨线，这里比喻正道。追曲：随意曲直，没有一定的法则。⑬周容：苟合取容。度：法度。⑭忳（tún）：忧郁，烦闷。郁邑：忧愤郁结。侘傺（chà chì）：失意而心神不定的样子。⑮溘（kè）死：忽然死去。流亡：指暴死野外，尸体不得收殓，而随水漂泊。⑯鸷（zhì）鸟：指凶猛的鸟，如鹰、雕等。不群：不与一般鸟类合群。诗人自比鸷鸟，卓立于世，不与凡鸟同流合污。⑰固然：本来如此。⑱方圜：同"方圆"。周：合。⑲忍尤：忍受罪过。攘诟（rǎng gòu）：容忍侮辱。⑳伏：通"服"，信服。死直：死于正直。

【译文】

长长地叹息我眼泪流淌啊，哀叹民众的生活多么艰难。我只是爱好修洁却遭受羁縻啊，早上进谏晚上就丢了官。废弃我是因为我佩带蕙草啊，又指责我用兰茞作为佩饰。这些都是我心中追求的东西,为此就是九死也不后悔。可恨楚王实在太荒唐,始终不明察我的忠心。那些女人都妒忌我美丽的容貌,造谣诬蔑说我善于淫逸。俗人们本来就善于投机取巧,背弃规矩而又篡改措施。违背是非标准追求邪曲,争着苟合取悦以之为常行之法。忧愁烦闷我失意不安,我偏潦倒在这个时候。我宁愿马上暴死随水流去,也坚决做不出那副样子。雄鹰不与那些凡鸟同群,自古以来就是这般分明。方和圆怎么能够互相契合,志向不同的人哪能同行?我内心委屈,心情压抑,忍受着罪过,承担着羞耻。保持清白节操为正义而死啊,那才是古代圣贤所称赞的事。

【原典】

悔相道之不察兮①,延伫乎吾将反②。回朕车以复路兮③,及行迷之未远④。步余马于兰皋兮⑤,驰椒丘且焉止息⑥。进不入以离尤兮,退将复修吾初服⑦。制芰荷以为衣兮⑧,集芙蓉以为裳⑨。不吾知其亦已兮,苟余情其信芳⑩。高余冠之岌岌兮⑪,长余佩之陆离⑫。芳与泽其杂糅兮⑬,唯昭质其犹未亏⑭。忽反顾以游目兮,将往观乎四荒⑮。佩缤纷其繁饰兮⑯,芳菲菲其弥章⑰。民生各有所乐兮⑱,余独好修以为常⑲。虽体解吾犹未变兮⑳,岂余心之可惩㉑?

【注释】

①相(xiàng)道:观察道路。察:看清楚,看仔细。②延伫:长久地站立,这里是踌躇不前的意思。反:同"返"。③回:掉转。复路:走回头路。④及:趁着。行迷:迷路。⑤步余马:慢慢骑着我的马。兰皋(gāo):长着兰草的水边高地。⑥驰:马快跑。椒丘:长着椒树的山丘。焉:于此。⑦退:指退隐。初服:未入世时穿的衣服。⑧制:裁剪。芰(jì)荷:指菱叶与荷叶。衣:上衣。⑨芙蓉:荷花。裳:下衣。⑩苟:如果,果真。信芳:确实芳洁。⑪高:这里用作动词,加高。冠:帽子。岌岌(jí):高高的样子。⑫长:用作动词,加长。佩:指佩剑。陆离:长的样子。⑬芳:香草,也泛指香气。泽:垢腻,污垢(王夫之说)。糅(róu):混杂,混合。

⑭唯：句首语气词。昭质：光明洁白的质地，比喻明洁的品质。亏：亏损。
⑮四荒：四方荒远的地方。⑯缤纷：盛多的样子。繁饰：众多的彩饰，盛饰。
⑰芳菲菲：香喷喷。弥：更加。章：通"彰"，明显，显著。⑱民生：人生。
⑲常：常规，习惯。⑳体解：肢解，又叫车裂，古代一种分解肢体的酷刑。
㉑惩：克制，制止。

【译文】

后悔当初选择道路时不曾看清，我踌躇不前准备往回转。掉转我的车头走回原路啊，趁着误入迷途未远赶快罢休。让我的马在长满兰花的湿地上漫步，跑到遍是椒树的土坡上休息。进谏不被君王接纳反而获罪，我将退隐重新穿回当初的衣冕。我要把菱叶裁剪成上衣，用荷花把下裳织就。没有人了解我也就罢了，只要我的情志真正馥郁芳柔。把我的帽子加得更高，把我的佩带增得更长。芳洁和污垢混杂在一起，纯洁的品质不会损伤。忽然回过头纵目远望，我准备去游观四面八方。我穿着五彩缤纷的华丽装饰，散发出一阵阵浓郁清香。每个人都有自己的爱好，我独爱好修洁习以为常。即使躯体分解我也不会改变，难道我的心中还有什么畏惧？

【原典】

女媭之婵媛兮①，申申其詈予②。曰鲧婞直以亡身兮③，终然殀乎羽之野④。汝何博謇而好修兮⑤，纷独有此姱节⑥。薋菉葹以盈室兮⑦，判独离而不服⑧。众不可户说兮⑨，孰云察余之中情⑩？世并举而好朋兮⑪，夫何茕独而不予听⑫。

【注释】

①女媭（xū）：传说为屈原的姐姐。婵媛（chán yuán）：楚地方言，喘息的意思，形容愤急的神态。②申申：再三，反反复复。詈（lì）：责备，责骂。③曰：说。以下至"夫何茕独而不予听"都是女媭说的话。鲧（gǔn）：神话传说中古代部落酋长的名字，号崇伯，是夏禹的父亲。传说他奉尧命治

水，九年未治平，被舜杀死在羽山。婞（xìng）直：刚直。亡身：忘我。亡，同"忘"。④殀（yāo）：死于非命。羽：羽山，神话中地名，相传在东边海滨。野：郊野。⑤博：多。謇：直言。博謇：爱说直话。⑥纷：纷然，美盛。姱（kuā）节：美好的节操。⑦薋（cí）：积累，积聚。菉（lù）：草名。葹（shī）：草名。⑧判：判然。服：佩带。⑨户说：挨家挨户地说明。⑩孰：谁。云：语助词。余：这里用如复数代词，作"我们"讲。⑪并举：互相抬举。好朋：喜欢结党营私。⑫茕（qióng）独：孤独。不予听：即不听予。

【译文】

姐姐女嬃愤恚急喘，她曾经一再地把我斥责。她说鲧因为太刚直不顾性命，结果被杀死在羽山的荒野。你何必太爽直又好修洁，独自去讲求美好的节操？屋子里堆满了野花野草，你却不肯佩戴，过于孤傲。众人不可能挨家挨户说明，有谁能够了解我们的本心？世上的人都互相吹捧结党营私，你为何连我的话都不听？

【原典】

依前圣以节中兮①，喟凭心而历兹②。济沅湘以南征兮③，就重华而陈词④。启《九辩》与《九歌》兮⑤，夏康娱以自纵⑥。不顾难以图后兮，五子用失乎家巷⑦。羿淫游以佚畋兮⑧，又好射夫封狐⑨。固乱流其鲜终兮⑩，浞又贪夫厥家⑪。浇身被服强圉兮⑫，纵欲而不忍⑬。日康娱而自忘兮⑭，厥首用夫颠陨⑮。夏桀之常违兮⑯，乃遂焉而逢殃⑰。后辛之菹醢兮⑱，殷宗用而不长⑲。汤禹俨而祗敬兮⑳，周论道而莫差㉑。举贤而授能兮㉒，循绳墨而不颇㉓。皇天无私阿兮㉔，览民德焉错辅㉕。夫维圣哲以茂行兮㉖，苟得用此下土㉗。瞻前而顾后兮，相观民之计极㉘。夫孰非义而可用兮，孰非善而可服㉙。阽余身而危死兮㉚，览余初其犹未悔㉛。不量凿而正枘兮㉜，固前修以菹醢㉝。曾歔欷余郁邑兮㉞，哀朕时之不当㉟。揽茹蕙以掩涕兮㊱，沾余襟之浪浪㊲。

【注释】

①依：依照。节中：折中，取中。②喟（kuì）：叹息，叹声。凭：愤懑。历兹：至此，直到现在。③济：渡。沅湘：沅水和湘水，都是今河南省境内流入洞庭湖的大河。南征：南行。④就：靠近。重华：虞舜的名字。传说舜葬于沅湘以南的九嶷山，所以向重华陈词要渡过沅湘南行。⑤启：指夏启，禹的儿子，夏朝的君主。《九辩》《九歌》：乐曲名，古代神话传说这是启上天作客时带下来的，用来祈求降雨和丰收。⑥夏：夏朝，指启及其儿子太康。康娱：过分地逸乐、安乐。⑦五子：启的五个儿子。据《史记·夏本纪》记载："帝太康失国，昆弟无人须于洛汭，作五子之歌。"一说"五子"是太康的五个儿子。用：因而。失：衍文。家巷（hòng）：内讧。巷，通"闹"。⑧羿：神话传说中的英雄形象，原是一位天神，曾射落九个太阳，降到人间后当上了夏代有穷国的君主，曾起兵推翻夏启之子太康，但因其荒淫残暴，不修民事，被寒浞推翻政权，后洗心革面，成为一位杀妖灭怪为民除害的英雄。佚：放肆，放纵。畋（tián）：畋猎，打猎。⑨好：喜好。封：大。⑩乱流：乱逆之流。鲜终：少有善终。⑪浞（zhuó）：即寒浞，相传是羿的国相。厥：其，这里指代羿。家：妻室。传说羿不理政事，国相寒浞擅权，与妃子纯狐私通，害死羿。⑫浇（ào）：即过浇，寒浞的儿子。被（pī）服：同"披服"。强圉（yǔ）：即"强御"，强暴有力。被服强圉：意即浑身都是力量，力量之在身，犹如衣服在身。⑬忍：克制。⑭日：天天。自忘：忘记自身的危险。⑮首：头。颠陨：坠落。这句是指过浇被少康所杀。⑯常违：违常，违背常理。⑰乃：于是。遂：终于，结果。逢殃：遭到殃祸。⑱后辛：即殷纣王。后，君主。辛，纣王的名字。菹醢（zū hǎi）：古代的一种酷刑，把人剁成肉酱。⑲殷宗：殷朝的宗祠，指殷商王朝。用而：因而，因此。⑳汤禹：商汤和大禹。俨：恭敬，庄重，庄严。祗（zhī）敬：恭敬。㉑周：指周初的文王、武王等人。莫差：没有差错。㉒举贤而授能：选拔贤人，任命能人，即选拔任命德才兼备的人。这是屈原重要的政治主张之一，在作品里反复强调。㉓循：遵循，按照。绳墨：比喻标准。颇：偏颇，

偏差。㉔皇天：古人对天及天神的尊称。阿：偏袒。㉕错辅：安排辅助。错，通"措"，安排，实施。㉖维：同"唯"，独。圣哲：这里指具有超人的道德才智的人。茂行：美盛的德行。㉗苟：如果。用：拥有，治理。下土：天下。㉘相（xiàng）：观察，观看。计极：兴亡的原因。㉙善：道德。服：行，行事。㉚阽（diàn）：临近危险。危死：濒临死亡。㉛初：初衷。㉜凿：榫眼。正：审定，确定。枘（ruì）：器物的榫头。㉝前修：前代的贤人。㉞曾：通"层"，屡屡的意思。歔欷（xū xī）：哽咽，抽噎。郁邑：苦闷，忧愁。㉟时：时世。不当：没遇上。㊱茹：柔软。㊲沾：浸湿。浪浪：泪流不止的样子。

【译文】

　　我依照前代圣贤的行为节制性情，满腔的愤懑至今不能平静。渡过沅水湘水向南走去，我要对虞舜倾诉衷情。夏启偷来《九辩》和《九歌》，用来寻欢作乐放纵忘情。不考虑将来看不到危难，武观得以用它在宫中淫乱。后羿爱好田猎溺于游乐，最喜欢去射杀大狐狸。本来淫乱之徒就少有好下场，寒浞杀羿霸占他的妻子。过浇自恃有强大的力气，放纵情欲不肯节制自己。天天寻欢作乐忘掉危败，最终被少康砍掉了脑袋。夏桀的行为总是违背常理，结果灾殃也就难以躲避。殷纣王把忠良剁成肉酱，殷王朝因此不能久长。商汤夏禹态度严肃恭敬，周代先王讲道没有差错。他们选拔贤者能人，遵循一定的准则不会有偏颇。上天对一切都公正无私，见谁有德就给予扶持。只有德行高尚，才能够享有天下的土地。回顾历史把将来瞻望，考察人世治变的道理。哪有不义的事可以去干，哪有不善的事可以做。我虽然面临死亡的危险，毫不后悔自己当初的志向。不度量榫眼就削正榫头，前代贤人正因此遭殃。我内心苦闷泣声不绝，哀叹自己生不逢时。拿起柔软的蕙草擦拭眼泪，热泪滚滚沾湿了我的衣襟。

【原典】

　　跪敷衽以陈辞兮①，耿吾既得此中正②。驷玉虬以桀鹥兮③，溘埃风余上征④。朝发轫于苍梧兮⑤，夕余至乎县圃⑥。欲少留此灵琐兮⑦，日忽忽其将暮⑧。吾令羲和弭节兮⑨，望崦嵫而勿迫⑩。路曼曼其修远兮⑪，吾将上下而求索⑫。饮余马于咸池兮⑬，总余辔乎扶桑⑭。折若木以拂日兮⑮，聊逍遥以相羊⑯。前望舒使先驱兮⑰，后飞廉使奔属⑱。鸾皇为余先戒兮⑲，雷师告余以未具⑳。吾令凤鸟飞腾兮㉑，继之以日夜。飘风屯其相离兮㉒，帅云霓而来御㉓。纷总总其离合兮㉔，斑陆离其上下㉕。吾令帝阍开关兮㉖，倚阊阖而望予㉗。时暧暧其将罢兮㉘，结幽兰而延伫。世溷浊而不分兮㉙，好蔽美而嫉妒㉚。

【注释】

①敷：铺开。衽（rèn）：衣裳的前襟。②耿：耿介，光明正大。中正：指正道。③驷（sì）：乘。虬（qiú）：传说中的一种无角龙。桼（chéng）：乘。鹥（yì）：传说中的鸟名，属于凤凰一类的神鸟，身有五彩花纹。④溘（kè）：忽然。埃：微小的尘土。⑤轫（rèn）：停车时阻止车轮的木头。发轫：拿掉阻止车轮的木头，使车前行，意即启程、出发。苍梧：山名，即九嶷山，在今湖南省宁远县东南。⑥县圃（xuán pǔ）：即"悬圃"，神话传说中神仙居住的地方，在昆仑山顶。⑦灵琐：通"灵薮"，意思是神灵集中的地方，即悬圃。⑧忽忽：形容时间过得很快。⑨羲（xī）和：古代神话传说中太阳神的驾车者。弭（mǐ）节：缓慢行驶。⑩崦嵫（yān zī）：山名，神话传说中被认为日落的地方，在今甘肃天水县西境。迫：迫近。⑪曼曼：通"漫漫"，形容路长远的样子。修远：长远。⑫求索：寻求，即下文的"求女"，喻指求君。⑬咸池：神话传说中太阳出来时洗澡的天池。⑭总：系结。辔：马缰绳。扶桑：神话传说中长在东方太阳升起的地方的神树。⑮若木：神话传说中长在西方太阳落山处的神树。拂：拂拭。⑯聊：姑且。逍遥：悠游自得的样子。相羊：通"徜徉"，徘徊。⑰望舒：神话中为月驾车的神。先驱：原指军队中的前锋，这里引申指向导。⑱飞廉：神话中的风神。属（zhǔ）：跟随。⑲鸾（luán）皇：即鸾凰，凤凰一类的神鸟。先戒：走在前面戒备。⑳雷师：神话中的雷神。未具：没有准备齐全。㉑凤鸟：凤凰，传说中的瑞鸟。

㉒飘风：旋风，暴风。屯：聚集。离：通"丽"，附着。㉓帅：率领。霓(ní)：虹的一种，又称副虹。御：通"迓(yà)"，迎接。㉔纷总总：聚集很多的样子。离合：忽离忽合。㉕斑陆离：色彩斑斓的样子。上下：忽上忽下。㉖帝阍(hūn)：天帝的看门人。开关：打开门闩。㉗阊阖(chāng hé)：神话中的天门。㉘时：时光。曖曖(ài)：昏暗的样子。罢：结束。㉙溷(hùn)浊：混乱污浊。不分：指善恶不分。㉚好：喜欢。蔽：遮盖。美：指品德、才能皆优秀的人。

【译文】

铺开衣襟跪在上面诉说衷肠，我获得了正道心里豁然亮堂。驾驭着玉虬，乘着凤车，在风尘的掩翳中我升腾天上。早晨我从南方的苍梧启程，傍晚就到达了昆仑山上。我本打算在神门前稍停片刻，无奈夕阳西下已经暮色苍茫。我命令羲和停下马鞭慢行，看到崦嵫山暂且止步。前面的道路啊漫长又遥远，我将上天下地寻找知音。让我的马在咸池里饮水，把马缰绳拴在扶桑树上。折下若木枝来挡住太阳，我姑且再次从容地徜徉。派望舒在前面作为向导，派飞廉在后面紧紧跟上。鸾凰为我在前戒严道路，雷神却告诉我还没有准备好。我命令凤凰展翅飞腾，日以继夜不停飞翔。旋风结聚起来互相靠拢，率领着云霓前来欢迎。云霓越聚越多忽离忽合，五光十色上下飘浮荡漾。我叫天门守卫打开天门，他却倚靠着天门对我冷望。天色渐暗时间已经晚了，我编结着幽兰久久徜徉。这个世道混浊善恶不分，喜欢嫉妒贤能抹杀所长。

【原典】

朝吾将济于白水兮①，登阆风而绁马②。忽反顾以流涕兮，哀高丘之无女③。溘吾游此春宫兮④，折琼枝以继佩⑤。及荣华之未落兮⑥，相下女之可诒⑦。吾令丰隆乘云兮⑧，求宓妃之所在⑨。解佩纕以结言兮⑩，吾令蹇修以为理⑪。纷总总其离合兮⑫，忽纬繣其难迁⑬。夕归次于穷石兮⑭，朝濯发乎洧盘⑮。保厥美以骄傲兮⑯，日康娱以淫游。虽

信美而无礼兮,来违弃而改求⑰。览相观于四极兮⑱,周流乎天余乃下。望瑶台之偃蹇兮⑲,见有娀之佚女⑳。吾令鸩为媒兮㉑,鸩告余以不好。雄鸠之鸣逝兮,余犹恶其佻巧㉒。心犹豫而狐疑兮㉓,欲自适而不可。凤皇既受诒兮㉔,恐高辛之先我㉕。

【注释】

①白水:神话传说中源出昆仑山的一条河流,传说为饮之不死的神泉。②阆(làng)风:山名,神话传说中神仙居住的地方,在昆仑山上。绁(xiè):系上,拴住。③高丘:楚国山名,一说是传说中的神山。④春宫:神话传说中东方青帝居住的地方。⑤琼枝:神话传说中玉树的枝。继佩:继续佩戴。⑥荣华:鲜花。⑦相:看。下女:下界的女子,指下文的宓妃、简狄、二姚等人,因相对于帝宫之玉女和高丘之神女而言,故称"下女"。⑧丰隆:神话传说中的雷神兼云神。⑨宓(fú)妃:神话中的人名,传说是伏羲氏的女儿,因溺死于洛水,成为洛水之神。⑩佩纕:佩带,这里指整个配饰。结言:用言辞订约。⑪蹇(jiǎn)修:人名,一说其为传说中伏羲氏之臣,一说为钟磬声乐的媒使,寓有磬钟通情的微妙含义。⑫纷总总:这里形容宓妃开始时心绪很乱,拿不定主意。离合:若即若离。⑬纬繣:乖戾,不合。⑭次:停宿。穷石:神话中的山名,传说是有穷氏后羿所居之地。⑮濯(zhuó):洗。洧(wěi)盘:神话传说中的水名,发源于崦嵫山。⑯保:持,仗着。厥(jué):其,指宓妃。⑰来:招呼从者的词。违弃:丢开。改求:另作追求。⑱览相观:三字同义连用,都是看的意思。四极:四方极远的地方。⑲瑶台:玉台,美玉砌的楼台。偃(yǎn)蹇:高耸的样子。⑳有娀(sōng):传说中的古代部落名。佚女:美女,指有娀氏美女简狄。㉑鸩(zhèn):传说中的一种毒鸟,羽毛稍置酒中,即能致人死命。这里用来比喻坏人。㉒恶(wù):讨厌,厌恶。佻(tiāo)巧:轻佻巧佞。㉓犹豫:迟疑不决。狐疑:猜疑,怀疑。㉔凤皇:通"凤凰"。受:通"授",给予,赠送。诒:通"贻",指聘礼。㉕高辛:传说古代部族首领帝喾即位后用的称号。

【译文】

清晨我将要渡过白水,登上阆风山,把马儿拴住。忽然回头眺望潸然泪下,哀叹楚地高丘竟然没有美女。我匆忙地游历青帝所居住的春宫,折下玉树枝条增添佩饰。趁着缤纷的花朵还未凋零,到下界送给心爱的姑娘。我命令丰隆把云车驾起,我去寻找宓妃所在的居处。解下佩戴的香囊来订下誓约,我请蹇修前去给我做媒。宓妃态度暧昧若即若离,善变乖戾难以迁就。晚上宓妃回到穷石住宿,早上又到洧盘把头发洗濯。宓妃仗着美貌骄傲自大,成天放荡不羁寻欢作乐。她虽然美丽却缺乏礼教,算了吧放弃她再去别处寻求。我在天上观察四面八方,周游一遍后我从天而降。遥望高拔耸立的玉台,我看见了有娀氏美女简狄。我请鸩鸟前去给我做媒,鸩鸟却撒谎说她不好。雄鸠叫唤着飞去说媒,我又嫌它过分诡诈轻佻。我心中犹豫而拿不定主意,想自己去又觉得不合礼仪。凤凰既然已经送去了聘礼,又恐怕帝喾比我先赶到。

【原典】

欲远集而无所止兮①,聊浮游以逍遥②。及少康之未家兮③,留有虞之二姚④。理弱而媒拙兮⑤,恐导言之不固⑥。世溷浊而嫉贤兮⑦,好蔽美而称恶。闺中既以邃远兮⑧,哲王又不寤⑨。怀朕情而不发兮,余焉能忍而与此终古?

【注释】

①集:栖息。止:停留,落脚。②浮游:漫无目的的游荡。逍遥:徘徊不进。

③少康：夏代中兴之主，夏相的儿子。④有虞：古代部落名，帝喾的后裔，姚姓。二姚：指有虞国国君的两个女儿。⑤理、媒：都指媒人。⑥导言：传达疏导之言。固：坚牢。⑦世溷（hùn）浊：时世混乱污浊。⑧闺中：宫室之中。邃远：深远。⑨哲王：明智的君王，指楚怀王。寤：通"悟"，醒悟。

【译文】

我想到远方去却无处安居，只好四处游荡聊以逍遥。趁少康还未成家的时节，还留着有虞国的两位阿娇待字闺中。媒人无能没有伶牙俐齿，恐怕说合的言辞说得不行。世间混乱污浊嫉贤妒能，喜欢遮蔽美德称扬邪恶。宫闱如此深远，贤智的君王又还没有醒悟。我满怀衷情无处倾诉，我怎能永远忍耐过此一生！

【原典】

索藑茅以筳篿兮①，命灵氛为余占之②。曰两美其必合兮③，孰信修而慕之？思九州之博大兮④，岂唯是其有女⑤？曰勉远逝而无狐疑兮⑥，孰求美而释女⑦？何所独无芳草兮⑧，尔何怀乎故宇⑨？世幽昧以眩曜兮⑩，孰云察余之善恶。民好恶其不同兮，惟此党人其独异⑪。户服艾以盈要兮⑫，谓幽兰其不可佩。览察草木其犹未得兮，岂珵美之能当⑬？苏粪壤以充帏兮⑭，谓申椒其不芳。欲从灵氛之吉占兮，心犹豫而狐疑。巫咸将夕降兮⑮，怀椒糈而要之⑯。百神翳其备降兮⑰，九疑缤其并迎⑱。皇剡剡其扬灵兮⑲，告余以吉故。曰勉升降以上下兮⑳，求矩矱之所同㉑。汤禹严而求合兮㉒，挚咎繇而能调㉓。苟中情其好修兮，又何必用夫行媒㉔。说操筑于傅岩兮㉕，武丁用而不疑㉖。吕望之鼓刀兮㉗，遭周文而得举㉘。宁戚之讴歌兮㉙，齐桓闻以该辅㉚。及年岁之未晏兮㉛，时亦犹其未央。恐鹈鴃之先鸣兮㉜，使夫百草为之不芳。何琼佩之偃蹇兮㉝，众薆然而蔽之㉞。惟此党人之不谅兮，恐嫉妒而折之。时缤纷其变易兮㉟，又何可以淹留。兰芷变而不芳兮，荃蕙化而为茅㊱。何昔日之芳草兮，今直为此萧艾也㊲。岂其有他故兮，莫好修之害也。余以兰为可恃兮㊳，羌无实而容长㊴。委厥美以从俗兮㊵，苟得列乎众芳。椒专佞以慢慆兮㊶，榝又欲充夫佩帏㊷。既干进而务入兮㊸，又何芳之能祗㊹？固时俗之流从兮㊺，又孰能无变化。览椒兰其若兹兮，又况揭车与江离㊻。惟兹佩之可贵兮，委厥美而历兹㊼。芳菲菲而难亏兮㊽，芬至今犹未沬㊾。和调度以自娱兮(50)，聊浮游而求女。及余饰之方壮兮(51)，周流观乎上下。

【注释】

①索：索取，找来。藑(qióng)茅：古书中的一种茅草，属于蓍草之类，可以用来占卜，又称灵草。筳篿(tíng tuán)：算卦用的竹片。②灵氛：指《山海经·大荒西经》灵山十巫中的“巫盼”，是传说中的上古神巫。从《离骚》的艺术特点看来，请灵氛来占卜是虚构假设之词。③曰：主语是卜筮人灵氛，以下四句是灵氛的答语。两美：指美男和美女。《离骚》中以男女关系比喻君臣关系，以上下求女比喻追求君臣相得的理想际遇，所以这里以男女匹合来喻指圣君贤臣的遇合。④九州：古代中国分为九州，后以“九州”指全中国。⑤是：此处，这里，指楚国。女：美女，喻指明君。⑥曰：主语是卜筮人灵氛，以下四句也是灵氛劝告作者的话。勉：努力。远逝：远走。⑦释：放弃。女：通“汝”，指屈原。⑧何所：何处。芳草：喻指贤人。⑨怀：怀恋。故宇：旧居，故乡，指楚国。⑩幽昧：昏暗。眩曜(xuàn yào)：眼光迷乱。曜：通“耀”。⑪党人：指朝中那些结党营私的奸臣。⑫服：佩带。艾：艾草，也叫艾蒿，一种恶草名。盈：满。要：通“腰”。⑬珵(chéng)：美玉。当：得当，得宜。⑭苏：取，拾取。粪壤：粪土。充：塞满。帏(wéi)：香囊。⑮巫咸：传说为殷代的神巫，名咸。⑯怀：揣着，抱着。椒：花椒，用来降神。糈(xǔ)：精米，用来祭神。要：同“邀”，迎候。⑰翳(yì)：遮蔽。备降：一起降临。⑱九疑：即九嶷山。缤：缤纷。⑲皇：通“煌”，大。剡剡：光亮的样子。其：指巫咸。扬灵：发出灵光，显扬神灵。⑳曰：以下至“使夫百草为之不芳”都是巫咸劝告作者的话。升降以上下：指上天下地，周游四方，寻找贤君知己。㉑矩：画正方形的工具。矱(yuē)：量

长短的工具。矩矱，比喻法度，准则。㉒严：通"俨"，庄重，恭敬。㉓挚：指伊尹，商汤名臣。咎繇（gāo yáo）：即皋陶，曾被帝舜任命为掌管刑法的大臣。调：协调，和谐。㉔行媒：做媒的使者，这里指通达己意于君王左右的媒介、侍臣。㉕说（yuè）：即傅说，殷高宗时的大臣，是为贤相。操：拿着。筑：筑墙的木棒。傅岩：地名，傅说服贱役的地方，在今陕西平陆县东。㉖武丁：殷高宗名，一代中兴之君。㉗吕望：即姜太公，本姓吕，名尚，曾被称为太公望。鼓：舞动。㉘周文：周文王姬昌。㉙宁戚：春秋时卫国人，相传他曾在齐国东门外做商贩，齐桓公夜出，见他正在喂牛，并敲着牛角唱歌，倾诉自己怀才不遇。桓公与之交谈后，任用为相。㉚齐桓：齐桓公，春秋前期齐国国君，春秋五霸之一。该辅：预备作为辅佐大臣。该，预备。㉛晏：迟，晚。㉜鹈鴂（tí jué）：鸟名，即子规，杜鹃。㉝琼佩：玉佩，这里比喻美好的品德。偃蹇：形容美盛的样子。㉞薆（ài）然：被遮蔽的样子。㉟缤纷：纷乱。变易：变化。㊱茅：茅草，这里比喻谗佞小人。㊲直：竟然。萧艾：萧即白蒿，艾为艾草，都是贱草，这里比喻谗佞小人。㊳兰：指子兰，楚怀王的小儿子。一说这里的"兰"并非实有所指，只是喻指才能卓著的人也变了质。㊴羌（qiāng）：楚地方言，表示反诘语气，意同"何为""为什么"。容：外表。长：华硕，美好。㊵委：弃。厥：其，它的。从俗：追随世俗，与小人同流合污。㊶椒：花椒。一说是影隐射楚大夫子椒，一说是比喻卓著的人变了质。专：专横。佞：巧言谄媚。慢慆（tāo）：傲慢。㊷榝（shā）：古书上记载的类似茱萸一类的植物。帏（wéi）：香囊。㊸干进：追求往上爬。干，求。务入：即务必求进。㊹祗（zhǐ）：尊敬，敬重。㊺流从：一作"从流"，如水流顺势而下，滔滔不返，比喻随波逐流，趋炎附势。㊻揭车与江离：香草名，这里借喻原来与自己志同道合的人后来都变节了。㊼历兹：到这步田地。㊽亏：亏损。㊾沫（mèi）：指香气消散。㊿和：调和，缓和。调度：格调和法度。㉛及：趁着。饰：佩饰，比喻品德才能。壮：盛。

【译文】

　　我找来了灵草和竹片，请求神巫灵氛为我占卜算卦。他说双方美好必将结合，哪个真正美好的人不会招人爱慕？想一想天下多么辽阔广大，难道只在这里才有美女存在？他说劝你远走高飞不要犹豫迟疑，哪个真心追求美好的人会把你放弃？世间哪里没有芬芳的花草，你又何必苦苦怀恋故地？世道黑暗使人眼光迷乱，谁又能够明察我心的善恶？人们的好恶本来不相同，只有这些小人格外令人不可思议。人人都把艾草挂满腰间，偏说幽兰是不可佩带的东西。对草木的好坏都分辨不清，怎么能够正确地衡量玉石的美质？用粪土塞满自己的香囊，却说佩戴的申椒一点也不芬芳。我打算听从灵氛占卜的好卦，心里犹豫迟疑决定不下。听说巫咸将在今晚降临，我带着花椒精米前去迎候他。天上诸神遮天蔽日纷纷降临，九嶷山的众神纷纷来迎接。巫咸灵光闪闪显示神灵，又告诉我灵氛占卜的缘故。他说应该努力上天下地，去寻求意气相投的同道。商汤和夏禹为人严正虚心求贤，得到伊尹和皋陶君臣协调。只要你内心善良爱好修洁，又何必一定要媒人说合？傅说在傅岩操祷杵筑墙，武丁毫不犹豫用他为相。吕望曾经敲刀做过屠夫，遇到周文王而被任用。宁戚在喂牛时敲着牛角唱悲歌，齐桓公听见后任为国卿。趁现在年轻还不是太老啊，施展才能还有大好时光。只怕杜鹃鸟叫得太早，使得百草从此不再芬芳。为什么我的玉佩这般美丽，大家却要掩盖它的光彩。想到这帮小人完全不讲信义，恐怕会出于嫉妒把它毁弃。时世纷乱变化无常，我怎么可以在这里久留？兰草和芷草都失掉了芬芳，荃草和蕙草也都变成了茅草。为什么从前的这些香草，现在全都变成了荒蒿野艾？难道还有什么别的缘故，是不爱好修洁造成的祸害。我以为兰草十分可靠，谁知它却华而不实虚有其表。兰草抛弃美质追随世俗，苟且偷生得以列入芳香花草的行列！花椒专横谄媚飞扬跋扈，茱萸想混进人们佩带的香囊里冒充香草。它们既然这样热心钻营汲汲于名位，又怎么能保持芬芳。本来世态习俗就随波逐流，又还有谁能够固持原则坚定不移？看到香椒兰草变成这样，又何况揭车江离？只有我的玉佩最为宝贵啊，它的美德遭人唾弃竟到这步田地。馥郁的香气难以消散啊，到今天还在散发浓烈的香气。我调谐我的玉佩以自欢娱，姑且游荡四方寻求美女。趁着我的佩饰还很盛美，我要上天下地地周游观赏。

【原典】

灵氛既告余以吉占兮①，历吉日乎吾将行。折琼枝以为羞兮②，精琼靡以为粻③。为余驾飞龙兮，杂瑶象以为车④。何离心之可同兮，吾将远逝以自疏⑤。邅吾道夫昆仑兮⑥，路修远以周流。扬云霓之晻蔼兮⑦，

鸣玉鸾之啾啾⑧。朝发轫于天津兮⑨，夕余至乎西极⑩。凤皇翼其承旂兮⑪，高翱翔之翼翼。忽吾行此流沙兮⑫，遵赤水而容与⑬。麾蛟龙使梁津兮⑭，诏西皇使涉予⑮。路修远以多艰兮⑯，腾众车使径待⑰。路不周以左转兮⑱，指西海以为期⑲。屯余车其千乘兮⑳，齐玉轪而并驰㉑。驾八龙之婉婉兮㉒，载云旗之委蛇㉓。抑志而弭节兮㉔，神高驰之邈邈㉕。奏《九歌》而舞《韶》兮㉖，聊假日以媮乐㉗。陟升皇之赫戏兮㉘，忽临睨夫旧乡㉙。仆夫悲余马怀兮㉚，蜷局顾而不行㉛。

乱曰㉜：已矣哉㉝，国无人莫我知兮㉞，又何怀乎故都㉟！既莫足与为美政兮㊱，吾将从彭咸之所居。

【注释】

①吉占：吉利的卜辞，好卦。②琼枝：玉树枝。羞：同"馐"，美味。③精：动词，精选。琼靡(mí)：玉屑，玉粒。粻

(zhāng)：干粮。④杂：混杂，犹言"兼用"。瑶象：珠玉象牙。⑤远逝：远去。自疏：自行疏远，即主动离开楚国远行。⑥邅(zhān)：楚地方言，调转，转向。⑦扬：举。云霓：云霞，这里指云霞做的旗。晻蔼(ǎn ǎi)：云霞遮天蔽日的样子。⑧鸾：通"銮"，马铃。啾啾(jiū)：象声词，指铃声。⑨天津：天河的渡口。⑩西极：西方的边极，传说为日落的地方。⑪翼：翅。承：相接，相连。旂(qí)：竿头系铃，绘有双龙缠斗图案的旗。⑫流沙：神话传说中西方沙漠之地，据说那里的沙不停地流动。⑬遵：沿着。赤水：神话中的水名，远处昆仑山。容与：徘徊，踌躇不前的样子。⑭麾：指挥。蛟龙：传说中龙的两种。梁津：即在渡口间架起浮桥。⑮诏：命令。西皇：神话中的西方之神，传说为少皞(hào)。涉：渡过。⑯修远：形容路途遥远的样子。⑰腾：传话，告诉。径待：在路边侍卫。⑱路：路过。不周：神话中的山名，在昆仑山西北。⑲西海：古代神话传说中西部大湖名。⑳屯：聚集。乘(shèng)：古代四匹马拉一辆车叫"一乘"。㉑軑(dài)：车辖，即车轮与车轴固定在一起的插栓。㉒八龙：八匹神骏。婉婉：曲折蜿蜒的样子。㉓委蛇(wēi yí)：形容车旗迎风飘扬的样子。㉔抑志：抑制自己的情绪。弭(mǐ)节：停车。㉕神：神思，思绪。邈邈：高远的样子。㉖《九歌》：上古乐曲名。《韶》：即《九韶》，传说为虞舜时的乐舞。㉗假日：假借时日。媮(yú)：通"愉"，愉悦。㉘陟(zhì)：上升。皇：天。赫戏：光明的样子。㉙临：居高视下。睨(nì)：斜视。旧乡：故乡，指楚国。㉚仆夫：仆人，这里指为屈原驾驭车马的车夫。怀：眷恋，思念。㉛蜷局：屈身，表示不肯前进。顾：回头。㉜乱：楚辞篇末结束全篇的标志，是总结全篇要旨的话语，也是全篇的结语，与结束曲、尾声相似。㉝已矣哉：算了吧，表示绝望。㉞国无人：指国无贤人。㉟故都：指故国。㊱美政：指作者心目中理想的政治，如举贤授能、修明法度等。

【译文】

灵氛已告诉我吉祥的卦辞，选个好日子我即将出行。攀折下玉树枝叶做美味，精选好玉屑做干粮。为我驾起飞速的龙车啊，车上装饰着珠玉和象牙。离德离心的人怎能同处？我将要远走高飞离开故国。我调转车头驶向昆仑山，路途遥远绕四方周游观察。举起云旗遮天蔽日，车上玉铃啾啾发出清鸣。早上从天河的渡口出发，傍晚我要到达西边日落的地方。凤凰的展翅承托着云旗，高高翱翔凌空舒展。我踽踽独行忽然来到这流沙地段，沿着赤水河边我踌躇不前。我指挥蛟龙在渡口上架桥，命令西皇将我渡到对岸。路途遥远又多艰险，我传令众车在路旁等待。路过不周山向左转弯，指定西海在那里相会。我聚集着成千辆的车子，把玉轮对齐了并驾齐驱。驾车的八匹龙马蜿蜒地前进，车上载着的云霓旗帜随风飘扬。气定神闲缓缓前进，思绪绵绵神思飞扬。奏起《九歌》，跳起《九韶》舞，姑且借此大好时光来寻求欢娱。太阳东升照得一片明亮，我忽然向下看见了故乡。我的车夫悲伤，我的马也感怀，屈身回头不肯走向前方。

  尾声：算了吧！国内没有贤人，没有人了解我，我又何必怀恋自己的故乡！既然没有人能与我一起致力于实现理想政治，我将追随彭咸跳水投江。

九歌

【题解】

　　《九歌》原为楚国民间流传的祭祀神祇的乐歌，后经屈原加工改写而被赋予了特殊的意义和价值。《九歌》共十一篇，除《礼魂》外，其余每篇都主祭一神，可以分为三类：《东皇太一》《云中君》《大司命》《少司命》《东君》为祭祀天神之歌；《湘君》《湘夫人》《河伯》《山鬼》为祭祀地祇之歌；《国殇》一篇，是祭祀为楚国而战死的将士的哀歌。最后一篇《礼魂》为送魂曲，是祭礼结束的标志。

　　《九歌》充满了浪漫主义气息，意境缥缈，言辞优美，风格绮靡。它虽然是以娱神为目的的祭歌，描述的是天上地下神灵的形貌，表述的却是地上世人的情思，尤其是其中描写人神之恋艰难痛苦的诗歌，充满了浓郁的悲情色彩，艺术造诣极高。

东皇太一

【题解】

《东皇太一》是《九歌》之首，是祭祀天神中最尊贵天神的乐歌。"太一"并非神名，而是指形成天地的元气。"上皇"，是皇天上帝的意思，是楚人对天神的尊称。本篇是群巫的合唱歌舞词，诗中以合唱的形式来迎降、赞颂东皇太一。因东皇太一高踞众神之上，是至高无上、唯我独尊的天之尊神，因此全诗笼罩着庄严肃穆的气氛，使人敬畏之情油然而生。

【原典】

吉日兮辰良①，穆将愉兮上皇②。抚长剑兮玉珥③，璆锵鸣兮琳琅④。瑶席兮玉瑱⑤，盍将把兮琼芳⑥。蕙肴蒸兮兰藉⑦，奠桂酒兮椒浆⑧。扬枹兮拊鼓⑨。疏缓节兮安歌⑩，陈竽瑟兮浩倡⑪。灵偃蹇兮姣服⑫，芳菲菲兮满堂⑬。五音纷兮繁会⑭，君欣欣兮乐康⑮。

【注释】

①辰良："良辰"的倒文，为押韵之故，意即好时光。②穆：恭敬。愉：同"娱"，娱乐。上皇：天帝，指东皇太一。③抚：抚握。珥（ěr）：即剑珥，剑鞘出口旁像两耳的突出部分，也就是剑把。④璆锵（qiú qiāng）：佩玉互相撞击的声音。琳琅：美玉名。⑤瑶席：草编的席子，铺在神位前面，用来摆放祭品。玉瑱：玉器。瑱，通"镇"。⑥盍（hé）：合，聚合。将：举，拿起。琼：美玉名，引申为美好。⑦肴蒸：祭祀用的肉。藉：衬垫。⑧奠：进献。桂酒：用桂花泡制的酒。椒浆：用花椒浸泡的酒。⑨枹（fú）：击鼓槌。拊：轻轻敲打。⑩疏缓：稀疏缓慢。节：节拍。安歌：安详

26

地唱歌。⑪陈：陈列，列队。竽：笙类的吹奏乐器，有三十六管。瑟：弹拨乐器，多为二十五弦。浩倡：放声大唱。倡：通"唱"。⑫灵：代表神的巫者。偃蹇（yǎn jiǎn）：形容舞姿屈伸自如、轻快优美。姣服：漂亮的服饰。⑬芳菲菲：香喷喷。⑭五音：宫、商、角、徵、羽，是我国古代音乐的五种音阶。繁会：错杂交响。⑮君：神君，指东皇太一。

【译文】

吉祥的日子，良好的时光，恭恭敬敬地取悦天上的帝王。手抚着镶玉的长剑剑柄，身上的佩玉和鸣响叮当。精美的瑶席玉镇压四方，摆设好香茅散芳香。蕙草包裹祭肉，兰叶在下面做衬垫，桂椒酿制的美酒浆，献给上神。举起鼓槌敲得鼓声咚咚响，鼓节舒缓歌声安闲，又吹竽又鼓瑟放声歌唱。巫师舞姿优美服装更漂亮，芬芳的香气溢满厅堂。宫商角徵羽五音齐奏成交响，衷心祝神君快乐又健康。

云中君

【题解】

云中君，即"云君"，是云神，又名丰隆、屏翳。本篇是祭祀云神的歌舞词，按韵可以分为两章。写法上除了描写祭祀过程之外，还采用主祭的巫与扮云中君的巫对唱的形式，通过对唱，表达人们对云中君的热切期盼和思念，以及对云、雨的祈盼，与云中君对人们礼敬的报答。

【原典】

浴兰汤兮沐芳①，华采衣兮若英②。灵连蜷兮既留③，烂昭昭兮未央④。蹇将憺兮寿宫⑤，与日月兮齐光⑥。龙驾兮帝服⑦，聊翱游兮周章⑧。灵

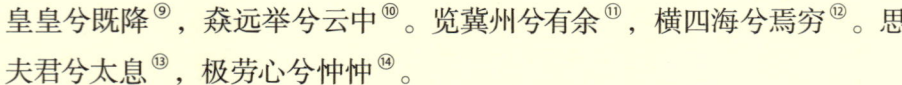

皇皇兮既降⑨,猋远举兮云中⑩。览冀州兮有余⑪,横四海兮焉穷⑫。思夫君兮太息⑬,极劳心兮忡忡⑭。

【注释】

①浴:洗身体。兰汤:用兰草煮的热水。沐:洗头发。芳:指"兰汤"。②英:花。③灵:指云中神,这里指祭降云中神的女巫。连蜷(quán):形容身姿矫健,回环宛曲的样子。④烂昭昭:天色微明,光明灿烂的样子。未央:未尽,未已。⑤蹇(jiǎn):发语词。憺(dàn):安居。寿宫:云中君在天上的宫阙。⑥齐光:争光。⑦龙驾:用龙拉的车,这里指驾龙车。帝服:天帝的服饰。⑧聊:暂且。翱游:翱翔,有逍遥的意思。周章:周游。⑨灵:指云中君。皇皇:同"煌煌",光明灿烂的样子。降:从天而降。⑩猋(biāo):疾速前进。举:高飞。云中:云霄之中,高空,常指传说中的仙境。⑪冀州:古代中国划分为冀、兖、青、徐、扬、荆、豫、梁、雍九州,冀州为九州之首,因以代指全中国。有余:还有其他的地方,这里指所望之远,不止此一州。⑫横:遍及。四海:指九州以外的地方。焉穷:怎么能穷尽。⑬夫:语气词。

君：指云中君。⑭劳心：忧心。忡忡（chōng）：心神不定的样子。

【译文】

我沐浴兰汤满身飘香，穿上华美的五彩衣裳。神灵附身的巫师身姿美好让人流连，天色微明，夜色尤未尽。神将要安居在云间殿堂，功德广大与日月齐光。驾着龙车穿着五彩衣裳，暂且翱翔空中游览四方。神光灿烂你从天而降，又疾速飞入云霄远远高翔。俯瞰九州，还有其他的地方，光芒照耀九州直到宇外八荒。思念神君长长叹息，每日忧心忡忡黯然神伤。

湘君

【题解】

《湘君》与下篇《湘夫人》同是祭祀湘水配偶神的祭歌。据秦汉后文献记载，传说舜帝南巡，死葬苍梧，娥皇、女英二妃追至洞庭，投水而死，成为湘水女神。后经长久流传，逐渐演变成舜为湘水之男神，即湘君，二妃为湘水之女神，即湘夫人。本篇以湘君的口吻，写了对湘夫人的思恋以及对爱情的追求。诗中依次叙述湘君精心准备后，乘舟迎接湘夫人，备尝艰辛却未能相遇，遍寻不得又重返约会地点，最终相会成为泡影后黯然离去等。情感变化曲折，情韵悠长，抒发了死生契阔、会合无缘的绵绵凄怨之情。

【原典】

君不行兮夷犹①，蹇谁留兮中洲②？美要眇兮宜修③，沛吾乘兮桂舟④。令沅湘兮无波⑤，使江水兮安流⑥！望夫君兮未来⑦，吹参差兮谁思⑧！驾飞龙兮北征⑨，邅吾道兮洞庭⑩。薜荔柏兮蕙绸⑪，荪桡兮兰旌⑫。

望涔阳兮极浦⑬,横大江兮扬灵⑭。扬灵兮未极⑮,女婵媛兮为余太息⑯。横流涕兮潺湲⑰,隐思君兮陫侧⑱。桂櫂兮兰枻⑲,斲冰兮积雪⑳。采薜荔兮水中㉑,搴芙蓉兮木末㉒。心不同兮媒劳㉓,恩不甚兮轻绝㉔!石濑兮浅浅㉕,飞龙兮翩翩㉖。交不忠兮怨长㉗,期不信兮告余以不闲㉘。鼂骋骛兮江皋㉙,夕弭节兮北渚㉚。鸟次兮屋上㉛,水周兮堂下㉜。捐余玦兮江中㉝,遗余佩兮醴浦㉞。采芳洲兮杜若㉟,将以遗兮下女㊱。时不可兮再得㊲,聊逍遥兮容与㊳。

【注释】

①君:指湘君。夷犹:犹豫不前的样子。②蹇(jiǎn):发语词,楚地方言。谁留:为谁而留。③要眇(yāo miǎo):美好的样子。宜修:修饰得恰到好处。④沛:形容船顺流而下的样子。吾:我,湘君自谓。乘:驾驭。桂舟:用桂木造的船,后亦用作对舟船的美称。⑤沅湘:指沅江、湘江。⑥江水:指长江。⑦夫:指示代词,那,这里指湘君。⑧参差(cēn cī):即排箫,相传为舜所发明,其状如凤翼之参差不齐,故又名参差。⑨飞龙:指刻画着龙的快船,即上文所说的"桂舟"。征:行。⑩邅(zhān):楚地方言,回转,绕道,改变方向。洞庭:即洞庭湖,在今湖南省北部。⑪薜荔:香草名,又称木莲。柏:通"箔",帘子。绸:通"幬",或作"惆(chóu)",即床帐。⑫荪桡(sūn ráo):缠绕荪草的船桨。兰:兰草。旌:旌旗上的饰物。⑬涔(cén)阳:地名,即涔阳浦,在今湖南省涔水北岸,澧县附近,地处洞庭湖西北岸与长江之间。极浦:遥远的水滨,指涔阳。⑭扬灵:发扬灵光。⑮未极:未至,未到达。⑯女:指扮演湘夫人的男巫身边的巫女。婵媛(chán yuán):忧愁悲怨。⑰潺湲(chán yuán):水不停流动的样子,这里形容泪流不止的样子。⑱隐:伤痛,忧痛。君:湘君。陫侧:通"悱恻",形容内心悲痛。⑲櫂(zhào):船桨。枻(yì):船舷。⑳斲(zhuó):砍开,劈开。㉑薜荔:缘树而生的香草。㉒搴(qiān):拔取,采取。芙蓉:荷花。㉓媒劳:媒人徒劳无用。㉔甚:深。轻绝:容易决绝。㉕石濑(lài):沙石间的急流。浅浅(jiān):水快速流动的样子。㉖翩翩:轻

快飞行的样子。㉗交：交情。忠：忠厚。㉘期：约会。不信：不守信用，不赴约。㉙鼂（zhāo）：同"朝"，早晨。骋骛（chěng wù）：急速奔腾，这里指行船而言。皋（gāo）：水边高地。㉚弭：止。北渚：洞庭湖北岸的小洲。㉛次：止宿，栖宿。周：环绕。屋上：迎神用的屋子。㉜堂：坛，一种方形土台，这里指祭坛。㉝捐：丢弃。玦：古时佩带的玉器，似环而有缺口，常用作表示决断、决绝的象征物。㉞佩：古代系于衣带的装饰品，常指珠玉之类。澧：水名，在今湖南，注入洞庭湖。㉟芳洲：生长芳草的水洲。㊱遗（wèi）：丢下。下女：指湘夫人的侍女。㊲时：时机，机会。㊳聊：姑且。逍遥：倘佯，缓步行走的样子。容与：徘徊，漫步。

【译文】

你犹豫不决不走，究竟为谁停留在水中沙洲？我修饰停当容仪美好，驾起芳香的桂舟赶到这里守候。我叫沅水湘水不要掀起风浪，让长江水安安静静地舒缓向前。我泪眼望穿你却不来，你吹排箫把谁求？我驾起龙舟向北航行，掉转船头取道洞庭。用薜荔做帘蕙草做帐，拿荪草饰桨香兰饰旌。眺望涔阳的那一方，继续扬起风帆横渡大江。我驱舟向前看不见你的踪影，你身边的侍女也为我叹息悲伤。热泪纵横不停流淌，思念你啊痛断肝肠。桂木为浆，木兰为舷，劈开层冰和积雪。就像到水中采摘薜荔，爬上树梢采摘荷花。两个人心意不同媒人也徒劳，恩爱不深厚就会轻易弃绝。沙石滩上的江水快速流淌，我的龙舟在水上飞速前行。交情不忠诚难免怨恨绵长，约会不守信却说没空闲。我早晨驱车在江边急速奔走，傍晚泊舟在北洲停留。孤独的鸟儿在屋上栖息，弯弯的江水在堂前缓流。把玉玦抛入水中央。把玉佩丢在澧水旁。在芳洲上采摘杜若，准备送给好姑娘。时光一去不会再来，暂且放宽心怀漫步在江边。

湘夫人

【题解】

本篇和《湘君》相对应，写了湘夫人对湘君的怀恋，表达了思念又无奈却终不能相见的伤感惆怅的心情。诗中依次描述了湘夫人因不得与湘君相见而忧愁烦恼，思念湘君却不能吐露心声的矛盾，想象与湘君会面的美好场景，最终却未能与湘君相见的惆怅伤感。

【原典】

帝子降兮北渚①，目眇眇兮愁予②。嫋嫋兮秋风③，洞庭波兮木叶下④。登白薠兮骋望⑤，与佳期兮夕张⑥。鸟萃兮苹中⑦，罾何为兮木上⑧。沅有茝兮醴有兰⑨，思公子兮未敢言⑩。荒忽兮远望⑪，观流水兮潺湲⑫。麋何食兮庭中⑬？蛟何为兮水裔⑭？朝驰余马兮江皋⑮，夕济兮西澨⑯。闻佳人兮召予⑰，将腾驾兮偕逝⑱。筑室兮水中⑲，葺之兮荷盖⑳。荪壁兮紫坛㉑，播芳椒兮成堂㉒。桂栋兮兰橑㉓，辛夷楣兮药房㉔。罔薜荔兮为帷㉕，擗蕙櫋兮既张㉖。白玉兮为镇㉗，疏石兰兮为芳㉘。芷葺兮荷屋㉙，缭之兮杜衡㉚。合百草兮实庭㉛，建芳馨兮庑门㉜。九嶷缤兮并迎㉝，灵之来兮如云㉞。捐余袂兮江中㉟，遗余褋兮醴浦㊱。搴汀洲兮杜若㊲，将以遗兮远者㊳。时不可兮骤得㊴，聊逍遥兮容与㊵！

【注释】

①帝子：指湘夫人。在神话传说中，湘夫人的原型是帝尧的女儿娥皇、女英，女儿在古代也可称"子"。故称湘夫人为"帝子"。北渚：指靠近洞庭湖北岸的小洲。②眇眇（miǎo）：远望的样子。愁予：使我发愁。③嫋嫋（niǎo）：又作

"袅袅",微风吹拂的样子。④波:动词,起水波。木叶:树叶。⑤白蘋(fán):水草名,即蘋草,生于湖泽,秋季生长,形状像莎草而稍大。骋(chěng)望:放眼远望。⑥佳:佳人,指湘夫人。期:约会。夕:黄昏。张:陈设,布置。⑦萃(cuì):聚集、汇集。苹(pín):水草名,多年生草木,生浅水中。⑧罾(zēng):用木棍或竹竿做支架的方形渔网。⑨茝(chǎi):白芷,香草名。⑩公子:指湘夫人。未敢言:不敢说出来。荒忽:即恍惚,渺渺茫茫、看不清楚的样子。潺湲(chán yuán):水缓慢而流的样子。⑬麋(mí):野兽名,即麋鹿,也叫"四不像"。⑭蛟:古代传说中的一种龙,常居水中深渊,能发洪水。水裔:水边。⑮朝:早晨。余:女巫自称。皋:水边高地。⑯济:渡。⑰佳人:爱人,即湘君。⑱腾驾:飞快地驾车。偕逝:一同前往。⑲室:古代称堂后为室。⑳葺(qì):原指茅草覆盖房屋,亦泛指覆盖。㉑荪壁:用荪草装饰墙壁。荪,香草名。紫:这里指紫贝,是一种珍美的水产。㉒播:播散。椒:花椒。成:通"盛",涂饰。㉓桂栋:用桂木做的梁栋。橑(liáo):屋椽。㉔辛夷楣:用辛夷做的房屋的次梁。辛夷:又名木笔,木兰科,落叶乔木。药:即白芷。房:卧房。㉕罔:同"网",这里作动词,编结。帷:帷帐。㉖擗(pǐ):拆开。櫋(mián):隔扇。既张:已经张挂好。㉗镇:镇席,压住坐席的东西。㉘疏:放置。石兰:香

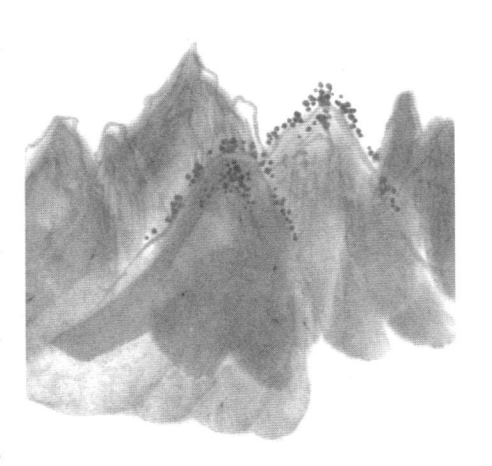

草名，即山兰，兰草的一种。㉙芷葺：以白芷覆盖的屋顶。荷屋：盖着荷叶的屋。㉚缭：缠套。杜衡：香草名，俗称马蹄香。㉛合：集合。百草：指各种香草。实：充满。㉜芳馨（xīn）：芳香，借指各种香草。庑：堂下周围的走廊、廊屋。㉝九嶷：指九嶷山。缤：缤纷。㉞灵：指扮神的女巫。㉟捐：抛弃。余：女巫自称。袂（mèi）：衣袖。㊱遗：丢下。褋（dié）：禅衣，指贴身穿的汗衫之类。醴浦：澧水之滨。㊲搴（qiān）：采摘，折取。汀（tīng）洲：水中或水边的平地。杜若：香草名，又名山姜。㊳遗（wèi）：赠予。远者：在远处的人，指湘夫人。㊴骤得：一下子得到。㊵聊：姑且。逍遥：悠游自得的样子。容与：徘徊，漫步。

【译文】

夫人快些降临在这江北小洲上，我望眼欲穿心中悲痛忧伤。萧瑟的秋风徐徐吹拂，洞庭湖波涌浪翻，树叶纷纷飘落。我登上白薠举目远望，与佳人约会早已准备停当。但鸟儿为什么聚集水草里，鱼网为什么挂在树梢上？沅水有白芷，澧水有香兰，心中思念你，口中不敢声张。恍恍惚惚向远方张望，只见湘江北去流水潺潺。麋鹿为什么觅食在庭院中？蛟龙为什么回游在水边？早晨我在江边跃马飞驰，傍晚我渡过江到了西岸。听到佳人的亲切召唤，我驾起快车一同高飞远去。我们将宫室筑在水中央，把荷叶盖在屋顶上。用荪草装饰墙壁，用紫贝来铺地面，用花椒和泥涂抹祭坛。以桂木做正梁，用兰木做椽子，用辛夷做门框，用白芷做卧房。编织薜荔做帷帐，蕙草挂在帐顶上。白玉为镇压住坐席，摆上石兰满室芬芳。荷叶屋顶再加放白芷，杜衡缠绕让满院飘香。聚集香草布满庭院，香花摆在门旁走廊。九嶷山众神纷纷前来恭贺新宅，众神云集纷纷扬扬。把衣袖抛向滚滚江流之中，把禅衣扔向澧水之滨。我在沙洲上采摘杜若，准备送给远方的人聊表寸心。美好的时光不能骤然得到，暂且悠闲漫步独自排遣忧伤。

大司命

【题解】

本篇是上古祭大司命之神的歌舞词。大司命，旧说多指星宿。据本篇"何寿夭兮在予"看来，大司命是主寿夭之神。其中扮演大司命的男巫的唱词，既有他的自述，也有他对少司命的唱词。通过这些唱词，描写了大司命的威严、神秘和冷酷，表现了人们祈求永命延年、珍惜生命的美好愿望以及对大司命神的敬畏之情。

【原典】

广开兮天门①，纷吾乘兮玄云②。令飘风兮先驱③，使冻雨兮洒尘④。君迴翔兮以下⑤，逾空桑兮从女⑥。纷总总兮九州⑦，何寿夭兮在予⑧！高飞兮安翔⑨，乘清气兮御阴阳⑩。吾与君兮斋速⑪，导帝之兮九坑⑫。灵衣兮被被⑬，玉佩兮陆离⑭。壹阴兮壹阳⑮，众莫知兮余所为⑯。折疏麻兮瑶华⑰，将以遗兮离居⑱。老冉冉兮既极⑲，不寖近兮愈疏⑳。乘龙兮辚辚㉑，高驼兮冲天㉒。结桂枝兮延伫㉓，羌愈思兮愁人㉔。愁人兮奈何㉕，愿若今兮无亏㉖。固人命兮有当㉗，孰离合兮可为㉘？

【注释】

①广开：大开。天门：传说天帝所居的紫微宫之门。②纷：多而浓密的样子。玄云：黑云，浓云。③令：叫。飘风：旋风，狂风。先驱：前导，在前开路。④冻（dōng）雨：暴雨。⑤君：对大司命的尊称。迴翔：像鸟儿一样盘旋飞翔。⑥逾：越过。空桑：传说中的山名，产琴瑟之材。女：通"汝"，你，这里指众巫。⑦纷总总：盛多的样子。⑧何：为什么。寿：长寿。

夭：短命。⑨安翔：平稳徐缓地飞翔。⑩清气：天地间清明之气。阴阳：指天地间的阴阳二气。⑪与：跟。君：大司命。斋速：虔诚而恭谨的样子。斋，当为齐字之讹。⑫帝：天帝。九坑：即九州，泛指人世间。⑬灵衣：神灵的衣裳。被被：通"披披"，长、大的样子。⑭陆离：光彩闪耀。⑮壹阴兮壹阳：即"一阴一阳"，时晦时明的意思，形容变化多端。⑯众：指一般世俗的人。余：我，大司命自述。⑰疏麻：传说中的神麻。瑶华：神麻的花朵。⑱遗（wèi）：赠给。⑲冉冉（rǎn）：渐渐。极：至。⑳寖（jìn）：稍稍。近：亲近。㉑龙：指龙车。辚辚：车声。㉒驼：同"驰"，飞驰。冲天：冲向天空。㉓延伫（zhù）：长久地站立。㉔羌：使人愁闷。㉕奈何：如何，怎么办。㉖愿：希望。无亏：指身体健康，没有亏损，犹言珍重。㉗固：本来。当：正常。㉘孰：谁。离合：分离与团圆，这里指人和神的分离和聚合。

【译文】

敞开天宫的大门，我乘上浓密的乌云。命令旋风为我开道，叫暴雨为我清除路尘。神君盘旋飞翔从空中下降，我越过空桑将您紧跟。九州之上芸芸众生，谁生谁死都握在我手上。高空里徐徐地翱翔，乘驾着清气掌握着阴阳。我虔诚恭敬地为您做向导，把上帝权威带到九州山冈。我穿的云衣飘动长又长，我佩的玉佩闪烁放光芒。我时而晦暗时而亮，谁也不知道我搞什么名堂。折一枝神麻的玉色花朵，准备送给将离去的神灵。衰老已经渐渐地到来，如果再不亲近神灵就会日益疏远。大司命乘着龙车车声辚辚，它高飞冲天啊直入重云。我手持一束桂枝久久伫立，越是想念啊越是伤心。伤心哀愁又能怎样？宁可保持现状身体没有损伤。人的寿命本来有短长，面对人神的离合谁又能做什么？

少司命

【题解】

少司命是主管人间子嗣后代的天神。本篇为祭祀少司命神的祭歌。《少司命》遵循对唱形式，先是女巫登场告慰少司命接受歆飨，然后是少司命离去，群巫合唱，最后是众巫祈愿和述说对少司命的爱戴。全诗结构简单，从中明显可见降神、娱神、颂神、送神的祭祀全过程，其中贯穿女巫与少司命缠绵缱绻的情谊，给人淡淡的忧思而不失庄重。

【原典】

秋兰兮麋芜①，罗生兮堂下②。绿叶兮素枝③，芳菲菲兮袭予④。夫人自有兮美子⑤，荪何以兮愁苦⑥！秋兰兮青青⑦，绿叶兮紫茎。满堂兮美人⑧，忽独与余兮目成⑨。入不言兮出不辞⑩，乘回风兮载云旗⑪。悲莫悲兮生别离⑫，乐莫乐兮新相知⑬。荷衣兮蕙带⑭，倏而来兮忽而逝⑮。夕宿兮帝郊⑯，君谁须兮云之际⑰？与女游兮九河，冲风至兮水扬波⑱。与女沐兮咸池⑲，晞女发兮阳之阿⑳。望美人兮未来㉑，临风怳兮浩歌㉒。

孔盖兮翠旍㉓，登九天兮抚彗星㉔。竦长剑兮拥幼艾㉕，荪独宜兮为民正㉖。

【注释】

①秋兰：香草名，因在秋天开花，所以叫"秋兰"。麋（mí）芜：芎䓖（xiōng qióng）幼苗的别名。②罗生：并列而生。③素枝："枝"当作"华"，即白色的花。④予：我，巫自称。⑤夫：句首语气词。美子：对他人子女的美称。子，子女。⑥荪：香草名，这里指代少司命。⑦青青：通"菁菁（jīng）"，草木茂盛的样子。⑧美人：与"美子"相应，指出众美好的人，这里以参加祭礼的众巫来代指人间的女性。⑨余：我，即少司命。目成：眉目传情。⑩入：指少司命来到祭祀场所。出：离开。辞：告辞。⑪乘：乘坐，驾驭。回风：旋风。⑫莫：没有。⑬乐莫乐兮新相知：意即欢乐没有比新近结交了知心的人更欢乐的了。⑭荷衣：荷叶做的衣。蕙带：蕙草做的佩带。⑮儵（shū）：忽然。逝：离去。⑯帝：天帝。帝郊：指天国的郊野。⑰君：指少司命。须：等待。⑱女游兮九河，冲风至兮水扬波两句：疑是《河伯》中的话，应删去。⑲女：通"汝"，你。沐：洗头发。咸池：神话中的天池。⑳晞（xī）：晒干。阳：太阳。㉑美人：指少司命。㉒怳（huǎng）：心神不定，失意的样子。浩歌：大声歌唱。㉓孔：孔雀，这里指孔雀的羽毛。翠旍（jīng）：亦作"翠旌"，用翡翠鸟羽毛制成的旌旗。㉔九天：传说天有九重，这里指天的最高处。抚：握持，拿着。彗星：绕太阳运行的一种形体，后曳长尾，呈云雾状，俗称"扫帚星"。㉕竦（sǒng）：执，举起。幼艾：泛指少年男女。㉖荪：指少司命。宜：合适，适宜。民正：人民的命运主宰。

【译文】

麋芜伴着秋兰，并列生长在厅堂台阶下。绿色的叶子，白色的花朵，香气浓郁沁入我的肺腑。世间自有娇美的子女，你为何还要替他们忧虑担心？秋天的兰花如此茂盛，绿叶和紫茎郁郁葱葱。厅堂之中有众多美人，忽然对我一人眉目传情。悄悄降临又总是不辞而行，乘风驾云飘然离我而去。世上最伤心的事莫过于有情人离别，最开心的事莫过于结交新的知己。以荷叶做衣以蕙草做腰带，匆匆而来又转瞬即逝。傍晚时你投宿在天国郊野，在那遥远的天际里你又把谁等待？想与你一起游览观赏九河，但暴风雨来临掀起巨浪。想与你一同在天池中清洗秀发，一起到那日出的地方把它晒干。盼望美人，却不见你来，心神恍惚的我伫立在风中忍不住高歌解忧。您以孔雀为车盖翡翠为旌旗，登上高天安抚彗星。您一手握着长剑一手抱着幼童，只有你能主宰我们的命运。

东君

【题解】

东君是古代神话传说中的日神，因日出东方，故称东君。本篇是祭祀日神的祭歌，也就是礼赞太阳神的颂歌。诗中以祭者与神灵两种口吻交替歌唱，既表现了太阳神东君正直、勇武、豪迈的英雄气概，又赞颂了它普照万物、惩除邪恶、保佑众生的光辉形象，描绘了大众对太阳神的崇敬和对光明的无限渴望。

【原典】

暾将出兮东方①，照吾槛兮扶桑②。抚余马兮安驱③，夜皎皎兮既明④。驾龙辀兮乘雷⑤，载云旗兮委蛇⑥。长太息兮将上⑦，心低徊兮顾怀⑧。羌声色兮娱人⑨，观者憺兮忘归⑩。緪瑟兮交鼓⑪，箫钟兮瑶簴⑫。鸣篪兮吹竽⑬，思灵保兮贤姱⑭。翾飞兮翠曾⑮，展诗兮会舞⑯。应律兮合节⑰，灵之来兮蔽日⑱。青云衣兮白霓裳⑲，举长矢兮射天狼⑳。操余弧兮反沦降㉑，援北斗兮酌桂浆㉒。撰余辔兮高驰翔㉓，杳冥冥兮以东行㉔。

【注释】

①暾(tūn)：初升的太阳。②吾：我。槛(jiàn)：栏杆。扶桑：神话中的树名。③抚：轻拍。余：我。安驱：徐缓、安稳地奔驰。④皎皎：同"皎皎"，形容明亮的样子。⑤龙辀(zhōu)：即龙驾的车。乘雷：指车声隆隆似雷。⑥委蛇(yí)：即逶迤，舒卷蜿蜒的样子。⑦太息：大声地叹气。⑧低徊：即"低佪"，徘徊，迟疑不进。顾怀：怀念，恋恋不舍。⑨羌：楚地方言，发语词。声色：指日出时的奇景。⑩憺(dàn)：安乐，这里有迷恋的意思。⑪缅(gēng)瑟：绷紧琴瑟上的弦。⑫箫：通"捎"，打击，敲击。瑶：应为"摇"，使摇动。簴(jù)：通"虡"，悬挂钟磬的木架两侧的支柱。⑬鸣篪(chí)：通"箎"，古代一种竹制的吹奏乐器，形似笛，有八孔。⑭灵保：神巫。贤姱(kuā)：既贤且美。⑮翾(xuān)飞：鸟儿轻飞滑翔的样子。翠：鸟名。曾(zēng)：通"翻"，举起翅膀，飞举。⑯展诗：古代音乐、舞蹈、诗歌三位一体，这里指放声歌唱。会舞：合舞。⑰应律：应和乐曲的旋律。合节：合着乐曲的节拍。⑱灵：指其他神灵。蔽

日：形容神灵众多，遮天蔽日。⑲青云衣：以青云为上衣。白霓裳：以白霓为下裳。⑳矢：箭。㉑余：东君自谓。弧：木弓，亦为弓的通称。沦降：坠落，这里指日渐西下。㉒援：握住，拿起。北斗：北斗七星，由七颗星星组成，形似舀酒的斗，故称。酌：斟酒。桂浆：桂花酒。㉓撰：握住，拿着。辔：缰绳。高驼翔：高驰飞翔。㉔杳：深远的样子。冥冥：黑暗。以东行：往东方运行。

【译文】

明亮的太阳将要出现在东方，照耀着我门前的栏杆神木扶桑。轻轻拍打着我的宝马安步缓行，夜色渐渐消失露出曙光。我驾着龙车车声隆隆如雷响，云彩为旗高高举起舒卷飘荡。长叹一声我将要奔驰天上，我心里犹豫迟疑又眷恋彷徨。日出的景象光辉灿烂令人心醉，观看的人怡然自得流连忘返。绷紧琴弦对敲乐鼓，敲击大钟钟架摇晃。吹奏横笛竽笛声相和，思恋灵巫贤惠又漂亮。舞步翩翩像翠鸟般轻盈，载歌载舞齐声诵诗章。应着音乐旋律和着节拍，神灵纷纷前来迎接，多得遮蔽了太阳。青云做衣白霓做裙裳，高举长箭射杀凶残天狼。手持天弓准备返回西方，拿起北斗七星舀取醇香酒浆。握紧手中的马缰绳高高飞驰，穿越幽黑的长夜急奔向东方。

河伯

【题解】

河伯，又叫河神，神话传说中的黄河之神。本篇是祭祀河伯的祭歌，通篇以女子的语气叙说与河伯的欢会畅游。诗中先描写了女子与河神遨游九河，随即登昆仑、入龙宫、游河渚，最后依依惜别。整个祭祀过程轻松淡然，营造出了迷离清婉的意境。

【原典】

与女游兮九河①，冲风起兮横波②。乘水车兮荷盖③，驾两龙兮骖螭④。登昆仑兮四望⑤，心飞扬兮浩荡⑥。日将暮兮怅忘归⑦，惟极浦兮寤怀⑧。鱼鳞屋兮龙堂⑨，紫贝阙兮朱宫⑩，灵何为兮水中⑪？乘白鼋兮逐文鱼⑫。与女游兮河之渚⑬，流澌纷兮将来下⑭。子交手兮东行⑮，送美人兮南浦⑯。波滔滔兮来迎⑰，鱼隣隣兮媵予⑱。

【注释】

①女：通"汝"，你。九河：黄河下游河道的总名，相传夏禹治理黄河时开了九条河流，故称。这里泛指黄河的众多支流。②冲风：暴风，大风。横波：横起大波。③乘：乘坐。盖：车顶。④驾两龙：指河伯用两条龙为自己拉车。骖(cān)：四匹马拉车时两旁的马叫骖。螭(chī)：古代传说中没有角的龙。⑤昆仑：古代神话传说中的山名。⑥浩荡：形容心绪放达，无拘无束。⑦怅：姜亮夫《屈原赋校注》认为是"憺"字之讹，为安乐的意思。⑧极浦：遥远的水边尽头。寤怀：睡不着而怀念，形容思念之极。⑨鱼鳞屋：以鱼鳞筑造的屋子，取其光彩闪耀。龙堂：以龙鳞装饰的厅堂。⑩紫贝：一种珍美的水产。阙：宫门前面两边高耸的望台。朱宫：珍珠做的宫殿。⑪灵：神灵，这里指河伯。⑫鼋(yuán)：大鳖。逐：追随，跟从。文鱼：有花纹的鲤鱼。⑬渚(zhǔ)：水边。⑭流澌(sī)：解冻时河中流动的冰块。⑮交手：执手，握手，古人将分别，则相执手表示不忍分离。⑯美人：指河伯。浦：水边，河岸。⑰波：波涛。滔滔：滚滚。⑱隣隣(lín)：通"粼粼"，一个接着一个，形容众多。

媵（yìng）：送别。

【译文】

　　与你一起游览观赏九河，暴风搅动水流涌起洪波。乘坐的水车用荷叶做车盖，两条神龙驾车螭龙来拉车。登上昆仑山纵目望四方，神采飞扬胸怀多开畅。天色已晚乐不思归家，只怀念那遥远的水乡。鱼鳞做屋瓦厅堂画蛟龙，紫贝饰门阙珍珠饰宫殿，神灵你为什么住在水中？乘着白鼋追文鱼，与你同游到河边，冰块纷纷解冻涌向前。与你握手告别向东行，我送你到南方的水滨。滔滔河水前来将你欢迎，鱼儿列队来送我踏上归程。

山鬼

【题解】

　　本篇是祭祀山鬼的祭歌，因非正神，故称鬼。诗中先描述了山鬼与心上人约会前的盛装准备，以及见面时的欣喜和焦虑，随即又写了相约成空后的哀怨忧伤，细致地表现了山鬼对美好爱情的向往和失恋后的凄苦心情，描绘了一个温柔多情、缠绵悱恻的神鬼形象。

【原典】

　　若有人兮山之阿①，被薜荔兮带女罗②。既含睇兮又宜笑③，子慕予兮善窈窕④。乘赤豹兮从文狸⑤，辛夷车兮结桂旗⑥。被石兰兮带杜衡⑦，折芬馨兮遗所思⑧。余处幽篁兮终不见天⑨，路险难兮独后来⑩。表独立兮山之上⑪，云容容兮而在下⑫。杳冥冥兮羌昼晦⑬，东风飘兮神灵雨⑭。留灵修兮憺忘归⑮，岁既晏兮孰华予⑯。采三秀兮于山间⑰，石磊磊兮葛蔓蔓[18]。怨公子兮怅忘归[19],君思我兮不得闲[20]。山中人兮芳杜若[21],饮石泉兮荫松柏[22]。君思我兮然疑作[23]。雷填填兮雨冥冥[24],猿啾啾兮又夜鸣[25]。风飒飒兮木萧萧[26],思公子兮徒离忧[27]。

【注释】

①若:句首语气助词。山之阿(ē):山凹,山的弯曲处。②被(pī):通"披"。薜荔:一种蔓生的常绿灌木,亦名木莲。女罗:同"女萝",蔓生植物名。③含睇(dì):含情而视。睇,微微斜视。宜笑:适宜于笑,指笑得很美。④子:你,山鬼对所思之人的称呼。予:我,山鬼自称。窈窕:美好、娴静的样子。⑤赤豹:皮毛呈褐色的豹。从:跟从。文狸:毛色有花纹的狸。文,花纹。⑥辛夷车:用辛夷木做的车。结:编结。桂旗:用桂枝做的旗。⑦石兰、杜衡:皆香草名。⑧折:采,摘取。芳馨:指香花香草,即上文所说的石兰、杜衡等。遗(wèi):赠送。⑨余:我,山鬼自称。篁(huáng):竹林。⑩后来:迟到,来晚了。⑪表:独立、突出的样子。⑫容容:水或烟气浮动的样子。⑬杳冥冥兮羌昼晦:杳,深远的样子。冥冥,昏暗的样子。羌,楚地方言,发语词。⑭神灵雨:神

灵降下雨水。神灵，指山鬼。雨（yù）：动词，降雨。⑮灵修：指山鬼。憺（dàn）：安乐。⑯晏：晚，迟。华予：让我像花一样美丽。华，美，这里是使动用法。⑰三秀：指灵芝草，一年开三次花，故称三秀。传说服食了能延年益寿。⑱磊磊：乱石堆积的样子。葛：葛草，多年生草本植物。蔓蔓：形容葛草蔓延的样子。⑲公子：指山鬼的所思之人。怅：怨望，失意。⑳君：指山鬼。不得闲：没有空闲。㉑山中人：山鬼自称。芳杜若：芬芳似杜若，比喻香洁。杜若，香草名，亦称山姜。㉒石泉：山中泉水。荫：遮蔽。㉓然疑：将信将疑，半信半疑。然，相信，不怀疑。疑，与"然"相对，怀疑。作：兴起，发生。㉔填填：指雷声。冥冥：昏暗的样子。㉕猨：同"猿"，似猕猴。啾啾：猿的哀叫声。又：当作"狖（yòu）"，黑色长尾猴。㉖飒飒（sà）：指风声。萧萧：指风吹叶落的声音。㉗离：通"罹（lí）"，遭受。

【译文】

　　有个人在那山的拐弯处，身披薜荔腰间系着松萝。含情脉脉开口微微笑，你爱慕我的姿态啊美丽又窈窕。赤豹在前面拉车，后面跟着大花狸，辛夷木做车，桂枝做旌旗。身披石兰啊杜衡做飘带，采摘下香花送给所爱的你。我住在竹林深处暗不见天日，道路艰难险阻使我姗姗来迟。我孤独地站在高山顶端，云海茫茫在我的脚下翻卷。天色昏暗无光啊白昼如夜晚，东风阵阵，雨神为我降雨。我痴心等待你不思回返，红颜已老谁能使我再美？采集灵芝仙草在那巫山间，无奈山石嶙峋葛藤蔓蔓。怨恨你失约使我惆怅忘返，你一定也思念我，只是没有空闲。我这山中人如杜若般芬芳，啜饮石间的清泉遮荫用松柏。你想我，我将信将疑。雷声隆隆细雨绵绵，猿声凄凄长夜呼唤不停。秋风飒飒黄叶飘零，思念公子啊徒自哀伤。

国殇

【题解】

国殇，指为国牺牲的将士。从诗词内容来看，应指在秦楚战争中牺牲的楚国将士。诗中前十句描绘了激烈而悲壮的战斗场面，写出了楚国战士的英勇神武。后八句悼念将士为国捐躯，歌颂了战士们至死不渝的英雄气概和爱国精神，并以此激励民众，实现退敌保国、洗雪国耻的愿望。

【原典】

操吴戈兮被犀甲①，车错毂兮短兵接②。旌蔽日兮敌若云③，矢交坠兮士争先④。凌余阵兮躐余行⑤，左骖殪兮右刃伤⑥。霾两轮兮絷四马⑦，援玉枹兮击鸣鼓⑧。天时怼兮威灵怒⑨，严杀尽兮弃原野⑩。出不入兮往不反⑪，平原忽兮路超远⑫。带长剑兮挟秦弓⑬，首身离兮心不惩⑭。诚既勇兮又以武⑮，终刚强兮不可凌⑯。身既死兮神以灵⑰，子魂魄兮为鬼雄⑱。

【注释】

①操：挥舞。吴戈：兵器名，吴国制造，当时吴国的冶铁技术较先进，吴戈因锋利而闻名。被，通"披"，穿着。犀甲：犀牛皮制作的铠甲，非常坚硬。②错：交错。毂（gǔ）：车轮的中心部位，周围与车辐的一端相接，有圆孔，可以插轴，这里泛指战车的轮轴。短兵：指刀剑一类的短兵器。③旌：旗。④矢交坠：两军相射的箭纷纷坠落在阵地上。⑤凌：侵犯。躐（liè）：践踏。行（háng）：行列。⑥左骖（cān）：古时用四匹战马牵一辆战车，居中的两匹叫"服"，两旁的两匹叫"骖"。殪（yì）：死。刃伤：受刀伤。

⑦霾（mái）：通"埋"，遮掩，掩埋。絷（zhí）：拴住马足。⑧援：拿着。枹（fú）：鼓槌。鸣鼓：声音响亮的鼓。⑨天时：上天际会，这里指上天。天时怼（duì）：指上天都怨恨。怼，怨恨。⑩严杀：严酷的厮杀。尽：皆，全都。⑪出不入：指壮士出征，决心以死报国，不打算再进国门。反：同"返"，返回。⑫忽：渺茫，不分明的样子。超远：遥远无尽头。⑬挟：夹持。秦弓：指秦地所产的良弓。战国时，秦地木材质地坚实，制造的弓射程远。⑭首身离：身首异处。不惩：不畏惧。⑮诚：诚然，确实。武：威武，指武艺高强。⑯终：始终。凌：侵犯。⑰神以灵：指精神成为神灵，指死而有知，精神永生。⑱子：对战士亡灵的尊称。鬼雄：鬼中的英雄，用以称誉为国捐躯者。

【译文】

　　手挥着吴戈，身披着犀牛甲，敌我车轮交错，白刃相厮杀。旌旗蔽日阵前敌人多如云，飞箭如雨，勇士奋战向前。敌人侵犯我军阵地，我军队列遭践踏，左侧骖马倒地死，右服也被刀扎伤。车轮深陷啊四匹战马被拴住，挥动鼓槌敲起震天战鼓。苍天哀怨神灵发怒，将士阵亡尸横沙场。壮士出征报国一去不复返，荒原渺茫路途遥远漫长。佩带长剑臂下夹持着秦弓，即使身首分离也将无所畏惧。你们真是既勇敢啊又有武艺，始终刚强不屈啊不可欺凌。如今身虽死啊精神却永存，你们的魂魄啊也是鬼中英雄。

礼魂

【题解】

　　本篇是礼成送神之词，是祭典的最后一个节目。魂，也就是神，包括九歌前十篇所祭祀的天地神祇和人鬼。诗中描写祭礼完成时载歌载舞的热烈场面，表现了人们对美好生活对未来充满信心，也表达了人们祈求神灵永远护佑的美好愿望。

【原典】

成礼兮会鼓①，传芭兮代舞②，姱女倡兮容与③。春兰兮秋菊④，长无绝兮终古⑤。

【注释】

①成礼：指祭祀之礼完毕。会鼓：快速击鼓，鼓点密集。②芭：通"葩(pā)"，一种香草。传芭：这里指舞者手执香草，相互传递。代舞：更迭起舞。③姱(kuā)：美好。倡：通"唱"。容与：从容舒缓。④兰：兰花。⑤终古：永远。

【译文】

祭礼完成了一齐击鼓合奏，传递着鲜花众人依次起舞，美女高声领唱仪态闲舒从容。

春天奉献兰花秋天祭祀晚菊，祭祀永无终止啊千秋万代相继。

天问

【题解】

　　《天问》是屈原除《离骚》之外的又一长篇代表作。《天问》全篇三百七十四句，一百七十多个问题，是一篇以四字句为基本格式的长诗。其间神话传说杂陈，历代兴亡并举，对天地生成、社会古今、神话鬼怪等问题一一发难诘问，放言无惮，奇气纵横。既表现了屈原渊博的知识涵养，又体现了他对自然宇宙和社会历史的深刻思考以及对传统观念的大胆怀疑和批判的求索精神。

　　《天问》以新奇的艺术手法表现了精深的内容。全诗气势磅礴，雄壮奇特，在我国文学史上占有重要地位。

【原典】

曰：遂古之初①，谁传道之？上下未形②，何由考之？冥昭瞢暗③，谁能极之？冯翼惟像④，何以识之？明明暗暗⑤，惟时何为⑥？阴阳三合⑦，何本何化⑧？圜则九重⑨，孰营度之⑩？惟兹何功⑪，孰初作之⑫？斡维焉系⑬？天极焉加⑭？八柱何当⑮？东南何亏⑯？九天之际⑰，安放安属⑱？隅隈多有⑲，谁知其数？天何所沓⑳？十二焉分㉑？日月安属㉒？列星安陈㉓？出自汤谷㉔，次于蒙汜㉕。自明及晦㉖，所行几里？夜光何德㉗，死则又育㉘？厥利维何㉙，而顾菟在腹㉚？女岐无合㉛，夫焉取九子㉜？伯强何处㉝？惠气安在㉞？何阖而晦㉟？何开而明？角宿未旦㊱，曜灵安藏㊲？

【注释】

①遂古：远古。遂，通"邃"，远，往。②上下：指天地。③冥：昏暗。昭：光明。瞢（méng）暗：昏暗不明、模糊不清的样子。④冯（píng）翼：大气鼓荡流动的状态。像：本无实物存在的只可想象的形象，景象。⑤明明暗暗：指一天分昼夜而有明有暗。⑥时：通"是"，这个。⑦阴阳：阴气和阳气。三合：参错相合。三，通"参"。⑧本：本源。化：化生，派生。⑨圜（yuán）：同"圆"，指天体。九重：古说天有九重，极言其高。重，层。⑩营度：量度营造。营，经营。度，度量。⑪兹：此，这。何功：何等的工程。⑫孰：谁。⑬斡（guǎn）：运转的枢纽，转轴。维：指系于轴上的绳索，这里指空间维度。⑭天极：天的顶端。加：放置，安放。⑮八柱：古代传说有八座大山做支撑天宇的柱子。当：支撑。⑯亏：缺陷。⑰九天：指天的四面八方。际：边界。⑱安：哪里。放：依傍。属（zhǔ）：连接。⑲隅：角落。隈（wēi）：弯曲的地方。⑳沓（tà）：会合，指天地相合。㉑十二：指十二辰，即日月在黄道上的十二个会合点。焉分：怎样划分。属：依附，寄托。㉓陈：排列。㉔汤（yáng）谷：或作"旸谷"，神话中地名，传说太阳由此升起。㉕次：停宿，止息。蒙汜（sì）：古代神话中太阳在晚上停住的地方。㉖明：天亮。晦：夜

晚。㉗夜光：指月亮。德：通"得"。㉘死：指月缺而渐没。育：指月没而复圆。㉙厥：其，指月亮。利：好处。㉚顾菟(tù)：菟，即"兔"，"顾菟"是月中的兔名，闻一多《天问疏证》认为是蟾蜍。㉛女岐：或作"女歧"，神话传说中的神女。合：交配，婚配。㉜取：得，生。㉝伯强：传说中北方的一位风神。㉞惠气：即惠风，和畅的风。㉟阖(hé)：关闭。㊱角宿(xiù)：星座名，二十八宿之一，东方青龙的第一宿，由两颗星组成，夜里出现在东方，古代传说两颗星之间为天门。旦：明。㊲曜(yào)灵：指太阳。

【译文】

　　请问：远古开始之时的情形，是谁把它传给后代的？天地尚未成形之前，又根据什么考察出来？明暗不分浑沌一片，谁能探究根本原因？宇宙混沌一团，怎么识别将它认清？白天光明夜晚黑暗，究竟为什么这样安排？阴阳渗合而生万物，哪是本体哪又是支派？天体分为九重，是谁环绕它量度确定的？这是一个多么巨大的工程，当初建造它的又是何人？使天体围绕轴心旋转的绳系，到底拴在什么地方？天轴的顶盖究竟架在何方？八根支持天体的擎天柱，安放在哪里？东南方的地面为什么缺损不齐？平面上的九天边际，各在哪里依傍相连？天际的角落曲折很多，又有谁能知道它们确切的数量？天在哪里与地交会？黄道天体又是怎样划分为十二区的？日月天体依托在哪里？众星在天如何置陈？太阳从旸谷升起，到蒙谷落地；从天亮到天黑，所走之路究竟几里？月亮有着什么高尚的德行，可以缺而复圆？那月中黑点是什么东西，难道是一只蟾蜍在里面？神女女岐没有配偶，为何能够产下九子？风神伯强住在何处？那和畅的风又是从哪里吹来？为什么天门关闭就是夜晚，天门开启就是白

天？东方角宿还没有放光，太阳又藏在什么地方？

【原典】

不任汩鸿①，师何以尚之②？佥曰何忧③？何不课而行之④？鸱龟曳衔⑤，鲧何听焉⑥？顺欲成功⑦，帝何刑焉⑧？永遏在羽山⑨，夫何三年不施⑩？伯禹愎鲧⑪，夫何以变化？纂就前绪⑫，遂成考功⑬。何续初继业⑭，而厥谋不同⑮？洪泉极深，何以寘之⑯？地方九则⑰，何以坟之⑱？河海应龙⑲，何尽何历⑳？鲧何所营㉑？禹何所成㉒？康回冯怒㉓，墬何故以东南倾㉔？九州安错㉕？川谷何洿㉖？东流不溢㉗，孰知其故㉘？东西南北，其修孰多㉙？南北顺椭㉚，其衍几何㉛？昆仑县圃㉜，其尻安在㉝？增城九重㉞，其高几里㉟？四方之门，其谁从焉㊱？西北辟启㊲，何气通焉㊳？日安不到㊴，烛龙何照㊵？羲和之未扬㊶，若华何光㊷？何所冬暖？何所夏寒㊸？焉有石林㊹？何兽能言㊺？焉有虬龙㊻，负熊以游㊼？雄虺九首㊽，倏忽焉在㊾？何所不死㊿？长人何守(51)？靡蓱九衢(52)，枲华安居(53)？一蛇吞象(54)，厥大何如？黑水玄趾(55)，三危安在(56)？延年不死，寿何所止？鲮鱼何所(57)？鬿堆焉处(58)？羿焉弹日(59)？乌焉解羽(60)？

【注释】

①汩(gǔ)：治理洪水。鸿：同“洪”，洪水。②师：众人。尚：推举，推荐。③佥(qiān)：全，都。④课：考核，考试。行：用。⑤鸱(chī)龟：一种神龟。曳(yè)衔：拉扯。⑥听：通“圣”，圣德的意思。⑦顺欲：顺从愿望。⑧帝：上帝。刑：惩治，惩罚。⑨永：长久。遏(è)：幽闭，囚禁。羽山：神话中的山名，传说在东海海滨。⑩三年：多年。三，虚数，表示多。施：施刑，判罪。⑪伯禹：即夏禹，又叫大禹、帝禹。愎：通“腹”，这里指从腹中出来。⑫纂(zuǎn)：继续，继承。前绪：前业。⑬遂：终于。考：死去的父亲。功：事业。⑭续初：继续鲧的事业。⑮厥谋：指禹治水的方法。厥，指禹。⑯寘(tián)：同“填”，填塞。⑰方：区分。九则：九等。据《尚书·禹贡》记载，禹治水后将全国土地按质量分

为上上、上中、上下、中上、中中、中下、下上、下中、下下九等,不同等级的土地征收赋税不一样。⑱坟:区分,划分。⑲应龙:古代神话传说中有翼能飞的龙。⑳历:经过,流过。㉑营:营造,经营。㉒成:完成,成功。㉓康回:指共工。传说共工与颛顼争帝,败后盛怒,用头撞坏西北天柱周山,周山因而改称不周山,大地也因而向东南倾斜。冯(píng):通"凭",满,盛。㉔墆(dì):同"地"。倾:塌下。㉕九州:传说禹治平洪水后把天下分为九州。安:什么地方。错:通"措",设置,安排。㉖洿(wū):凹坑,这里作动词用,使之成为凹坑。㉗溢:满。㉘孰:疑问代词,谁。故:原故。㉙修:长度。古代历算家凭推测,有的说南北距离比东西距离短,有的说南北距离比东西距离长,很不一致,但都没有科学根据。所以屈原提出诘难。㉚椭(tuǒ):狭长。㉛衍:多余。㉜昆仑:神话传说中的一座神山,为天帝和神人所居。县圃:神话中的山峰,在昆仑山上。㉝尻(kāo):即"尻",本指脊椎尾骨,或指臀部,引申为山之尾麓,山脊尽处。㉞增城:即层城,神话中的地名,在昆仑山上。九重:九层。㉟其高几里:据《淮南子·地形训》说昆仑山上有"增城九重,其高万一千里,百一十四步,二尺九寸"。㊱从:由,出入。㊲西北:指西北方的门。辟启:敞开。㊳气:风。传说昆仑西北有"不周之山",昆仑的"北门开以纳不周之风"(《淮南子·地形训》)。㊴安:怎么。㊵烛龙:古代神话中一种能照明的神物。㊶羲和:神话传说中为太阳神驾车的人。扬:扬鞭。㊷若华:若木的花。若木是神话中长在西方日落处的大树,据说太阳落在若木之下,若木的花就发出光芒。㊸何所冬暖、何所夏寒:这是针对昆仑山而问。神话传说中的昆仑山是冬暖夏凉、四季常青的仙境。㊹石林:即"玉林",昆仑山上有玉石树林。㊺何兽能言:指为昆仑山守门的"开明兽"。《山海经·海内西经》:"海内昆仑之虚……面有九门,门有开明兽守之。""开明兽身大类虎而九首,皆人面。"㊻虬(qiú)龙:古代传说中无角的龙。㊼负:背,驮着。㊽虺(huǐ):传说中一种有九个头的毒蛇。㊾倏(shū)忽:极快地,忽然。㊿不死:《山海经·海外南经》:"不死民在其（交胫国）东，其为人黑色，寿不死。”《吕氏春秋·求人篇》说禹“南至……不死之乡”。(51)长人：即长寿之人。一说指身材高大之人。守：一说守卫，一说指操守。(52)靡蓱：分枝众多的浮萍。衢（qú）：本指分岔的道路，这里指分岔的树枝。九衢，意即分枝众多，引申为枝叶交叠的样子。(53)枲（xǐ）华：麻的花。(54)蛇吞象：《山海经·海内南经》：“巴蛇食象，三岁而出其骨。”(55)黑水：古代神话传说中的水名，在昆仑山。玄趾：疑为“交趾”，古地名，泛指五岭南。(56)三危：神话中山名，据说在黑水之南，传说是座“不死山”。《淮南子·时则训》：“三危之国吗，石室金城，饮气之民，不死之野。”(57)鲮鱼：神话中的一种怪鱼，古书记载颇多，说法不一。《山海经·海内北经》：“陵鱼人面手足，鱼身，在海中。”(58)鬿（qí）堆：魁堆，大雀。鬿，同“魁”。(59)羿：神话传说中的英雄，善射。弹日：射日。(60)乌：金乌，神话传说中太阳里的三脚神鸟。解羽：羽毛脱落。指乌死。传说尧时，十日并出，草木焦枯。羿奉尧命射落九日，日中金乌羽毛飘零，都被射死。

【译文】

如果鲧不能胜任治理洪水，众人为什么一致将他推举？都说不必担心，为什么不让他试着去做？鸱龟一个个牵引相衔，鲧有什么神圣德行？治理洪水将要大功告成，尧帝为何要惩罚他？把他长久流放在羽山，为什么那么多年还不放他？大禹从鲧腹中生出，怎么会有这种变化？禹接手父亲鲧未竟的事业，终于取得了成功。为什么鲧禹父子治理洪水，禹所用的方法却不相同？洪水如渊深不见底，禹是怎样将它填塞的？天下土地分为九等，禹根据什么来划分？应龙如何用尾巴划地？河海如何流通顺利？鲧经营了哪些事业？禹又为什么能治水成功？水神共工勃然大怒，为什么会使东南大地侧倾？九州大地如何安置？河流溪谷是怎样挖成？东流之水总不满溢，谁知这是什么原因？东西南北四方土地，哪边更长哪边更多？南北顺量比较狭长，又能比东西长出多少？昆仑山上县圃仙境，它的边际又在哪里？山中最上层的九层增城，它到底有多少里的高度？昆仑山的四面门户，什么人从那里通过？西北两面的大门敞开，什么气息从那里通过？太阳怎么会有照不到

的地方？烛龙又能照耀何方？太阳没有升起之前，若木之花为何能照亮大地？什么地方冬天温暖？什么地方夏天寒冷？什么地方有岩石成林？什么野兽能说人话？哪里有独角虬龙，驮着黄熊游来游去？九个头的毒蛇来往迅疾，现在飘忽到了哪里？什么地方是不死之国？长寿的人掌握了什么秘方？蔓生的浮萍分枝极多，花寄生在什么地方？一口能吞下大象的长蛇，它的身子又有多大？黑水、交趾、三危在什么地方？延年益寿以求不死，寿命活到几时终止？传说中的鲮鱼生活在什么地方？怪鸟魋堆又在哪里？后羿怎样射下九日？金乌的羽毛又散落在哪里？

【原典】

禹之力献功①，降省下土四方②，焉得彼嵞山女③，而通之于台桑④？闵妃匹合⑤，厥身是继⑥，胡维嗜不同味⑦，而快鼌饱⑧？启代益作后⑨，卒然离蠥⑩，何启惟忧⑪，而能拘是达⑫？皆归躬禼⑬，而无害厥躬⑭。何后益作革⑮，而禹播降⑯？启棘宾商⑰，《九辩》《九歌》⑱。何勤子屠母⑲，而死分竟地⑳？帝降夷羿㉑，革孽夏民㉒。胡射夫河伯㉓，而妻彼雒嫔㉔？冯珧利决㉕，封豨是射㉖。何献蒸肉之膏㉗，而后帝不若㉘？浞娶纯狐㉙，眩妻爰谋㉚。何羿之射革㉛，而交吞揆之㉜？阻穷西征㉝，岩何越焉㉞？化为黄熊㉟，巫何活焉㊱？咸播秬黍㊲，莆雚是营㊳。何由并投㊴，而鲧疾修盈㊵？白蜺婴茀㊶，胡为此堂㊷？安得夫良药㊸，不能固臧㊹？天式从横㊺，阳离爰死㊻。大鸟何鸣㊼，夫焉丧厥体㊽？蓱号起雨㊾，何以兴之？撰体协胁㊿，鹿以膺之㉛？鼇戴山抃㉜，何以安之？释舟陵行㉝，何之迁之？惟浇在户，何求于嫂㉞？何少康逐犬㉟，而颠陨厥首㊱？女歧缝裳㊲，而馆同爰止㊳。何颠易厥首㊴，而亲以逢殆㊵？汤谋易旅㊶，何以厚之？覆舟斟寻㊷，何道取之？桀伐蒙山㊸，何所得焉？妹嬉何肆㊹，汤何殛焉㊺？舜闵在家㊻，父何以鱞㊼？尧不姚告㊽，二女何亲㊾？厥萌在初㊿，何所亿焉？璜台十成㊱，谁所极焉㊲？登立为帝，孰道尚之？女娲有体㊳，孰制匠之？舜服厥弟㊴，终然为害。何肆犬体㊵，而厥身不危败[76]？吴获迄古[77]，南岳是止[78]。孰期去斯[79]，得两男子[80]？缘鹄饰玉[81]，后帝是飨[82]。何承谋夏桀[83]，终以灭丧？帝乃降观[84]，下逢伊挚[85]。何条放致罚[86]，而黎服大说[87]？

【注释】

①力：努力，勤劳。献：贡献。功：指治水功业。②降：从天降临。省：视察，查看。③崙（tú）山：即"涂山"，一说在安徽当涂，一说在浙江会稽，传说夏禹在治水途中娶涂山氏的女儿女娇为妻。④通：相会。台桑：旧说是地名。一说指桑间野地，为古代男女私会的地点。⑤闵：爱怜。妃：配偶。匹合：婚配。⑥厥身：指禹。继：延续，继承，即指生启之事。⑦胡：为什么。维：语助词。嗜：爱好。⑧快：满足于。鼌（zhāo）：同"朝"，一朝，比喻一时的快乐。⑨启：夏启，传说中禹的儿子。益：伯益，传说是启的贤臣，禹曾选定他继承帝位。后：君主，国王。⑩卒：通"猝"，突然。离：通"罹"，遭受。孽（niè）：忧患，灾难。⑪惟：通"罹"，遭受。⑫拘：拘囚，囚禁。达：逃脱。⑬归（kuì）：通"馈"，送来。躬籍：这里指交战。躬，一作"射"。籍，一作"鞠"，射箭声。⑭躬：本身。厥躬，指启。⑮后益：即益，因做过君主，所以叫后益。作：通"祚"，国祚，国家命运福祉。革：推翻，变革，指启代益为王。⑯播降：播下种子，比喻繁荣昌盛。播，通"蕃"。降，通"隆"。⑰棘（jí）：急切。宾：祭祀。商："帝"字之讹。⑱《九辨》《九歌》：古乐曲名，传说是夏启从天帝那里偷来的。⑲勤子：贤子，指启。屠母：传说启母涂山氏化为石，石破而生启，故曰屠母。⑳死：通"尸"，尸体。竟地：满地，到处都是。㉑帝：天帝、上帝。降：派下，从天降临。夷羿：指羿，东夷有穷国的君主，擅长射箭，驱逐夏太康，自立为君，后被寒浞杀死。㉒革：革除。孽：祸患。夏民：夏朝之民，或泛指民众。㉓河伯：指河伯。㉔雒（luò）嫔（pín）：上古神话中的洛水女神，即宓妃。㉕冯（píng）：持。珧（yáo）：蚌蛤的甲壳，用以修饰弓的两头，这里指良弓。利：精良。决：通"玦"，古代射箭时套在右手大拇指上

用象骨做成的用以钩弦的套子。㉖封：大。豨（xī）：野猪。㉗献：进献，进奉。蒸肉：祭祀用的肉。蒸，通"烝"，冬祭。膏：肥美的肉。㉘后帝：上帝，天帝。若：顺心，欢喜。㉙浞（zhuó）：人名，即寒浞，传说是羿的相，谋杀羿而自立为君。纯狐：人名，羿的妻子。㉚眩（xuàn）妻：善于迷惑人的妻子，指纯狐。爰（yuán）：于是。㉛革：皮革。射革，传说羿力大善射，能射穿七层皮革。㉜交：合力。吞：消灭。揆：计谋。㉝阻：通"徂"，往。西征：西行，指鲧被放逐东方海滨的羽山，曾向神巫众多的西方行进求救。㉞岩：高峻，险要，这里指前往羽山。㉟化：变成。黄熊：指鲧。㊱活：救活。㊲秬（jù）黍：黑米。㊳莆（pú）：即"蒲"，水草。雚（huán）：通"萑（huán）"，芦苇类植物。营：耕种。㊴由：原因。并投：一起放逐，传说与鲧一起被放逐的还有共工等人。㊵疾：罪行，罪过。修盈：指罪行极多。㊶白蜺（ní）婴茀（fú）：蜺，同"霓"。婴，缠绕，环绕。茀（fú），云雾。㊷堂：盛装，衣着华丽。㊸良药：好药，指不死之药。㊹固臧（cáng）：妥善保管。固，稳妥。臧，同"藏"，保存，保管。㊺天式：自然的法则。从（zòng）横：即"纵横"，指阴阳二气的消长变化。㊻阳：太阳。离：繁体做"離"，即后来的"鹂"字，就是黄鹂。㊼大鸟：指王子侨尸体变成的大鸟。王逸《楚辞章句》："言崔文子取王子侨之尸，置之室中，覆之以弊筐，须臾则化为大鸟而鸣，闻而视之，翻飞而去。文子焉能亡子侨之身乎？言仙人不可杀也。"㊽丧：失去。厥体：它的躯体。㊾蓱（píng）：神话传说中雨师的名字，又名蓱翳（yì）、屏翳。蓱，洪兴祖《楚辞考异》引一本作"萍"。号：号令。㊿撰：通"巽"，柔顺。协：合顺。㉛鹿：指风神飞廉。膺（yīng）：响应。㉜鳌：传说的大龟。戴：背负，驮。抃（biàn）：本义是两手相击，这里是形容海龟四肢挥动。㉝释：放。陵行：在陆上行走。㉞浇（ào）：人名，寒浞的儿子，古史传说中的大力士。嫂：浇的嫂子女歧。王逸《楚辞章句》："言浇无义，淫佚其嫂，往至其户，伴有所求，因与行淫乱也。"㉟少康：夏国君相的儿子。逐犬：放出猎狗。㊱颠陨：坠落，这里指砍掉。厥首:这里指浇的首级。王逸《章句》:"夏少康因田猎放犬逐兽,遂袭杀浇而断其头。"⑤⑦女歧:人名,是浇的嫂子。缝裳:意即缝衣裳,当是女歧浇的亲密行为之一。⑤⑧馆同:即同馆、同房,犹"夫妻同房"的"同房"。爰:与,共。止:止宿,居住。⑤⑨颠:坠落,这里指砍掉。易:换,这里指砍错了。厥首:指女歧的首级。传说少康夜袭浇,误斩女歧头。后来少康打猎时,才又乘机杀掉浇。⑥⑩亲:亲身。逢殃:遭殃。⑥①汤:为"康"之误,当指少康。易:治理,整顿。旅:军队,部下。⑥②覆舟:帆船。斟(zhēn)寻:古国名,夏的同姓诸侯国。⑥③桀:夏代最后一位君王。蒙山:古国名,即岷山。⑥④妹嬉(mò xǐ):有施氏,是夏桀的后妃,先受夏桀宠爱,后被抛弃。肆:过失,罪过。⑥⑤汤:商汤,商朝的开国君主。殛:惩罚。⑥⑥闵:妻室。⑥⑦父:"夫"之误字。鳏(guān):即鳏夫,指无妻的男人。⑥⑧尧:唐尧,传说中的上古帝王。姚:指舜母姚氏。姚告,即告姚。⑥⑨二女:指尧的两个女儿,名叫娥皇、女英。亲:结亲。⑦⑩厥:其,那。萌:通"民"。⑦①璜(huáng)台:即瑶台、玉台。成:层。⑦②极:尽,这里是最后完成的意思。⑦③女娲(wā):神话中的上古女帝,是天地万物和人的创造者。⑦④服:顺从。弟:指舜弟象。⑦⑤肆:放纵。犬体:这里是对舜弟象的贬称,言其行径悖谬不法有类于犬。⑦⑥厥身:他自己。⑦⑦吴:古代诸侯国名,春秋时具有今江苏、浙江一部分。获:得到。迄古:从远古时代开始,意为国运长久。⑦⑧南岳:泛指南方地区。止:留下居住。⑦⑨去:一本作"夫"。斯:这样,这个情况。⑧⑩两男子:指泰伯、仲雍。⑧①鹄:水鸟,俗称天鹅。缘鹄,指有装饰的天鹅肉。古代祭祀用食物喜用图案装饰。饰玉:指鼎上做装饰用的花纹和器物。⑧②帝:指商汤。飨:赏识。⑧③承:通"丞",辅佐。谋:谋划。传说伊尹借助烹调说动商汤,得到重用,曾受商汤之命打入夏王朝当过夏桀的大臣,与商汤里应外合,一起灭夏。⑧④帝:指汤。降观:四处视察民情。⑧⑤伊挚:即伊尹,挚是伊尹的名。⑧⑥条:鸣条,地名,商汤打败夏桀的地方,一说是商汤流放夏桀的地方。致罚:受到上天的惩罚。⑧⑦黎服:黎民百姓。服,古代行政区划单位。

说：同"悦"，喜悦。

【译文】

　　大禹勤劳地治理水患，从天降临巡视四方。他怎么遇到涂山国的女子，与她相爱并在台桑私会？大禹和那位女子成就婚配，因此有了后代。为什么彼此的嗜好不同，却为一时的欢快而放纵？夏启代替伯益做了国君，突然遇上灾祸险些丧生。为什么夏启会遭此忧患，身受拘囚又能逃脱？益与启两个部族交战，箭如雨下，而启却没有受到伤害。为什么伯益的统治权被夺取，而禹的后嗣却能繁荣昌盛？夏启急切地向上帝祭祀，得到《九辩》和《九歌》乐曲。为什么这样的贤子却会害死自己的母亲，使母亲肢解满地尸骨？帝尧派遣夷羿降临，让他除去忧患安慰夏民。他为什么要射瞎那个河伯，又娶了他的妻子洛神？他持着宝弓套着扳指，把那巨大的野猪射死。为什么他献上蒸祭肥肉，上帝却不保佑他？寒浞要娶纯狐氏女，那个善于迷惑人的妻子与浞合伙把羿谋杀。为什么羿能射穿皮革，却被他们设计消灭了？西行之路遇阻受困，山岩重重怎么越过？鲧的身体已经化为黄熊，巫师又如何把他救活？鲧辛勤地耕种，把地上都种上了黑粟，铲除了杂草。为什么

他却与共工等人一起被流放，难道他真的是罪不可赦？嫦娥穿着霓裳羽衣，戴着贝壳首饰，她为什么要打扮得如此美丽？她从哪里得到了那不死良药，并把它妥善保存在月宫里面？天的法式有纵有横，阳气离散就会死亡。王子侨死后怎么会变成大鸟，还会发出鸣叫？他为何竟会体解命丧？雨师萍翳发出号令就能下雨，他又是怎样使雨势兴盛的？风神有着驯良柔顺的体质，他怎么能响应兴云起雨的事情？

海中的大龟背负着神山舞动，又怎能使神山稳定不移？舍弃舟船行走陆地，龙伯巨人怎样才能移动它？想那大力士浇在家时为什么还要求助于他的嫂子？为什么少康驱赶猎犬，遇到浇就能将他斩首？女歧为浇缝补衣服，与他同住在一个房间。怎么少康砍错了脑袋，女歧自身遇到了灾殃？少康策划大兴军事，他靠什么使自己的力量增强？那浇曾经讨伐斟寻倾覆他们的战船，少康用什么手段取胜了他？夏桀出兵讨伐蒙山，所得之物又是什么？妹嬉怎样恣肆淫虐？为何商汤要将她惩罚？舜在家里有妻室，为何却称他为鳏夫？尧不告诉舜的父母，又怎能将两个女儿嫁给他？舜当初为民的时候，他怎么就能料到会有今日登基之事？纣王建造十层玉台，又有谁能够登上？舜被立为君王，是谁引导他上台？女娲的形体变化无穷，又是谁将她造成这样？舜帝友爱他的弟弟象，弟弟还是加害于他。为什么象放肆如同猪狗，却没有败亡？吴国得以长久存在，居住在南岳山一带。谁能想到此中缘故，全因为得到泰伯、仲雍两位贤才？伊尹用精美的器具烹制美味的羹肴进献给汤，因而得到了赏识。为什么他要假装为夏桀谋划，使夏桀败亡？商汤降临巡视四方，在外遇到了贤臣伊尹。他在鸣条战胜了夏桀，并将其放逐，为何黎民百姓却十分高兴？

【原典】

简狄在台①，喾何宜②？玄鸟致贻③，女何喜④？该秉季德⑤，厥父是臧。胡终弊于有扈⑥，牧夫牛羊？干协时舞⑦，何以怀之⑧？平胁曼肤⑨，何以肥之⑩？有扈牧竖⑪，云何而逢⑫？击床先出⑬，其命何从⑭？恒秉季德⑮，焉得夫朴牛⑯？何往营班禄⑰，不但还来⑱？昏微遵迹⑲，有狄不宁⑳。何繁鸟萃棘㉑，负子肆情㉒？眩弟并淫㉓，危害厥兄。何变化以作诈㉔，后嗣而逢长㉕？成汤东巡㉖，有莘爰极㉗。何乞彼小臣㉘，而吉妃是得㉙？水滨之木，得彼小子㉚。夫何恶之，媵有莘之妇㉛？汤出重泉㉜，夫何罪尤㉝？不胜心伐帝㉞，夫谁使挑之㉟？

【注释】

①简狄：传说中有娀国的美女，帝喾的妃子，生商朝的始祖契，是东夷殷商族的始祖。台：瑶台。据《吕氏春秋·音初篇》记载，有娀氏建了一座九层高台，让简狄和她妹妹居住在上面。②喾（kù）：古代传说中的五帝之一，号高辛氏。宜：祭祀。③玄鸟：黑色的鸟，指燕。贻：或作"诒"，赠送。④喜：一本作"嘉"，指怀孕生子。《淮南子·地形训》高诱注："简翟、建疵，姐妹二人，在瑶台，帝喾之妃也。天使玄鸟降卵，简翟吞之，以生契，是为玄王，殷之祖也。"⑤该：通"亥"，即王亥，传说是殷人远祖，契的六世孙。秉：坚持，保持。季：即冥，王亥的父亲，传说他做过夏朝的司空（管整治水土），勤于官事，死水中。⑥胡：为什么。弊：通"毙"，困厄。有扈（hù）：王国维认为应作"有易"，是传说中的古国名。⑦干：盾牌。协：和谐。时舞：指万舞，古代一种大型乐舞。⑧怀：引诱，挑逗。⑨平胁：形容长得丰满，以至肋骨连成一片，平平坦坦，只看见肌肉，看不见肋骨。曼肤：指皮肤细润。⑩肥：胖。⑪有扈（hù）：当作"有易"。牧竖：指牧人。⑫逢：遇，碰到。⑬击床：指牧人袭击王亥于床笫之间。先出：指王亥先出去了，没有杀着。⑭命：性命。⑮恒：王恒，王亥之弟。季：王亥的父亲。⑯朴牛：即服牛，可驾车的大牛。⑰营：经营。班：颁布，赏赐。禄：爵禄。⑱但：空。一说疑为"得"字的错字。⑲昏微：指殷侯上的甲微。迹：道路。⑳有狄：即有易。不宁：不安宁。㉑繁鸟萃棘：喻指荒淫之事。㉒负：姜亮夫拖车本为"媳"字，亦即"妇"。"妇子"或即劫夺儿媳为己妻的丑行。肆情：指放纵情欲。㉓眩（xuàn）：惑乱，荒唐。㉔变化：指改变帝位继承顺

序。作诈：实行欺诈。㉕后嗣：后代。逢长：绵延昌盛。㉖成汤：即商汤，商朝的开国君主。㉗有莘（shēn）：古国名，在今河南省陈留县。极：到，至。㉘乞：讨，要。小臣：奴隶，指伊尹。㉙吉妃：美好的姑娘。得：娶到。㉚小子：指伊尹。㉛媵（yìng）：陪嫁。传说商汤了解伊尹有才能，派人向有莘氏索要，有莘氏不给。于是汤请求娶有莘之君的女儿为妻，有莘之君很高兴，把伊尹作为陪嫁的奴隶送给了汤。㉜出：释放。重泉：地名。据《史记·夏本纪》载，夏桀曾将汤囚禁在夏台，重泉当是夏台中囚禁人的地方。㉝罪尤：过失，罪过。㉞不胜心：即不用心，指没有心思。㉟挑：挑动。

【译文】

简狄住在九层瑶台之上，帝喾为什么要祭祀求福？燕子给简狄送来礼物，简狄为什么会怀孕生子？王亥秉承了他父亲王季的美德，并受到了褒奖。为什么最终被困于有易氏，在此为人放牧牛羊？王亥拿起盾牌跳起万舞，为什么能诱惑有易氏的姑娘？那姑娘体态丰腴，皮肤细腻，是吃了什么东西让她如此丰美？有易国那个放牧的小子，又在哪里碰见他们通淫？凶器击到床上王亥早已逃出，王亥如何得以保存性命？王恒秉承王季的美德，怎么得到了拉车的牛？他为什么要去有易氏颁布爵禄？目的没有达到怎么就回来了？上甲微遵循先人的踪迹，有易国从此就不得安宁。为什么他晚年竟会荒淫无度，放纵情欲？弟弟昏乱和哥哥一起淫乱，最后谋害了他的兄长。为什么坏人善变狡诈多端，他的后代反而绵延昌盛？成汤出巡东方之地，到达有莘氏的国土。为什么他想要求得小臣伊尹，却得到个贤淑的妃子？在伊水边的空心桑木中，拾到那个初生的婴儿伊尹。有莘氏为什么厌恶他，把他作为有莘氏姑娘的陪嫁？成汤被夏桀囚禁在重泉，究竟犯了什么大罪？成汤难忍耻辱起而伐桀，是谁挑起这场是非？

【原典】

会鼌争盟①，何践吾期②？苍鸟群飞③，孰使萃之④？到击纣躬⑤，叔旦不嘉⑥。何亲揆发足⑦，周之命以咨嗟⑧？授殷天下⑨，其位安施⑩？

反成乃亡⑪，其罪伊何⑫？争遣伐器⑬，何以行之？并驱击翼⑭，何以将之？昭后成游⑮，南土爰底⑯。厥利惟何，逢彼白雉⑰？穆王巧梅⑱？夫何为周流？环理天下⑲，夫何索求？妖夫曳衒⑳，何号于市？周幽谁诛？焉得夫褒姒㉑？天命反侧，何罚何佑？齐桓九会㉒，卒然身杀㉓。彼王纣之躬㉔，孰使乱惑？何恶辅弼㉕，谗谄是服㉖？比干何逆㉗，而抑沉之？雷开阿顺㉘，而赐封之？何圣人之一德，卒其异方㉙？梅伯受醢㉚，箕子详狂㉛。稷维元子㉜，帝何竺之㉝？投之於冰上，鸟何燠之㉞？何冯弓挟矢㉟，殊能将之？既惊帝切激㊱，何逢长之㊲？伯昌号衰㊳，秉鞭作牧㊴。何令彻彼岐社㊵，命有殷国？迁藏就岐，何能依？殷有惑妇，何所讥？受赐兹醢㊶，西伯上告。何亲就上帝罚㊷，殷之命以不救？师望在肆㊸，昌何识㊹？鼓刀扬声，后何喜？武发杀殷㊺，何所悒㊻？载尸集战㊼，何所急？伯林雉经㊽，维其何故？何感天抑墜㊾，夫谁畏惧？皇天集命㊿，惟何戒之？受礼天下㉛，又使至代之㉜？初汤臣挚㉝，后兹承辅。何卒官汤㊾，尊食宗绪㊿？勋阖梦生㊳，少离散亡。何壮武历，能流厥严？彭铿斟雉㊵，帝何飨㊸？受寿永多㊹，夫何久长？中央共牧㊻，后何怒？蜂蛾微命㊼，

力何固？惊女采薇㊷，鹿何祐㊸？北至回水㉞，萃何喜㉟？兄有噬犬㊱，弟何欲㊲？易之以百两㊳，卒无禄㊴？

【注释】

①会鼌(zhāo)：即朝会。盟：发誓。②践：履行。吾：指武王。期：约定的日期。相传周武王起兵伐纣，八百诸侯到盟津与武王会师，甲子日的早晨在殷都附近的牧野誓师，随即攻下了殷都。③苍鸟：鹰，比喻武王伐纣，将帅勇猛如鹰鸟群飞。④萃：集聚，会合。⑤到：一作"列"，分解。纣躬：纣的身体。《史记·周本纪》载："至纣死所，武王自射之，三发，而后下车，以轻剑击之，以黄钺斩纣头，县(悬)大白之旗。"⑥叔旦：武王的弟弟周公旦。不嘉：不赞许。⑦亲：亲自。搜：掌握，指挥。发：指周武王姬发。⑧命：国运。咨嗟：叹息。⑨授：给予。⑩位：王位。施：通"移"，变化，改易。⑪反：一本作"及"，等到。⑫伊：语气助词，相当于"惟""维"。⑬遣：使用。伐器：作战的武器，指军队。⑭并驱：并驾齐驱。翼：指商纣军队的两翼。⑮昭后：周昭王，西周第四代君主。成：通"盛"，盛大。⑯南土：南方，指荆楚地区。底：止，至。⑰逢：迎。白雉：白色的野鸡。⑱穆王：周穆王，昭王之子，西周第五代国君。巧梅：善于驾车。梅，通"枚"，马鞭。⑲环理：周游。⑳妖夫：妖人。曳：拉着，拖着。街(xuàn)：沿街叫卖。㉑褒姒(bāo sì)：周幽王的王后。㉒齐桓：齐桓公，春秋五霸之一。九会：指齐桓公九会诸侯，以尊周室。㉓卒然：终于，终究。身杀：身死。㉔王纣：指殷纣王。之：这。躬：身体。㉕辅弼：辅佐，这里指辅佐国君的左右大臣。㉖谗谄：指谄邪小人。服：任用。㉗比干：纣王的叔父，殷的忠臣，因忠谏而被挖心。逆：触犯，违背。㉘雷开：纣王的奸臣。㉙卒：最后，最终。异方：不同的方式，这里指不同的结局。㉚梅伯：纣王的诸侯，为人忠直，屡屡进谏，触怒纣王，被纣王杀死。醢(hǎi)：古代的一种酷刑，把人杀死后剁成肉酱。㉛箕(jī)子：纣王的叔父。详(yáng)狂：装疯。详，通"佯"。《史记·殷本纪》："纣愈淫乱不止，微子数谏不听，乃与大师、少

师谋,遂去。比干曰:'为人臣者,不得不以死争。'乃强谏纣。纣怒曰:'吾闻圣人心有七窍。'剖比干,观其心。箕子惧,乃详狂为奴,纣又囚之。"㉜稷:后稷,周人始祖。元子:嫡妻生的长子。《史记·周本纪》载,后稷的母亲叫姜嫄,姜嫄是帝喾的元妃。㉝帝:指帝喾。竺(zhú):厚。㉞燠(yù):煜热,温暖。㉟冯(píng)弓:拿着弓。冯,同"凭",持。挟:夹持,夹在腋下或指间。㊱惊帝:惊动上帝。切激:深切激烈。㊲逢长:繁荣昌盛。㊳伯昌:即周文王,周文王姓姬名昌,殷时封为雍州伯,又称西伯,故曰伯昌。衰:衰世。㊴秉鞭:执政。秉,执。鞭,鞭子,比喻权柄。牧:古代地方长官。㊵彻:拆除,毁弃。岐:地名,在今陕西岐山县东北,周人曾在此立国。社:古代祭祀土地神的庙。㊶受:纣王名。兹:子,指纣杀文王子伯邑考,烹以为羹,赐文王食用。㊷亲:指纣。就:受到,遭受。㊸师望:即吕尚,号太公望,俗称姜太公,因被周文王和周武王立为太师,所以称为"师望"。肆:店铺,这里指屠宰店。㊹昌:文王姬昌。㊺武发:周武王姓姬名发,故称武发。殷:指殷纣王。㊻悘(yì):怨恨。㊼尸:灵位。集战:会战。㊽伯林:指纣王。雉经:上吊自杀。雉,通"绁(zhèn)",穿在牛鼻子上以备牵引的绳索。经:悬挂。㊾感天抑墬:犹言"感天动地"。墬(dì):同"地"。㊿集命:集天命于一身。㊿礼:同"理",治理。㊿至:后来之人。㊿臣挚:以挚为臣。挚,人名,即伊尹。㊿官汤:犹言"相汤",指当商汤的宰相。㊿尊:敬重。食:享受祭祀。宗:宗庙,祖庙。绪:系统。㊿勋:功业显赫的。阖(hé):吴王阖闾。梦生:吴王寿梦之孙。㊿彭铿(kēng):即彭祖,是古代传说中的长寿人,活到八百岁。斟(zhēn):调和,调制。雉(zhì):野鸡,这里指野鸡汤。㊿帝:天帝,上帝。飨(xiǎng):享用。㊿永:长。㊿中央:指周王朝。共牧:共同管理。㊿蜂蛾:指起来反抗周厉王的老百姓。微命:小生命。㊿惊女采薇:指殷亡后,原殷的属国孤竹国国君二子伯夷、叔齐隐居首阳山,采薇充饥,不吃周朝的粮食,从而惊动女子。㊿祐:保佑。㊿回水:指回旋的一潭深水。㊿萃:止息,停留。㊿兄:指春秋中期秦国君主秦景公。噬（shì）犬：咬人的狗，猛犬。⑥⑦弟：指秦景公的弟弟铖。⑥⑧易：交换。两：通"辆"，用于车辆。⑥⑨无禄：失去爵禄。

【译文】

诸侯会师牧野争相发誓，他们如何能履行周武王定下的约期？将士如苍鹰威武成群高飞，是谁使他们聚在一起？武王砍断纣王的躯体，周公姬旦却不同意。他亲自为武王谋划，奠定周朝，却为何又发叹息？上帝将天下授予殷商，那王位为什么又会转移？等到殷朝建成又使它灭亡，他们的罪过又是什么？诸侯都争先恐后地拿起武器，武王是通过什么指挥他们？将士们并驾齐驱，两翼夹击，他又如何指挥大兵？周昭王盛治兵车出游，一直到达南方的荆楚地区才停止。他最后得到了什么好处，难道只是为了寻找那白色的野鸡？穆王御马巧施鞭策，他为什么要周游四方？他的足迹环绕天下，有些什么寻求？妖人夫妇拖着东西叫卖，为什么他们要到大街上高声叫卖？周幽王究竟杀的是谁？他从哪里得来这个褒姒的？天命从来反复无常，谁会受到惩罚？谁又会得到保佑？齐桓公九会诸侯，最终却受困被人害死。殷商纣王这个人，是谁

使他狂暴昏乱？他为何厌恶忠良辅佐，而喜欢听信小人谗谄？比干有什么悖逆之处，竟遭到剖腹挖心？雷开怎么奉承了他，就被封官赏赐封地？为什么圣人品德相同，而最终的处事方法相异？梅伯直谏受刑被剁成肉酱，箕子装疯消极避世。后稷原是嫡出长子，帝喾为什么要将他毒害？将他抛弃在寒冷的冰地上，鸟儿为什么要温暖他的胸怀？后稷善治农业，又怀有什么奇能使他能弯弓射箭？他出生既然已经惊动了上帝，上帝为什么还使他的后嗣繁荣昌盛？西伯姬昌在乱世中发号施令，成为地方的霸主。武王姬发为什么放弃了歧地的宗社，却能承受天命享有殷国？周太王带着宝藏迁居岐山，他又如何能使百姓依从？殷纣王已受妲己的迷惑，劝谏之言又有什么用？纣王把文王的儿子做成肉酱赐给文王，文王向天诉求。为什么纣王受到上天的处罚，而殷王室的命运仍难挽救？太公吕望栖身在市井小店，姬昌为什么能认识他？听到敲刀吆喝卖肉的声音，文王为什么那么高兴？武王姬发诛纣灭商，为什么如此忿恨？他用车载着父亲文王的灵位去会战，为什么充满焦急之情？纣王自缢而死，究竟是什么缘故？他为什么要向上天呼告？难道他还怀有畏惧？上帝既已降天命于殷王室，为什么又有后人去讨伐？纣王既已统治天下，为什么又被他人取代？当初汤把伊尹视作臣子，伊尹承担辅政的任务。他为什么最后成为汤的宰相，死后享受的祭祀与汤一样？吴王阖闾是寿梦的孙，年轻时遭受了离散之苦。为什么壮年奋厉勇武，能使他的威名远扬？彭祖烹调的野鸡羹，上帝为什么喜欢品尝？得到的寿命那么长，彭祖为什么还惆怅？为什么召、周二人共同治理国政，列国君主为什么发怒？百姓身份原本微贱，他们自卫的力量为何如此强大？伯夷、叔齐采薇为食惊动了妇人，受到了讥讽，白鹿为何要庇佑他们？他们北行来到回水之地，一起饿死又有何可喜？秦景公有条善咬的猛犬，弟弟为什么想要拥有？他想用一百辆车来换一条狗，最终却丢失了性命。

【原典】

薄暮雷电①，归何忧？厥严不奉②，帝何求③？伏匿穴处④，爰何云⑤？

荆勋作师⑥，夫何长？悟过改更⑦，我又何言？吴光争国⑧，久余是胜⑨。何环穿自闾社丘陵，爰出子文⑩？吾告堵敖以不长⑪。何试上自予⑫，忠名弥彰？

【注释】

①薄暮：傍晚。②厥严：指楚国的威严。奉：保持。③帝：天帝，上帝。帝何求：即何求于帝，求天帝有什么用。④伏匿：潜伏，潜藏。穴处：居住在山洞里，亦即身处山林荒野的意思。⑤爰：于是，在此。云：说。⑥荆勋：指楚国勋旧贵族。⑦悟过：承认并追悔自己的过错。改更：改正。⑧吴光：吴王阖闾名。争国：吴楚相争。⑨久：长期。余：我们，指楚国。⑩何环穿自闾社丘陵，爰出子文：一本作"何环间穿社，以及丘陵，是淫是荡，爰出子文？"环：环绕。穿：穿过。闾：乡里。社：古代地方基层行政单位。丘、陵：皆指土山。"是淫是荡"即"淫荡于是"。爰：于是。出：生出。子文：春秋时期楚国令尹，成王时人，有贤明之名。据王逸《章句》："子文，楚令尹。子文之母，郧公之女。旋穿闾社，通于丘陵以淫，而生子文。弃之梦中，有虎乳之，以为神异，乃取收养焉。"⑪堵敖：又称杜敖、庄敖，楚文王的儿子，继位五年为其弟成王熊恽所杀。⑫试：通"弑"，臣杀君的行为。上：指堵敖。自予：给自己，指自立为王。

【译文】

傍晚时分电闪雷鸣，想要回去又有什么可担心的呢？国家的尊严不复存在，祈求上帝又有什么用处？我伏身藏匿在洞穴之中，对国事还有什么好说的呢？楚国不断大举兴兵，国势如何能够长久？如果君王能悔悟过失改正错误，我又何必再说什么？吴王阖闾与我国相争，多年来一直被他战胜。子文的父母穿过村子到了山丘，做出苟且淫秽的勾当，又怎么会生出贤明的子文？我曾告诉贤者堵敖，楚国将衰不能久长。为何成王弑兄自立为王，而忠义的名声却更加显扬？

九章

【题解】

　　"九章",是屈原创作的《惜诵》《涉江》《哀郢》《抽思》《怀沙》《思美人》《惜往日》《橘颂》《悲回风》九篇作品的合称。

　　这九篇作品在西汉以前都是以单篇形式出现的。它们各自成篇,彼此之间并无结构上的必然关联,时代先后也很难确定。西汉后,才有人将它们编辑在一起,有了《九章》这个总题。而《九章》中九篇也并不是随意编辑在一起,而是以类相从的。从作品形式来看,《九章》中各篇篇幅的长短、表现手法和语言风格大致相近。就作品内容来看,都和作者的身世有关。《九章》所表达的思想情绪与《离骚》大体相近,但艺术方法不同。它用写实的方法,反映出屈原一些具体的生活片段及当时的思想情绪,是研究屈原生平及其思想的最可靠、最主要的资料,具有较准确的史料价值。

惜诵

【题解】

《惜诵》是《九章》的第一篇，以首二字为篇名，结构和内容很像《离骚》，有"小《离骚》"之称。在这篇"小《离骚》"里，屈原先是叙述了自己在政治上遭受打击的始末，随即又写了自己对待这种打击的态度，表达了自己对君王和国家的忠诚。从诗的内容看，大约是屈原被楚怀王疏远以后所作。

【原典】

惜诵以致愍兮①，发愤以抒情②。所作忠而言之兮③，指苍天以为正④。令五帝以析中兮⑤，戒六神与向服⑥。俾山川以备御兮⑦，命咎繇使听直⑧。

【注释】

①惜：通"藉"，即"借"。诵：通"讼"，诉讼。致：表达。愍（mǐn）：忧伤、忧愁。②发愤：发泄愤懑。抒：抒写性情。③所作：当作"所非"，"假如不是"的意思。④正：通"证"，证明。⑤五帝：古代神话传说中的五位神祇。东方太皞，南方炎帝，西方少昊，北方颛顼，中央黄帝。析（xī）：即折、析，分判、明辨。中：刑书、律书、法律条文。⑥六神：即六宗之神，古代神话传说中的六位神祇，其说法不一，据洪兴祖注引《孔丛子》谓六宗为四时、寒暑、日、月、星、水旱之神。向：对质。服：事理，事实。⑦俾：使。山川：指名山大川之神。备御：陪侍，此谓陪审。⑧咎繇（gāo yáo）：即"皋陶"，相传是法律和监狱的创立者，曾被帝舜任命为掌管刑法的大臣。听直：听审诉讼，裁判曲直对错。

【译文】

哀惜进谏表达忧伤,发泄心中的愤懑来抒写怨情。如果我说话不是出于忠诚啊,我愿上指苍天为我作证。让五方天神来公平裁决吧,让六宗神祇为我证明。请山川众神都来听证做陪审啊,命法官皋陶来判明是非曲直。

【原典】

竭忠诚以事君兮,反离群而赘肬①。忘儇媚以背众兮②,待明君其知之。言与行其可迹兮,情与貌其不变。故相臣莫若君兮③,所以证之不远。吾谊先君而后身兮④,羌众人之所仇⑤。专惟君而无他兮⑥,又众兆之所雠⑦。壹心而不豫兮⑧,羌不可保也⑨。疾亲君而无他兮⑩,有招祸之道也。

【注释】

①离群:指离开群体,为众人所不容。赘肬(zhuì yóu):即赘疣、赘瘤,身上多余的肉瘤。②儇(xuān)媚:轻佻谄媚。背众:违背众人。③相(xiàng):审察,察看。④谊:通"义",指合理的行为。身:自身、自己。⑤羌:楚地方言,句首发语词。⑥惟:思念,牵挂。⑦众兆:指绝大多数人。兆,百万,或说万亿。雠(chóu):仇敌。⑧壹心:专心。豫:犹豫。⑨羌:为什么。⑩疾:努力。亲君:亲近君王。有(yòu):同"又"。

【译文】

我竭尽忠诚侍奉君王,反遭排挤被看作是多余的肉瘤。我不懂奉迎谄媚而惹恼小人,只有等待明君体察我的衷情。我的言行一致有迹可查,我表里如一从不变更。所以考察臣子没有谁能比得上君王,因为这种考察在眼前就可得到验证。我主张先君后己,为什么竟被众人怨恨仇视。我一心忠君不作他想,众人却把我当作仇敌。我忠诚专一毫不迟疑,结果竟导致不能保全自己。我极力地亲近君王别无他想,却成了招致祸殃的根基。

【原典】

思君其莫我忠兮，忽忘身之贱贫①。事君而不贰兮，迷不知宠之门②。忠何罪以遇罚兮，亦非余之所志③。行不群以巅越兮④，又众兆之所咍⑤。纷逢尤以离谤兮⑥，謇不可释⑦。情沉抑而不达兮⑧，又蔽而莫之白。心郁邑余侘傺兮⑨，又莫察余之中情⑩。固烦言不可结而诒兮⑪，愿陈志而无路。退静默而莫余知兮⑫，进号呼又莫吾闻⑬。申侘傺之烦惑兮⑭，中闷瞀之忳忳⑮。

【注释】

①忽：忽略，忘记。②迷：迷惑，糊涂。宠之门：得到君王宠幸的门户、途径。③志：通"知"，知道，明白。④不群：与众人不同，不合群。巅越：坠落，跌落。⑤咍（hāi）：楚地方言，嗤笑，讥笑。⑥纷：众多，杂乱。逢尤：遭怨恨。离谤：遭诽谤。离，通"罹"，遭受。⑦謇（jiǎn）：句首发语词。释：解释，解说。⑧沉抑：指愁闷的情绪沉积、压抑在心底的样子。⑨郁邑：即郁悒，形容忧愁烦闷的样子。侘傺（chà chì）：楚地方言，形容因失意而惆怅，于是彷徨徘徊的样子。⑩中情：泛指为内心情感，专指则为内心忠信之情。⑪烦言：指要说的话众多而烦冗、杂乱。诒：赠送。⑫退：指退出朝廷。静默：沉默不语。莫余知："莫知余"的倒装。⑬进：指进入朝廷。莫吾闻："莫闻吾"的倒装。⑭申：重累，重复。烦惑：形容内心烦闷、迷惑的样子。⑮中：心中。闷瞀（mào）：形容心绪烦乱的样子。忳忳（tún）：形容愁闷的样子。

【译文】

为君王着想没人比我更忠心，我竟然忘却了自己人微才疏。我侍奉君王从来没有二心，我根本不知道什么取宠邀幸的门路。忠心有何罪过竟遭到惩罚？这是我心中从未意想到的。行为不同俗随流而栽了跟头，还要受到众人的讥讽嗤笑。那么多次受责遭诽谤，却没办法解释表白。情绪压抑难以倾诉，君王受蒙蔽无处诉说。我心头愁闷失意潦倒，又有谁能理解我心头的苦恼。本来有说不完的话却无法写信投寄，我想陈述心志却无路

使君王知晓。我隐退沉默没有人知道，我进取呐喊却又无人肯听。一再的失意使我心烦意乱，满怀的愁绪难写难描。

【原典】

昔余梦登天兮，魂中道而无杭①。吾使厉神占之兮②，曰有志极而无旁③。终危独以离异兮④，曰君可思而不可恃⑤。故众口其铄金兮⑥，初若是而逢殆⑦。惩于羹者而吹齑兮⑧，何不变此志也? 欲释阶而登天兮，犹有曩之态也⑨。众骇遽以离心兮⑩，又何以为此伴也⑪? 同极而异路兮，又何以为此援也? 晋申生之孝子兮⑫，父信谗而不好⑬。行婞直而不豫兮⑭，鲧功用而不就⑮。

【注释】

①中道：半路，中途。杭：通"航"，渡过。②厉神：主杀伐的神灵，或又能执占卜之事。占：占卜、算卦。③曰：是厉神占卜后把结果告诉求卜者屈原。志极：志向极高。旁：辅佐，帮助。④危独：危险，孤独。离异：与他人不同而分离，各走各的路。⑤曰：主语是厉神，从这里到"鲧功用而不就"都是厉神回答屈原的话。恃：依靠。⑥铄：销熔，熔化。⑦初：当初，以前。若是：像这样。殆：危险，险境。⑧惩：警戒。羹：古代用肉和菜调和五味做成的带汁的食物，这里指热羹。齑（jī）：一种被切细的冷食肉菜。⑨曩（nǎng）：向，以往。⑩骇遽（hài jù）：惊慌，害怕。离心：这里指与己心分离、不合。⑪伴：与下句之"援"都是攀援、求援的意思。⑫申生：春秋时晋献公的嫡长子。献公听信后妻骊姬的谗言，要杀申生，他既不为自己辩解，也不逃走，念念不忘君国，最后被迫自缢而死。⑬好（hào）：喜爱，喜欢。⑭婞（xìng）直：刚直。豫：犹豫、动摇。⑮功：功业，指治水。用而：因而。就：成。

【译文】

从前我曾梦见自己飞游苍天，魂魄走到中途却无路向前。我请厉神替我占卜梦的吉凶，他告诉我：有大志可惜无外人帮助。我又问：难道我最终会陷入险境众叛亲离吗?他说:君王可以思慕却不可以依仗。因为众口一词可以把黄金熔化,当初你就是这样忠诚才遭遇了祸患。被汤烫过的人见到凉菜也要吹气,为什么你不改变忠直的志向?想不用天梯就登上天,你仍然还是以前那副模样。众人惊惶畏惧,而不与你同心同德,又怎么会和你做伴?虽然同事一君但你们路途各异,又怎么会给你支援?晋国的申生是个孝子,父亲听信谗言把他逼死。鲧为人刚直不和顺,他的功业因此没有完成。

【原典】

吾闻作忠以造怨兮,忽谓之过言①。九折臂而成医兮②,吾至今而知其信然。矰弋机而在上兮③,罻罗张而在下④。设张辟以娱君兮⑤,愿侧身而无所⑥。欲儃徊以干傺兮⑦,恐重患而离尤⑧。欲高飞而远集兮,君罔谓汝何之⑨。欲横奔而失路兮⑩,坚志而不忍。背膺牉以交痛兮⑪,心郁结而纡轸⑫。梼木兰以矫蕙兮⑬,糳申椒以为粮⑭。播江离与滋菊兮⑮,愿春日以为糗芳⑯。恐情质之不信兮,故重著以自明⑰。矫兹媚以私处兮⑱,愿曾思而远身⑲。

【注释】

①忽:忽视,忽略,不介意。过言:被过分夸大的话,言过其实。②九折臂而成医兮:据《左传》载:"三折肱知为良医。"与此意相同,指多次遭受被折断手臂一类的打击、祸殃,于是不断积累医治的经验,改良药方,自己也就成医生了。九:虚数,表示次数之多。③矰弋(zēng yì):系着丝绳的射鸟的短箭。机:机括,这里用作动词,张机待发的意思。④罻(wèi)罗:捕鸟的网。张:张设。⑤设:张设。张辟:用来捕猎鸟兽的工具,一说为罗网,一说为弓弩。⑥侧身:伏着身子,蛰伏。⑦儃(chán)徊:徘徊不前。干(gān):寻求。傺:通"际",际遇、机会。儃徊以干傺,即伺机求仕。⑧重(chóng):增加。离尤:遭怨恨。⑨罔:得无,莫非,该不会。何之:到哪里去。之,往,到哪里去。⑩横奔:乱跑。失路:不走正道。⑪膺

(yīng)：胸。胖(pàn)：剖开，分裂。交痛：一齐痛，同时痛。⑫郁结：形容心中忧郁的情思缠结积聚的样子。纡轸(yū zhěn)：绞痛。纡，萦绕。轸，痛。⑬捣(dǎo)：通"捣"，舂。木兰：香木名，或称黄心树、紫玉兰，皮似桂，状如楠树，高数仞。矫：揉碎。蕙：香草名，和兰草同类。⑭糳(zuò)：这里是舂，从而使之精细的意思。申椒：申地所产的花椒。⑮播：栽种。江离：香草名，又称蘼芜。滋：栽种，种植。⑯糗(qiǔ)芳：芳香的干粮。⑰重(chóng)：重复，再。著：申说、申明。⑱矫：举起。兹媚：这些美好的东西。私处：独处。⑲曾：重复，再三。思：思考。远身：远远地离开，以躲避祸害。

【译文】

我听说做忠臣容易与人结怨，对此我毫不在意，以为是夸大其词。手臂多次折伤的人自然成为良医，如今我才明白确实如此。短箭装好对着天上，罗网已经张设在地上。处处暗设机关取悦君王，哪里有我立足容身的地方。我徘徊不定想要留在君王身旁，又怕有更大的祸患落在头上。想要抽身远走高飞，又怕君王诬我叛逃家邦。想要放弃正路像小人那样肆意狂奔，可我又意志坚定不忍变心。我的前胸和后背就像裂开一样疼痛，

难忍，心头郁闷难舒，愁苦不堪。捣碎木兰再揉碎蕙草，舂碎申椒来做干粮。播种下江离栽上菊花，希望春天能做成芳香的干粮。唯恐我的真情得不到表达，所以要三番五次地表明衷肠。保持美德我将离群索居，我已深思熟虑准备藏身远祸。

涉江

【题解】

"涉江"，渡江的意思，这是屈原被顷襄王放逐江南时，为记叙征程和书写怨愤而作。篇中叙述了他渡江溯沅水而上、西入溆浦一带的行程和心情，充分表现了他始终坚持理想，保持着高远的志向，绝不向恶势力屈服的战斗精神。全诗情景结合，娴熟运用比喻象征，体现了诗人高超的艺术水平。

【原典】

余幼好此奇服兮①，年既老而不衰②。带长铗之陆离兮③，冠切云之崔嵬④。被明月兮珮宝璐⑤。世溷浊而莫余知兮⑥，吾方高驰而不顾⑦。驾青虬兮骖白螭⑧，吾与重华游兮瑶之圃⑨。登昆仑兮食玉英⑩，与天地兮同寿，与日月兮同光。哀南夷之莫吾知兮⑪，旦余济乎江湘⑫。

【注释】

①幼：小时候。好：爱好。奇服：不同于常人的服饰，即下文的"长铗""冠云""明月""宝璐"等佩饰，比喻突出的才德。②既：已经。衰：衰退，懈怠。③带：佩带。长铗（jiá）：长剑。陆离：形容其所佩带的宝剑之长。④冠：本指帽子，这里指戴。切云：冠名，古时一种很高的帽子。崔嵬：高

耸的样子。⑤被（pī）：同"披"，穿在身上或披在身上的意思。明月：明月珠，一种能在夜间发光的宝珠。珮：同"佩"，佩带。宝璐：美玉名。⑥溷：混乱。⑦方：将要。高驰：远走高飞。顾：回顾，回头看。⑧青：黑色。虬（qiú）：传说中无角的龙。骖：本义指一车驾三马，又特指驾车时服马两边的马。这里指驾驭车两旁的白螭。螭（chī）：无角的龙。⑨重华：古史传说中五帝之一舜的名号。瑶：美玉。圃：园。瑶之圃，玉树的园圃。与下句"昆仑"为互文，指同一个地方，古代神话传说昆仑山上有瑶圃，是上帝的花园。瑶圃或即《离骚》中的"县圃"。⑩昆仑：古代神话传说中西方的一座神山，为天帝和神人所居。玉英：玉树的花。⑪南夷：古时对南方少数民族的蔑称，此指楚国江南一带的土著民族。⑫旦：清晨。济：渡。乎：于。江：长江。湘：湘江，是今湖南省境内流入洞庭湖的大河。

【译文】

我从小就喜欢奇特的服饰，直到老年这习惯仍然没有衰减。我腰间佩带着长长的宝剑，头上戴着高高的帽子。身上饰有明月珠，串串美玉佩带在腰间。世道混浊没有人理解我，我将要远走高飞，毫不留恋。驾起有角青龙，配上无角白龙，我与重华大神一起游览天帝的玉园。登上昆仑山品尝美玉一般的花朵，我和天地一样长寿，我和日月一样辉煌。痛心南方并没有人了解我，清晨我便要渡过湘水长江。

【原典】

乘鄂渚而反顾兮①，欸秋冬之绪风②。步余马兮山皋③，邸余车兮方林④。乘舲船余上沅兮⑤，齐吴榜以击汰⑥。船容与而不进兮⑦，淹回水而疑滞⑧。朝发枉渚兮⑨，夕宿辰阳⑩。苟余心其端直兮⑪，虽僻远之何伤⑫。

【注释】

①乘：登上。鄂渚（è zhǔ）：洲渚名，在今湖北鄂州。②欸（āi）：叹息。绪风：大风。③步：慢慢地走。山皋（gāo）：水泽，引申为水边之地。④邸

(dǐ)：停留。方林：面积广大的树林。⑤舲（líng）船：有篷窗的船。上：这里是沿沅水逆流而上的意思。沅：沅水，是今湖南省境内流入洞庭湖的又一条大河，在湘水之西。⑥吴榜：船桨。汰（tài）：水波。⑦容与：行进缓慢，犹豫不前的样子。⑧淹：停留。回水：江中急流回旋而形成的涡流，即漩涡。疑（níng）滞：即"凝滞"，停滞不前。⑨发：出发。枉陼（zhǔ）：地名，沅水中的一个河湾，在辰阳以东，沅水下游，今属湖南常德。⑩辰阳：古地名，因在辰水之北而得名，在今湖南省辰溪县西南。⑪苟：如果。只要。端直：端正。⑫伤：伤害，妨害。

【译文】

我登上鄂渚回头眺望，哀叹秋冬时节大风凄寒。让我的马儿在山边漫步，把我的车儿停在树林旁。我乘着篷船逆着沅水西上，船夫们齐力摇起船桨，拍水击浪。船儿却随波起伏不肯前进，陷入漩涡中打转荡漾。清晨我从枉陼出发，傍晚我投宿在辰阳。只要我的心是正直的，即使身处穷乡僻壤又何伤！

【原典】

入溆浦余儃佪兮①，迷不知吾所如②。深林杳以冥冥兮③，猿狖之所居④。山峻高以蔽日兮，下幽晦以多雨。霰雪纷其无垠兮⑤，云霏霏而承宇⑥。哀吾生之无乐兮，幽独处乎山中。吾不能变心而从俗兮，固将愁苦而终穷⑦。

【注释】

①溆（xù）浦：地名，在今湖南溆浦一带，或因溆水而得名，因其在溆水之滨的缘故。儃佪（chán huái）：犹豫徘徊，留恋而不忍离去的样子。②如：往。③杳（yǎo）：幽深的样子。冥冥：昏暗的样子。④猨（yuán）：一种猕猴。狖（yòu）：猿猴的一种。⑤霰（xiàn）：小雪珠。垠（yín）：边际，涯岸。⑥霏霏：这里形容云气很盛的样子。承宇：指山中云气旺盛而与屋檐相承接。宇，屋檐。⑦终穷：穷到底，即终生不得志。

【译文】

行到溆浦我有些打不定主意，心中迷惘不知该去何方。茂密的山林一片阴暗，这是猿猴栖居的地方。高峻的大山遮天蔽日，山下幽深晦暗阴雨绵绵。雪珠雪花纷纷扬扬无边无际，布满天空的浓云阴沉无光。可怜我一生没有欢乐，孤独地生活在这深山老林中。我不能改变心志去随波逐流，当然就要穷愁潦倒终生。

【原典】

接舆髡首兮①，桑扈臝行②。忠不必用兮，贤不必以③。伍子逢殃兮④，比干菹醢⑤。与前世而皆然兮⑥，吾又何怨乎今之人！余将董道而不豫兮⑦，固将重昏而终身⑧！

【注释】

①接舆：人名，春秋时楚国隐士，佯狂避世。髡：剃发，古代的一种刑罚。王逸《楚辞章句》：接舆"自刑身体，避世不仕也。"②桑扈(hù)：人名，古代隐士。臝(luǒ)行：意即裸体而行。臝，同"裸"。③以：用。④伍子：即春秋末吴国大夫伍员，字子胥。曾辅佐吴王阖闾攻破楚国。继事吴王夫差，力谏越国，夫差不纳。后遭太宰伯嚭诬陷，被逼自杀。⑤比干：殷末纣王的叔父，被纣王剖心而死。菹醢(zū hǎi)：古代酷刑，把人剁碎做成肉酱。⑥与：通"举"，整个的意思。⑦董道：正道。豫：犹豫。⑧重(chóng)昏：犹言处于层层黑暗之中。

【译文】

接舆佯狂剃去自己的头发，桑扈愤世裸体而行。忠心的人不被重用，贤明的人不能发挥才能。伍子胥终遭祸殃，比干被剖心不得善终。纵观历史都是这样，我又何必抱怨今人的行径！我要坚持正道而毫不犹豫，本就准备在层层黑暗之中度过一生！

【原典】

乱曰①：鸾鸟凤皇②，日以远兮。燕雀乌鹊③，巢堂坛兮④。露申辛夷⑤，死林薄兮⑥。腥臊并御⑦，芳不得薄兮⑧。阴阳易位⑨，时不当兮⑩。怀信佗傺⑪，忽乎吾将行兮⑫！

【注释】

①乱：古代乐歌中的最后一章。古时诗乐部分，故诗文中最后总括全篇要旨的一段文字也被称作乱。②鸾鸟：传说中凤凰一类的神鸟。凤皇：即凤凰，传说中的神鸟。这里的鸾鸟、凤凰都比喻贤能之士。③燕雀：燕子。乌鹊：乌鸦。燕子、乌鸦都是普通常见的小鸟，这里比喻谗佞小人。④巢：鸟窝，这里是搭窝的意思。堂：古时天子以及诸侯议政、祭祀的朝堂、庙堂。坛：用土筑起的高台。⑤露申：芳香或香木名，不详所指。辛夷：香木名，又叫木笔、迎春。⑥薄（bó）：草木丛生的地方。⑦腥臊（xīng sāo）：恶臭秽浊的气味，这里比喻奸邪小人。御：进用。⑧芳：指芬芳的东西，比喻正直的君子。薄：靠近，接近。⑨阴阳易位：这里比喻是非颠倒，黑白混淆，一切都反常了。⑩时不当：生不逢时，没遇上好时候。当，恰当，合宜。⑪怀信：怀抱忠贞诚信之心。佗傺（chà chì）：惆怅失意的样子。⑫忽：飘然。

【译文】

尾声：鸾鸟和凤凰，一天天飞远。燕雀和乌鹊，却把窝筑在庙堂上面。露申和辛夷，都死在林丛草间。腥臊恶臭都能得到君王的重用，芳香的花草却不得靠近他的身边。阴阳错位都颠倒了位置，我真是生不逢时。怀抱忠心的人却失意彷徨，我怅然迷惘，还是赶快远行吧！

九章

哀郢

【题解】

所谓"哀郢",就是哀悼郢都。郢是楚国都城的名称,地在今湖北江陵纪南城。本篇的写作背景是楚顷襄王即位初,秦将白起攻破郢都,楚国君臣仓皇东迁于陈,百姓流离失所之事。屈原从九年前秦军进攻楚国之时自己被放逐,随流亡百姓一起东行的情况写起,到后面抒写作诗当时的心情,倾诉了自己对故国的刻骨思念之情。

【原典】

皇天之不纯命兮①,何百姓之震愆②?民离散而相失兮③,方仲春而东迁④。去故乡而就远兮⑤,遵江夏以流亡⑥。出国门而轸怀兮⑦,甲之朝吾以行⑧。

【注释】

①皇:大。纯:正,常。不纯命:指天命反复无常。②百姓:指楚国的百姓。震愆(qiān):震恐,惊恐。③民:普通百姓。④方:正当。仲春:夏历二月。⑤去:离开。故乡:指郢都。就远:到远方去。⑥遵:循、沿着。江夏:长江、夏水。夏水,长江的支流,因冬涸夏水而得名。⑦国:这里是国都、京城的意思。轸(zhěn)怀:痛心,哀痛。⑧甲:甲日。古时以干支纪日。朝(zhāo):通"朝",早晨。

【译文】

天命反复无常,为什么让百姓们惊恐万端?民众颠沛流离,亲人失散,在这仲春二月逃向东方。离开故乡郢都走向远方,沿着长江夏水一路流亡。

出了郢都城门便痛切地思念,甲日的早晨我动身向东方。

【原典】

　　发郢都而去闾兮①,荒忽其焉极②?楫齐扬以容与兮③,哀见君而不再得。望长楸而太息兮④,涕淫淫其若霰⑤。过夏首而西浮兮⑥,顾龙门而不见⑦。心婵媛而伤怀兮⑧,眇不知其所蹠⑨。顺风波以从流兮,焉洋洋而为客⑩。凌阳侯之氾滥兮⑪,忽翱翔之焉薄⑫。心结结而不解兮⑬,思蹇产而不释⑭。将运舟而下浮兮⑮,上洞庭而下江⑯。去终古之所居兮⑰,今逍遥而来东⑱。羌灵魂之欲归兮⑲,何须臾而忘反⑳。背夏浦而西思兮㉑,哀故都之日远。登大坟以远望兮㉒,聊以舒吾忧心。哀州土之平乐兮㉓,悲江介之遗风㉔。当陵阳之焉至兮㉕,淼南渡之焉如㉖?曾不知夏之为丘兮㉗,孰两东门之可芜㉘?

【注释】

　　①郢都:在今湖北省江陵县纪南城,春秋时楚国都城。闾:里门,指家乡。②荒忽:同"恍惚",深思恍惚的样子。焉极:哪里是尽头。③楫:船桨。齐扬:并举。容与:行

进迟缓，犹豫不前的样子。④长：高大。楸（qiū）：树名，即梓树，落叶乔木。梓树和桑树为古代住宅旁常栽的树木，古人于是用它们作为故乡的象征。这里屈原遥望梓树，实际上就是遥望故乡。太息：叹息。⑤涕：泪。淫淫：这里形容眼泪流而不止的样子。霰（xiàn）：小雪珠。⑥夏首：夏水从长江分流而出的地方。西浮：从西面顺水漂流。一说"西浮"为"疾浮"。⑦龙门：指郢都的东城门。⑧婵媛：眷恋，牵挂。⑨眇：通"渺"，遥远的样子。蹢（zhí）：脚踏，落脚。所蹢：驻足的地方。⑩焉：于是。洋洋：这里形容漂泊无依的样子。⑪凌：乘，凌驾。阳侯：传说中的波浪之神。古代神话传说凌阳国的诸侯溺水而死，他的灵魂化为大的波浪，经常覆没舟船。这里是以兴波作浪的阳侯称代波浪。氾滥：这里形容大水漫流的样子。⑫忽：快速地。薄：停留，止息。⑬绲（guà）结：打了结子，起了疙瘩。⑭思：思绪。蹇（jiǎn）产：形容情思屈曲而无法舒展的样子。释：解开。⑮运舟：行船。下浮：指沿着长江东下。⑯上、下：指行舟而言，船头所对方向为"上"，船尾所对方向为"下"。⑰终古：长久。终古之所居：楚国历代先祖自古以来居住的地方，即郢都。⑱逍遥：飘荡，流落。⑲羌：楚地方言，句首发语词。⑳须臾：片刻，顷刻。反：同"返"。㉑背：背离。夏浦：即夏口，今汉口。西思：这里是思念西方郢都的意思。㉒坟：江中的岛屿沙洲。㉓州土：荆楚大地。平乐：土地平坦富饶，人民安居乐业。㉔江介：江边，这里指江南沅湘流域。遗风：古代楚国遗留下的淳朴风俗。㉕当：到，抵达。陵阳：地名，《汉书·地理志》载丹阳郡陵阳县，在今安徽青阳南。㉖淼：水面阔大无边，一望无际的样子。南渡：指往南渡过大江而登岸抵达陵阳。㉗夏：通"厦"，大屋，指郢都的宫殿。丘：丘墟，废墟。㉘孰：水。两东门：指郢都东关的两座城门。

【译文】

　　从郢都出发离开家乡，我心中恍惚不知要走向何方。大家举起船桨一齐划动，船儿却徘徊不前，可怜我再也见不到君王。远望那故国的梓树我不禁长声叹息，眼泪就像雪珠般簌簌流淌。船经过夏浦一路向东飘荡，回头已看不见郢都城门在何方。心中牵挂不舍充满哀伤,前途渺茫不知何处是我停脚的地方。随着风波任其漂泊,从此我就是一个无家的浪子到处飘荡。乘着水神掀起汹涌的巨浪,就像鸟儿一般飞起却不知落在何方。情思郁结难以排解,愁肠百曲不舒畅。我将让我的船儿顺流东下,上溯是洞庭下流是长江。离开先人世代居住的故土,而今漂泊流落来到东方。我的心一直想要回归故土,何曾一时一刻把它忘记。伤心离开夏浦思念郢都,心中哀伤距郢都日渐遥远。登上水边高地纵目远望,想借此暂且舒散一下我的愁绪。哀怜荆楚大地曾富饶安乐,大江两岸还保存着古朴的风气。波涛汹涌,乘船往哪里去?烟波浩渺,南渡又将到何处?谁曾想过郢都的高屋大厦将变成废墟,谁能料到郢都的两座东门将会荒草簇簇?

【原典】

心不怡之长久兮①,忧与愁其相接。惟郢路之辽远兮②,江与夏之不可涉③。忽若不信兮④,至今九年而不复⑤。惨郁郁而不通兮⑥,蹇侘傺而含戚⑦。外承欢之汋约兮⑧,谌荏弱而难持⑨。忠湛湛而愿进兮⑩,妒被离而鄣之⑪。尧舜之抗行兮⑫,瞭杳杳而薄天⑬。众谗人之嫉妒兮,被以不慈之伪名⑭。憎愠惀之修美兮⑮,好夫人之忼慨⑯。众踥蹀而日进兮⑰,美超远而逾迈⑱。

【注释】

①怡:愉快。②惟:句首语气词。郢路:返回郢都的道路。③涉:渡过。④忽:迷惘,恍惚。不信:当作"去不信"。去,离开。信,两天,这里形容时间很短。⑤复:返回。⑥惨郁郁:形容忧思郁积的样子。通:通畅,舒畅。⑦蹇(jiǎn):句首发语词。侘傺(chà chì):潦倒失意的样子。⑧外:外表。承欢:讨人喜欢。汋(chuò)约:同"绰约",本指姿态柔美的样子,这里形容小人谄媚的样子。⑨谌(chén):确实,实在。荏弱:软弱。持:通"恃",依靠。⑩湛湛(zhàn):厚重的样子。愿进:愿意进用,为国效力。⑪被离:同"披离",分散的样子。鄣:同"障",阻碍,阻塞。⑫抗:通

"亢",高尚。行:德行。⑬瞭:明。杳杳(yǎo):高远的样子。薄:迫近,靠近。⑭被:加在身上。不慈:不爱自己的儿子。伪名:与事实不符的名声。⑮愠怆(yùn lǔn):忠诚的样子。⑯夫(fú)人:那些人,这里指谗佞小人。忼慨:同"慷慨",形容情绪激昂奋发的样子。⑰众:这里指表面上作慷慨之态的谗佞小人。踥蹀(qiè dié):形容迈着小步行走的样子,是卑贱相。日进:越来越被提拔。⑱美:指忠臣。超:远。逾:跃进,行进。迈:远走高飞。

【译文】

我心中的不快已经很长久,旧忧未去又添上了新愁。想到回郢都的道路是那么遥远,长江夏水已难以渡过!恍惚中仿佛刚刚离开故土,到如今已整整过了九个年头。我忧思郁积心情不舒畅,失意潦倒充满哀愁。那群小人为邀君欢表面上一副媚态,实际上内心空虚毫无操守。我一片忠心希望为国尽力,反被小人嫉妒纷纷从中阻挠。圣王尧舜德行高尚,他光明明智高远直达苍穹。谗佞小人嫉妒诽谤贤能,给他们加上"不慈"的恶名。君王厌恶憎恨忠诚有德的人,反喜欢巧嘴滑舌夸夸其谈的人。众多谗佞小人奔走钻营,日益腾达,贤臣良士却被日益冷落,越来越疏远。

【原典】

乱曰:曼余目以流观兮①,冀壹反之何时②?鸟飞反故乡兮,狐死必首丘③。信非吾罪而弃逐兮④,何日夜而忘之⑤?

【注释】

①曼:本义是引而使长,这里指睁大双眼。流观:四处观望。②冀:希望。壹反:即"一返",回去一趟的意思。③鸟飞反故乡兮,狐死必首丘:这两句是当时流行的成语。鸟飞虽远,终将返回故乡;狐狸死时,头必朝向其所出生的山丘。用禽兽不忘所生的地方比喻人对故土深厚而炽热的爱恋情怀。首丘:头向山丘。首:用作动词,头朝向的意思。④信:实在,的确。弃逐:即放逐、流放。⑤之:指郢都。

【译文】

尾声：我放眼眺望四方，何时才能如愿回一次故乡？鸟儿远飞终究要返回自己的巢窝，狐狸死了还把头朝向生它养它的山冈。实在不是我有罪过而被抛弃流放，日日夜夜我怎能把故乡忘怀！

抽思

【题解】

篇名"抽思"取自少歌部分首句"与美人之抽思兮"。"抽思"二字，意思是整理心头思绪，把心中郁结的情思抒发出来。本篇表达的是屈原被楚怀王疏远后，在汉北忧心国事，思念郢都，意欲回归的心情，同时也表达了屈原陷入心系楚怀王却无法表达的愁苦。

【原典】

心郁郁之忧思兮①，独永叹乎增伤②。思蹇产之不释兮③，曼遭夜之方长④。悲秋风之动容兮⑤，何回极之浮浮⑥。数惟荪之多怒兮⑦，伤余心之忧忧⑧。愿摇起而横奔兮⑨，览民尤以自镇⑩。结微情以陈词兮⑪，矫以遗夫美人⑫。

【注释】

①郁郁：忧思郁结的样子。②永叹：长叹。增伤：加倍的忧伤。③思：思绪。蹇(jiǎn)产：情思屈曲而不得舒展的样子，即忧思郁结之义。释：解开。④曼：长。方：正。⑤动容：意即动摇。容，即"搈"，动。⑥回极：回旋的天极。浮浮：变动不定的样子。⑦数(shuò)：屡次，多次。惟：思。荪：香草名，也叫溪荪，俗名石菖蒲，比喻楚怀王。⑧忧忧：忧伤、悲痛的样子。

⑨摇起：迅速地起身、跃起。横奔：狂奔，大步流星地疾急奔跑。⑩尤：罪，苦难。镇：止住。⑪结：集结。微情：内心之情。陈词：陈述言辞，此指作《抽思》。⑫矫：举。遗（wèi）：赠给。美人：比喻楚怀王。

【译文】

我心中忧愁思绪烦乱，独自长叹倍增忧伤。情思郁结不能化解，偏偏黑夜又这样漫长。悲叹秋风猛烈撼动外物，为什么天地也在秋风中浮荡？每每想起君王是那么爱动怒，我的内心就愁苦悲伤。有时我真想不顾一切地远远逃奔，但看到百姓苦难又没有动身。我把微薄的情思写成诗篇，把它进献给君王表白心意。

【原典】

昔君与我诚言兮①，曰黄昏以为期②。羌中道而回畔兮③，反既有此他志。憍吾以其美好兮④，览余以其修姱⑤。与余言而不信兮⑥，盖为余而造怒⑦。愿承间而自察兮⑧，心震悼而不敢⑨。悲夷犹而冀进兮⑩，心怛伤之憺憺⑪。

【注释】

①诚言：一本作"成言"，即已约定的言语。成，定。②曰：主语是楚王。黄昏：日落的时候，古代举行婚礼在黄昏时候。期：婚期，结婚的时间。这两句是以男女关系比喻君臣关系。③羌（qiāng）：楚地方言，句首发语词。回畔：背叛，翻悔。④憍（jiāo）：同"骄"，骄傲，骄矜。⑤览：显示，炫耀。修姱（kuā）：美好。⑥不信：不守信用，不可靠，即言而无信。⑦盖（hé）：通"盍"，为何，为什么。造怒：发怒，生气。⑧间（jiàn）：间隙，机会。自察：自我表白，说明。⑨震悼：内心惊恐、惊惧的样子。⑩夷犹：犹豫。冀（jì）进：希望进用。⑪怛（dá）伤：痛苦，悲伤。憺憺（dàn）：义同"荡荡"，因惊惧惊恐而心情动荡不安的样子。

【译文】

从前君王曾和我约定，说好相会在黄昏时分。谁料想他半路翻悔，违背前言又有了别的想法。向我夸耀他的美貌丽容，对我展示他的才能。和我说过的话全不守信，为什么还无故地对我大发脾气？我本想找空闲向你表白衷情，可心里一直害怕不敢来倾吐。我悲伤犹豫盼望能进言，可内心悲伤动荡不安宁。

【原典】

兹历情以陈辞兮①，荪详聋而不闻②。固切人之不媚兮③，众果以我为患④。初吾所陈之耿著兮⑤，岂至今其庸亡⑥？何毒药之謇謇兮⑦，愿荪美之可完⑧。望三五以为像兮⑨，指彭咸以为仪⑩。夫何极而不至兮，故远闻而难亏⑪。善不由外来兮，名不可以虚作。孰无施而有报兮，孰不实而有获？

【注释】

①兹历：当作"历兹"。历：列举。兹：此。②荪：香草名，比喻楚王。详：通"佯（yáng）"，假装。③切：正直，恳切。媚：谄媚，讨好。④众：这里指跟屈原对立，专以谄媚君王为能事的谗佞小人。⑤耿著：明白清楚。⑥庸：乃，就。亡：通"忘"，忘记。⑦謇謇：形容忠诚、正直的样子。⑧完：当作"光"，发扬光大。⑨三五：王逸《楚辞章句》："三王五伯，可修法也。"三王：指夏禹、商汤、周文王。五伯：指齐桓公、晋文公、秦穆公、宋襄公、楚庄王。像：法式，榜样。⑩彭咸：据王逸《楚辞章句》，彭咸是殷商时的贤人，相传他劝谏国君不被采纳，于是投水自杀。生平事迹不可详考。仪：模范。⑪闻：名声，声誉。亏：缺失，消歇。

【译文】

我列举这些情形来陈述，可君王却假装耳聋不肯听。本来正直的人就不会献媚，一众小人真就把我当成祸患。当初我所说的是那样明白，难道至今竟全都遗忘？为什么总是这样忠心耿耿地进言，是希望君王的美德能够发扬光大。愿你以三王五霸为榜样，把古贤彭咸作为我的楷模。假若如此，还有什么目标不能达到？从此美名远播，将会万古流芳。善良的品德不能由外强加，美好的名声不会凭空出现。谁能不付出就能得到回报，谁能不播种就收获满仓？

【原典】

少歌曰①：与美人抽怨兮②，并日夜而无正③。憍吾以其美好兮④，敖朕辞而不听⑤。

【注释】

①少歌：又叫"小歌"，"短歌"的意思，是古代音乐章节的组成部分，对前一部分内容起小结、收束的作用。②美人：比喻楚怀王。怨：朱熹《楚辞集注》本作"思"。抽，抽绎，引出。思，情思。③并日夜：从白天到黑夜。并，合，兼。无正：无从论证，评断是非。④憍（jiāo）：同"骄"，骄傲，骄矜。其：指怀王。⑤敖：通"傲"。朕：我的。

【译文】

短歌：我向君王倾诉出我的委屈，从早说到晚却得不到公平的裁断。一味地向我炫耀他的美好，傲慢得连我的陈辞也不肯听。

【原典】

倡曰①：有鸟自南兮②，来集汉北③。好姱佳丽兮④，牉独处此异域⑤。既茕独而不群兮⑥，又无良媒在其侧⑦。道卓远而日忘兮⑧，愿自申而不得⑨。望北山而流涕兮⑩，临流水而太息⑪。望孟夏之短夜兮⑫，何晦明之若岁⑬！惟郢路之辽远兮⑭，魂一夕而九逝⑮。曾不知路之曲直兮⑯，南指月与列星⑰。愿径逝而未得兮⑱，魂识路之营营⑲。何灵魂之信直兮⑳，人之心不与吾心同！理弱而媒不通兮㉑，尚不知余之从容㉒。

【注释】

①倡：同"唱"，古代乐章的结构组织形式之一，作用是另外起唱。②鸟：屈原自喻。南：这里指郢都。③集：鸟栖息在树上。汉北：汉水北边，在今湖北省襄樊市附近的地区。屈原当时被迁于此。④好姱（kuā）佳

丽：这是四个同义单词并列连用，都是美的意思，比喻品德美好。⑤胖（pàn）：分离，离别。异域：异国他乡，这里指汉北迁所。⑥茕（qióng）：孤独。不群：失群。⑦良媒：好的媒人，这里指能在楚王面前为自己说情的人。⑧卓：通"逴（chuò）"，远。日忘：这里指被楚怀王一天天地淡忘。⑨自申：自己申述。⑩北山：当时郢都附近的山，或谓即郢都北十里的纪山。⑪临：面对。太息：叹息。⑫望：看。孟夏：阴历四月，初夏时节。⑬晦明之若岁：形容度日如年，难以入眠。晦明：从天黑到天亮，指一夜。⑭惟：句首语气词。郢路：去郢都的路。⑮一夕而九逝：是说灵魂在一夜之内多次前往郢都，表达了对郢都的刻骨思念。夕，晚上。九，虚数，表示次数多。逝，去，往。⑯曾不知：竟不知。⑰列星：众星。⑱径逝：一直前往，返回郢都。⑲识（zhì）：辨认。营营：形容来来往往、忙忙碌碌的样子。⑳信直：忠诚正直。㉑理：媒人，媒介。㉒从容：举止，行为。

【译文】

唱道：有只鸟儿从南方飞来，栖息在汉水以北的树上。羽毛是多么艳丽漂亮，却离群独自栖息在异乡。既已孤苦零丁缺乏伴侣，也没有好媒人在身旁扶持。路途遥远日渐被人遗忘，想倾诉衷情又没有对象。遥望南山止不住眼泪流淌，对着流水我叹息哀伤。想想初夏的夜晚多短暂，为什么竟像一年那样漫长？去郢都的路是那么遥远，魂梦一晚却来回跑九趟。不知那道路是弯还是直，我披星戴月奔向南方。想直接回去却不被君王接纳，只有魂灵为找路往来奔忙。为什么我这样忠诚正直，别人的心思却不一样。媒人无能不能为我沟通，还有谁能知道我的言行思想。

【原典】

乱曰：长濑湍流①，泝江潭兮②。狂顾南行③，聊以娱心兮④。轸石崴嵬⑤，蹇吾愿兮⑥。超回志度⑦，行隐进兮⑧。低徊夷犹⑨，宿北姑兮⑩。烦冤瞀容⑪，实沛徂兮⑫。愁叹苦神⑬，灵遥思兮⑭。路远处幽⑮，又无行媒兮。道思作颂⑯，聊以自救兮⑰。忧心不遂⑱，斯言谁告兮⑲。

【注释】

①濑(lài)：从沙石上流过的水。湍(tuān)：急流的水。②沂(sù)：逆流而上。潭：水深的地方。③狂顾：急切地回顾。南行：向着南方郢都的方向而行。④聊：且。娱心：自我安慰。⑤畛(zhěn)：通"畛"，田间道路。巍嵬(wēi wéi)：形容石头弯弯曲曲的奇形怪状。⑥蹇(jiǎn)：通"謇"，使……艰难。愿：指"南行"，返郢回乡的愿望。⑦超回：徘徊。志度：通"跮踱"，意即踟躅，徘徊不前。⑧隐进：进度迟缓。隐，同"稳"，缓慢。⑨低徊：徘徊。夷犹：犹豫。⑩北姑：地名，不详所在。⑪烦冤：形容心中忧愁烦闷的样子。瞀(mào)容：当为"瞀傛"，心情烦乱不安。瞀，乱。⑫沛徂(cú)：颠沛流离。沛，颠沛。徂，往。⑬苦神：伤神，损伤精神。⑭灵：灵魂，神魂。遥思：指思念遥远的郢都。⑮幽：指偏远的地方。⑯道思：述志。道，通"导"，表达，表述。作颂：作歌，指写作本篇。⑰自救：自我解脱。⑱遂：达，这里是畅达的意思。⑲斯：此。谁告："告谁"的倒装。

【译文】

尾声：长长的沙石滩上流水湍急，沿着深潭逆流而上。心神迷乱顾盼南行，聊以平慰我的愁肠。路上怪石嶙峋，高低不平，让我回家的路途艰难。徘徊踟躅，使我进退两难。彷徨犹豫，停歇在北姑住一晚上。心烦意乱，颠沛流离四方。苦叹哀吟，黯然神伤，灵魂仍在思念着故乡。路途遥远，居处幽僻，又没人替我传达衷肠。倾诉愁思写成诗章，聊以自慰解脱忧伤。忧心忡忡不得舒畅，这些话又能对谁讲！

怀沙

【题解】

关于"怀沙"的含义,大致有两种说法:一种认为是怀抱沙石而自沉,一种认为是怀念长沙之意。本篇是屈原临终前写下的遗作,但并不是绝笔。诗中言辞激烈、哀伤,抒写了自己内心的忧愤和不平,重申自己坚持真道、不随世俗的志节,并表明了自己以身殉国、视死如归的决心。全诗短句促节,情调哀惨,具有强烈的艺术感染力。

【原典】

滔滔孟夏兮①,草木莽莽②。伤怀永哀兮③,汩徂南土④。眴兮杳杳⑤,孔静幽默⑥。郁结纡轸兮⑦,离慜而长鞠⑧。抚情效志兮⑨,冤屈而自抑⑩。

【注释】

①滔滔:一作"陶陶",形容夏季暑热之气旺盛的样子。孟夏:阴历四月,初夏时节。②莽莽:这里形容草木茂盛的样子。③伤怀:伤心。永:长。④汩(yù):楚地方言,水流很快的样子。徂(cú):往,去。南土:楚国的南部领土,指江南的沅湘流域。⑤眴(shùn):同"瞬",转动眼睛,眨眼。杳杳:昏暗,幽深。⑥孔:很,甚。幽默:寂静无声。⑦郁结:形容心中忧郁的情思缠结积聚的样子。纡轸(yū zhěn):绞痛。纡,萦绕。轸,痛。⑧离:通"罹",遭遇,遭受。慜(mǐn):同"愍",忧患。鞠:窘困。⑨抚:按。效:通"校(jiào)",考核。⑩自抑:强自压抑。

【译文】

四月初夏暖洋洋，草木繁茂莽莽苍苍。内心止不住的哀伤，我急急忙忙奔向南方。举目四望一片昏暗，死一般沉寂听不到一丝声响。无穷的委屈和悲痛郁结心头，身遭不幸有喝不完的苦浆。考核检查我的情怀和志向，满腹的委屈和冤枉深藏在我的心房。

【原典】

刓方以为圜兮①，常度未替②。易初本迪兮③，君子所鄙。章画志墨兮④，前图未改⑤。内厚质正兮⑥，大人所盛⑦。

【注释】

①刓（wán）：削，剜刻。圜：同"圆"，圆形。②常度：正常的法度。替：废。③易：改变。初：原来。本迪：常道，本来的路径。④章：同"彰"，明白，明确。画：规划。志：牢记。墨：纯墨，比喻法度。⑤图：法度。⑥内厚：内心敦厚。质：品质。⑦大人：即"圣人""君子"。盛：赞美。

【译文】

虽说方的可以削成圆的，可正常的法度不能废弃。改变初衷和追求来更替常道，这向来会被贤人君子看不起。彰显原则标举准绳，前人的法度不曾更改。品行淳厚心地正直，贤人君子盛赞不已。

【原典】

巧倕不斲兮①，孰察其拨正②。玄文处幽兮③，矇瞍谓之不章④。离娄微睇兮⑤，瞽以为无明⑥。变白以为黑兮，倒上以为下。凤皇在笯兮⑦，鸡鹜翔舞⑧。同糅玉石兮⑨，一概而相量⑩。夫惟党人之鄙固兮⑪，羌不知余之所臧⑫。任重载盛兮⑬，陷滞而不济⑭。怀瑾握瑜兮⑮，穷不知所示⑯。邑犬之群吠兮⑰，吠所怪也。非俊疑杰兮⑱，固庸态也。文质疏内兮⑲，众不知余之异采。材朴委积兮⑳，莫知余之所有。

【注释】

①倕（chuí）：人名，相传为尧时的巧匠。斲（zhuó）：砍，削。②察：知道，了解。拔：弯曲。③玄：黑色。文：通"纹"，花纹。④矇瞍（méng sǒu）：盲人的总称。有眼珠而看不见的叫作矇，没有眼珠的叫作瞍。不章：没有文彩。章，文彩。⑤离娄：人名，又叫离朱，古代传说中视力很好的人，在上百步远的地方就能看清秋天鸟兽身上新长的细毛。微睇（dì）：微闭着眼睛看。睇，斜视。⑥瞽（gǔ）：盲人。无明：没有视力。⑦笯（nú）：竹笼。⑧鹜（wù）：鸭子。⑨糅（róu）：错杂，混杂。玉石：玉与石，指君子和小人。⑩一概而相量：使用同一个概去量不同的东西，即等量齐观、同等对待。概，古代量米麦等用以刮平斗斛等丁字形木器，这里引申为标准、尺度。量：衡量。⑪夫：句首语气词，有提示作用。惟：介词，相当于"以""因为"。党人：指朝中那些结党营私的奸臣。⑫臧：指自己所具备的美好品质。⑬任重：负荷重。载盛：装载多。⑭陷滞：因陷没而停滞不前。不济：指不能前进。济，度过。⑮怀：揣在怀里。瑾：美玉。握：握在手里。瑜：美玉。⑯穷：穷困，处境窘迫。示：出示，拿给人看。⑰邑：城镇，城市，人口聚居的地方。吠：狗叫。⑱非：毁谤，诋毁。俊、杰：都是指才能出众、智识过人的人。⑲文质：外在和本质。文指外表。质指本质。疏：疏阔，阔略，没有太多繁文缛节。内（nè）：木讷，不善言辞。⑳材：有用的木料。朴：没有加工的木料。委积：堆积。

【译文】

巧匠倕如果不砍不削,谁知他能把弯木变得方正?黑色的花纹隐藏在暗处,盲人也说它不明显。离娄微微闭着眼,盲人说他是瞎眼汉。硬把白的说成黑,把上下颠倒过来。凤凰被关进竹笼里,鸡鸭肆意翱翔飞舞。美玉沙石掺杂在一起,一样看待不分贵和贱。结党营私之徒鄙陋而又愚顽,根本不知我内蕴的美好。我肩负重任责任大,陷入泥沼不能起航向前。怀揣美玉,手握宝石,身处困境,不知向谁展示。城里的狗成群狂吠,全因少见多怪无识见。诽谤俊士,猜忌贤才,本来就是庸人的本性和习惯。外表质朴秉性木讷,众人不知我出众的德才文采。好木和丑木堆积在一起,没有人知道我的内才。

【原典】

重仁袭义兮①,谨厚以为丰②。重华不可遻兮③,孰知余之从容④!古固有不并兮⑤,岂知其何故也?汤禹久远兮,邈而不可慕⑥。

【注释】

①重、袭:都是增加、积累的意思。②丰:充实。③重华:虞舜的名字。遻(è):遇到。④从容:行为,举动。⑤不并:指圣君与贤臣不生在一个时代。⑥邈(miǎo):远。慕:仰慕,思念。

【译文】

我不断积累宽仁培养仁义,忠厚朴实充实自身。明君舜帝不能与他相遇,有谁能了解我的言行举动?明君贤臣自古就不常生在一个时代,这其中的缘故有谁了然?商汤、夏禹时代距今如此久远,遥远得让人不可思慕。

【原典】

惩连改忿兮①,抑心而自强。离愍而不迁兮②,愿志之有像③。进路北次兮④,日昧昧其将暮⑤。舒忧娱哀兮⑥,限之以大故⑦。

【注释】

①惩：止住。连：当从《史记·屈原贾生列传》作"违"，恨的意思。②离愍（mǐn）：遭受忧患。迁：改变。③像：法则，榜样。④次：住宿。⑤昧昧：形容昏暗的样子。⑥舒：舒散、发泄。娱：消遣，排遣。⑦限：到头。大故：死亡。

【译文】

克制心中的愤恨改掉自己的愤怒，平抑内心使自己意志坚强。饱受哀愁也不改变自己的立场，愿志行成为后人的榜样。我向北赶路去投宿，天色昏暗已到了黄昏时候。且舒散忧伤，排遣哀愁，期限已到，死亡降临。

【原典】

乱曰：浩浩沅湘，分流汩兮①。修路幽蔽，道远忽兮②。怀质抱情，独无匹兮。伯乐既没③，骥焉程兮④。万民之生，各有所错兮⑤。定心广志，余何畏惧兮？曾伤爰哀⑥，永叹喟兮⑦。世浑浊莫吾知，人心不可谓兮。知死不可让，愿勿爱兮。明告君子，吾将以为类兮⑧。

【注释】

①汩（gǔ）：水流湍急的样子。②忽：荒忽，茫茫，辽远阔大的样子。③伯乐：古代传说中善于识别、挑选马匹的人。没（mò）：通"殁"，死亡。④骥：好马，良马。程：衡量，测量。⑤错：安置。⑥曾伤：无尽的悲伤。爰哀：无休止的哀痛。⑦喟（kuì）：叹息。⑧类：法则，标准，榜样。

【译文】

尾声：浩荡的沅水和湘水，各自奔流流向前。漫长的道路幽暗又隐蔽，前途是那么渺茫遥远。怀抱一颗忠心和真情，却孤独无依没人来相伴。相马的伯乐已经死去，纵有千里马又有谁来分辨？世上的众人，各有自己的命运。安下心来放宽胸怀，我还有什么好畏惧的？满腹的哀伤无休无止，长吁短叹一声接连一声。世道混浊无人了解我，我对人心已经无话可

说。知道一死已经不可避免，那就不必再吝惜这残生。明白地告诉古圣先贤，我将以你们作为我的榜样。

思美人

【题解】

篇题"思美人"由篇首语"思美人兮，揽涕而伫眙"而来。所谓"思"为思念，美人喻指楚怀王或楚顷襄王。本篇为屈原流放江南途中所作，诗中以男女爱情关系比喻君臣关系，反复表述了对君王的思念，以及这种思念没有机会表达的感伤。同时，也倾诉了自己始终执守高洁人格和美政思想的信念与决心。全诗想象丰富，语言流畅华美，带有浓烈的浪漫主义色彩。

【原典】

思美人兮，揽涕而伫眙①。媒绝路阻兮②，言不可结而诒③。蹇蹇之烦冤兮④，陷滞而不发⑤。申旦以舒中情兮⑥，志沉菀而莫达⑦。愿寄言于浮云兮，遇丰隆而不将⑧。因归鸟而致辞兮，羌宿高而难当⑨。

【注释】

①揽(lǎn)涕：擦干、收起眼泪的意思。伫眙(zhù chì)：久久站立，注视前方。②媒绝：指自己孤单一人，没有人帮自己与君王沟通。路阻：指自己与君王之间存在隔阂，无法互相了解、沟通。③诒(yí)：赠送。④蹇蹇(jiǎn)：形容情绪滞塞、郁结而不通畅的样子。烦冤：形容心情烦乱而郁积不得发泄的样子。⑤陷滞而不发：指愁闷烦乱的情绪郁积于内，无法发泄舒散。⑥申旦：由黑色至白天，通宵达旦。⑦沉菀(yùn)：形容心思沉闷、郁

九章

结不通的样子。⑧丰隆：古代神话传说中云神的名号。不将：不听从命令。⑨羌：楚地方言，句首发语词。宿：当作"迅"，即速度快。当：遇到。

【译文】

怀念我心爱的美人，我揩干眼泪久久伫立，望眼欲穿。没有媒人，因此断绝了消息，路途又多有险阻，有话对君王说却无法成章。烦闷愁苦郁积我胸中，陷滞停留却难以舒泄。天天都想要陈述我的心思，心思沉顿却又无法传达。愿借浮云为我捎信，云师丰隆却不肯讲情。想托鸿鸟为我传书，鸿鸟高飞却难以接近。

【原典】

高辛之灵盛兮①，遭玄鸟而致诒②。欲变节以从俗兮，愧易初而屈志。独历年而离愍兮③，羌冯心犹未化④。宁隐闵而寿考兮⑤，何变易之可为！知前辙之不遂兮⑥，未改此度。车既覆而马颠兮，蹇独怀此异路⑦。勒骐骥而更驾兮⑧，造父为我操之⑨。迁逡次而勿驱兮⑩，聊假日以须时。指嶓冢之西隈兮⑪，与纁黄以为期⑫。

【注释】

①高辛：帝喾即位后的称号。灵盛：神灵旺盛充沛。②玄鸟：燕子。致诒：传送礼物。③离愍：遭遇祸患。④冯（píng）：通"凭"，愤怒，愤懑。⑤隐：隐忍。闵（mǐn）：忧患。寿考：年寿很高。⑥前辙：前面、未来的道路。遂：通畅。⑦蹇（jiǎn）：通"謇"，句首发语词。异路：与众不同的道路。⑧勒：本义是带有嚼口的马龙头，这里用作动词，释为驾驭、控制。骐骥：一种骏马的名称。更驾：重新驾起车子。⑨造父：周穆王时人，以善于驾车著称。操：操作，驾驭。⑩迁：移动，前进。逡（qūn）次：徘徊不前的样子。⑪嶓冢（bō zhǒng）：山名，在今甘肃省天水和礼县之间，是荡水的发源地。隈（wēi）：山崖。⑫纁（xūn）黄：日落、黄昏之时。

【译文】

帝喾高辛多么神灵，能遇玄鸟为他传送礼物。想要改变志节追随流俗，我又以改变当初的情怀为愧。多年来我遭受忧煎熬，心中的愤懑依旧不能化解。宁愿隐忍不言而长此终身，又怎能改变我的节操？明知前方道路艰难不通，却不更改这种处世原则。尽管车已翻马又跌倒，我依然望着前途。我勒住骏马，重新套好车驾，请造父为我执鞭驾驭。要他慢慢前行，不要急速驱驰，姑且偷闲一番等待时机。向着嶓冢山的西边前进，约好日落黄昏时分在那里相见。

【原典】

开春发岁兮，白日出之悠悠。吾将荡志而愉乐兮①，遵江夏以娱忧②。擥大薄之芳茝兮③，搴长洲之宿莽④。惜吾不及古人兮⑤，吾谁与玩此芳草？解萹薄与杂菜兮⑥，备以为交佩⑦。佩缤纷以缭转兮，遂萎绝而离异。吾且儃佪以娱忧兮⑧，观南人之变态⑨。窃快在中心兮，扬厥凭而不竢⑩。芳与臭其杂糅兮，羌芳华自中出⑪。纷郁郁其远承兮⑫，满内而外扬。情与质信可保兮⑬，羌居蔽而闻章。

【注释】

①荡志：放纵情思，开怀。荡，放荡，放纵。②江夏：长江和夏水。娱忧：排解忧愁。③擥：持取，摘取。薄：草木丛生的地方。茝（chǎi）：香草名，即白芷。④搴：拔取。洲：水中的陆地。宿莽：一种越冬生长的草本植物。⑤不及古人：未能与古代的圣贤君子同处一个时代。⑥解：拔取。萹（biān）薄：丛生的萹蓄。萹，萹蓄，一名萹竹，一年生草本竹屋。杂菜：恶菜，不好的蔬菜。⑦备：备置，备办。交佩：两两相交的佩饰物。⑧儃佪（chán huái）：徘徊不前的样子。⑨南人：郢都以南的人。变态：不正常的情态。⑩扬：捐弃。厥凭：愤懑之心。⑪芳华：即芬芳的花朵。自中出：从里面凸显出来。⑫纷：疑当作"芬"，芳香之气。郁郁：这里形容香气浓郁的样子。远承：指香气向远处飘散。⑬情：指人的外在感情。质：指人的内在本体的特质、特征。即本质。信：真正，确实。

【译文】

　　春天到来新年开始，白天的时间越来越长。我将要放怀地歌唱，沿着江水、夏水消解忧愁。我攀摘灌木中的白芷，采集沙洲上生长的宿莽。可惜我和先贤生不同时，如今与谁一起玩赏这些芳香的花草？采取丛生的萹蓄杂菜，备置它们来做左右相交的佩带。尽管佩饰繁盛缠绕全身，最终却枯萎凋落，被扔在一旁。我姑且徘徊闲行消愁解闷，观赏这些南方人不正常的情态。我心中暗自欣喜痛快，舒散愤懑不必再有所期待。虽然芳香与污秽混杂在一起，花朵的芬芳依旧难以掩盖。馥郁的芳香远远飘散，内部充盈自然会发散于外。我若能真的保持自己的思想和品质，即使居处偏僻，也能名声显扬。

【原典】

　　令薛荔以为理兮①，惮举趾而缘木②。因芙蓉而为媒兮，惮褰裳而濡足③。登高吾不说兮④，入下吾不能。固朕形之不服兮⑤，然容与而狐疑⑥。广遂前画兮⑦，未改此度也。命则处幽⑧，吾将罢兮⑨，愿及白日之未暮⑩。独茕茕而南行兮⑪，思彭咸之故也。

【注释】

　　①薜荔（bì lì）：香草名，一种缠绕着树木生长的藤本植物。理：媒人，介绍人。②举趾：抬脚。缘木：爬树。③褰（qiān）：通"搴"，提起。濡：沾湿，浸湿。④说：通"悦"，喜爱，喜欢。⑤朕：我的。形：身体。不服：不习惯。⑥容与：形容迟疑不前的样子。⑦遂：道路。画：分布。⑧处幽：居处在幽暗僻远的地方，这里指被疏遭逐而出居汉北荒凉之地。⑨罢：同"罢"，即休止，作罢。一说通"疲"，指疲乏，疲劳。⑩及：趁着。白日之未暮：比喻尚有时日，要抓紧时间，及时有所作为。⑪茕茕（qióng）：形容孤独的样子。

【译文】

　　想请薜荔替我说合，又怕走路去攀上树枝。想请荷花为我做媒人，又怕下水打湿了裙子。攀登高枝我不高兴，随便下水我也不能。本来是我的形貌不适应当世，我却仍然犹豫不决徘徊踯躅。广阔的道路向前方延伸，我始终不肯改变一贯的态度。命中注定居于幽僻之地，我将就此停止下来，但仍愿趁着年轻有所作为。独自一人孤独地走向南方，这是思念先贤彭咸的缘故。

惜往日

【题解】

"惜往日"从篇首"惜往日之曾信兮"中的前三字而来。诗中概述了诗人平生政治上的遭遇，痛惜自己的政治理想和政治主张遭到奸人破坏而未能实现，抒发了自己无端受诬而君王不察的愤懑之情，表达了自己对美政理想的至死不渝的追求。全篇语言浅显平易，感情激切，表意明白流畅，是一首抒情性很强的叙事议论诗作。

【原典】

惜往日之曾信兮①，受命诏以昭诗②。奉先功以照下兮③，明法度之嫌疑④。国富强而法立兮，属贞臣而日娭⑤。秘密事之载心兮⑥，虽过失犹弗治。心纯庞而不泄兮⑦，遭谗人而嫉之。君含怒而待臣兮⑧，不清澈其然否。蔽晦君之聪明兮⑨，虚惑误又以欺⑩。弗参验以考实兮⑪，远迁臣而弗思。信谗谀之溷浊兮，盛气志而过之。何贞臣之无罪兮，被离谤而见尤⑫。惭光景之诚信兮⑬，身幽隐而备之⑭。

【注释】

①曾信：曾经被信任重用。②命诏：即诏令，国君对臣民发布的号令。

昭：明。诗：当从朱熹本作"时"，时世。③奉：继承。先功：指楚国前代君王的功业、业绩。照下：昭示下民。④法度：指国家的章程、法令、制度。嫌疑：指法度中含糊不清或有疑问的地方。⑤属（zhǔ）：托付。娭（xī）：游乐、嬉戏。⑥秘密：即"黾勉"，勤勉，勤恳。载心：记在心上。⑦纯庞（máng）：敦厚，厚道。不泄：出言谨慎，不随便乱说话。⑧君含怒而待臣：《史记·屈原贾生列传》："怀王使屈原造为宪令，屈平属草稿未定。上官大夫见而欲夺之，屈平不与。因谗之曰：'王使屈平为令，众莫不知，每一令出，平伐其功，曰以为非我莫能为业。'王怒而疏屈平。"大约即指此事。⑨蔽晦：遮蔽、蒙蔽而使之昏暗不明。聪明：本指耳聪目明，即听得清楚、看得分明，这里引申指判断、辨别是非善恶的能力。⑩虚：指无中生有。惑：指以假乱真。误：指陷害坑人。欺：欺骗，指欺君枉上而言。⑪参验：对事物进行多方面的验证、比较、分析以判断其是非真伪。考实：考察、考核事实真相。⑫被：蒙受。离：诽谤。尤：罪过，罪责。⑬景：同"影"。诚信：真诚守信，指光与影不可分离。这里是以光与影的关系比喻理想的君臣关系。⑭幽隐：这里形容其居所的偏僻荒凉。

【译文】

痛想当年曾受君王的信任，传达君王的诏令使时世清明。继承先王的功业恩惠百姓，修明法度决断疑难。国家富强又建立了法度，忠臣理事而君王轻松游乐。国家机密大事放在心上，即使有过错君王也不追究。我心地淳朴而又不随便说话，竟遭到小人的嫉妒和围攻。君王从此对我含怒没有笑脸，根本不把是非对错来澄清。小人蒙蔽了君王的耳和眼，挑拨是非造谣生事把君王欺蒙。君王不去调查验证就信以为真，不加思考地就把我弃置不用。君王听信小人的一派胡言乱语，怒气冲冲地指责我不义不忠。忠贞的臣子并无罪过啊，为什么反遭诽谤受指责？有愧于光和影的不可分离，我将到偏远之地去逃避。

【原典】

临沅湘之玄渊兮①，遂自忍而沉流②？卒没身而绝名兮③，惜壅君之不昭④。君无度而弗察兮⑤，使芳草为薮幽⑥。焉舒情而抽信兮，恬死亡而不聊⑦。独障壅而蔽隐兮⑧，使贞臣为无由。

【注释】

①玄渊：水呈黑色的深渊。②遂：就。自忍：忍心。沉流：指跳江自杀。③卒：终于。④壅君：受壅蔽、蒙蔽的君王。昭：明白。⑤度：法度，客观的衡量标准。⑥芳草：借喻贤人。薮（sǒu）幽：水泽幽暗的地方。⑦恬：安适，安静。聊：苟且偷生。⑧独：只是。障壅：与"蔽隐"同义，都是指大臣枉法、内外勾结、君王蒙蔽、政令不通的政治局面（汤炳正说）。

【译文】

面临着沅水和湘水的深渊，强忍满腔悲愤自沉江河。最终身死名灭也没有什么，可惜昏君依然被蒙蔽而不觉悟。君王心无分寸又不明察，使芳草埋没在荒林草野。我该向何处倾诉衷情陈说忠信啊，宁愿默默死去也绝不偷生苟活！只是因为君王遭蒙蔽很严重，使忠贞之臣无从尽忠报国。

【原典】

闻百里之为虏兮①，伊尹烹于庖厨②。吕望屠于朝歌兮③，宁戚歌而饭牛④。不逢汤武与桓缪兮，世孰云而知之？吴信谗而弗味兮⑤，子胥死而后忧⑥。介子忠而立枯兮⑦，文君寤而追求⑧。封介山而为之禁兮⑨，报大德之优游⑩。思久故之亲身兮，因缟素而哭之⑪。

【注释】

①百里：人名，即百里奚，春秋时人。初为虞国大夫，晋献公灭虞时被俘，后作为陪嫁奴隶入秦国。后又亡秦入楚，为楚人所执。时秦穆公闻其贤能，遣人至楚，以五张羊皮赎得其身，用为大夫，故又称之为"五羖（gǔ）大夫"。②伊尹：商汤的贤相，名挚，尹是官名，因其母居伊水，故称伊尹。庖厨：厨房。③吕望：即吕尚，俗称姜太公。传说他于未发迹时，曾在朝歌当屠夫，晚年钓于渭水之滨，得文王重用，后助武王灭商。④宁戚：春秋时卫国人，曾至齐国国都经商，喂牛而歌，为齐桓公所闻，桓公认为他是贤人，遂任用其为大夫。⑤吴：这里指吴王夫差，春秋后期吴国国君。⑥子胥：即伍子胥。⑦介子：介子推，春秋时晋国贤臣。重耳逃亡在外，介子推从行。后重耳得国，是为晋文公，遍赏从人，而忘了介子推，介子推遂携母隐于绵山中。后文公想起他的功劳，令人上山寻找，不得，于是放火烧山，欲把介子推逼出。然介子推坚持不出，抱树烧死。立枯：指抱着树而被烧死。⑧文君：晋文公，春秋前期晋国国君，"春秋五霸"之一。寤（wù）：觉醒，醒悟。⑨介山：古代山名，因介子推而得名，在今山西介休。⑩优游：形容德行至高至大。⑪缟素：本义是白色的织物，这里是指白色的丧服。

【译文】

听说百里奚曾当过俘虏，伊尹也曾在厨房煮过饭烧过火。吕望曾在朝歌做过屠夫，宁戚也曾半夜边唱歌边喂牛。如果不是遇圣君商汤、周武王、齐桓公、秦穆公，世上又有谁知道他们才能卓绝？吴王夫差听信谗言不知悔改，伍子胥死后国家败亡。介子推忠于晋文公却被烧死，晋文公醒悟后才去追寻搜索。改绵山为介山并封山禁伐，用来报答介子推的大恩大德。想起追随自己多年的亲密故人，穿上白色丧服痛哭不绝。

【原典】

或忠信而死节兮，或訑谩而不疑①。弗省察而按实兮②，听谗人之虚词。芳与泽其杂糅兮③，孰申旦而别之④？何芳草之早殀兮⑤，微霜降而下戒。谅聪不明而蔽壅兮⑥，使谗谀而日得。

【注释】

①訑谩（tuó mán）：欺诈，欺骗。②省（xǐng）：检察，审察。按：考察。③芳：芳香。泽：当为"臭"字之误。杂糅：混杂在一起。④申旦：天天，意即日复一日。⑤殀：同"夭"，夭折，死亡。⑥谅：确实，的确。聪不明：即听觉不敏锐，引申就是偏听偏信，不辨是非忠奸。

【译文】

有的人忠贞诚信却守节而死，有的人欺蒙诈骗却没有人怀疑。不去考察了解事实真相，只听信小人的一派信口胡说。芳香和腐臭混杂在一起，谁又能日复一日来加以辨析？为什么芳草这么早地凋零，只因薄霜从天而降而不知防戒。实在是君王偏听偏信而受到蒙蔽，才会让谗谀小人日益猖狂。

【原典】

自前世之嫉贤兮，谓蕙若其不可佩①。妒佳冶之芬芳兮，嫫母姣而自好②。虽有西施之美容兮③，谗妒入以自代。愿陈情以白行兮④，得罪过之不意。情冤见之日明兮⑤，如列宿之错置⑥。

【注释】

①蕙若：两种香草的名称，分别是蕙草和杜若，借用来比喻贤才。②嫫（mó）母：古代丑妇，传说为黄帝次妃。后世作为丑女的代名词，这里比喻奸邪小人。姣：容貌美丽。自好：自以为美好。③西施：春秋时越国的美女，后来献给吴王夫差。④白行：表白、说明自己的所作所为。⑤情冤：指是非曲直。见（xiàn）：同"现"，表现，显现。日明：一天天地变得明白起

来。⑥列宿（xiù）：排列在天幕上的众多星宿。错：通"措"，放置，安放。

【译文】

　　自古以来小人就嫉妒贤才，都说芬芳的蕙草、杜若不可佩带。嫉妒美人的馥郁芳香，丑女嫫母竟搔首弄姿自作风骚。即使有西施那样的美艳容貌，谗佞小人也要钻营取代。我希望陈述真情表白心意，竟会获罪真是出乎意料。事实与冤屈终究会得到澄清，就像众多星宿在天空排列有序一样。

【原典】

　　乘骐骥而驰骋兮，无辔衔而自载①；乘氾泭以下流兮②，无舟楫而自备。背法度而心治兮③，辟与此其无异④。宁溘死而流亡兮⑤，恐祸殃之有再。不毕辞而赴渊兮，惜壅君之不识。

【注释】

　　①辔（pèi）：马缰绳。衔：马嚼子。②氾泭（fàn fú）：竹木筏子。③心治：不要法度，依着一己的私心去治理国家。④辟：通"譬"，譬如，好像。⑤溘（kè）：忽然，快速。流亡：随流水而去。

【译文】

　　骑上骏马放开四蹄自由驰骋，没有勒马的缰绳和铁嚼。乘上竹木筏顺流急下，却没有船桨任随水飘。背离法度单凭主观去治理国家，就和以上情形没有什么两样。我宁愿突然死去而随流水漂逝，也不愿再遭受一次祸殃。话没说完就投向深渊，痛惜君王将永远不理解我的衷肠。

橘颂

【题解】

橘颂，就是赞颂橘树，是我国文学史上第一篇文人咏物诗，开启了后世咏物诗的先河。诗中因物寄情，托物言志，表面上是对橘树坚定不移的美质的歌颂，实际是诗人对高尚人格的赞美和肯定，也是诗人对自己理想和人格的表白。全诗以比兴手法写成，立意高远，构思巧妙，是后世托物咏志之作的典范。

【原典】

后皇嘉树①，橘徕服兮②。受命不迁③，生南国兮④。深固难徙，更壹志兮。绿叶素荣⑤，纷其可喜兮⑥。曾枝剡棘⑦，圆果抟兮⑧。青黄杂糅⑨，文章烂兮⑩。精色内白⑪，类可任兮⑫。纷缊宜修⑬，姱而不丑兮⑭。

【注释】

①后：后土，古人对土地的尊称。皇：皇天，对天的尊称。后皇：天地的代称。②徕：同"来"。服：习惯，适应。③受命：受自然之命，即天性。迁：迁移，迁徙。不迁：指不能移栽。④南国：泛指南方，在屈原的时代南方即楚国之地。⑤素荣：白花。⑥纷：形容橘树花叶茂盛的样子。⑦曾：通"层"，层层叠叠。剡(yǎn)：尖，锐利。棘：刺。⑧抟(tuán)：同"团"，圆圆的。⑨青黄：橘的果实未成熟时外皮呈青色，成熟时则呈黄色。杂糅：混杂。⑩文章：文采，错综华美的色彩或花纹。烂：色彩鲜明灿烂。⑪精色：指橘果实外表皮色明亮。内白：指橘果实内部瓤肉色泽洁白。

107

⑫类：似，好像。任：承担，担任，肩负。⑬纷缊（yūn）：茂密。宜修：美好。⑭姱（kuā）：美好。

【译文】

天地间最美的橘树，生来就习惯南方这一片水土。禀受天命不能移植，只生长在南国荆楚。根深坚牢难以迁移，更加具有专一的心志。碧绿的叶子，洁白的花朵，缤纷一片惹人怜爱。枝条繁密利刺尖锐，挂满团团的橘实。绿中透出点点橘黄，色彩多么斑斓绚丽。鲜艳的外表，纯洁的内里，如同可担重任的贤人志士。枝繁叶茂，风姿美丽，真是美得无可挑剔。

【原典】

嗟尔幼志①，有以异兮。独立不迁，岂不可喜兮？深固难徙，廓其无求兮②。苏世独立，横而不流兮③。闭心自慎④，不终失过兮⑤。秉德无私，参天地兮⑥。愿岁并谢⑦，与长友兮。淑离不淫⑧，梗其有理兮⑨。年岁虽少，可师长兮。行比伯夷⑩，置以为像兮⑪。

【注释】

①嗟（jiē）：表示感叹语气的虚词。尔：你，指橘。②廓：广大，空阔，这里指心胸豁达。③横：充满。不流：不随波逐流。④闭心：关闭内心，即节欲。自慎：自己小心谨慎。⑤失过：有过失，犯错误。⑥参：三，这里指与天地相配，合而成三。⑦岁：年岁。谢：离去，这里指岁月流逝。⑧淑离：鲜明美好的样子。⑨梗：梗强，坚强。理：木材的纹理，比喻行止有道，有原则。⑩伯夷：商末孤竹国国君的长子，因反对武王灭殷，坚决不食周粟，饿死在首阳山。古人把他看作是有清高节操的人。⑪置：建立，树立。像：法式，榜样。

【译文】

惊叹你自幼的志气，就与众人殊异。你卓然独立从不变易，怎能不令人欢喜。根深坚固难以迁移，心胸坦荡无所欲求。清醒地独立于世，志节充盈，决不随波逐流。断绝私欲谨慎自守，始终不会犯错误。坚守美德，公正无私，为人高尚可配天地。愿与日月共生死，与你长结友谊不离不弃。心灵美好而不淫乱，枝干坚强正直而又有纹理。虽然年纪轻轻，却可做人们的老师。高洁的德行可与伯夷相比，把你作为榜样供人学习。

悲回风

【题解】

本篇以首句三字为题，回风即旋风，"悲回风"是诗人为蕙草被旋风吹动而悲伤。诗中通过描绘肃杀、悲凉的秋天景象，抒发了缠绵悱恻、痛苦忧伤的悲秋情感，倾诉了诗人在现实社会中所遭受的人世烦忧和心中苦闷。全诗笼罩着忧郁悲凉的抒情气氛，具有较强的感染力。

【原典】

悲回风之摇蕙兮①，心冤结而内伤②。物有微而陨性兮③，声有隐而先倡④。夫何彭咸之造思兮⑤，暨志介而不忘⑥！万变其情岂可盖兮，孰虚伪之可长！鸟兽鸣以号群兮，草苴比而不芳⑦。鱼葺鳞以自别兮⑧，蛟龙隐其文章。故荼荠不同亩兮⑨，兰茝幽而独芳。惟佳人之永都兮⑩，更统世而自贶⑪。眇远志之所及兮⑫，怜浮云之相羊⑬。介眇志之所惑兮，窃赋诗之所明。

【注释】

①回风：疾风，旋风，秋季刮的大风。蕙：一种香草。②冤结：形容心情忧伤、愁闷的样子。伤：悲伤，哀痛。③物：指蕙草。陨(yǔn)：陨落，凋丧。性：通"生"，生命，性命。④声：这里指风声。隐：这里指风声藏匿无形。倡：起始，先导。⑤造思：树立的思想。造，制造，造就。⑥暨

(jì)：与，和。介：坚定，坚固，坚贞。⑦苴(chá)：枯草。比：合在一起。⑧茸(qǐ)：整理，修饰。⑨荼：苦菜。荠：甜菜。⑩惟：思念。佳人：屈原自喻。都：优美，漂亮。⑪更：经历，经过。统世：经过几世几代，历时久远。贶(kuàng)：给予，赐予。⑫眇远志：高远的志向。眇，通"渺"，遥远。及：到。⑬怜：爱。相羊：形容漂浮、游荡、没有凭依的样子。

【译文】

悲悯旋风撕卷着蕙草，我内心郁结无限忧伤。柔弱的蕙草易被摧残，秋风隐匿无形却能发出声响。为什么彭咸树立的思想，和他那坚定志节令我难以忘怀。情态万变，岂能把真情掩盖，虚伪的事物哪能够保持久长？鸟兽鸣叫把同伴呼唤，鲜草靠近枯草堆就会失去芬芳。鱼儿修饰鳞片显示自己的与众不同，蛟龙潜入渊底把美丽的鳞甲隐藏。所以苦菜与甜菜不能在同一块田里生长，兰花芷草生在幽僻的深山才独具芳香。

【原典】

惟佳人之独怀兮①，折若椒以自处②。曾歔欷之嗟嗟兮③，独隐伏而思虑。涕泣交而凄凄兮④，思不眠以至曙。终长夜之曼曼兮，掩此哀而不去。寤从容以周流兮，聊逍遥以自恃⑤。伤太息之愍怜兮⑥，气於邑而不可止⑦。纠思心以为纕兮⑧，编愁苦以为膺⑨。折若木以弊光兮⑩，随飘风之所仍⑪。存髣髴彷佛而不见兮⑫，心踊跃其若汤⑬。抚珮衽以案志兮⑭，超惘惘而遂行⑮。岁忽忽其若颓兮⑯，时亦冉冉而将至⑰。薠蘅槁而节离兮⑱，芳以歇而不比⑲。怜思心之不可惩兮，证此言之不可聊。宁逝死而流亡兮⑳，不忍为此之常愁。孤子吟而抆泪兮㉑，放子出而不还。孰能思而不隐兮，照彭咸之所闻。

【注释】

①惟：思念，想念。佳人：屈原自喻。独怀：独特的胸襟、怀抱。怀，胸怀，襟怀。②若椒：杜若和花椒，都是香草。自处：安排自己。③曾：屡次。歔欷（xū xī）：哭泣，哽咽。嗟嗟：不断叹息。④凄凄：形容悲伤的样子。⑤逍遥：遨游嬉戏以自适其心怀。恃：依赖，依靠。⑥愍（mǐn）怜：怜悯，痛惜。⑦於邑（wū yì）：呜咽，哽咽。⑧纠（jiū）：同"纠"，编结，缠扎。纕（xiāng）：佩带。⑨编：结。膺：本义是胸，这里指护胸的内衣，等于现在的兜肚或背心。⑩若木：古代神话传说中长在西方日落处的大树。⑪飘风：疾风，旋风。仍：跟从，跟随。⑫存：客观存在的东西。髣髴（fǎng fèi）：仿佛，好像。⑬踊跃：跳动。汤：热水。⑭珮：玉佩。衽：衣襟。案：按捺，抑制。⑮超惘惘（wǎng）：同"忽忽"，这里形容时间流逝的样子，有迫促、迅疾的含义。⑯颓：下坠，流逝，过去。⑰时：这里指老年，老境。冉冉：形容渐渐前进的样子。⑱薠（fán）蘅（héng）：均为香草名。节离：枝节脱落、断开。⑲不比：即不再茂盛，不再显得生机勃勃。比，茂盛。⑳宁逝死而流亡兮：当作"宁溘死而流亡兮"。溘死，忽然死去。流亡，指随水流去。㉑孤子：屈原自指。吟：叹息。抆（wěn）：擦拭。

【译文】

只有佳人有独特胸怀，采摘杜若花椒独自居住。我经常叹息眼泪汪汪，独自隐居，思索考虑。我涕泪交流内心悲凄，彻夜不眠愁思如缕。难挨的漫漫长夜终于熬过，压抑心头的悲哀却萦绕不去。醒来后起身去四处游荡，姑且逍遥一番自解愁绪。悲伤叹息可怜我的不幸，满怀的苦闷郁悒难解难舒。把我满心的愁思结成一条佩带，把满怀的愁苦编为一件内衣。折一枝若木枝遮蔽阳光，随着旋风飘来荡去。仿佛存在的一切模模糊糊看不清，我的心像开了锅翻腾不止。抚摸玉佩、衣襟来抑制情绪，在惆怅迷惘中起身前行。岁月匆匆很快地流逝，时光荏苒我的生命也渐渐走到了尽头。芳草枯萎茎折叶落，一片凋零香消芳收。可怜我思念君国的心绪无法悔改，证明克制忧愁的话又靠不住。我宁愿死去而随流水漂逝，也不能忍受这没完没了的愁苦。独自叹息，擦拭眼泪，我像被赶出家门的人不得回去。谁又能想到这些却不忧伤，我终于明白了先贤彭咸的作为。

【原典】

登石峦以远望兮①，路眇眇之默默②。入景响之无应兮③，闻省想而不可得④。愁郁郁之无快兮，居戚戚而不可解⑤。心鞿羁而不形兮⑥，气缭转而自缔⑦。穆眇眇之无垠兮⑧，莽芒芒之无仪⑨。声有隐而相感兮，物有纯而不可为⑩。藐蔓蔓之不可量兮⑪，缥绵绵之不可纡⑫。愁悄悄之常悲兮⑬，翩冥冥之不可娱⑭。凌大波而流风兮⑮，托彭咸之所居。

【注释】

①峦：小而尖的山。②眇眇：通"渺渺"，遥远的样子。默默：寂静无声。③景：同"影"，阴影。④闻：听。省：察，看，审视。想：心想，思考。⑤居：疑为"思"之误。戚戚：忧愁、愁苦的样子。⑥鞿（jī）羁：马缰绳和马龙头，比喻受到束缚。形：当作"开"，排解，开释。⑦缭转：纠缠、缠绕，无法排解的样子。缔：缠结在一起而无法解开。⑧穆：深远，幽微。眇眇：同"渺渺"。无垠：无边际。⑨莽：广阔，深远。芒芒：同"茫茫"。仪：景象，容仪，仪貌。⑩纯：纯正，精纯。⑪藐：通"邈"，遥远。蔓蔓：通"漫漫"，漫长、久远的样子。量：计算，度量。⑫缥：通"飘"，飘然。绵绵：连绵不断。纡：弯曲，萦绕。⑬悄悄（qiǎo）：忧愁的样子。⑭翩：快速地飞。冥冥：形容飞得又高又远的样子。⑮凌：乘。流：跟随，

跟从。

【译文】

我登上高山向远处眺望，漫漫长路死一般的寂静。走进无影无声的寂寞世界，不能听不能看不能思想。忧愁苦闷心不快乐，愁绪缠绕不能解开。内心被束缚不得舒展，气息郁结不能发散。四周幽远无垠无际，莽莽苍苍空荡荡无像无形。秋声虽小可使草木感应，蕙草虽本性纯真却难抵秋风。思绪悠远不可预料，愁思不断缥缈绵长。忧愁满怀常使我悲苦，远走高飞也难以欢畅。驾着波涛顺水漂流，投身于彭咸居住的地方。

【原典】

上高岩之峭岸兮①，处雌蜺之标颠②。据青冥而摅虹兮③，遂倏忽而扪天④。吸湛露之浮源兮⑤，漱凝霜之雰雰⑥。依风穴以自息兮⑦，忽倾寤以婵媛⑧。冯昆仑以瞰雾兮⑨，隐岷山以清江⑩。惮涌湍之礚礚兮⑪，听波声之汹汹⑫。纷容容之无经兮⑬，罔芒芒之无纪⑭。轧洋洋之无从兮⑮，驰委移之焉止⑯。漂翻翻其上下兮⑰，翼遥遥其左右⑱。氾潏潏其前后兮⑲，伴张驰之信期⑳。观炎气之相仍兮㉑，窥烟液之所积㉒。悲霜雪之俱下兮，听潮水之相击。借光景以往来兮㉓，施黄棘之枉策㉔。求介子之所存兮㉕，见伯夷之放

迹㉖。心调度而弗去兮，刻著志之无适㉗。

【注释】

①岸：这里指山崖的侧畔，即崖壁。②雌蜺(cí ní)：古人称彩虹色彩较暗淡的外环部分为蜺，因其暗淡，则属阴、属雌，所以叫作雌蜺。与之相对，彩虹色彩较明亮的内环部分叫作虹，其属阳、属雄，所以又叫雄虹。标颠：顶端，最高处。③青冥：晴天，天空。摅(shū)：舒展。④倏(shū)忽：迅速，忽然。扪(mén)：抚摸。⑤湛：浓重，浓厚。浮源：疑本作"浮浮"，形容露水浓重的样子。⑥雰雰(fēn)：形容霜雪缤纷的样子，这里当是就霜而言。⑦风穴：神山名，传说在昆仑山上，是北方寒风的风源所在地。自息：自己休息。⑧倾寤：全都明白了。倾：全，都。婵媛：伤感，悲伤。⑨冯(píng)：凭依，依靠。瞰(kàn)：俯视。⑩隐：凭依，依靠。岷山：即岷山。清江：看清江流的面貌。⑪磕磕(kē)：本指石头发出的声音，这里当指水石相激而发出的声音。⑫洶洶(xiōng)：象声词，形容波浪澎湃相击发出的声音。⑬容容：形容变动不居、纷乱的样子。无经：没有法度，缺乏条理。

⑭冈：通"惘"，迷茫。芒芒：通"茫茫"，这里形容迷乱的样子。纪：头绪。⑮轧：倾轧，指波涛互相撞击。洋洋：彷徨而不知何去何从的样子。⑯驰：奔驰。委移：同"逶迤"，水流弯弯曲曲延续不断的样子。止：终。⑰漂：漂浮，飞动。翻翻：形容上下翻飞、不安定的样子。⑱翼：飞动。遥遥：同"摇摇"，摇荡的样子。⑲氾(fàn)：氾滥。潏潏(yù)：形容水流奔涌而出的样子，指涨潮。⑳伴：通"判"，判别。张

驰：指潮水的涨落。信期：指潮汐定时性的涨落时期。㉑炎：火焰。仍：跟从，跟随。㉒烟液：即烟波，指秋季雾霭苍茫的水面。㉓借：凭。景：通"影"。㉔施：用。黄棘：一种带刺植物的名称。枉：弯曲。策：鞭子，马鞭。㉕介子：即介子推。所存：即所在，指介子推生前居住过的地方。㉖放迹：隐居的遗迹。㉗刻著志：下定决心，打定主意。

【译文】

我登上高高的山岩陡峭的崖壁，站在雌霓的最高点。倚靠苍穹，舒展一道彩虹，忽然一挥手能抚摸到青天。我吸饮着串串清露，含漱着洁白的片片霜花。倚在风穴旁闭目休息，陡然间翻身醒来又愁思绵绵。我背靠昆仑俯瞰滚滚飞腾的云雾，依凭岷山下视江水奔流向前。急流击石发出骇人响声，涛声不绝震响耳畔。心里纷乱没个条理，情思杂芜缺乏头绪。想要止住彷徨不知道如何下手，悲愁纠缠，要流到何处才算完。心绪飘荡忽上忽下，高高飞起彷徨不定。江水波起浪涌忽前忽后，伴随着潮汐涨落的固定约期。看那火焰与烟气相随而生，窥见水汽上升凝结成为雨露云烟。悲叹那霜雪一齐飘落大地，听取那潮水撞击的声音又传到耳边。

我借着光影在天地间来往，我用弯曲的黄棘神木充作马鞭。我寻求介子推隐居过的居处，探访伯夷隐居的首阳山。心里思忖不忍前贤离去，抱定决心绝不离开。

【原典】

曰①：吾怨往昔之所冀兮，悼来者之悐悐②。浮江淮而入海兮，从子胥而自适③。望大河之洲渚兮④，悲申徒之抗迹⑤。骤谏君而不听兮⑥，重任石之何益⑦。心絓结而不解兮⑧，思蹇产而不释⑨。

【注释】

①曰：当是"乱曰"的省文。②悐悐（tì）：同"惕惕"，形容忧虑、恐惧、不安的样子。③从：追随。自适：顺从自己的心意。④大河：黄河。洲渚（zhǔ）：水中的沙洲，大者叫洲，小者叫渚。⑤申徒：即申徒狄，殷末贤人，

多次向纣王进谏不被采纳,于是抱石投河而死。抗:高,高尚。⑥骤:屡次。⑦任:背负。⑧絓(guà)结:打了结子,起了疙瘩。⑨思:思绪。蹇(jiǎn)产:思绪郁结,不顺畅。

【译文】

尾声:我哀怨过去的希望落空,我忧虑来日的情况危急。我愿顺着江淮漂流入海,去追随伍子胥以满足自己的心意。我遥望黄河中的沙洲,悲伤地想起申徒狄的高尚品行。一次次规谏君王而不被听信,抱石自沉又将有何用场?心绪纠结难以解脱,愁思百结难以舒畅。

远游

【题解】

《远游》是我国第一篇游仙诗。而关于本诗的作者,历来存有争议,大致有屈原创作说与汉人拟作说两种。全诗在内容上分为两部分:一是描写诗人神游天上,感受到了没有恶浊的快乐,二是写诗人用道家的出世思想来养生修炼。诗人在写作时,描绘出了一幅精神与灵魂在天上远游的虚幻画面,表达了自己对卑污世俗的谴责和对纯真世界的追求。

【原典】

悲时俗之迫阸兮①,愿轻举而远游②。质菲薄而无因兮③,焉讬乘而上浮④。遭沉浊而污秽兮⑤,独郁结其谁语!夜耿耿而不寐兮⑥,魂茕茕而至曙⑦。

【注释】

①迫阸:困阻灾难。迫:胁迫,逼迫。阸:阻塞,困厄。②轻举:轻身高举,即飞升。远游:到远方周游。③质:素质,秉性。菲薄:鄙陋,指德才等,常用为自谦之词。因:因缘。④焉讬乘:以什么作为寄托、乘载的工具。⑤沉浊:污浊,比喻指风俗败坏的时世。⑥耿耿:烦躁不安,心事重重的样子。⑦茕茕(qióng):孤独无依的样子。

【译文】

悲伤世俗使人困厄,真想飞升登仙去远处周游。我资质鄙陋又没有机缘,怎么能攀附仙车上天周游?遭遇浊世被污受谗,独自苦闷向谁去倾诉?漫长的黑夜里心事重重不能安眠,孤单独守一直到天明。

【原典】

惟天地之无穷兮,哀人生之长勤①。往者余弗及兮②,来者吾不闻。步徙倚而遥思兮③,怊惝怳而乖怀④。意荒忽而流荡兮⑤,心愁悽而增悲。神倏忽而不反兮⑥,形枯槁而独留。内惟省以端操兮⑦,求正气之所由⑧。漠虚静以恬愉兮⑨,澹无为而自得⑩。

【注释】

①长勤:长久艰辛,愁苦。②往者:过去的人和事。及:赶上,追上。③步:行走。徙倚:徘徊不定,逡巡。④怊(chāo):惆怅,失意。惝怳(chǎng huǎng):惆怅,失意,伤感。乖:背离,违背。⑤荒忽:同"恍惚",神思不定。流荡:心神不定,无所依托。⑥神:精神。倏(shū)忽:形容迅速的样子。反:通"返",回归,回返。⑦内:内心。惟:想。省(xǐng):察看,检查。端操:端正操守。⑧正气:刚正之气。所由:所由

来的途径和方法。⑨漠：清静淡薄。虚静：清虚恬静。⑩憺（dàn）：恬淡，淡泊。无为：道家主张清静虚无，顺应自然，称为"无为"。

【译文】

想到天地的无穷无尽，哀叹人生的坎坷苦辛。过去的事我没能赶上，未来的事我难以知闻。我徘徊不定思绪遥远，惆怅失意而违背初衷。神志恍惚而无所依凭，心中愁苦而悲哀愈增。我的灵魂忽然远去而不复返，只留下枯槁的肉体身形。内心审察以坚持操守，寻求天地正气从何而生。清虚宁静中自有愉悦，淡泊无为而悠然自得。

【原典】

闻赤松之清尘兮①，愿承风乎遗则②。贵真人之休德兮③，美往世之登仙。与化去而不见兮④，名声著而日延。奇傅说之托辰星兮⑤，羡韩众之得一⑥。形穆穆以浸远兮⑦，离人群而遁逸⑧。因气变而遂曾举兮⑨，忽神奔而鬼怪⑩。时髣髴以遥见兮⑪，精皎皎以往来⑫。绝氛埃而淑尤兮⑬，终不反其故都⑭。免众患而不惧兮，世莫知其所如。

【注释】

①赤松：即赤松子，古时仙人，传说神农时为雨师。清尘：又作"清虚"，比喻清静虚无、恬愉自得的境界。②承风：接受教化。遗则：前代留下来的法则。③贵：看重。真人：道家思想中的得道之人，即仙人。休德：美德。④化：变化，转化。这里有改变形体固有状态，羽化升仙，与天地造化共往来的意思。⑤傅说（yuè）：殷高宗武丁的宰相，传说他死后，精魂乘星上天。⑥韩众：古代传说中的一个仙人，即韩终，春秋齐人，为王采药，王不肯服，于是他自己服下成仙。得一：道家术语，即得道，"一"即"道"。⑦穆穆：宁静，静默。浸：渐渐。⑧遁逸：隐逸。⑨因：凭借。气变：人的精气变化。曾（zēng）举：高举，向上高高飞升。⑩神奔而鬼怪：形容神出鬼没的样子。⑪髣髴（fǎng fú）：同"仿佛"，好像，类似。⑫精：精灵，灵魂。皎皎：明亮的样子。⑬氛埃：尘氛，尘埃。淑尤：到达

奇异的境界。⑭反：通"返"。

【译文】

听说赤松子无为自得清静虚无，我愿意继承他的遗则风范。我崇尚得道之人的美德，羡慕古人能得道升天。形体虽然物化消失不见，名声却显赫而流传。我惊奇傅说死后能乘星上天，羡慕韩众得道成为仙人。形体寂静而渐渐远去，离开人群而避世隐逸。凭借精气的变化而高飞天上，飘飘忽忽就像鬼神出没。朦胧中似乎远远可见，神灵光芒闪烁往来任意。超越尘埃到达奇异的境界，再也不会返回故国乡里。摆脱众多患难无所畏惧，世人都不知道我的踪迹。

【原典】

恐天时之代序兮①，耀灵晔而西征②。微霜降而下沦兮，悼芳草之先零。聊仿佯而逍遥兮③，永历年而无成。谁可与玩斯遗芳兮，晨向风而舒情。高阳邈以远兮，余将焉所程。

【注释】

①天时：天道运行的规律，亦指时序。代序：时序相代。②耀灵：太阳的别称，亦喻指帝王。晔（yè）：闪闪发光的样子。③仿佯（páng yáng）：同"彷徉"，彷徨，徜徉，徘徊。

【译文】

我担心时序交替变化，闪闪发光的太阳向西下行。薄薄的秋霜下降大地，可怜那芳草最先凋零。我姑且漫步游荡聊以散心，年复一年却事业无成。谁能与我赏玩这残留的芳草？早晨迎着清风舒吐心情。古帝高阳离我十分遥远，我将如何效法他高洁的品行？

【原典】

重曰①：春秋忽其不淹兮，奚久留此故居②？轩辕不可攀援兮③，吾将从王乔而娱戏④！餐六气而饮沆瀣兮⑤，漱正阳而含朝霞⑥。保神明之清澄兮，精气入而麤秽除⑦。顺凯风以从游兮⑧，至南巢而壹息⑨。见王子而宿之兮，审壹气之和德⑩。

【注释】

①重：表示动作行为的重复，相当于"再""又""重新"。这里应该是乐章歌节的名称，如同"乱曰""少歌曰""倡曰"之类。②奚：为何，为什么。③轩辕：古代帝王黄帝的名字，传说姓公孙，居于轩辕之丘，故名曰轩辕。曾战胜炎帝于阪泉，战胜蚩尤于涿鹿，诸侯尊为天子。被后人尊为中华"人文初祖"④王乔：即王子乔，传说中得道成仙者，据说他是周灵王之子，故以王子为称，也叫王子晋。⑤六气：据道家之说，世上有天地四时六种精气，修炼者服食之即能成仙。沆瀣（hàng xiè）：北方夜间的水汽，即露水，可称水汽。⑥漱：吮吸，饮。正阳：六气之一，即日光，依神仙方术家的术语也可称为光气。朝霞：即早晨的云霞，是水气和光气的混合物，也是六气之一。⑦麤（cū）秽：粗浊污秽之气。麤：同"粗"。⑧顺：乘。凯风：和暖的风，指南风。⑨南巢：南方古国名。壹息：稍稍歇息一下。⑩审：讯问，究问。壹气：元气，纯一不杂之气。和德：大约指一种高妙的修养境界。

【译文】

再说：春去秋来光阴不停留，何必常久滞留在故乡？轩辕黄帝既然不可攀附相援，我将跟着王子乔嬉娱游赏。吞食六精之气而啜饮清露，吸着正阳之气含着朝霞之光。保持精神心灵清明澄澈，将精气吸入将浊气排出。我乘着和畅的南风出游，在南方神鸟的巢穴之旁稍作休息。看见王子乔我且停下脚步，向他询问如何求道养气。

【原典】

曰：道可受兮①，不可传②；其小无内兮，其大无垠；无滑而魂兮③，彼将自然④；壹气孔神兮⑤，于中夜存；虚以待之兮，无为之先；庶类以成兮⑥，此德之门。

【注释】

①受：心中接受领会。②传：说，描述，用语言表达。③滑（gǔ）：乱。而：你。④彼：即上面的"魂"。自然：天然，非人为。⑤壹气：专气。孔：甚，很。⑥庶类：万物，万类。

【译文】

王子乔说："道"可以从内心感受，却无法口说言传。它小到不能再分，大到没有边缘。不要搅乱你的神魂，它就会自然而然地出现。这一元之气非常神奇，往往在半夜寂静之时留存。请以虚静之心来等待它，不要先有接物的心愿。万物都是这样生成，这就是得道的法门。

【原典】

闻至贵而遂徂兮①，忽乎吾将行。仍羽人于丹丘兮②，留不死之旧乡。朝濯发于汤谷兮③，夕晞余身兮九阳④。吸飞泉之微液兮⑤，怀琬琰之华英⑥。玉色頩以脕颜兮⑦，精醇粹而始壮⑧。质销铄以汋约兮⑨，神要眇以淫放⑩。嘉南州之炎德兮⑪，丽桂树之冬荣⑫。山萧条而无兽兮，野寂漠其无人⑬。载营魄而登霞兮⑭，掩浮云而上征⑮。命天阍其开关兮⑯，排阊阖而望予⑰。召丰隆使先导兮⑱，问大微之所居⑲。集重阳入帝宫兮⑳，造旬始而观清都㉑。

【注释】

①至贵：非常宝贵，指王子乔上述的话。徂：往，去。②仍：因，就

此。羽人：神话传说中的仙人。丹丘：神话传说中神仙聚居的地方，昼夜常明。③朝：早晨。濯（zhuó）：洗。汤（yáng）谷：即旸谷，古代神话传说中日出之处。④晞（xī）：晒干，暴晒。九阳：古时传说，旸谷有扶桑树，上枝有一个太阳，下枝有九个太阳，十个太阳轮流值班一天。⑤飞泉：山谷名，即飞谷，在昆仑西南。微液：微，细微，精细。液：汁液。⑥琬琰（wǎn yǎn）：泛指美玉。华英：精英，指玉的精华。⑦颒（pīng）：面色光润。腕（wàn）颜：丰满艳美的样子。⑧醇粹：精纯不杂，纯粹完美。⑨质：这里指凡庸、世俗的形体、形质。销铄（shuò）：消亡，熔化。汋（chuò）约：绰约，姿态柔媚。⑩要眇（miǎo）：精深微妙。淫放：这里形容精神充沛旺盛。⑪嘉：赞美。南州：泛指南方地区。炎：火德。阴阳家将东、西、南、北、中分属五行，南方属火，故称。⑫丽：与"嘉"互文见义，都是赞美的意思。荣：茂盛。⑬寂漠：同"寂寞"。⑭营魄：指魂魄，精神。⑮掩：遮没，遮蔽。这里指被云气缭绕覆盖。上征：向上飞升。⑯天阍（hūn）：天帝的守门人。开关：打开门闩。⑰排：推。阊阖（chāng hé）：神话传说中的天门。⑱丰隆：古代神话中的雷神兼云神。⑲大微：即"太微"，古代星名，神话传说中天庭之所在。⑳集：止，停留。重阳：古人认为积阳为天，天有九重，故称天为重阳。帝宫：神话中天帝住的宫殿。㉑造：到，至。旬始：星名。清都：神话传说中天帝居住的宫阙。

【译文】

听了至理名言便想前往，匆匆忙忙我就出发前行。跟随飞仙升到丹丘仙境，在神仙的不死之乡停留。早晨在汤谷洗洗头发，傍晚在九阳之中晒干我的全身。吮吸昆仑飞泉的美液，怀抱美玉的精华。我洁白的脸庞光泽滋润，体魄健壮精力充盈。形体消瘦才能见出柔美，神气幽远而精神充沛。赞美南方气候温暖，赞美桂树冬天也吐芳馨。山林萧条没有野兽，原野苍茫不见人影。载着三魂六魄飘上彩霞，拥披着浮云向上飞升。命令天宫的看门人打开天门，他推开大门朝我打量。我招来雷神丰隆命他做先导，访问太微星所住的地方。升上九天进帝宫游览，探访旬始星参观清都天庭。

【原典】

朝发轫于太仪兮①，夕始临乎于微闾②。屯余车之万乘兮，纷溶与而并驰③。驾八龙之婉婉兮，载云旗之逶蛇④。建雄虹之采旄兮⑤，五色杂而炫耀⑥。服偃蹇以低昂兮⑦，骖连蜷以骄骜⑧。骑胶葛以杂乱兮⑨，斑漫衍而方行⑩。撰余辔而正策兮，吾将过乎句芒⑪。历太皓以右转兮⑫，前飞廉以启路⑬。阳杲杲其未光兮⑭，凌天地以径度。风伯为余先驱兮，氛埃辟而清凉。凤皇翼其承旂兮⑮，遇蓐收乎西皇⑯。擥慧星以为旍兮⑰，举斗柄以为麾⑱。叛陆离其上下兮⑲，游惊雾之流波。时暧曃其曭莽兮⑳，召玄武而奔属㉑。后文昌使掌行兮㉒，选署众神以并毂㉓。路曼曼其修远兮，徐弭节而高厉㉔。左雨师使径侍兮，右雷公以为卫。欲度世以忘归兮㉕，意姿睢以担挢㉖。内欣欣而自美兮，聊媮娱以自乐㉗。涉青云以汎滥游兮㉘，忽临睨夫旧乡㉙。仆夫怀余心悲兮，边马顾而不行。思旧故以想像兮㉚，长太息而掩涕。氾容与而遐举兮㉛，聊抑志而自弭。指炎神而直驰兮㉜，吾将往乎南疑㉝。

【注释】

①发轫（rèn）：启程。太仪：天帝的宫廷。②于微闾：传说中的山名，在东北方，盛产美玉，又名"医巫闾""微闾山""无虑山"等。③溶与：即"容与"，迟缓不进。④逶蛇（wēi yí）：同"逶迤"，形容旌旗迎风飘扬的样子。⑤建：竖起，树立。雄虹：古人认为虹有雌雄之别，颜色鲜艳的叫雄虹，颜色较淡的叫雌霓。采旄（máo）：用牦牛尾装饰的彩旗。⑥炫耀：闪耀，光彩夺目。⑦服：古代一车驾四马，居中两匹叫"服"。偃蹇：形容马匹高大矫健。⑧骖（cān）：古代驾在车前两侧的马。连蜷：屈曲的样子。骄骜（jiāo ào）：纵恣奔驰。⑨骑：指车马。胶葛：交错纠缠的样子。⑩斑：通"班"，形容车骑排列得缤纷盛多而显得错杂的样子。漫衍：连绵不断的样子。方行：并行，一齐前行。方，合并，并在一起。⑪句（gōu）芒：古代神话传说中的主木之官，又为木神名。⑫太皓：同"太皞"，传说中的东方上帝

之名。⑬飞廉：神话中的风神。启路：开路。⑭杲杲（gǎo）：明亮的样子。⑮旂（qí）：古代画有两龙并在笼头悬铃的旗。⑯蓐（rù）收：古代神话传说中的西方神名，司秋。西皇：古代神话传说中西方的尊神，即少昊。⑰旍（jīng）：亦作"旌"，古代一种用五色羽毛装饰的旗子。⑱斗柄：指北斗七星的第五、六、七颗星，因形如斗柄，故名。麾（huī）：指挥作战用的旗子。⑲叛：纷繁。上下：忽上忽下。⑳暧曃（ài dài）：昏暗不明的样子。晻（tǎng）莽：晦暗朦胧的样子。㉑玄武：古代神话传说中的北方之神，其形为龟，或龟蛇合体。奔属（zhǔ）：追随，跟随。㉒文昌：星名，在北斗魁前，形成半月形状，亦指星神。掌行：带领随行的队伍，犹领队。㉓选署：选择，部署安排。并毂（gǔ）：车辆并行。毂，车轮中心的圆木，周围与车辐的一端相接，中有圆孔，可以插轴。㉔徐：慢。弭节：驻节，停车。高厉：上升，高高腾起。㉕度世：犹"出世"，即超脱尘世为仙。㉖恣睢（zì suī）：放任自得的样子。担挢（jiē jiāo）：高举。㉗媠：通"愉"，乐。㉘涉：徒步过河。汎滥游：自由自在地四处浪游。㉙临睨（nì）：俯视，察看。旧乡：故乡，指楚国。㉚旧故：故旧、旧交。想像：想见其形象，即思念、缅怀、回忆的意思。㉛容与：从容。遐举：远行，飞行。㉜炎神：即炎帝，古代神话传说中的南方之神。㉝南疑：即九嶷山，因山在南方，故称。

【译文】

早晨从帝宫太仪出发，傍晚到达医巫闾山边。万辆马车聚集在一起，浩浩荡荡并驾向前。

　　驾着八匹神骏迤逦而行,载着云旗飘扬飞动。竖起插着旄头的霓虹之旗,五色斑斓纷杂照耀明艳。居中的马高大矫健俯仰自然,两边的马健壮而奔驰矫健。车马交错纵横杂乱,队列绵绵不绝并行向前。我抓紧缰绳握好马鞭,将经过那东方木神句芒。经过了东帝太皓再向右转,让风伯飞廉在前开路打探。灿烂的太阳还没有升起放光,就在天地之上横越飞迁。风伯为我作队伍的先驱,扫荡尘埃迎来清凉一片。凤凰的彩翼连接着云旗,在西帝那儿与金神蓐收遇见。摘下彗星充当旌旗,举起北斗之柄用以指挥。五色缤纷斑斓上下闪耀,在云海惊涛中漫游流连。天色渐暗四周朦朦胧胧,我召来北方玄武仅仅跟随。让文昌六星在车后为我掌管行程,安排众神和我并驾前行。前方道路多么漫长遥远,我掌控车节缓缓驰向高天。雨师相伴随侍在左边,雷公保驾扈从在右边。想超越世俗归去,放纵心志而高飞远举。我内心欣悦自认为美好,聊以自娱求得快乐安恬。飞越云层漫游四面八方,忽然俯瞰到故乡的田原。

　　车夫感怀我心中悲痛,车驾两侧的马也频频回顾不肯向前。想念故乡的父老兄弟,不禁长叹一声擦拭泪眼。从容泛游而逍遥远去,暂且抑制情感而自我宽慰。追寻南方火神径直奔驰,我要去南方的胜地九嶷山。

【原典】

　　览方外之荒忽兮①,沛罔象而自浮②。祝融戒而还横兮③,腾告鸾鸟迎宓妃④。张《咸池》奏《承云》兮⑤,二女御《九韶》歌⑥。使湘灵鼓瑟兮⑦,令海若舞冯夷⑧。玄螭虫象并出进兮⑨,形蟉虬而逶蛇⑩。雌蜺便娟以增挠兮⑪,鸾鸟轩翥而翔飞⑫。音乐博衍无终极兮⑬,焉乃逝以徘徊。舒并节以驰骛兮⑭,逴绝垠乎寒门⑮。轶迅风于清源兮⑯,从颛顼乎增冰⑰。历玄冥以邪径兮⑱,乘间维以反顾⑲。召黔嬴而见之兮⑳,为余先乎平路。经营四荒兮㉑,周流六漠㉒。上至列缺㉓,降望大壑㉔。下峥嵘而无地兮㉕,上寥廓而无天。视倏忽而无见兮㉖,听惝怳而无闻㉗。超无为以至清兮,与泰初而为邻㉘。

【注释】

①方外:世外。荒忽:形容朦胧恍惚的样子。②沛:形容水流动的样子。罔(wǎng)象:本指水怪或水神名。这里引申指水势盛大。③祝融:神名,帝喾时的火官,后尊为火神。衡:车辕头上的横木,这里代指车。还衡:回车。④腾告:传告。鸾鸟:凤凰一类的鸟。宓(fú)妃:神话传说中的洛水女神。⑤张:奏起。《咸池》:传说是尧时的乐曲。《承云》:即《云门》,传说是黄帝时的乐曲。⑥二女:指尧帝的两个女儿娥皇、女英,均为舜帝的妻子。御:侍候。《九韶》:传说是舜时的乐曲。⑦湘灵:古代神话传说中的海神。⑧海若:古代神话传说中的海神。冯(píng)夷:古代神话传说中的河神,即河伯。⑨玄螭(chī):古代传说中一种没有角的黑龙。虫象:即罔象,古代传说中的一种水怪。⑩形:形体。蟉虬(liáo qiú):屈曲盘绕的样子。⑪便(pián)娟:轻盈美好的样子。挠:通"绕",缠绕,纠缠。⑫轩翥(zhù):高飞的样子。⑬博衍:形容乐声博大广远、舒展绵延的样子。⑭舒:纵,放开。并节:两两相并的马鞭。驰骛(wù):恣意奔跑。⑮逴(chuō):远。绝垠:天边,极远的地方。寒门:古代神话传说中的北极之门,是北方极寒冷的地方。⑯轶:超过,超越。迅风:疾风。清源:指北极寒风的源头,传说中的八风之府。⑰颛顼(zhuān xū):北方的天帝,"五帝"之一,号高阳氏。增冰:层层积累的冰雪,乃北方严寒景象。⑱玄冥:北方之神。邪径:斜路,崎岖小路。⑲乘:登。间维:指天地之间。古称天有六间,地有思维,故称。⑳黔嬴(qián yíng):天上造化神名。㉑经营:犹往来。四荒:指东、西、南、北四方荒远之地。㉒周流:遍游,四处游观。六漠:即东、西、南、北四方,再加上下。㉓列缺(quē):亦作"列缼",指高空中闪电所显现的空隙。㉔大壑:大海。㉕岝嵘:深远,深邃的样子。㉖倏(shū)忽:疾速的样子,这里形容看不清楚。㉗惝怳(chǎng huǎng):这里形容听起来模糊不清。㉘泰初:即太初,指天地未分以前的元

气,后亦指天地形成前的时期。

【译文】

观览世外之地的茫昧幽暗,我仿佛在汪洋大海里上下浮游。火神祝融劝告我调转车头,我传告青鸾神鸟将宓妃远迎。张设《咸池》之乐,演奏《承云》之曲,娥皇、女英唱出《九韶》之歌。让湘水之神敲奏瑟乐,让海神与河伯合舞助兴。无角黑龙与水怪一起出没,体形屈曲婉转延伸。彩虹轻盈优美层层环绕,青鸾神鸟在高处翱翔不停。音乐旋律舒展没有终止,于是我远去周游徘徊。放下马鞭让车队尽情奔驰,远到天边北极的冰寒之地。乘着疾风抵达清气之源,追随北帝颛顼到达冰天雪地之所。通过北方水神的崎岖小路,在天地两维之间顾盼不已。招呼造化之神前来见面,叫他为我先行把道路铺平。我往来四方荒凉之地,遂游六合广漠之境。向上到达闪电之至高空隙,向下俯瞰大海之至深。下界茫茫似没有大地,上方空空似没有高天。模模糊糊什么也看不见,恍恍惚惚什么也听不清。超越无为清静的境界,和天地元气结伴为邻。

卜居

【题解】

"卜",卜问;"居",居处。"卜居"的意思是占卜自己该怎么处世。本篇相传为屈原所作,但在学术界一直颇有争议,近现代一些楚辞研究者认为该篇是"伪作"。这篇文章采用了散文式的叙述手法,通过提出十几个问题来卜问处世方法,表达了屈原对当时社会的黑暗腐败的愤慨和不满,歌颂了他坚持美善、不与丑恶同流合污的斗争精神。

【原典】

屈原既放①，三年不得复见。竭知尽忠②，而蔽鄣于谗③。心烦虑乱，不知所从。往见太卜郑詹尹曰④："余有所疑，愿因先生决之⑤。"詹尹乃端策拂龟⑥，曰："君将何以教之⑦？"屈原曰："吾宁悃悃款款朴以忠乎⑧？将送往劳来斯无穷乎⑨？宁诛锄草茅以力耕乎？将游大人以成名乎⑩？宁正言不讳以危身乎？将从俗富贵以媮生乎⑪？宁超然高举以保真乎⑫？将哫訾栗斯⑬，喔咿儒儿以事妇人乎⑭？宁廉洁正直以自清乎？将突梯滑稽⑮，如脂如韦⑯，以洁楹乎⑰？宁昂昂若千里之驹乎？将氾氾若水中之凫乎⑱？与波上下，偷以全吾躯乎⑲？宁与骐骥亢轭乎⑳？将随驽马之迹乎？宁与黄鹄比翼乎㉑？将与鸡鹜争食乎㉒？此孰吉孰凶？何去何从？世溷浊而不清，蝉翼为重，千钧为轻㉓；黄钟毁弃㉔，瓦釜雷鸣㉕；谗人高张㉖，贤士无名。吁嗟默默兮㉗，谁知吾之廉贞！"詹尹乃释策而谢，曰："夫尺有所短，寸有所长，物有所不足，智有所不明；数有所不逮㉘，神有所不通㉙。用君之心，行君之意，龟策诚不能知事㉚。"

【注释】

①既：已经。放：放逐。②竭：尽。知：同"智"，智慧，才干。③蔽鄣：遮蔽，阻挠。谗：指谗佞之人。④太卜：官名，周时属春官，为卜筮官之长。郑詹尹：太卜的姓名。⑤因：通过，凭借，依靠。决：分辨，判断。⑥端：摆正，摆放整齐。策：古代卜筮用的蓍(shī)草。龟：龟甲，古代用作占卜的工具。⑦教：告诉。⑧宁：宁可，宁愿。悃悃(kǔn)款款：忠诚勤勉的样子。朴：本性，本质。⑨将送往劳：迎来送往，指到处周旋逢迎。来：归服，这里指退隐山林。⑩游：游说。大人：指达官贵人。⑪媮(tōu)生：苟且求活，无所作为地生活。⑫超然：形容远走高飞、遗世独立的样子。高举：远离尘嚣，这里指退隐山林。保真：保全真实的本性。⑬哫訾(zú zī)：以言献媚。栗斯：阿谀奉承之态。栗：恭谨，恭敬。斯：语助词。⑭喔咿(wō yī)：献媚强笑的样子。儒儿：强颜欢笑的样子。⑮突梯：圆滑的样子。

滑稽（gǔ jī）：指善于巧言谄媚。⑯脂：油脂。韦：本指熟牛皮，这里意为"柔软"。⑰楹：房屋的柱子。⑱氾氾：漂浮、浮行的样子。凫（fú）：野鸭。⑲偷：苟且偷生。⑳亢轭（kàng è）：并驱齐驾。㉑黄鹄（hú）：天鹅，这里喻指高才贤士。㉒鸡鹜（wù）：鸡和鸭，这里喻指小人或平庸的人。㉓千钧：代表最重的东西。古制三十斤为一钧。㉔黄钟：古乐中十二律之一，是最响最宏大的声调。这里指声调合于黄钟律的大钟。㉕瓦釜：陶制的锅。这里代表鄙俗音乐。㉖高张：指坏人气焰嚣张，趾高气扬。㉗吁嗟（xū jiē）：感慨，叹息。默默：形容无话可说的样子。㉘数：数理，卦数。不逮：比不上，不及。㉙神：神明。㉚知事：一作"知此事"，当从之。

【译文】

屈原已经遭受放逐，三年没能再见到楚怀王。他竭尽智慧效忠国家，却因小人的谗言谤语而受到冤蔽。他心烦意乱，不知应该怎么办。于是去拜访太卜郑詹尹问卜，屈原说："我对有些事疑惑不解，希望通过您的占卜帮助我分析判断。"郑詹尹就摆好占卜用的蓍草，拂去龟甲上的灰尘，问道："不知您想问什么事？"屈原说："我应该诚恳朴实、忠

心耿耿呢，还是迎来送往、巧于逢迎？应该垦荒锄草勤劳耕作呢，还是游说权贵而沽名钓誉？应该毫无隐讳地直言为自己招祸，还是顺从世俗贪图富贵而苟且偷生？应该超然世外保持正直操守呢，还是像取媚妇人一样阿谀逢迎、强颜欢笑？应该廉洁正直以保持自己的清白呢，还是圆滑诡诈，像熟牛皮一样油滑适俗？应该像志行高远的千里马呢，还是像浮游不定的野鸭随波逐流而保全自身？应该与骏马并驾齐驱呢，还是追随劣马亦步亦趋？应该与天鹅比翼高飞呢，还是同鸡鸭在地上争食？上述这些事情，哪个是吉哪个是凶，哪个不能做哪个可以做？现在的世道混浊不清，是非不清，薄薄的蝉翼被认为很重，千钧之物却被认为太轻；音响洪亮的黄钟大吕竟遭毁弃，瓦釜陶罐却打得像雷鸣；谗佞小人嚣张跋扈，贤明之士则默默无闻。唉，不说了吧，谁能了解我的廉洁忠贞！"郑詹尹于是放下蓍草辞谢，说："一尺有嫌它太短之处，一寸有觉其太长之时；世间万物都有不足之处，智者也有不懂的地方，卦数有占卜不到的事情，神灵的法力也有所不至。请您花心思实行您的主张，龟甲和蓍草实在不能料知此事。"

渔父

【题解】

　　关于本篇的作者,东汉文学家王逸认为"《渔父》者,屈原之所作也",是屈原在被流放后,政治上被迫害,人生处在困恶之境下创作出来的。和前篇《卜居》一样,本篇也被一些楚辞学者疑为伪作,但说服力似还不充分,故本书从旧说,以之为屈原所作。诗中屈原以第三人称的口气来写,通过渔父与屈原自己的对话,表现了诗人不愿与世俗同流、随波逐流的高尚品德和坚持理想、宁死不屈的斗争精神。

【原典】

屈原既放，游于江潭①，行吟泽畔②，颜色憔悴③，形容枯槁④。渔父见而问之曰⑤："子非三闾大夫与⑥？何故至于斯⑦？"屈原曰："举世皆浊我独清⑧，众人皆醉我独醒⑨，是以见放⑩。"渔父曰："圣人不凝滞于物⑪，而能与世推移⑫。世人皆浊，何不淈其泥而扬其波⑬？众人皆醉，何不餔其糟而歠其醨⑭？何故深思高举⑮，自令放为？"屈原曰："吾闻之：新沐者必弹冠⑯，新浴者必振衣⑰。安能以身之察察⑱，受物之汶汶者乎⑲？宁赴湘流，葬于江鱼之腹中。安能以皓皓之白⑳，而蒙世俗之尘埃乎？"渔父莞尔而笑㉑，鼓枻而去㉒。

【注释】

①江潭(tán)：泛指沅江一带。潭：楚方言，深水。②泽：水积聚的地方。畔：边。③颜色：面容，脸色。憔悴：形容人瘦弱，面色不好看。④形容：形态，容貌。枯槁：本指草木干枯，这里是形容清瘦的样子。⑤渔父(fǔ)：打鱼的老人。父，对老年男子的尊称。⑥三闾大夫：楚国官职名，掌管教育楚国王族屈、景、昭三姓宗族子弟。

⑦斯：此。⑧举：全。浊：混浊，污浊。清：清白，清廉。⑨醉：饮酒过量，神志不清。醒：清醒。醉、醒指对楚国形势的认识而言。⑩是以：因此。见放：被放逐。⑪凝滞：拘泥，束缚。物：指客观时势。⑫推移：转变。⑬淈（gǔ）：搅混，扰乱。⑭餔（bǔ）其糟：本义是吃酒糟，比喻屈志从俗，随波逐流。歠（chuò）：饮。醨（lí）：通"醴"，薄酒。⑮深思：思虑很深，即"独醒"。高举：高出流俗，即独清。⑯沐：洗头。冠（guān）：帽子。弹（tán）冠，指弹去冠上的灰尘。⑰浴：洗身，洗澡。振衣：抖掉衣服上的灰尘。⑱察察：清洁，洁白的样子。⑲汶汶（mén）：玷辱、污浊的样子。⑳皓皓：皎洁。㉑莞尔：形容微笑的样子。㉒鼓枻（yì）：亦作"鼓栧"，划桨泛舟。

【译文】

屈原已经遭受放逐，在沅江一带游荡。他沿着江边走边唱，面容憔悴，模样枯瘦。有个打鱼的老人看见他，便问道："您不是三闾大夫吗？为什么会沦落到这步田地呢？"屈原说："世上的人都是浑浊不堪的，只有我清澈透明；世人都迷醉了，唯独我清醒着，因此被放逐。"渔父问："有圣德的人不被事物所束缚，而能随着世道一起变化推进。既然世上的人都混浊，你何不搅混泥水扬起浊波？既然大家都醉了，何不既吃酒糟又大喝其酒？为什么要思虑深远又自命清高，以至让自己落了个放逐的下场？"屈原说："我曾听到古人说：刚洗过头的人一定要弹弹帽子上的灰尘，刚洗过澡的人一定要抖抖衣服。怎能让清白的身体去接触世俗尘埃的污染呢？我宁愿跳到湘江里，葬身在江鱼腹中。怎么能让晶莹剔透的纯净之身，蒙上世俗的尘埃呢？"渔父听了，微微一笑，摇起船桨动身离去。

【原典】

歌曰："沧浪之水清兮，可以濯吾缨；沧浪之水浊兮，可以濯吾足①。"遂去，不复与言。

【注释】

①以上四句歌词即《沧浪歌》，亦名《孺子歌》，又见于《孟子·离娄上》，可能是流传于江湘一带的古歌谣。沧浪，古水名，有汉水、汉水之别流、汉水之下流、夏水诸说。濯（zhuó）：洗涤。

【译文】

唱道："沧浪之水清又清呀，可以用来洗我的帽缨；沧浪之水浊又浊呀，可以用来洗我的两脚。"渔父于是便远去了，不再同屈原说话。

九辩

【题解】

　　《九辩》，古乐曲名，指由若干乐章组合而成的曲调，是继《离骚》之后的又一首长篇抒情诗，作者是楚国浪漫主义诗人宋玉。诗中以衰败的楚国社会现实为背景，通过叙述经历、哀叹遭际、抒发情志，将秋季山川萧瑟的景象同主人公失意巡游的凄凉有机结合起来，把悲秋、思君的主题渲染得淋漓尽致，给读者带来悲怆的情感冲击。

【原典】

悲哉秋之为气也！萧瑟兮草木摇落而变衰①，憭慄兮若在远行②，登山临水兮送将归，泬寥兮天高而气清③，寂寥兮收潦而水清④，憯悽增欷兮薄寒之中人⑤，怆怳懭悢兮⑥，去故而就新，坎廪兮贫士失职而志不平⑦，廓落兮羁旅而无友生⑧。惆怅兮而私自怜。燕翩翩其辞归兮⑨，蝉寂漠而无声⑩。雁廱廱而南游兮⑪，鹍鸡啁哳而悲鸣⑫。独申旦而不寐兮⑬，哀蟋蟀之宵征⑭。时亹亹而过中兮⑮，蹇淹留而无成⑯。

【注释】

①萧瑟：草木被秋风吹拂所发出的声音。摇落：动摇脱落。②憭慄（liáo lì）：亦作"憭栗"，形容凄凉的样子。③泬寥（xuè liáo）：晴朗空旷，天高气清的样子。④寂寥（jì liáo）：清澄平静的样子。寂，同"寂"，水清的样子。寥：雨水，积水。⑤憯（cǎn）悽：悲痛的样子。增：屡次。欷（xī）：叹息。薄寒：秋天轻微的寒气。中（zhòng）：侵袭，伤害。⑥怆怳（chuàng huǎng）：失意的样子。懭悢（kuǎng liàng）：失意惆怅。⑦坎廪（kǎn lǐn）：坎坷不平，这里指困顿，不得志。贫士：宋玉自称。失职：失去官职。⑧廓落：空寂而感到孤独。羁旅：作客异乡。友生：知心朋友。⑨翩翩：飞行轻快的样子。⑩寂漠：同"寂寞"，静默无声的意思。⑪廱廱（yōng yōng）：这里指雁鸣声。⑫鹍（kūn）鸡：鸟鸣，形似鹤，黄白色。啁哳（zhāo zhā）：形容鸟声烦杂而细碎。⑬申：到达。申旦，通宵达旦。⑭宵征：夜行。⑮时：年纪。亹亹（wěi）：行进不停的样子。过中：过了中年，趋于老境。⑯蹇（jiǎn）：发语词。淹留：滞留，久留。

【译文】

叫人悲伤啊秋天的气氛，大地萧瑟啊草木衰黄凋零。心中凄凉啊好像要出远门，登山临水送别友人踏上归程。晴空万里啊天宇秋高气爽，清澈平静啊积水清澈澄明。凄凉叹息啊微寒袭人，悲伤叹息啊背井离乡前往新地，世途坎坷啊贫士失官心中不平。空虚孤独啊流落在外没有朋友，失意惆怅啊形影相依自我怜悯。燕子翩翩飞翔归去啊，寒蝉寂寞也不发响声。

大雁鸣叫向南翱翔啊，鹍鸡不住地啾啾悲鸣。独自通宵达旦难以入眠啊，聆听那蟋蟀整夜的哀音。时光流逝已经过了半生啊，滞留他乡仍然是一事无成。

【原典】

悲忧穷戚兮独处廓①，有美一人兮心不绎②。去乡离家兮徕远客③，超逍遥兮今焉薄④？专思君兮不可化，君不知兮可奈何！蓄怨兮积思，心烦憺兮忘食事⑤。愿一见兮道余意，君之心兮与余异。车既驾兮朅而归⑥，不得见兮心伤悲。倚结轸兮长太息⑦，涕潺湲兮下沾轼⑧。忼慨绝兮不得⑨，中瞀乱兮迷惑⑩。私自怜兮何极，心怦怦兮谅直⑪。

【注释】

①穷戚：非常贫穷，陷入困窘中的意思。廓：大而空旷，这里指空虚寂寞的地方。②有美一人：有一个具有高尚美德的人。绎（yì）：通"怿"，喜悦。③徕：同"来"。远客：异客，客居的意思。④超：远。逍遥：原指休闲自在，这里指无依无靠。焉：哪里。薄：停止。⑤烦憺（dàn）：内心烦乱。忘食事：忘记吃饭和做事。⑥朅（qiè）：去，离开。⑦倚：靠着。结轸（líng）：古时马车车厢上的横木。⑧涕：眼泪。潺湲（chán yuán）：本指水流不断的样子，这里形容泪流不止。轼：古代设在车厢前供立乘者凭扶的横木。⑨忼慨（kāng kǎi）：激昂，愤激。不得：做不到。⑩瞀（mào）乱：昏乱，烦乱。⑪怦怦：形容心跳急速，这里指心情迫切。谅直：诚实正直。

【译文】

悲愁困迫啊独处辽阔大地，有一位美人啊心中烦乱。远离家乡啊异地为客，漂泊不定啊如今去哪里？一心思念君王啊不能改变，君王不知道我的心意啊又能如何。满腔哀怨啊思虑万千，心中烦闷啊饭也不想吃。但愿见一面啊诉说我的心意，君王的心思啊却与我相异。驾起马车啊驶去又返回，不能见你啊伤痛郁悒。倚靠着车栏啊长长叹气，泪水涟涟啊沾满车前的横木。愤激不平想决绝啊又做不到，心中烦乱啊心惑神迷。自怨自悲啊哪有终极，心情迫切啊始终诚实正直。

【原典】

皇天平分四时兮①，窃独悲此廪秋②。白露既下百草兮③，奄离披此梧楸④。去白日之昭昭兮⑤，袭长夜之悠悠⑥。离芳蔼之方壮兮⑦，余萎约而悲愁⑧。秋既先戒以白露兮⑨，冬又申之以严霜。收恢台之孟夏兮⑩，然欿傺而沉藏⑪。叶菸邑而无色兮⑫，枝烦挐而交横⑬；颜淫溢而将罢兮⑭，柯仿佛而萎黄⑮；萷櫹椮之可哀兮⑯，形销铄而瘀伤⑰。惟其纷糅而将落兮⑱，恨其失时而无当⑲。擥骐辔而下节兮⑳，聊逍遥以相伴㉑。岁忽忽而遒尽兮㉒，恐余寿之弗将。悼余生之不时兮，逢此世之俇攘㉓。澹容与而独倚兮㉔，蟋蟀鸣此西堂。心怵惕而震荡兮㉕，何所忧之多方㉖！卬明月而太息兮㉗，步列星而极明㉘。

【注释】

①皇天：对天及天神的尊称。四时：这里指四季。②窃（qiè）：私下，私自。廪秋：尤言寒秋。廪，通"凛"，寒冷。③下：降下。古人认为露和雨雪一样是由天上落下来的。④奄：忽然，这里指快速的意思。离披：形容树叶凋零的萧瑟样子。梧楸（qiū）：梧桐和楸树。⑤昭昭：光明。⑥袭：接着，接下来的意思。⑦芳蔼：芳香而繁盛。壮：茂盛。⑧萎约：萎靡而穷困。⑨戒：警告，警示。⑩恢台：广大昌盛的样子，这里形容万物茂盛。⑪然：与"焉"同，用为句首发端词。欿傺（kǎn chì）：停止，敛藏。⑫菸（yū）邑：枯萎，形容树叶因枯萎而呈暗淡之色。⑬烦挐（rú）：牵缠，纷乱。⑭颜：形貌，这里指树的外表。淫溢：形容体貌枯槁瘦弱的样子。罢：通"疲"，指枝叶落尽。⑮柯：草木的茎。仿佛：模糊，看不清楚。⑯萷（shāo），树梢。櫹椮（xiāo sēn）：形容树木光秃秃的样子。⑰销铄：销毁，摧残。瘀伤：气血郁积成病。淤，血液凝积。⑱惟：思，想。纷糅：众多而杂乱，这里指枯枝败草相杂。⑲恨：遗憾，痛惜。当：值，遇到。⑳擥：抓住。骐（fēi）辔：指马缰绳。下节：停止甩鞭，这里指让马缓缓前行。㉑相

伴：徜徉，自由自在地来往。㉒忽忽：形容时间飞逝。遒(qiú)尽：迫近于尽头。㉓㤭(kuāng)攘：混乱，纷乱不安的样子。㉔澹：安然的样子。容与：闲散的样子。独倚：自己靠自己。㉕怵(chù)惕：心里害怕，恐惧。震荡：心神不定。㉖多方：形容多的样子。㉗卬(yǎng)：同"仰"，仰望，抬头向上。㉘步：行走。列星：形容星星很多，布满天空。

【译文】

皇天将一年分为四季，我悄然独自悲叹寒秋。秋天的露水已经降在了百草上，衰黄的树叶瞬间飘离梧桐枝头。离开光明的白日，步入黑暗的漫漫长夜。百花盛开的时节已过啊，衰老困窘令人悲入愁肠。秋天先降白露是为警示啊，寒冷的冬天又覆盖上了层层冰霜。夏日的繁茂今都不见了，深藏起万物的生机勃勃。叶子黯淡没有光彩，枝条交叉杂错无章。草木改变颜色将要凋零，树干萎黄好像就要枯朽。树梢光秃秃令人悲怆，外形颓败似乎内有瘀伤。想到落叶衰草错杂将凋零，怅恨错失了美好时光。抓住缰绳放下马鞭徐行，百无聊赖暂且徘徊游荡。岁月匆匆就将到尽头，恐怕我的寿命也难以长久。伤感我生不逢时，遇上乱世这样的凌乱不安。淡漠闲散独倚栏杆，只听见蟋蟀在西堂哀鸣。内心惊惧而心神不定，百般忧愁为何萦绕不休？仰望明月久久叹息，在星光下徘徊直到天亮。

【原典】

窃悲夫蕙华之曾敷兮①，纷旖旎乎都房②。何曾华之无实兮③，从风雨而飞飚④。以为君独服此蕙兮⑤，羌无以异于众芳⑥。闵奇思之不通兮⑦，将去君而高翔。心闵怜之惨悽兮，愿一见而有明。重无怨而生离兮⑧，中结轸而增伤⑨。岂不郁陶而思君兮⑩？君之门以九重⑪。猛犬狺狺而迎吠兮⑫，关梁闭而不通⑬。皇天淫溢而秋霖兮⑭，后土何时而得漧⑮？块独守此无泽兮⑯，仰浮云而永叹！

【注释】

①蕙华：蕙草开的花。华，同"花"。曾：通"层"，重叠。敷：展

布，开放。②旖旎(yǐ nǐ)：盛多美好的样子。都(dū)房：豪华美丽的房屋。③无实：不结果实。④飞飏(yáng)：飘扬，飘荡。⑤服：这里是佩戴的意思。⑥羌：句首发语词。⑦闵：哀伤。奇思：在这里指忠诚的心。不通：不能通达。⑧重：深深思考。无怨：没做让人（君王）怨恨的事。生离：被生生隔离，在这里指被逐出。⑨中：内心。结轸(zhěn)：形容内心忧思缠结，悲愁不已的样子。⑩郁陶：形容忧思郁结的样子。⑪九重：原指天门，这里形容君门深邃，难得一进。⑫狺狺(yín)：狗叫的声音。迎吠：对着人狂叫。⑬关梁：关隘桥梁。⑭淫溢：过度，这里指不停下雨。秋霖：秋日的淫雨。⑮后土：本指土神，这里泛指土地。漧(gān)：同"乾"，干燥。⑯块：孤独。无泽：荒芜的水泽。无，或为"芜"的借字。

【译文】

暗自悲叹那层层开放的蕙花，千娇百媚布满华丽的殿堂。为何层层花儿没能结果，随着风雨四处飘扬？原以为君王独爱佩戴这蕙花，谁知在他眼中和其他的花没有区别。哀悯出众的谋略难以通达于君王，我将要离开君王远走他乡。心中悲凉凄惨难以忍受，但愿见君王一面倾诉衷肠。想着自己无罪却要被弃逐，内心郁结而更增悲伤。哪能不深切思念君王？君王的大门却有九重阻挡。守门的猛犬迎面狂叫，关口和桥梁闭塞交通不畅。上天降下绵绵的秋雨，大地几时才能干燥？独自守在这荒芜的沼泽，仰望浮云长声哀叹。

【原典】

何时俗之工巧兮①，背绳墨而改错②！却骐骥而不乘兮③，策驽骀而取路④。当世岂无骐骥兮，诚莫之能善御。见执辔者非其人兮，故骋跳而远去⑤。凫雁皆唼夫粱藻兮⑥，凤愈飘翔而高举⑦。圆凿而方枘兮⑧，吾固知其鉏铻而难入⑨。众鸟皆有所登栖兮，凤独遑遑而无所集⑩。愿衔枚而无言兮⑪，尝被君之渥洽⑫。太公九十乃显荣兮⑬，诚未遇其匹合。谓骐骥兮安归？谓凤皇兮安栖？变古易俗兮世衰，今之相者兮举肥⑭。骐骥伏匿而不见兮，凤皇高飞而不下。鸟兽犹知怀德兮，何云贤士之不处[15]？骐不骤进而求服兮[16]，凤亦不贪馁而妄食[17]。君弃远而不察兮，虽愿忠其焉得？欲寂漠而绝端兮[18]，窃不敢忘初之厚德。独悲愁其伤人兮，冯郁郁其何极[19]！霜露惨悽而交下兮，心尚幸其弗济[20]。霰雪雰糅其增加兮[21]，乃知遭命之将至。愿徼幸而有待兮[22]，泊莽莽与埜草同死[23]。愿自往而径游兮，路壅绝而不通[24]。欲循道而平驱兮[25]，又未知其所从。然中路而迷惑兮，自压桉而学诵[26]。性愚陋以褊浅兮[27]，信未达乎从容[28]。

【注释】

①时俗：时下风气。工巧："工"，擅长；"巧"，投机取巧。②绳墨：绳线和墨斗，是木工画直线的工具，在这里借指规则法度。错：同"措"，举措。③骐骥：骏马，这里比喻贤士。④驽骀（nú tái）：劣马。取路：上路。⑤跼（jú）跳：跳跃。⑥凫雁：野鸭和大雁，有时单指大雁或野鸭。唼（shà）：水鸟或鱼吃食。梁：粟米。藻：藻类植物。⑦高举：高飞远去。⑧圜：同"圆"。凿：凿开。这里指榫眼，插孔。枘（ruì）：圆的洞眼安方的榫子。⑨龃龉（jǔ yǔ）：亦作"龃吾"，互相抵触，彼此不相合。⑩凤：凤凰。遑遑：惶惶不安的样子。无所集：没有栖息的地方。⑪愿衔枚而无言兮枚：指闭口不言。古时

行军为防止士兵出声，令他们口中衔一根叫作枚的短木条，故称。⑫被：蒙受，受到。渥（wò）洽：深厚的恩泽。⑬太公：即姜太公吕望。荣：荣耀。⑭相（xiàng）：看，观察。举肥：相马只看马的肥壮，这里喻指选人才只看表面。⑮处（chǔ）：留，留下。⑯骤进：疾速前进。服：驾车。⑰餧（wèi）：喂养。妄食：胡乱地吃。⑱寂漠：同"寂寞"。绝端：断绝。⑲冯（píng）：同"凭"，在这里是内心愤懑的意思。⑳幸（xìng）：同"幸"，希望。济：成功。㉑霰：雪珠。雰糅：纷乱繁杂。㉒徼（jiǎo）幸：同"侥幸"。㉓泊：留止，止息。莽莽：草类茂盛的样子。壄：同"野"。㉔壅（yōng）绝：堵塞，断绝。㉕循：遵循。平驱：平稳地驰骋。㉖压桉（àn）：压抑，克制。学诵：学习写宜于读诵的韵文。㉗褊（biǎn）浅：心地、见识等狭隘短浅。㉘达：明白，懂得。从容：举动，行为。

【译文】

　　为什么时下风气是善于投机取巧啊？违背准绳而改变正常的举措。拒绝骏马不去骑乘，却鞭打劣马去上路。世上难道真的缺乏骏马吗？实在是没人能好好驾御。看到拿缰绳的人不合适啊，骏马就会扬蹄飞奔而去。野鸭、大雁都吞食着高粱水藻，凤凰却要扬起翅膀高飞。好比圆洞眼安装方榫子，我本来就知道两者相抵触而难以插入。众鸟都有了栖息的窝，唯独凤凰难寻安身之处。我本想闭口不言，但想到曾受君王深厚恩泽怎能无语。姜太公九十岁才贵显，实在是因为之前没有遇上明主啊。骏马的归宿在哪里？凤凰应当在哪儿栖居？改变古风旧俗啊世道大坏，如今的相马人只看马的肥腴。骏马都隐藏起来不出现啊，凤凰高高飞翔不落凡尘。鸟兽尚且知道怀有美德，怎能怪贤士避世隐居不出？骏马不会为了求进用而甘愿驾车啊，凤凰不会贪图喂饲而乱吃食物。君王远弃贤士却不能明察，贤士虽想尽忠又怎能心满意足。

　　想默默与君王断绝关系，私下却不敢忘记当初的恩德。独自悲愁最能伤人啊，悲愤郁结终极又在何处！寒霜齐降悲惨又凄清啊，心中还希望它们的破坏不会成功。雪珠雪花纷杂越下越大，才知道厄运即将降临。想心存着侥幸有所等待啊,却将与无边野草一起死掉。愿径自前行畅游一番啊,道路又堵塞不通去不了。想沿着大道平稳驱车啊,却又不知道何去何从。

走到半路就迷失了方向啊,只好克制情感作歌吟诵。秉性愚笨孤陋而又褊狭浅直啊,实在不知道要如何行事。

【原典】

窃美申包胥之气盛兮①,恐时世之不固。何时俗之工巧兮?灭规矩而改凿②。独耿介而不随兮,愿慕先圣之遗教。处浊世而显荣兮③,非余心之所乐。与其无义而有名兮,宁穷处而守高④。食不媮而为饱兮⑤,衣不苟而为温⑥。窃慕诗人之遗风兮⑦,愿托志乎素餐⑧。蹇充倔而无端兮⑨,泊莽莽而无垠⑩。无衣裘以御冬兮,恐溘死不得见乎阳春⑪。

【注释】

①窃美:私下赞美。申包胥:春秋时楚国大夫。为了救楚国,曾在秦国朝廷哭了七天七夜,终于感动秦哀公出兵救楚。②规矩:画圆形和方形的工具,比喻法度。凿:当作"错"。错,通"措",措施。③显荣:显赫荣耀,多指仕宦而言。④穷:处境艰难、困窘。处:居。高:清高,高尚。⑤媮(tōu):苟且。⑥苟:随便,马虎,不审慎。⑦诗人:指《诗经》的作者。遗风:前代或前人遗留下来的风教。⑧素餐:白吃饭,这里指俭朴的饮食。⑨蹇:通"謇",句首发语词。充倔:断绝阻塞。⑩泊莽莽:形容无边无际的样子。⑪溘:突然。

【译文】

暗暗赞美申包胥的爱国壮举,恐怕时势和以前已经大不同。为什么如今世俗是善于投机取巧呢,废除前人的规矩改变法度。我独立耿直不随波逐流,愿取法前代圣人的遗范。身处污浊的世界而得到显贵荣耀,不是我心中所乐意的事。与其没有道义而徒有虚名,宁愿身处穷困的境地而保持清高。不为饱腹而苟且求食啊,不为暖身而苟且求衣。暗自追慕诗人的遗风啊,甘心以俭朴的生活寄托志向。断绝了通道而没有头绪啊,只能在莽莽原野荒郊独自飘荡。没有皮袄来抵御寒冬啊，恐怕突然死去看不到明媚的阳光。

【原典】

靓杪秋之遥夜兮①，心缭悷而有哀②。春秋逴逴而日高兮③，然惆怅而自悲④。四时遞来而卒岁兮⑤，阴阳不可与俪偕⑥。白日晼晚其将入兮⑦，明月销铄而减毁⑧。岁忽忽而遒尽兮⑨，老冉冉而愈弛⑩。心摇悦而日幸兮⑪，然怊怅而无冀⑫。中憯恻之悽怆兮⑬，长太息而增欷⑭。年洋洋以日往兮⑮，老嵺廓而无处⑯。事亹亹而觊进兮⑰，蹇淹留而踌躇。

【注释】

①靓（jìng）：通"静"，平和。杪（miǎo）秋：秋天的末尾，晚秋。杪，树的末端。②缭悷（lì）：亦作"缭戾"，形容忧思萦绕缠结的样子。③春秋：代指时间，这里指岁月和年龄。逴逴（chuō）：越走越远的样子。高：这里是老去的意思。④然：与"焉"同，用为句首发语词。⑤遞（dì）：同"递"，更替。卒岁：年终。⑥俪偕：并，一起。⑦晼（wǎn）晚：太阳西落，天色已晚。⑧销铄：损耗，削弱，这里指月缺。⑨遒尽：迫近于尽头，终了。⑩冉冉：渐渐地。弛：松弛。⑪摇悦：喜悦。日幸（xìng）：每天都庆幸。⑫怊（chāo）怅：犹"惆怅"，悲伤失意的样子。冀：希望。⑬憯（cǎn）恻：悲哀，惨痛。悽怆：凄惨悲伤。⑭增欷：悲伤地叹息。⑮洋洋：形容岁月匆匆流逝的样子。⑯嵺（liáo）廓：通"寥廓"，空虚，空阔。⑰亹亹（wěi）：勤勉不倦的样子。觊：希望，企图。

【译文】

寂静的暮秋长夜，心中萦绕着深深的哀伤。岁月匆匆年事渐高，就这样惆怅自感悲凉。

四季交替又是一年将尽，日出月落总不能同时出现。太阳曚昽将要西下，月亮也销蚀而减少了清光。一年匆匆马上要过完，衰老慢慢逼近，精力渐丧。心中摇荡每天怀着侥幸的想法，但总是充满忧虑失去希望。心中

惨痛凄然欲绝,长长叹息又加以悲泣难当。时光如水一天天流逝,老来倍感空虚无处托身。不断勤勉企图进取,却只能停滞不前徒自彷徨。

【原典】

何氾滥之浮云兮①,焱壅蔽此明月②!忠昭昭而愿见兮③,然霠曀而莫达④。愿皓日之显行兮⑤,云蒙蒙而蔽之⑥。窃不自聊而愿忠兮⑦,或黕点而汙之⑧。尧舜之抗行兮⑨,瞭冥冥而薄天⑩。何险巇之嫉妒兮⑪,被以不慈之伪名⑫?彼日月之照明兮,尚黯黮而有瑕⑬。何况一国之事兮,亦多端而胶加⑭。

【注释】

①氾滥:同"泛滥",这里形容乌云密布。②焱(biāo):原指狗跑动的样子,这里形容浮云流动很快。壅蔽:遮掩。③见:通"现",显现,显露。④霠(yīn):同"阴",乌云蔽日。曀(yì):天色阴暗。莫达:无法达到。⑤皓日:明亮的太阳。显行:带着光芒运行。⑥蒙蒙:形容幽暗、模糊不清的样子。⑦聊:同"料",考虑,估量。⑧黕(dǎn)点:污点,污垢。⑨抗行:高尚的德行。⑩瞭冥冥:明亮而深远。薄:逼近,靠近。⑪险巇(xī):险

恶，这里指小人作梗。⑫被：同"披"，加在身上。⑬黯黮(àn dǎn)：昏暗不明。瑕：斑点，瑕疵。⑭胶加：纠缠不清。

【译文】

为什么浮云漫布泛滥天空，迅速移动很快遮蔽了明月。忠心耿耿愿剖白心迹，但乌云蔽日难以如愿。希望太阳光明显耀地运行，云雾蒙蒙却把它遮罩。不自思量只想着效忠，竟有人用秽语把我污蔑。尧帝舜帝的高尚德行，光辉赫赫直上云天。为什么遭险恶小人的嫉妒啊，使他们蒙受不慈的冤名难以洗雪？太阳和月亮的光辉照耀天地，尚且有黯淡现黑斑的时节。何况一个国家的政事啊，更是头绪纷繁错杂纠结。

【原典】

被荷裯之晏晏兮①，然潢洋而不可带②。既骄美而伐武兮③，负左右之耿介④。憎愠怆之修美兮⑤，好夫人之慷慨⑥。众踥蹀而日进兮⑦，美超远而逾迈⑧。农夫辍耕而容与兮，恐田野之芜秽⑨。事绵绵而多私兮⑩，窃悼后之危败。世雷同而炫曜兮⑪，何毁誉之昧昧⑫！今修饰而窥镜兮⑬，后尚可以窜藏⑭。愿寄言夫流星兮，羌儵忽而难当⑮。卒壅蔽此浮云兮，下暗漠而无光。尧舜皆有所举任兮，故高枕而自适。谅无怨于天下兮，心焉取此怵惕⑯？乘骐骥之浏浏兮⑰，驭安用夫强策⑱？谅城郭之不足恃兮⑲，虽重介之何益⑳？遭翼翼而无终兮㉑，忳惛惛而愁约㉒。生天地之若过兮㉓，功不成而无效。愿沉滞而不见兮㉔，尚欲布名乎天下㉕。然潢洋而不遇兮㉖，直怐愁而自苦㉗。莽洋洋而无极兮㉘，忽翱翔之焉薄？国有骥而不知乘兮，焉皇皇而更索㉙？宁戚讴于车下兮㉚，桓公闻而知之。无伯乐之善相兮㉛，今谁使乎誉之。罔流涕以聊虑兮㉜，惟著意而得之㉝。纷纯纯之愿忠兮㉞，妒被离而鄣之㉟。

【注释】

①荷裯(dāo)：用荷叶做的短衫。晏晏：漂亮轻柔的样子。②潢洋：这里形容衣服宽大、宽松的样子。③骄美：自以为很美好。伐武：炫耀武力。

④负：自负。左右：这里指君王的左右，也就是大臣，近侍。耿介：这里指雄壮威武。⑤悃忳（yùn lún）：不善言语，心里有话说不出来。⑥夫人：那些小人。慷慨：能说会道，巧言令色。⑦踥蹀（qiè dié）：小步行走的样子。⑧美：具有美德的人。超远：转身远去。逾迈：亦作"踰迈"，过去，消逝。⑨芜秽：荒芜，指土地因缺少整治而杂草丛生。⑩绵绵：连续不断。私：私欲。⑪雷同：相同，这里指随声附和。炫曜（yào）：夸耀，互相吹捧。⑫昧昧：昏暗，模糊不清，这里指是非不明。⑬修饰：梳妆打扮，这里指整顿国家事务。⑭窜藏：藏起来，这里指谨慎自保。⑮羌：句首发语词。当：值，遇到。⑯怵惕：亦作"怵惖"，戒惧，惊惧。⑰椉：同"乘"，坐驾。浏浏：原指水清澈的样子，这里形容骏马的奔驰如同水流动一样顺畅。⑱强策：用力甩马鞭。⑲城郭：亦作"城廓"，城墙。⑳重介：厚重的铠甲。㉑邅（zhān）：难行不进。翼翼：小心谨慎的样子。㉒忳（tún）：忧郁，郁闷。惛惛（hūn）：精神萎靡，神志不清的样子。约：约束，束缚。㉓若过：若白驹过隙，形容时间过得飞快。㉔沉滞：沉下去埋在地下，这里是埋没人才的意思。㉕布名：扬名。天下：古时多指中国范围内的全部土地。㉖潢洋：在这里是茫茫然的意思。不遇：遇不到明君。㉗怐愗（kòu mào）：愚昧，反应迟钝。㉘莽洋洋：形容荒野辽阔的样子。㉙皇皇：同"惶惶"，形容惶惑、迷惑的样子。索：索求。㉚宁戚：人名，春秋卫国人，初为小商人，后被齐桓公任用为大夫。讴：清唱，唱歌。㉛伯乐：春秋时人，善于相马。㉜罔：同"惘"，忧愁，惆怅。聊虑：深思，沉思。㉝著（zhuó）意：集中注意力，用心。㉞纯纯：形容忠诚、诚挚的样子。㉟被离：通"披离"，纷乱杂沓的样子。鄣（zhàng）：同"障"，阻隔，遮掩。

【译文】

披着荷叶短衣漂亮而轻柔，但是太过宽松不能束腰带。骄傲自满又夸耀武功，依赖看似雄武的近臣。嫌弃不善表达的赤诚之士，喜欢小人的巧言令色。小人们急功近利飞黄腾达，贤人孤傲脱俗越来越疏远。农夫停止耕作放任闲散，恐怕田野将要变得荒芜起来。事情琐细又充满私欲，暗自悲痛后面的失败危险。世人随声附和相互夸耀，好坏不分是非不明。如今认真打扮照照镜子啊，以后还能藏身将祸患躲开。想托那流星作使者传话给君王，但它飞掠迅速难以追遇上。终于被这片浮云遮蔽，世间就黑暗不见光彩。尧帝舜帝都能选拔任用贤人，所以高枕无忧十分从容。诚然不受天下人埋怨，心中哪会有这种惊恐。乘着骏马畅快地奔驰，驾驭之道岂在马鞭的劲悍。高大的城墙实在不足倚恃，即使铠甲再厚重又有什么用。谨慎前行看不到结果，忧郁昏沉愁思萦绕心胸。生在天地之间如同白驹过隙啊，功业未成没有结果。

想要埋没于人群无所表现，又想在世上扬名取荣。可是希望渺茫难遇明君，生性愚昧固执自找苦痛。荒野辽阔没有尽头，飘忽飞翔要在哪里停宿？国家的骏马却不知驾乘，为什么糊里糊涂另外索求？宁戚在牛车下扣角唱歌，桓公一听就知他才能出众。没有伯乐相马的好本领，谁能辨识贤人不寻常？怅惘流泪细细思量，着意访求才能得到贤良。满怀热忱愿意效忠君王，偏有人嫉妒把路途阻挡。

【原典】

愿赐不肖之躯而别离兮①，放游志乎云中。粲精气之抟抟兮②，骛诸神之湛湛③。骖白霓之习习兮④，历群灵之丰丰⑤。左朱雀之茇茇兮⑥，右苍龙之躩躩⑦。属雷师之阗阗兮⑧，通飞廉之衙衙⑨。前轾辌之锵锵兮⑩，后辎乘之从从⑪。载云旗之委蛇兮，扈屯骑之容容⑫。计专专之不可化兮，愿遂推而为臧⑬。赖皇天之厚德兮，还及君之无恙⑭。

【注释】

①不肖：不贤，这里是自谦。②精气：精灵之气，天地万物均由此而生。抟抟(tuán)：形容凝聚如团的样子。③骛(wù)：奔跑，这里是追逐、追求的意思。湛湛：形容很多东西聚集在一起的样子。④习习：形容频频飞动的样子。⑤群灵：群神，指众多星宿之神。丰丰：众多。⑥朱雀：星宿名，二十八宿中南方七宿的总称。茇茇(pèi)：形容轻快飞翔的样子。⑦苍龙：星宿名，二十八宿中东方七宿的总称。躩躩(qú)：蜿蜒而行的样子。⑧属(zhǔ)：联接，跟着。阗阗(tián)：形容声音洪大，这里指雷声而言。⑨通：当作"道"，开路、引导。衙衙(yú)：行走的样子。⑩轾(zhì)：车顶前倾的样子。辌(liáng)：古代的卧车。锵锵：金属撞击发出的声音，在这里指车铃声。⑪辎(zī)：载重的重型马车。从从：车铃声。⑫扈：随从，护卫，多指

随侍帝王。屯骑：聚集的车骑。容容：形容车驾侍卫众多，场面盛大的样子。⑬臧：善，好。⑭无恙：原指无病，这里指没有烦恼，幸福安康。

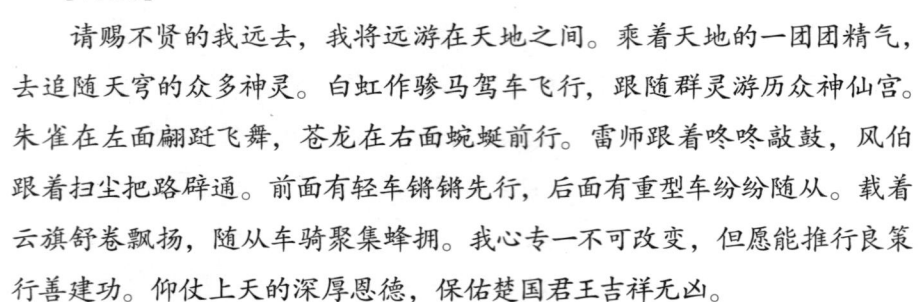

【译文】

请赐不贤的我远去，我将远游在天地之间。乘着天地的一团团精气，去追随天穹的众多神灵。白虹作骏马驾车飞行，跟随群灵游历众神仙宫。朱雀在左面翩跹飞舞，苍龙在右面蜿蜒前行。雷师跟着咚咚敲鼓，风伯跟着扫尘把路辟通。前面有轻车锵锵先行，后面有重型车纷纷随从。载着云旗舒卷飘扬，随从车骑聚集蜂拥。我心专一不可改变，但愿能推行良策行善建功。仰仗上天的深厚恩德，保佑楚国君王吉祥无凶。

招魂

【题解】

"招魂"是古代的一种巫术仪式,这里作者将这种民间习俗仪式经过吸收和加工,变成了一种独特的艺术作品。关于本篇的作者历来存在争议,一说宋玉"哀屈原魂魄放佚"而作,但是多主张为屈原所作。《招魂》一篇词句极为凄婉,情景交融,被后人誉为楚辞中仅次于《离骚》的优秀作品,对后世文学的影响很大。

【原典】

朕幼清以廉洁兮①，身服义而未沫②。主此盛德兮③，牵于俗而芜秽④。上无所考此盛德兮，长离殃而愁苦。帝告巫阳曰⑤："有人在下⑥，我欲辅之⑦。魂魄离散⑧，汝筮予之⑨！"巫阳对曰："掌梦⑩。上帝其难从。若必筮予之⑪，恐后之谢⑫，不能复用巫阳焉。"

【注释】

①朕：我，屈原自指。廉洁：行为正派、高洁无私。②服：践行，履行。沫（mèi）：昏暗不明。③主：固守，秉持。盛德：充实、充盛的德行。④牵：牵制，拖累。芜秽：萎枯污烂，这里比喻污浊混乱的环境。⑤帝：上帝。巫阳：古代神话里的巫师。⑥有人：这里指杰出的人才。在下：在下界、人间。⑦辅：帮助，辅佐。⑧魂：即独立于人身体之外存在的精神。魄：古人认为是依附肉体存在的精神。⑨筮（shì）：用筮草占卜。"筮予之"是指通过占卜，知道魂魄在哪儿，再返其身的意思。⑩掌梦：掌管梦的官。⑪若：你，这里指巫阳。⑫谢：凋零、零落。

【译文】

我年幼时就高尚无私，献身于道义而未昏暗不明。固守这种盛大的美德，却被世俗牵累进入污浊环境。君王不考察这盛大的美德，让我长期受难而愁苦不已。上帝诏告巫阳说："有贤人在下界，我想要去帮助他。但他的魂魄已经离散，你可以用占卦将灵魂还给他。"巫阳回答说："占卦是掌梦官做的事，上帝的命令我难以遵从。你一定占卦把魂魄还给他，恐怕迟了魂魄就消散了，再把魂招来也没有用了。"

【原典】

乃下招曰：魂兮归来！去君之恒干①，何为四方些②？舍君之乐处，而离彼不祥些！魂兮归来！东方不可以讬些。长人千仞③，惟魂是索些。十日代出，流金铄石些④。彼皆习之，魂往必释些。归来兮！不可以托些。魂兮归来! 南方不可以止些。雕题黑齿⑤, 得人肉以祀, 以其骨为醢些⑥。蝮蛇蓁蓁⑦, 封狐千里些⑧。雄虺九首⑨, 往来倏忽, 吞人以益其心些。归来兮! 不可以久淫些⑩。魂兮归来! 西方之害, 流沙千里些。旋入雷渊⑪, 爢散而不可止些⑫。幸而得脱, 其外旷宇些⑬。赤蚁若象⑭, 玄蜂若壶些⑮。五谷不生⑯, 藂菅是食些⑰。其土烂人, 求水无所得些。彷徉无所倚, 广大无所极些。归来兮! 恐自遗贼些。魂兮归来! 北方不可以止些。增冰峨峨⑱, 飞雪千里些。归来兮! 不可以久些。魂兮归来! 君无上天些。虎豹九关, 啄害下人些⑲。一夫九首, 拔木九千些。豺狼从目⑳, 往来侁侁些㉑; 悬人以娭㉒, 投之深渊些。致命于帝㉓, 然后得瞑些㉔。归来! 往恐危身些。魂兮归来! 君无下此幽都些㉕。土伯九约㉖, 其角觺觺些㉗。敦脄血拇㉘, 逐人驮驮些㉙。参目虎首㉚, 其身若牛些。此皆甘人㉛, 归来! 恐自遗灾些。魂兮归来! 入修门些㉜。工祝招君㉝, 背行先些㉞。秦篝齐缕㉟, 郑绵络些。招具该备, 永啸呼些。魂兮归来! 反故居些㊱。

【注释】

①去: 离开。君: 你。恒干: 躯体、肉体。②四方: 去四方。些(suò): 句末助词, 类同"兮""焉""矣"等。③长人: 神话传说中东方的巨人族。仞(rèn): 古代的一种长度单位, 周制八尺, 汉制七尺, 东汉末为五尺六寸。④流金铄石: 让金属熔化, 形容天气酷热。流、铄, 都是熔化的意思。金, 古代金属通称。⑤雕题黑齿: 指额头上刻有花纹, 牙齿染成了黑色。在这里指南方未开化的野人。题, 额头。⑥醢(hǎi): 肉酱。⑦蓁蓁(zhēn): 草木茂盛的样子, 在这里指积聚在一起。⑧封狐: 大狐。⑨虺(huǐ): 毒蛇。⑩淫: 久留。⑪旋: 漩涡, 这里指卷入。雷渊: 神话中的深渊。⑫爢(mí)散: 像粉末那样被碾碎。⑬旷宇: 空无一人的荒野。旷, 空阔, 广大。宇, 荒野。⑭赤蚁: 红色蚂蚁。⑮玄蜂: 即土蜂, 体黑, 较木蜂略大, 土中作巢, 呈圆壶形。⑯五谷: 古指五种谷物, 后泛指一切谷物。⑰藂(cóng): 同"丛", 草木丛生的样子。菅(jiān): 又称菅草、苞

子草，茎可编绳，织幔覆盖房顶。⑱增冰：层积高累的冰块或冰山。增，通"层"，厚积的样子。峨峨：形容高而尖的样子。⑲啄害：咬害，吞噬。啄，本指鸟用喙啄食，这里泛指一般动物的咬食动作。⑳从目：竖着的眼睛。从，同"纵"。㉑侁侁（shēn）：形容众多的样子。㉒娭（xī）：同"嬉"，玩弄，戏弄。㉓致命：复命。帝：天帝。㉔瞑：假寐，小睡。㉕幽都：神话传说中地下鬼神统治的地方。㉖土伯：土地神。伯，古指地方长官，此指神名。九约：形容土伯身上插满矛戟，杀气腾腾。约，即"䂮"，矛。㉗觺觺（yí）：形容尖利的样子。㉘敦脄（méi）：厚实的脊背。血拇：带血的拇指。㉙駓駓（pī）：跑得很快的样子。㉚参：同"三"。㉛甘人：以食人为美味。㉜修门：高大城门，这里指郢都城门。㉝工祝：工巧的匠人。招君：招魂。㉞背行：倒退着走。㉟秦篝：竹笼，用来盛装被招者的衣物。齐缕：丝线，用以装饰"篝"。篝、缕均为招魂用具。㊱反：同"返"，回归，回返。

【译文】

　　于是巫阳降至人间招魂说：灵魂啊回来吧！为什么离开你的躯体，往四方乱走乱跑呢？舍弃你安乐的住处，却遭受那些灾殃。灵魂啊回来吧！东方不可以寄居停顿。那里巨人身高千丈，只等着索要你的魂灵。十个太阳交替出现，金属石头都能熔化变形。它们都习惯了高温，而你的灵魂一到必定消解无存。回来吧，那里不能够寄居停顿。灵魂啊回来吧！不能在南方停留。野人们在额上刻上花纹，涂黑牙齿，掠得人肉作为祭祀，还把他们的骨头磨成浆滓。

　　那里毒蛇如草一样丛集，大狐狸千里内到处都是。虺蛇长着九个脑袋，来来往往飘忽迅捷，吃人满足他们的贪欲。回来吧，那里不能够长久留滞。灵魂啊归来吧！西方险恶，有方圆千里的流沙。被流沙卷进雷渊便会被碾成碎末，千万不能停留。即使侥幸摆脱出来，四外又是人迹罕至的荒野。红蚂蚁大得像巨象，土蜂大得像葫芦。各种谷物不能好好生长，它们只能把丛生的菅草充作食物。这里的地温能把人烤烂，想要喝水却点滴皆无。彷徨怅惘没有依靠，广漠荒凉走不到尽头。回来吧！恐怕自身遭受祸害!灵魂啊回来吧!不能在北方停留。那里层层冰封高如山峰,大雪飘飞弥漫千里。回来吧!不能够耽搁得太久。灵魂啊回来吧!不要径自上天。九重天的关门都守着虎豹,咬伤下界的人尝鲜。有一身九头的妖怪,一口气能连根拔起大树九千。眼睛倒竖的豺狼,来来往往群奔争先。把人甩来甩去戏弄,然后把他扔到不见底的深渊。它们再向天帝复命,然后才能小睡一会儿。回来吧!去了恐怕身遭危险!灵魂啊回来吧!不要北到日没的幽冥王国。那里土神剑戟森森,头上长着尖角锐如刀凿。脊背肥厚拇指沾血,追起人来飞奔如梭。他有虎头三眼,身体像牛一样壮硕。这些怪物都喜欢吃人,回来吧!恐怕自己要遭受灾祸。灵魂啊回来吧!快进入楚国郢都的大门。招魂的巫师为你招魂,他背向前方,倒走为你做先导。秦国的篝笼齐国的丝带,用郑国丝絮做成的灵幡啊。招魂的器具已经齐备,快发出长长的呼叫声。灵魂啊回来吧!返回你的故园不再背井离乡。

【原典】

天地四方,多贼奸些①。像设君室②,静闲安些。高堂邃宇③,槛层轩些④。层台累榭⑤,临高山些。网户朱缀,刻方连些⑥。冬有突厦⑦,夏室寒些。川谷径复⑧,流潺湲些⑨。光风转蕙⑩,氾崇兰些⑪。经堂入奥⑫,朱尘筵些⑬。砥室翠翘⑭,挂曲琼些⑮。翡翠珠被⑯,烂齐光些。蒻阿拂壁⑰,罗帱张些⑱。纂组绮缟⑲,结琦璜些⑳。室中之观,多珍

怪些。兰膏明烛㉑，华容备些㉒。二八侍宿㉓，射递代些㉔。九侯淑女㉕，多迅众些㉖。盛鬋不同制㉗，实满宫些。容态好比㉘，顺弥代些㉙。弱颜固植㉚，謇其有意些㉛。姱容修态㉜，絙洞房些㉝。蛾眉曼睩㉞，目腾光些。靡颜腻理㉟，遗视矊些㊱。离榭修幕㊲，侍君之闲些。翡帏翠帐，饰高堂些。红壁沙版㊳，玄玉梁些㊴。仰观刻桷㊵，画龙蛇些。坐堂伏槛，临曲池些㊶。芙蓉始发，杂芰荷些㊷。紫茎屏风㊸，文缘波些㊹。文异豹饰㊺，侍陂陁些㊻。轩辌既低㊼，步骑罗些。兰薄户树㊽，琼木篱些。魂兮归来！何远为些？

【注释】

①贼奸：危害，险恶，即上文所说的害人之物。②像：这里指遗像。③邃（suì）宇：深邃的房屋。④槛（jiàn）：栏杆。层：多重。轩：走廊。⑤层台：多层的高台。累榭：层叠台上的房屋。⑥方连：一种由方块相连组成的装饰图案。⑦窔（yào）：同"窈"，深邃。厦：高大的堂屋。⑧径复：指水流曲折、回环往复。⑨潺湲（chán yuán）：水流动的样子。⑩光风：有太阳的日子里吹的风。转：摇动。⑪汜：摇摆，摇动。崇兰：指丛丛的兰草。崇，通"丛"。⑫奥：堂内西南角，指屋子深处。⑬尘筵：铺在地上的竹席。⑭砥室：地面和墙壁像被磨平了一样的房屋。翠翘：翠鸟羽毛，做装饰用。翠，鸟名，即青羽雀。翘，鸟尾的长羽毛。⑮曲琼：弯曲的玉，即玉钩。⑯翡翠：鸟名，嘴长而直，生活在水边，以鱼虾为食，羽毛有蓝、绿、赤、棕等色，可做装饰品。⑰蒻（ruò）：一种蒲草，可以制席，这里即指柔软的蒲席。阿：细缯，一种织物。拂壁：原本是擦壁的意思，在这里指将蒻阿铺在壁上。⑱罗：绮罗，丝织物。帱（chóu）：帐子。⑲纂（zuǎn）组：都是丝带。纂，赤色带子。绮缟（qǐ gǎo）：都是丝织物。绮，带花纹的丝带。缟，白色丝带。⑳琦璜（qí huáng）：都是玉器。琦，美玉。璜，半圆形玉璧。㉑兰膏明烛：用兰草来熬制油脂，以此来做成蜡烛。膏，一种油脂。㉒华容：形容灯具上饰纹的华美。㉓二八：以八人为行，二八一十六人。一说指十六岁的女孩。㉔射（xī）：通"夕"，夜晚。递：更替。㉕九侯：泛指列国诸侯。㉖多

迅众：盛多的样子。㉗盛鬋（jiǎn）：浓密的鬓发。鬋，下垂的鬓发。制：发型样式。㉘好比：美丽温柔。比，温柔和顺，易于亲近。㉙顺：通"洵"，诚然。弥代：盖世。㉚弱颜固植：外表柔弱，内心坚贞。㉛謇：发语词。㉜姱（kuā）容：美好的容貌。姱，美好。修态：美好的仪态。㉝絚（gèng）：绵延。洞房：深邃的内室。㉞蛾眉：女子细长而好看的眉毛。睩（lù）：眼睛明亮的样子。㉟靡：细致。腻：光滑。理：肌肤。㊱遗视：目光停留。遗，停留。瞩（mián）：目光深远的样子。㊲离榭：离开别馆。修幕：长大的帷幕。㊳红壁：用红色垩土粉刷墙壁。沙版：以丹砂涂饰隔板。沙，通"砂"，即丹砂。版，堂宇间的隔板。㊴玄玉梁：用黑玉装饰的房梁。㊵桷（jué）：方的椽子。㊶曲池：弯弯曲曲的池子。㊷芰（jì）荷：荷叶。㊸屏风：水葵，一种水生植物。㊹文：同"纹"，指波纹。㊺文异豹饰：侍从们以豹皮为服饰，其纹彩颇为奇异。㊻陂陁（bēi tuó）：高低不平的山坡。㊼轩：有篷的车。辌（liáng）：可以躺下休息的车。低：同"抵"，停止，停下。㊽薄：形容草木丛生的样子。

【译文】

天地上下四面八方，多是一些残害人的东西。你的遗像摆在厅堂，显得十分舒适恬静。

高高的大堂深深的屋宇，回廊蜿蜒围栏绵长。层层亭台重重楼榭，依着崇山峻岭。房门镂花涂上了红色，刻着方格图案紧密相连。冬天的房屋温暖深远，夏天的房屋凉爽怡人。山谷中路径曲折，溪流发出动听的声音。阳光中微风摇动蕙草，丛丛香兰芳馨四溢。穿过大堂进入内室，红色幕布下有竹席铺陈。光滑的石室装饰着翠羽，墙上的玉钩挂着衣服。翡翠珠宝镶嵌着被褥，灿烂生辉艳丽动人。细软的丝绸悬垂壁间，罗纱帐子设置在中庭。四种不同的丝带色彩缤纷，系结着块块美玉多么纯净。宫室中陈设的景观，多是珍宝奇景。兰草膏脂做的烛光亮彻通宵，富丽堂皇的景象无以复加。二八女子服侍起宿，夜晚倦了便轮流更换。她们如同列国诸侯的淑美女子，人数众多数不胜数。鬓发浓密发型各异，充满后宫熙熙攘攘。容颜姿态娇媚柔软，和顺可人盖世无双。娇柔的面貌健康的身体，流露出缠绵情意令人心荡。

俏丽的容颜美妙的体态，连绵不绝充满房屋。纤秀的弯眉下明眸转动，顾盼之间双目秋波流光。肌肤细腻肤如凝脂，凝视远方久久不移。离宫别馆有修长的大幕，侍奉君王消闲解闷。挂起翡翠色的帷帐，装饰那高高的殿堂。红漆抹墙丹砂涂隔板，还有黑玉一般的大屋梁。抬头观望那刻花的方椽，上面画的是龙与蛇的形象。坐在中堂倚着栏杆远望，目下正是庭院中弯弯曲曲的池塘。荷花才开始绽放，中间夹杂着肥壮的荷叶。紫茎的荇菜铺满水面，纹理在绿波中浮动。侍从们穿着文彩奇异的豹皮服饰，在岸边等待侍候。有篷有窗的车已经到了，步骑随从分列两旁。丛生的兰花种植在门边，以玉树作为篱笆护墙。灵魂啊回来吧！为什么还要滞留远方？

【原典】

室家遂宗①，食多方些。稻粱稻麦②，挐黄粱些③。大苦醎酸④，辛甘行些⑤。肥牛之腱，臑若芳些⑥。和酸若苦，陈吴羹些。胹鳖炮羔⑦，有柘浆些⑧。鹄酸臇凫⑨，煎鸿鸧些⑩。露鸡臛蠵⑪，厉而不爽些⑫。粔籹蜜饵⑬，有餦餭些⑭。瑶浆蜜勺⑮，实羽觞些⑯。挫糟冻饮⑰，酎清凉些⑱。华酌既陈⑲，有琼浆些⑳。归来反故室，敬而无妨些㉑。肴羞未通㉒，女乐罗些。陈钟按鼓㉓，造新歌些㉔。《涉江》《采菱》，发《扬荷》些㉕。美人既醉，朱颜酡些㉖。娭光眇视㉗，目曾波些㉘。被文服纤㉙，丽而不奇些㉚。长发曼鬋，艳陆离些㉛。二八齐容㉜，起郑舞些㉝。衽若交竿㉞，抚案下些㉟。竽瑟狂会㊱，搷鸣鼓些㊲。宫庭震惊㊳，发《激楚》些㊴。吴歈蔡讴㊵，奏大吕些㊶。士女杂坐，乱而不分些。放陈组缨㊷，班其相纷些。郑卫妖玩㊸，来杂陈些。《激楚》之结㊹，独秀先些。菎蔽象棋㊺，有六簙些㊻。分曹并进㊼，遒相迫些㊽。成枭而牟㊾，呼五白些㊿。晋制犀比㉛，费白日些。铿钟摇簴㉜，揳梓瑟些㊽。娱酒不废，沈日夜些。兰膏明烛，华镫错些㊾。结撰至思㊿，兰芳假些㊶。人有所极，同心赋些㊷。酎饮尽欢，乐先故些。魂兮归来！反故居些。

【注释】

①室家：家人及宗族。遂：闾里。宗：宗族。②粢（zī）：稷，粟米。稻（zhuō）：早熟的麦子。③挐（rú）：纷乱，掺杂。黄粱：黄小米。④大苦：特别苦的味道。醎：同"咸"。⑤辛：辣。行：味道调和组成。⑥臑（ěr）：通"胹"，形容熟烂的样子。若：而，转折词。⑦胹（ěr）：烹煮。炮：烧烤。⑧柘（zhè）浆：甘蔗汁。柘，通"蔗"。⑨鹄：天鹅。腩（juǎn）：少汁的肉羹。⑩鸿：大雁。鸧（cāng）：即鸧鸹，一种似鹤的水鸟。露鸡：露天生长的鸡。臛蠵（huò xī）：把大龟做成羹汤。臛，肉羹。蠵，大龟。⑫厉：味道浓烈。爽：败伤、变质或口感差。⑬粔籹（jù nǔ）：古代的一种食品，用蜜和面粉制成的环状饼。饵：糕饼。⑭粻餭（zhāng huáng）：即麦芽糖，也叫饴糖。⑮瑶浆：指美酒。瑶，美玉。蜜勺：甜酒。勺，通"酌"，引申为酒。⑯羽觞（shāng）：古代一种酒器。⑰挫糟：挤出酒糟。冻饮：冷饮。⑱酎（zhòu）清：经过多次反复酿成的美酒。⑲华酌：华美的酒斗。酌，盛酒的容器，酒斗。⑳琼浆：像红色美玉颜色的仙汁。琼，红色的玉。㉑妨：妨碍，违碍。㉒肴：酒肉之类的荤菜。羞：同"馐"，美味。通：这里是菜上齐的意思。㉓陈：敲。按：打。㉔造：演奏。㉕发：歌唱，演奏。《扬荷》：与《涉江》《采菱》同为楚国歌曲名。㉖酡（tuó）：饮酒微醉，脸色红润。㉗娭光：撩人的目光。眇视：微视，偷看。㉘目曾：眼波频送、眉目多情的意思。曾，通"层"。㉙被文服纤：被、服都是穿的意思。文，同"纹"，花纹。纤，细柔。㉚奇（jī）：单一，单调。㉛陆离：形容美艳的样子。㉜二八：在这里指两队女乐手。齐容：装束一样。㉝郑舞：郑国的舞蹈，比较放纵。㉞衽：衣襟。交竿：衣襟相交。㉟抚：同"拊"，拍击。案：同"按"。下：似指弯腰下屈的舞蹈动作。㊱竽：管乐器名。瑟：弦乐器名。狂：疯狂，猛烈。㊲搷

(tián)：猛击。㊳宫：堂屋，房室。庭：堂前之地。㊴激楚：楚国的歌舞曲名，或谓指激烈的楚歌之声。㊵吴歈(yú)：吴地之歌。蔡讴：蔡地之歌。讴，歌唱，歌曲。㊶大吕：乐调名。㊷放陈：放，解开。陈，陈列。组：丝带。缨：系在颔下固定帽子的绳子。㊸妖玩：妖娆的女子。㊹结：舞者特殊的发式。㊺菎蔽(kūn bì)：一种竹制的赌博用具。象棋：象牙做的棋子。㊻六簙(bó)：古代一种棋戏，可用以赌博。㊼分曹：相对的两方。㊽道(qiú)：急迫。㊾枭：赌博游戏术语。牟：取。㊿五白：五颗骰子组成的赌博游戏。㈥犀比：犀角制的带钩，用作赌胜负的彩注。一说用犀角制成的赌具。㊷铿：象声词。簴(jù)：钟架。㊸揳(jiá)：原指抚，这里是弹奏。梓瑟：梓木所制之瑟。㊺错：在这指错镂雕饰的花纹。㊻结撰(zhuàn)：构思。至思：尽心思考。㊽假：至，到来。㊾赋：诵读，带有一定的韵律节奏。

【译文】

闾里家族聚会人都到齐了，饮食丰富多种多样。有稻谷稷麦，还掺杂金黄的粟米。苦的咸的酸的有滋有味，辣的甜的也都调和上了。肥牛的蹄筋，炖得酥烂扑鼻香。调和好酸味和苦味，端上来有名的吴国羹汤。清炖甲鱼火烤羊羔，再浇上新鲜的甘蔗糖浆。用酸味调天鹅肉用汁子烹制野鸭，另有滚油煎炸的大雁和鸧鸹。卤鸡配上大龟熬的肉羹，味道浓烈而不变质败坏。甜面饼和蜜米糕做点心，还加上很多糖饴食品。晶莹如玉的美酒掺和蜂蜜，斟满酒杯供人品尝。酒糟中榨出清酒再冰冻，饮来甘醇清凉可口。华美的酒具已经摆好，里面盛满玉液琼浆。回到以前居住的地方，众人礼敬有加没有障碍。丰盛的酒席还未上齐，舞女和乐队就列队登场。敲起钟来打起鼓，把新作的乐歌演奏演唱。唱罢《涉江》再唱《采菱》，更有《扬荷》一曲清扬。美人已经喝得微醉，红润的面庞更添红光。目光撩人脉脉注视，眼中秋波流转眉目传情。披着绣有花纹的轻柔花衫，雍容华贵而纷繁富丽。亮发修长，风采华艳，让人看了目眩神迷。十六名艺伎妆饰一致，跳着郑国的舞蹈。摆动衣襟像竹枝摇曳交叉，弯下身子轻柔舞蹈。吹竽鼓瑟狂热地合奏，敲击鼓声咚咚直响。宫殿院庭都惊动了，《激楚》歌声高昂凄清。吴国蔡国的歌曲合声共唱，奏着大吕乐曲声声相应。男女纷杂交错着坐下，位子散乱而不分彼此。解开绶带帽缨放一边，色彩斑斓纷乱杂陈。郑国卫国的妖娆女子，纷至沓来排列堂上。《激楚》舞姬发饰奇特，特别优美出色与众不同。摆出饰玉筹码和象牙棋，用来玩六簙棋游戏。分成两方对弈各自进子，厉声催促紧紧相逼。双双达到势均力敌，大呼五白求胜心急。晋国的犀角赌具聚集一方，一天光阴耗尽毫不在意。钟声铿锵钟架摇晃，抚弦再把梓瑟弹奏起。饮酒娱乐不肯停歇，沉湎其中日夜相继。兰花膏的明烛多明亮，华美的灯盏错彩镂金。精心构思殚思竭虑，以方洁兰花借喻斯人。众人竭尽才智，一起赋诗表达共同的心意。饮尽美酒尽情欢笑，让先祖故旧也心旷神怡。灵魂啊回来吧！快快返回你的故居。

【原典】

乱曰：献岁发春兮①，汨吾南征②，菉蘋齐叶兮白芷生③。路贯庐江兮左长薄④，倚沼畦瀛兮遥望博⑤。青骊结驷兮齐千乘⑥，悬火延起兮玄颜烝⑦。步及骤处兮诱骋先⑧，抑骛若通兮引车右还⑨。与王趋梦兮课后先⑩。君王亲发兮惮青兕⑪，朱明承夜兮时不可以淹⑫。皋兰被径兮斯路渐⑬。湛湛江水兮上有枫⑭，目极千里兮伤春心。魂兮归来哀江南⑮！

【注释】

①献：进。发春：春天来临。②汨(yù)：形容匆匆而行。③菉(lù)：通"绿"。苹：一种水草。齐叶：叶子繁茂。白芷：一种香草。④贯：通。庐江：江河名，洪兴祖《楚辞补注》云："庐江出陵阳东南，北入江。"谭其骧以为当指今襄阳、宜城界之潼水。春秋时，地为庐戎之国，因有此称。⑤倚：站立。沼：水池，水泽。畦：成块的田。瀛：大水。博：广阔空旷的原野。⑥青骊(lí)：青黑色的马。千乘：千辆马车，这里形容马车多。⑦悬火：夜间打猎驱兽时的火把。玄颜：黑里透红的面容，这里指天色。烝(zhēng)：上升。⑧步：徐行。骤：奔驰。处：歇止，停下。诱：引导，这里指打猎时的向导。⑨抑：抑制，停下。鹜：飞快地跑。若：顺畅，这里指进退自如。⑩梦：指云梦泽。这一带是楚国的大猎场，地跨大江南北。课：在这里是考核、比试的意思。⑪悍青兕：害怕射中青兕。兕，犀牛一类的野兽。楚人传说猎得青兕者会遭厄运。⑫朱明：指太阳。承：接续。淹：停留。⑬皋兰：水边兰草。渐：遮盖，淹没。⑭湛湛：形容水深而宽广的样子。⑮江南：指长江以南楚国土地。

【译文】

尾声：新年开始春天到来，我匆匆忙忙向南行。绿萍上长满了片片新叶，白芷萌生又吐出了新蕊。一路贯通穿越庐江，左边岸上是高大浓密的山林。沿着沼泽水田往前走，远远眺望旷野无垠。四匹青骊驾起一乘车，千乘马车并驾前行。举起火把蔓延燃烧，把黑色的夜空映照得黑里透红。步行的、奔跑的、停下的，狩猎的向导又当先驰骋。勒马纵马进退自如，又引车向右掉转车头胜利而还。我与君王一起驰向云梦泽，赛一赛谁的猎物更多。君王亲手发箭射猎物，却怕射中青兕惹灾祸。黑夜之后太阳破晓而出，时光迅速流逝不肯停。水边的兰草布满小路，这条路已遮没不可寻。清澈的江水潺潺流淌，岸上的枫叶很耀眼。纵目望尽千里之地，春色惹得人心发酸。灵魂啊回来吧，为这江南楚地哀叹！

大招

【题解】

"大招"也属于"招魂"类,与前一篇《招魂》一样,该篇的作者和招谁的魂,也一直存在争议。《大招》的作者,以王逸为代表的学者认为是屈原或景差所作,以林云铭为代表的学者认定是屈原所作,以朱熹为代表的学者认为是景差所作,而近代一些学者则认为是秦汉之际模拟之作。至于招谁之魂,也存在两种观点:一是认为是招屈原的魂,另一种认为是招楚怀王的魂。在内容上,本篇可分两部分,一是极力渲染四方的险恶,二是详尽描绘楚国故居之美,最后赞美楚国幅员辽阔、政治清明、国势强盛等,以诱使灵魂回归。

【原典】

青春受谢①，白日昭只②。春气奋发，万物遽只③。冥凌浃行④，魂无逃只。魂魄归来！无远遥只。

【注释】

①青春：春天，春季。谢：离去。受谢，是说春天承接着冬天离去。②昭：明媚，耀眼。只：语气词。③遽(jù)：竞相，竞争。④冥：幽冥，幽暗。凌：驰骋。浃(jiā)：湿透，这里指遍布。

【译文】

四季交替冬去春来，太阳是多么明媚灿烂。春天的气息蓬勃奋发，世间万物竞相生长。

幽冥之神驰骋于天地之间，魂灵也没有地方可以逃亡。魂魄归来吧！不要去遥远的地方。

【原典】

魂乎归来！无东无西，无南无北只。东有大海，溺水㴒㴒只①。螭龙并流②，上下悠悠只③。雾雨淫淫④，白皓胶只⑤。魂乎无东！汤谷宗只⑥。魂乎无南！南有炎火千里，蝮蛇蜒只⑦。山林险隘，虎豹蜿只⑧。鰅鳙短狐⑨，王虺骞只⑩。魂乎无南！蜮伤躬只⑪。魂乎无西！西方流沙，漭洋洋只⑫。豕首纵目⑬，被发鬤只⑭。长爪踞牙⑮，诶笑狂只⑯。魂乎无西！多害伤只。魂乎无北！北有寒山，逴龙艳只⑰。代水不可涉⑱，深不可测只。天白颢颢⑲，寒凝凝只。魂乎无往！盈北极只⑳。

【注释】

①溺水：这里指水深，容易沉溺万物。㴒㴒(yōu)：水流迅疾的样子。②螭(chī)龙：古代一种没有角的龙。并流：顺流而行。③悠悠：慢悠悠，形容游动、行走的样子。④淫淫：绵绵，形容连绵不断的样子。⑤皓胶：原指冰冻的样子，这里指烟雨蒙蒙，天地间白茫茫一片的样子。⑥汤

(yáng)谷：古代神话传说中的日出之地。汤谷，即旸谷。⑦蝮(fù)蛇：大蛇。蜒：形容长而弯曲的样子。⑧蜒：行走的样子。⑨鰅鱅(yú yōng)：神话传说中一种凶恶的鱼。短狐：传说中能含沙射人的动物。⑩虺(huǐ)：大毒蛇。骞：抬头，昂首。⑪蜮(yù)：即短狐。⑫漭(mǎng)洋洋：形容流沙满天、无边无际的样子。⑬豕(shǐ)首：猪头。纵：竖。⑭被：同"披"。鬤(ráng)：形容毛发散乱的样子。⑮踞牙：牙齿如锯的意思。踞，同"锯"。⑯诶(xī)：同"嬉"。狂：发狂。⑰逴(chuō)龙：即烛龙，神话传说中人面蛇身的怪物。赩(xì)：赤色。⑱代水：水名，大约是古代传说中的北方大河。⑲颢颢(hào)：闪光的样子，这里指冰雪照耀的样子。⑳盈：整个，全部。北极：北方至极至远之地，严寒之所在。

【译文】

魂啊归来吧！不要去东方和西方，也不要去南方和北方。东方有浩瀚大海，能沉溺万物。

没角的螭龙顺流而行，上上下下出波入浪。迷雾阵阵阴雨绵绵，天地间白茫茫一片。魂啊不要去东方！日出之地的旸谷杳无人迹岑寂空旷。魂啊不要去南方！南方有烈焰绵延千里，巨大的蝮蛇蜒蜒盘绕长又长。山林险峻狭隘，虎豹在那儿逡巡来往。又有怪鱼鰅鱅和含沙射影的短狐聚集害人，大毒蛇把头高扬。魂啊不要去南方！鬼蜮含沙射影把人伤。魂啊不要去西方！西方一片流沙，无边无际渺渺茫茫。那里的猪头妖怪眼睛竖着长，毛发散乱披在身上。

长长的爪子，锯齿般的牙，嬉笑中露出疯狂相。魂啊不要去西方！那儿有很多害人的东西。

魂啊不要去北方！北方有寒冷的冰山。烛龙身子通红闪闪亮。一条代水无法渡过，它的水深得无法测量。天空飞雪一片白茫茫，寒气凝结四面八方。魂啊不要前往！冰雪堆满整个北极多么荒凉。

【原典】

魂魄归来！闲以静只。自恣荆楚①，安以定只。逞志究欲②，心意安只。穷身永乐，年寿延只。魂乎归来！乐不可言只。

【注释】

①自恣：随心所欲。②逞：施展，称心。究：穷尽。

【译文】

魂魄归来吧！这里悠闲自在又安静。在荆楚大地上自在遨游，是多么的安定自在。万事如意随心所欲，无忧无虑心情舒畅。终身都能保持快乐，延年益寿得以长命。魂魄啊归来吧！这里的欢乐妙不可言。

【原典】

五谷六仞①，设菰粱只②。鼎臑盈望③，和致芳只④。内鸧鸽鹄⑤，味豺羹只⑥。魂乎归来！恣所尝只⑦。鲜蠵甘鸡⑧，和楚酪只⑨。醢豚苦狗⑩，脍苴莼只⑪。吴酸蒿蒌⑫，不沾薄只⑬。魂兮归来！恣所择只。炙鸹烝凫⑭，煔鹑陈只⑮。煎鰿臛雀⑯，遽爽存只⑰。魂乎归来！丽以先只⑱。四酎并孰⑲，不歰嗌只⑳。清馨冻饮㉑，不歠役只㉒。吴醴白糵㉓，和楚沥只㉔。魂乎归来！不遽惕只㉕。

【注释】

①仞：古代的长度单位，一仞为八尺。②设：陈列。菰（gū）粱：一种粮食，菰米，可煮食。③鼎：古代烹煮食物的器皿。臑（rú）：煮烂。盈望：到处都是。④和致芳：调和五味，使其芳香。⑤内：同"肭"，肥的意思。鸧（cāng）：黄鹂。鹄：天鹅。⑥味：调和味道。豺：兽名，俗称豺狗，犬科动物，形似狼，较瘦小，吠声如犬。⑦恣：任意，随心。⑧蠵（xī）：大龟。⑨酪：乳浆。⑩醢（hǎi）：肉酱。苦狗：加少许苦胆汁的狗肉。⑪脍：切细的肉，这里是切细的意思。苴莼（jū bó）：一种香草。⑫蒿蒌：香蒿，可食用。⑬沾：浓。薄：淡。⑭炙：烤。鸹（guā）：乌鸦。凫：野鸭。

⑮ 炪(qián)：把肉放入沸汤中烫熟。⑯ 鲭(jì)：鲫鱼。臛(huò)：肉羹。⑰ 遽爽：极其爽口。⑱ 丽：美味。⑲ 酎(zhòu)：醇酒。孰：同"熟"。⑳ 瑟噎(sè yì)：味涩刺激了咽喉。㉑ 冻饮：冰镇后饮之。㉒ 歠(chuò)：饮，喝。役：仆役，低贱之人。㉓ 醴：甜酒。白蘖(niè)：酿酒的米曲。㉔ 沥：清酒。㉕ 遽：同"惧"。

【译文】

这里的五谷粮食高高地堆积，桌上摆放着菰米饭。鼎中煮熟的肉食满眼都是，调和五味使其更加散发芳香。肥美的鸧、鸽子、天鹅，调和着鲜美的豺狗肉羹。魂魄归来吧！请任意品尝各种食品。新鲜甘美的大龟，可口的肥鸡，调和了楚国的乳酪。乳猪做成的肉酱和略带苦味的狗肉，再加点切细的香菜茎放在里面。吴人腌制的蒿菜蒌菜，吃起来不浓不淡味道正好。魂魄归来吧！请任意选择素蔬荤腥。火烤乌鸦清蒸野鸭，烫熟的鹌鹑摆在案头。煎炸鲫鱼炖煨山雀，爽口味美让你口齿留香。魂魄归来吧！美味先来尝上一口。四重酿制的美酒好了，喝起来不涩口也没有刺激性。酒味清香最宜冰镇后再饮，不能让仆役们偷喝。吴国的甜酒曲酿制，再把楚国的清酒掺进。魂魄归来吧！不要恐惧害怕，不要有戒惧之心。

【原典】

代秦郑卫①，鸣竽张只②。伏戏《驾辩》③，楚《劳商》只。讴和《扬阿》④，赵箫倡只。魂乎归来！定空桑只⑤。二八接舞⑥，投诗赋只。叩钟调磬⑦，娱人乱只⑧。四上竞气⑨，极声变只⑩。魂乎归来！听歌譔只⑪。朱唇皓齿，嫭以姱只⑫。比德好闲⑬，习以都只⑭。丰肉微骨，调以娱只⑮。魂乎归来！安以舒只。嫮目宜笑⑯，娥眉曼只⑰。容则秀雅⑱，稺朱颜只⑲。魂乎归来！静以安只。姱修滂浩⑳，丽以佳只。曾颊倚耳㉑，曲眉规只。滂心绰态㉒，姣丽施只。小腰秀颈，若鲜卑只㉓。魂乎归来！思怨移只㉔。易中利心㉕，以动作只。粉白黛黑㉖，施芳泽只㉗。长袂拂面，善留客只。魂乎归来！以娱昔只㉘。青色直眉㉙，美目媔只㉚。靥辅奇牙㉛，宜笑嘕只㉜。丰肉微骨，体便娟只㉝。魂乎归来！恣所便只。

【注释】

①代秦郑卫：原指当时的四个国家，这里指代、秦、郑、卫四国的音乐。②竽：一种管乐器的名称。张：张开，这里指音乐奏起。③伏戏：指神话传说中的远古帝王伏羲。《驾辩》：乐曲的名称。④讴：清唱。《扬阿》：古代楚地歌曲名，即《阳阿》。⑤定：调整。空桑：瑟名。⑥二八：女乐两列，每列八人。接：连。接舞，指舞蹈此起彼伏。⑦磬（qìng）：古代的一种打击乐。⑧乱：这里指狂欢。⑨四上：指前文代、秦、郑、卫四国音乐。竞气：竞相争奇斗艳。⑩声变：乐曲的曲折变化。⑪譔（zhuàn）：陈述，表述。⑫嫭（hù）：美丽。姱（kuā）：美丽。⑬比德：指众女之才艺不分上下。好闲：指性情温和喜欢安静。⑭习：娴熟，指熟悉礼仪。都：指仪态大方。⑮调：性情和顺。⑯嫮（hù）：同"嫭"，美好的意思，这里用来形容眼睛。⑰娥眉：细而长的眉毛。⑱容：仪容，容态。则：举止，行为。⑲稺（zhì）：同"稚"，幼小。朱颜：面色红润。⑳姱修：美丽修长。滂浩：广大的样子，这里指身体健美壮实。㉑曾颊：指面部丰满。曾，重。倚耳：指两耳贴后，这里指生得很匀称、俊俏。㉒滂心：心意广大，指经得起调笑嬉戏。㉓鲜卑：一种束在腰间的带子。㉔思怨移：消除、忘怀忧怨的意思。㉕易中利

心：内心正直温和。中、心，指内心而言。易，轻易，不坚实。㉖粉：脂粉。黛：古代女子用于画眉的青黑色颜料。㉗泽：膏脂。㉘昔：一本作"夕"，夜晚。㉙青色：指用黛青描画的眉毛。直眉：双眉相连。㉚嫣（mián）：形容眼睛美好的样子。㉛靥辅：脸颊上的酒窝。奇牙：齐而好的牙。㉜嘕（xiān）：笑的样子。㉝便（pián）娟：形容体态轻盈美好的样子。

【译文】

代、秦、郑、卫四国的音乐响起，竽管齐鸣吹奏响亮。有伏羲氏的乐曲《驾辩》，还有楚地的乐曲《劳商》。一起清唱起《扬阿》这支歌，由赵国洞箫先吹响。魂魄啊归来吧！请调理好宝瑟的旋律。两列美女轮流起舞，舞步与歌词的节奏相配合。敲起钟，调好磬，演奏到歌曲末章，人们欢快无比。各国的音乐依次演奏，乐曲变化多端详尽周详。魂魄啊归来吧！来欣赏各种舞乐歌唱。美人们唇红齿白，容貌倩丽实在漂亮。品德不相上下，性情美好娴静，仪态雍容高雅熟悉礼仪。肌肉丰腴骨骼纤细，舞姿优美令人神怡心旷。魂魄啊归来吧！你会感到安乐舒畅。美目秋波流转浅笑盈盈，娥眉娟秀又细又长。容貌模样俊美娴雅，细嫩的面庞红润光滑。魂魄啊归来吧！你会感到宁静安详。美艳的姑娘体态修长，秀丽佳妙仪态万方。面额饱满耳朵匀称，弯弯的眉毛似用圆规描样。心胸宽广体态绰约，姣艳美丽尽情展现。腰肢细小脖颈纤秀，就像用鲜卑带约束过一样。魂魄啊归来吧！相思的幽怨会转移遗忘。她们心思敏捷内心沉静，动作优美举止端庄。白粉敷面青黛画眉，再把香脂涂上。长长的袖子轻轻拂过你的面颊，殷勤待客热情大方。魂魄啊归来吧！晚上还可以娱乐一场。黑色的直眉，美丽的眼睛逸彩流光。迷人的酒窝整齐的牙齿，嫣然一笑妩媚动人。肌肉丰满骨骼纤细，体态轻盈翩然来往。魂魄啊归来吧！随意行事，你喜欢怎么样就怎么样。

【原典】

夏屋广大①，沙堂秀只②。南房小坛③，观绝霤只④。曲屋步壛⑤，宜扰畜只⑥。腾驾步游，猎春囿只⑦。琼毂错衡⑧，英华假只⑨。苾兰桂树⑩，郁弥路只⑪。魂乎归来! 恣志虑只。孔雀盈园，畜鸾皇只⑫! 鹍鸿群晨⑬，杂鶖鸧只⑭。鸿鹄代游⑮，曼鹔鹴只⑯。魂乎归来! 凤凰翔只。

【注释】

①夏屋：高大的屋子。夏，同"厦"，大屋子。②沙堂：用朱砂涂饰成红色的殿堂。沙，丹砂，又称朱砂，是一种红色的矿物。③房：殿堂左右侧室。小坛：小庭院。④观：眺望用的楼。绝霤（liù）：超过屋檐，形容楼高。⑤曲屋：深邃幽隐的屋室。步壝（yán）：长廊。壝，同"檐"。⑥扰畜：驯养马畜。⑦囿（yòu）：驯养牲畜的园子。⑧琼毂（gǔ）：以玉装饰的毂（车轮中心的圆木）。错衡：车上纹饰华美的横木。⑨英华：华美。假：大。⑩苾兰：一种草本植物。⑪郁弥：到处都是郁郁葱葱。⑫鸾：古代传说中的一种神鸟。皇：通"凰"，古代传说中的鸟王。雄的叫"凤"，雌的叫"凰"。⑬鹍（kūn）：鹍鸡。群晨：清晨时分一起飞翔鸣叫。⑭鶖（qiū）：水鸟名，据传似鹤而大，青苍色。⑮代：更替，轮流，这里有来来往往的意思。⑯曼：同"漫"，连绵不断。鹔鹴（sù shuāng）：水鸟名，雁的一种。

【译文】

这里的房屋又宽又大，朱砂装饰的殿堂明秀清妍。南面的厢房有庭院，观望楼高耸超过了正方屋檐。幽深的屋宇有狭长的走廊，适合驯养牲畜。或驾车或步行一起出游，射猎场在春天的囿园。玉饰的车毂装饰华美的车衡，光彩夺目么亮丽鲜艳。苾兰桂树，郁郁葱葱布满在路上。魂魄啊归来吧! 顺随你的意愿，任你游玩。羽毛鲜艳的孔雀满园都是，还养着稀世的凤凰青鸾。鹍鸡鸿雁在清晨一起飞翔鸣叫，水鹜的鸣声夹杂其间。鸿鹄在池中游来游去，鹔鹴戏水连绵不断。魂魄啊归来吧! 看凤凰正飞翔在天空。

【原典】

曼泽怡面①，血气盛只。永宜厥身②，保寿命只。室家盈廷③，爵禄盛只。魂乎归来! 居室定只。接径千里④，出若云只。三圭重侯⑤，听类神只⑥。察笃夭隐⑦，孤寡存只⑧。魂兮归来！正始昆只⑨。田邑千畛⑩，人阜昌只⑪。美冒众流⑫，德泽章只。先威后文，善美明只。魂乎归来！赏罚当只。名声若日，照四海只⑬。德誉配天，万民理只。北至幽陵⑭，南交阯只⑮。西薄羊肠⑯，东穷海只。魂乎归来！尚贤士只。发政献行⑰，禁苛暴只。举杰压陛⑱，诛讥罢只⑲。直赢在位⑳，近禹麾只㉑。豪杰执政㉒，流泽施只。魂乎来归！国家为只。雄雄赫赫㉓，天德明只㉔。三公穆穆㉕，登降堂只㉖。诸侯毕极，立九卿只㉗。昭质既设㉘，大侯张只㉙。执弓挟矢，揖辞让只㉚。魂乎来归！尚三王只㉛。

【注释】

①曼泽：形容面色细腻润泽的样子。②宜：舒适健康。厥身：其身的意思。③室家：指宗族。盈廷：充满朝廷。④接径：道路相连，四通八达。千里：方圆千余里，泛指疆域广袤。⑤三圭：古代的公执桓圭、侯执信圭、伯执躬圭，简称公、侯、伯。三圭重侯指国家的重臣。⑥听类神：听察精审，类似于神明。听，听审诉讼。⑦笃：通"督"，察。夭：未成年而死，短命。隐：处境困苦。⑧孤：本指幼而无父，引申为孤独之义。寡：本指老而无依，引申为孤独义。存：抚恤，慰问。⑨始昆：先后。⑩畛(zhěn)：田间的道路。⑪阜昌：形容人口众多。⑫美：指美善的教化。冒：覆盖、遍及，这里有溥及众生的意思。⑬四海：偏远地区，蛮荒之地。⑭幽陵：地名，在今辽宁南部一带。⑮交阯：地名，在今两广一带，也作"交趾"。⑯羊肠：地名，在今陕西西北部一带。⑰献行：进献治国良策。⑱举杰压陛：推举俊杰，使其立于高位。压：立。⑲诛：惩罚、责退。讥：受人讥刺指责。罢(pí)：同"疲"，疲软，这里指能力有限，不能胜任工作的人。⑳直赢：正直有才，能力有余的人。㉑近禹麾：亲附明君，听从指挥的意思。㉒豪：卓越的人物。㉓雄雄赫赫：指国家声势强盛。㉔天德：德行能比天，指德行高。㉕穆穆：指和睦互相尊重的样子。㉖登降：上下，此指出入。堂：指朝廷。㉗九卿：九个掌握国家大权的长官。㉘昭质：箭靶的中心。㉙大侯：大幅的布制的箭靶。㉚揖辞让：古代射礼，射者执弓挟矢以相揖，又相辞让，而后升射。

㉛三王：指夏禹、商汤、周文王。

【译文】

　　润泽的脸上布满笑容，血气充盛十分康健。身心永远安适康健，保证长命益寿延年。宗族成员布满朝廷，享受爵位俸禄盛况空前。魂魄啊归来吧！安居的住所已经安排妥当。这里的道路四通八达，绵延千里，迎接的人们多如浮云舒卷。公侯伯子男诸位大臣，听察精审有如天神明鉴。体恤厚待夭亡疾病之人，慰问孤儿寡妇送温暖。魂魄啊归来吧！分清先后施政行善。楚国的田地城邑阡陌纵横，人口众多繁荣昌盛。美政教化普及广大人民，德政恩泽昭彰辉映。先施威严后行仁政，这样就能既美好又光明。魂魄啊归来吧！楚国赏罚适当。名声就像辉煌的太阳一般，照耀四海光焰腾腾。功德荣誉上能与天相媲美，天下万民都得到治理。

　　北方到达幽陵之域，南方直抵交趾之境。西方接近羊肠之城，东方直抵大海之滨。魂魄啊归来吧！这里尊重贤德之人。君王发布政令进献良策，禁止苛政暴虐百姓。推举俊杰坐镇朝廷，罢免责罚庸劣之臣。正直有才者居于高位，听从圣明君主的指挥。才华出众的臣子掌握政权，德泽遍施百姓感恩。魂魄啊归来吧！国家得到了治理呀。楚国的威势雄壮烜赫，德行清明比上天。三公和睦互相尊重，上上下下出入朝廷。各地诸侯都已到达，辅佐君王再设立九卿。箭靶中心设好了，大幅的箭靶也已挂定。射手们一个个持弓挟箭，相互揖让谦逊恭敬。

　　魂魄啊归来吧！崇尚效法前代的三位明君。

惜誓

【题解】

　　本篇作者不详，或谓汉贾谊作。关于"惜誓"的意思，王逸说："惜者，哀也。誓者，信也，约也。言哀惜怀王与己信约而背之也。"认为是贾谊代屈原抒情和叙事。诗中先是描写了屈原离开楚国时的盛大场面，接着写他誓死远离浊世的意志，最后对世俗的黑暗进行了剖析和批判，以此表达对屈原之死的哀悼和痛惜。

【原典】

　　惜余年老而日衰兮①，岁忽忽而不反②。登苍天而高举兮③，历众山而日远。观江河之纡曲兮④，离四海之沾濡⑤。攀北极而一息兮，吸沆瀣以充虚⑥。飞朱鸟使先驱兮⑦，驾太一之象舆⑧。苍龙蚴虬于左骖兮⑨，白虎骋而为右騑⑩。建日月以为盖兮⑪，载玉女于后车⑫。驰鹜于杳冥之中兮，休息虖昆仑之墟⑬。乐穷极而不厌兮，愿从容乎神明。涉丹水而驰骋兮⑭，右大夏之遗风⑮。黄鹄之一举兮⑯，知山川之纡曲。再举兮，睹天地之圜方⑰。临中国之众人兮⑱，讬回飙乎尚羊⑲。乃至少原之壄兮⑳，赤松王乔皆在旁㉑。二子拥瑟而调均兮㉒，余因称乎清商㉓。澹然而自乐兮㉔，吸众气而翱翔㉕。念我长生而久仙兮，不如反余之故乡。

【注释】

　　①惜：哀伤，悲叹。②忽忽：匆匆，迅速。反：通"返"，返回，形容时间一去不再来。③高举：离开尘世，高飞。举，飞。④观：观察，这里指从高处往下俯瞰。纡（yū）曲：迂回曲折。⑤离：通"罹"，遭遇。沾濡（rú）：沾湿。⑥沆瀣（hàng xiè）：夜间的露水。充虚：充饥。⑦朱鸟：即朱雀，星宿名，南方七宿（井、鬼、柳、星、张、翼、轸）之总称。⑧太一：神仙名，据说是天神中最尊贵的神。象舆：用象牙装饰的车。⑨苍龙：即青龙，星宿名。蚴虬（yòu qiú）：龙形弯曲的样子。左骖（cān）：驾在车两旁的两马叫骖，此指左边的骖马。⑩白虎：星宿名，西方七宿（奎、娄、胃、昴、毕、觜、参）之总称。右騑（fēi）：即右骖，右边的骖马。⑪盖：指车盖。⑫玉女：即女宿，二十八宿之一，为玄武七宿（斗、牛、女、虚、危、室、壁）之第三宿。⑬昆仑：即昆仑山，神话传说中的神山。⑭丹水：神话传说中的水名，即赤水，昆仑以南的地方。⑮右：指丹水西北边。大夏：神话传说中的地名。⑯黄鹄：即鸿鹄，这里喻指主人公。⑰圜（yuán）方：天圆地方，代指天地。⑱中国：指中原。⑲回飙：回风，旋风。尚羊：通"徜徉"，安闲漫步。⑳少原：神话中的地名，神仙居住的地方。㉑赤松王乔：即赤松子、王子乔，古

代传说中的两位神仙。㉒调均(yùn)：调弦。调，调弄，拨弄。均，调音之器。㉓称：弹奏。清商：歌曲曲调名称。㉔澹然：悠然自得的样子。㉕众气：即阴、阳、风、雨、晦、明六气。

【译文】

哀叹我年老日渐衰弱，岁月匆匆一去不复返。登上苍天我要高高飞翔，飞越群山离故国越来越远。俯瞰长江黄河迂回曲折，四海风浪沾湿衣衫。攀上北极星稍稍休息，吸北方清和之气以充实身体之空虚。命令朱雀神鸟为我开路，乘坐象牙雕饰的车子稳稳行驶。苍龙蜿蜒驾为左骖，白虎奔驰骖驾在右翼。让圆圆的日月做车盖，车后载着娴娜的天宫神女。在旷远幽暗的空中奋勇驰骋，在高峻的昆仑山上休养生息。欢乐达到极点毫不厌倦，愿意伴随神仙逍遥游乐。渡过赤水继续向前驰骋，看到大夏仙境的遗风古迹。黄鹄展翅高飞在天，就看见高山大河迂曲回肠。黄鹄直上云霄凌空飞翔，便望见整个天下。俯视中原大地芸芸众生，腾驾旋风四处漫游。来到仙人的所居之处，见到赤松子和王乔。二位仙人拥瑟调理丝弦，我来弹奏清商曲调。我感到心神安适而自得快乐，吸饮天地六气自由翱翔。虽可长生不老永为神仙，却不如回到自己的故乡。

【原典】

　　黄鹄后时而寄处兮①，鸱枭群而制之。神龙失水而陆居兮②，为蝼蚁之所裁③。夫黄鹄神龙犹如此兮，况贤者之逢乱世哉④！寿冉冉而日衰兮⑤，固儃回而不息⑥。俗流从而不止兮，众枉聚而矫直⑦。或偷合而苟进兮⑧，或隐居而深藏⑨。苦称量之不审兮⑩，同权概而就衡⑪。或推迻而苟容兮⑫，或直言之谔谔⑬。伤诚是之不察兮⑭，并纫茅丝以为索⑮。方世俗之幽昏兮⑯，眩白黑之美恶⑰。放山渊之龟玉兮⑱，相与贵夫砾石。梅伯数谏而至醢兮⑲，来革顺志而用国⑳。悲仁人之尽节兮㉑，反为小人之所贼㉒。比干忠谏而剖心兮㉓，箕子被发而佯狂㉔。水背流而源竭兮，木去根而不长。非重躯以虑难兮㉕，惜伤身之无功㉖。

【注释】

　　①后时：错过时机。寄：栖息。②神龙：传说中可以兴风唤雨的水中灵物。陆居：神龙到了陆地上，神异全失，喻指贤者失势。③蝼蚁：这里喻指小人。裁：裁制，侵害。④贤者：指屈原。乱世：指贤愚不分、忠奸不辨、政治混乱的局面。⑤寿：年寿，生命。冉冉：渐渐，慢慢，形容年华日渐老去。⑥儃（chān）回：运转。⑦枉：邪曲。矫：矫正。⑧偷合：互相勾结，苟且取容。苟进：不择手段地追求爵禄。苟，随便，苟且。进，晋升。⑨深藏：不出世，不参与政事。⑩称：指衡量事物的轻重。这里指辨别贤愚、忠奸。审：辨别，详察。⑪权：权衡。概：斗概，平斗之器。衡：平。王逸《楚辞章句》："言患苦众人称物量谷不知审其多少，同其称平，以失情实，则使众人怨也。以言君不称量士之贤

愚而同用之，则使智者恨也。"⑫推迻(yí)：与世推移，随波逐流。苟容：苟且见容于世，即苟且偷生。⑬谔谔(è)：形容直言的样子。⑭诚是：忠诚与正义。不察：不分辨。⑮并纫茅丝以为索：把茅草和丝线合在一起搓成绳索。比喻不辨忠奸。纫，合丝为绳曰纫。茅，比喻小人。丝，比喻忠诚之士。索，绳索。⑯幽昏：黑暗不明。这里喻指是非不分，美丑不辨。⑰眩：眼花，迷惑。⑱放：放弃，抛弃。龟玉：乌龟和玉石。乌龟因为能占卜，所以被称为神物。龟玉指十分珍贵的东西，暗指忠贤之士。⑲梅伯：殷纣王时诸侯，因为直谏为纣王所杀。⑳来革：殷纣之佞臣，即恶来。顺志：顺从迎合君王意图。用国：掌权。㉑尽节：指梅伯尽忠谏之节。㉒贼：残害。㉓比干：殷纣王叔父，因直言敢谏被纣王剖心而死。㉔箕(jī)子：殷纣王伯父，见比干被剖心，便假装疯掉逃亡。佯：假装。㉕重躯：重视身躯，爱惜性命。㉖无功：没有效果。功，功用，效绩。

【译文】

黄鹄错过了时机栖息在了山林，被猫头鹰群起而攻之。神龙若离开水而上岸啊，就会被受制于蝼蛄和蚂蚁。黄鹄神龙尚且如此啊，何况贤者遭逢乱世！我年纪渐老身体日益衰弱，岁月流逝而不停息。世俗人不停地随波逐流，从众以直为枉，以枉为直。有的人苟且偷生贪求升迁，有的人隐居深山避世不出。君王不辨忠奸，混同两者用同一度量权衡。有的人随风使舵苟合谄媚，有的人刚正无私直言敢谏。悲伤的是君王如此善恶不分，把茅草和丝线揉在一起拧成绳索。当今世俗已然混乱不堪，混淆是非黑白美恶不辨。神龟美玉被抛弃在山中，反把破石块当宝贝称赞。梅伯多次劝谏竟被剁成肉酱，来革阿谀顺从却掌握大权。悲痛仁人志士尽忠尽节，反被无耻小人陷害暗算。比干忠言直谏却被剖心，箕子披散头发佯装癫狂。

河水背离源头就会枯竭，树木失去树根便不能生长。我并不是看重性命害怕祸难，只是哀痛没有为国建功立业。

【原典】

已矣哉！独不见夫鸾凤之高翔兮①，乃集大皇之壄②。循四极而回周兮③，见盛德而后下④。彼圣人之神德兮⑤，远浊世而自藏。使麒麟可得羁而系兮⑥，又何以异乎犬羊⑦？

【注释】

①独不见：反问句，难道没看见。鸾凤：传说中很吉祥的鸟，这里暗指忠贤之人。②集：很多。大皇：古代传说中的荒凉之地。③循：沿着，顺着。四极：天上四方最高的地方。回周：徘徊，周游。④盛德：大德，这里指英明的君主。⑤神德：超凡的品德。⑥麒麟：传说中的神兽，这里喻指贤能之士。羁、系：都是拴结、钩系的意思。⑦犬羊：狗与羊，喻指与麒麟相对的世俗凡物。

【译文】

算了吧！难道没看见那鸾凤高高飞翔，群集在旷远的偏僻荒凉之处。它们回旋飞行四方纵观天下，看见大德之人才肯下降。那圣人具有超凡的品德，能远离浊世把自己隐藏。如果神兽麒麟被拴住关在笼子里，那与俗物犬羊又有什么区别！

招隐士

【题解】

　　"招隐士",即招募隐居贤才之意。关于本篇作者,有两种说法,一种认为是淮南小山,另一种则认为是淮南王刘安。而淮南小山正好又是淮南王刘安的门客。诗中采用铺写手法,反复陈说山中的艰苦险恶,劝告隐居的贤德俊杰早日回归。全篇感情浓郁,意味深长,音节和谐,是具有深远意境的抒情佳作。

【原典】

桂树丛生兮山之幽①，偃蹇连蜷兮枝相缭②。山气茏葱兮石嵯峨③，溪谷崭岩兮水曾波④。猨狖群啸兮虎豹嗥⑤，攀援桂枝兮聊淹留。王孙游兮不归⑥，春草生兮萋萋⑦。

【注释】

①桂树：植物名，即木犀，又称白华。②偃蹇：树的姿态屈曲而美好的样子。连蜷（quán）：弯曲茂盛的样子。缭：缭绕，缠绕，纠缠在一起。③山气：山间的流岚雾气。茏葱（lóng zōng）：云气迷蒙。嵯峨（cuó é）：山势高峻。④崭岩：险峻的样子。曾：层。⑤狖：长尾猿。嗥（háo）：咆哮。⑥王孙：王孙贵族，这里指隐士。⑦萋萋：草木茂盛。

【译文】

桂树丛生遍布深山幽谷，枝条弯弯纠结缠绕在一起。山中云雾弥漫石峰高耸，溪涧险峻溪水激起层层高波。虎豹吼叫群猿悲啼，攀援桂枝瞭望停留。隐士久留深山不愿归

来,满山遍野啊春草萋萋。

【原典】

岁暮兮不自聊①,蟪蛄鸣兮啾啾②。坱兮轧③,山曲岪④,心淹留兮恫慌忽⑤。罔兮沕⑥,憭兮栗⑦,虎豹穴,丛薄深林兮人上慄⑧。嵚岑碕礒兮碅磳磈硊⑨,树轮相纠兮林木茇骫⑩。青莎杂树兮薠草靃靡⑪,白鹿麇麚兮或腾或倚⑫。状皃崟崟兮峨峨⑬,凄凄兮漇漇⑭。猕猴兮熊罴⑮,慕类兮以悲⑯。攀援桂枝兮聊淹留,虎豹斗兮熊罴咆⑰,禽兽骇兮亡其曹。王孙兮归来! 山中兮不可以久留。

【注释】

①岁暮:岁末。聊:依赖,依靠。②蟪蛄(huì gū):蝉的一种。啾啾:鸣叫声。③坱(yǎng)兮轧:即坱轧,云气浓厚广大的样子。④曲岪(fú):山势曲折盘纡的样子。⑤恫(dòng)慌忽:忧思深,痛苦迷茫的样子。⑥罔兮沕(hū):失神落魄的样子。⑦憭兮栗:惊恐战栗的样子。⑧慄:惊恐,战栗。⑨嵚(qīn)岑:山势高险。碕礒(qí yǐ):形容山石堆垒不平的样子。碅磳(jūn zēng):山石险峻。磈硊(kuǐ guì):奇形怪状的石头。⑩轮:树枝。茇骫(bá wěi):枝条盘纡的样子。⑪青莎(suō):草名,一种草本植物。薠(fán)草:草名。靃靡(huò mí):草木柔弱、随风飘拂的样子。⑫白鹿:传说中的神鹿。麇(jūn):同"麇",即獐子。麚(jiā):公鹿。⑬皃崟崟(mào yín yín):山势高峻的样子,这里指鹿角高耸。峨峨:形容鹿角高而奇特的样子。⑭凄凄:水珠往下流的样子。漇漇(xǐ):沾湿。⑮熊罴(pí):猛兽,熊的一种。⑯慕:羡慕,这里引申为怀念。⑰咆:吼叫。

【译文】

转眼岁末孤苦伶仃,满耳夏蝉哀鸣声急。山中云遮雾盖,深山盘曲险阻,心意彷徨忧思迷茫。意志消沉,惊恐战栗,虎豹洞口丛林遍布,战战兢兢魂不附体。怪石林立山势险峻,树林枝干纠结林木纵横,青莎薠草随风舞动。

成群的野鹿和獐子跳跳停停。头上的犄角高高耸立，水珠下滴光泽如洗。失群的猴子和熊罴，呼唤同伴声声悲啼。攀山登树隐居在这里，虎豹争斗熊罴咆哮，吓得飞禽走兽四散逃走。隐士啊回来吧，山中险恶不可久留！

七谏

【题解】

《七谏》由七篇短诗组成,"谏"是规劝的意思。关于《七谏》的作者或题旨,王逸在《楚辞章句》中做了解释:"《七谏》者,东方朔之所作也。谏者,正也,谓陈法度以谏正君也。古者,人臣三谏不从,退而待放。屈原与楚同姓,无想去之义,故加为《七谏》,殷勤之意,忠厚之节也。或曰:《七谏》者,法天子有争臣七人也。东方朔追悯屈原,故作此辞,以述其志,所以昭忠信、矫曲朝也。"然班固对此有不同意见,认为《七谏》未必是东方朔作品。但不管作者是谁,《七谏》都无疑是一篇佳作。

《七谏》由《初放》《沉江》《怨世》《怨思》《自悲》《哀命》《谬谏》七首短诗组成,表面上是在写屈原忠而被谤、信而见疑、无辜放逐、终而投江的悲剧的一生,实际上是在表达作者本人怀才不遇、愤世嫉俗的心境,同时也反映了当时的社会现实。

初放

【题解】

《初放》是《七谏》的首篇。诗中先写了屈原刚被流放时的情形，交代了屈原被流放的原因，然后又写了屈原被放逐初期的情感状态及其对时事的基本立场。作者怀着悲愤的心情写作本篇，抨击楚王昏庸、群小营私、斥逐鸿鹄、近习鸱枭的黑暗政治，坚持独立的"宁为玉碎，不为瓦全"的信念。"窃怨君之不寤兮，吾独死而后已"，表明他绝不与世俗同流合污的态度。作为《七谏》的序幕，奠定了《七谏》悲愤和誓死抗争的感情基调。

【原典】

平生于国兮①，长于原壄②。言语讷涩兮③，又无强辅④。浅智褊能兮⑤，闻见又寡。数言便事兮⑥，见怨门下⑦。王不察其长利兮⑧，卒见弃乎原壄。伏念思过兮⑨，无可改者。群众成朋兮⑩，上浸以惑⑪。巧佞在前兮⑫，贤者灭息⑬。尧舜圣已没兮，孰为忠直？高山崔巍兮⑭，水流汤汤⑮。死日将至兮，与麋鹿同坑⑯。塊兮鞠⑰，当道宿⑱。举世皆然兮，余将谁告？斥逐鸿鹄兮⑲，近习鸱枭⑳。斩伐橘柚兮㉑，列树苦桃㉒。便娟之修竹兮㉓，寄生乎江潭㉔。上葳蕤而防露兮㉕，下泠泠而来风㉖。孰知其不合兮，若竹柏之异心㉗。往者不可及兮㉘，来者不可待㉙。悠悠苍天兮，莫我振理㉚。窃怨君之不寤兮㉛，吾独死而后已。

【注释】

①平：屈原的名。本篇是作者假托屈原的口气进行抒情，故自称名，且为

下文作谦语。国：国都。②长：这里是长期在……生活的意思。原壄(yě)：即原野。壄，同"野"。③讷涩：比喻说话口吃不流利。④强辅：强有力的辅助，指有势力的朋党。⑤褊(biǎn)：《楚辞章句》："褊，狭也。"引申为薄弱，这里指能力有限。⑥数(shuò)：屡次。便事：有利于君国的事情。⑦门下：指君王左右的近臣。⑧长利：长远的利益。⑨伏念：暗自思考。伏，自谦之辞。⑩群众：指众多谗佞之人。成朋：结党营私。⑪浸：稍，渐渐。⑫巧、佞：皆有巧言善辩的意思，这里指善于阿谀、进谗言之人。⑬灭息：没有声息，不敢说话。⑭崔巍：形容山高，又作"崔嵬"。⑮汤汤(shāng)：形容水势浩大的样子。⑯坑：同"坑"，水坑。与麋鹿同坑，即在荒野与禽兽为伍的意思。⑰块(kuài)：同"块"，这里是独处、孤独的意思。鞠：躺在地上。⑱当道宿：在路上栖宿、歇脚，形容处境艰难。⑲鸿鹄：天鹅，这里比喻贤良君子。⑳习：狎，亲近。鸱枭：恶鸟，这里比喻奸佞小人。㉑橘柚：美木。柚，一种常绿乔木，果实即柚子，较橘为大。㉒树：栽种。苦桃：恶木。㉓便(pián)娟：秀美。修竹：修长的竹子。修，长而高。㉔江潭：江边。㉕葳蕤(wēi ruí)：草木繁盛。防：遮盖。㉖泠泠(líng)：清凉的样子。㉗竹柏之异心：比喻自己与君王观念、意见不合。这里作者以竹自喻，以柏比喻君王。㉘往者：指以前能辨别忠良的圣贤君王。㉙来者：这里指未来贤明的君王。㉚振理：拯救，辨别。㉛窃怨：暗地里、私下埋怨。寤：醒悟。

【译文】

我屈原生长在楚国国都，如今却遭流放在原野。说话木讷，又没有强大势力在旁辅助。我才智疏浅能力薄弱，孤陋寡闻又见识少。多次进言利国利君之策，谁料想惹怒小人招来灾祸。君王不能辨识国家的长远利益，听信谗言将我放逐到僻壤荒野。暗自思考自己有无过失，实无一丝差错可改过。谗佞小人拉帮结伙成朋党，君王渐被欺蒙受迷惑。阿谀小人花言巧语在君前，贤良忠直之士只能缄口不言。尧舜那样的圣君早已没有了，忠正良臣为谁尽忠尽节？高山巍峨耸立，江水浩荡永流不止。我死日将至，在荒野与禽兽相伴。孤独潦倒颓然倒地，晚上在路上栖息。全天下都是小人得势、贤人遭殃，我心中的冤情向谁诉说。他们赶走瑞鸟鸿鹄，却亲近恶鸟鸱枭。橘柚佳树被砍伐，却一排排栽植苦桃恶木。可叹那美好修长的翠竹，只能孤零零在江边生长。上面有繁茂的枝叶防露，下面有清凉的微风驱暑。谁知道我与君王不合，就像那实心的柏木、空心的竹。从前的贤君无法追及，未来的英主又等不及相见。悠悠的苍天啊高高在上，你为何不拯救我。暗自怨恨君王终不觉悟，我只有独自保持节操死而后已。

沉江

【题解】

《沉江》是《初放》篇的延伸，描述了屈原自投汨罗江前的心理挣扎和痛苦反思，充满了悲壮和哀怨的意味。诗中首先列举大量史实说明朝代兴衰的关键是国君的贤明善任，同时对楚国的现实进行了批判，表达了屈原对君王失政的痛心，展示了他既忠君又怨恨君王不悟的悖谬处境，表明了沉江的缘由和决心，呈现了屈原爱憎分明的精神世界。

【原典】

惟往古之得失兮，览私微之所伤①。尧舜圣而慈仁兮②，后世称而弗忘。齐桓失于专任兮③，夷吾忠而名彰④。晋献惑于骊姬兮，申生孝而被殃⑤。偃王行其仁义兮⑥，荆文寤而徐亡⑦。纣暴虐以失位兮，周得佐乎吕望⑧。修往古以行恩兮⑨，封比干之丘垄⑩。贤俊慕而自附兮⑪，日浸淫而合同⑫。明法令而修理兮⑬，兰芷幽而有芳⑭。

【注释】

①私：亲近。微：贱，指佞逸小人。伤：伤害。②慈仁：善良仁爱。

③专任：任用佞臣，使之专权。④夷吾：齐桓公相管仲名夷吾，字仲。名彰：名声彰显。⑤申生：春秋时晋献公太子。献公听信骊姬谗言，把他逼死。⑥偃王：周穆王时的徐偃王。⑦荆文：荆，楚国。文，楚文王。徐亡：《楚辞章句》："言徐偃王修行仁义，诸侯朝之三十余国，而无武备。楚文王见诸侯朝徐者众，心中觉悟，恐为所并，因兴兵击之而灭徐也。"⑧吕望：即姜子牙。⑨修：当作"循"。循，遵循。⑩封：培土为封，此谓培土作坟。丘垄：指坟墓。⑪贤俊：贤能杰出的人才。慕：钦慕。附：依附，归附。⑫浸淫：一点点变多。合同：这里指天下一心。⑬修理：修明法度，使国家有条理，有秩序。⑭兰芷：兰花与香芷，这里比喻贤能之人。

【译文】

想起古代的得失兴亡，看君主亲近奸佞之人给国家造成的伤害。尧舜圣明仁义慈爱百姓，后世人常称颂永世不忘。齐桓公错在任用奸佞小人，管仲耿介忠直美名传扬。晋献公听信谗言被骊姬迷惑，使孝子申生惨遭祸殃。徐偃王实行仁政，楚文王醒悟后发兵将其灭亡。殷纣王暴虐无道身死国灭，周得天下全是因为有吕望的辅佐。武王效法古人施恩布惠，封比干墓表彰他的功绩。天下贤俊都倾慕周而来亲附，人才日益增多天下一片大同。修明先王法令而申正事理，贤能之人到处展露才华。

【原典】

苦众人之妒予兮，箕子寤而佯狂①。不顾地以贪名兮②，心怫郁而内伤③。联蕙芷以为佩兮④，过鲍肆而失香⑤。正臣端其操行兮，反离谤而见攘⑥。世俗更而变化兮，伯夷饿于首阳⑦。独廉洁而不容兮，叔齐久而逾明⑧。浮云陈而蔽晦兮⑨，使日月乎无光。忠臣贞而欲谏兮，谗谀毁而在旁。秋草荣其将实兮⑩，微霜下而夜降。商风肃而害生兮⑪，百草育而不长⑫。众并谐以妒贤兮，孤圣特而易伤⑬。怀计谋而不见用兮，岩穴处而隐藏。成功隳而不卒兮⑭，子胥死而不葬⑮。世从俗而变化兮，随风靡而成行⑯。信直退而毁败兮⑰，虚伪进而得当⑱。追悔过之无及兮，岂尽忠而有功。废制度而不用兮⑲，务行私而去公⑳。终不变而死节兮㉑，惜年齿之未央㉒。将方舟而下流兮㉓，冀幸君之发矇㉔。痛忠言之逆耳兮，恨申子之沉江㉕。愿悉心之所闻兮，遭值君之不聪㉖。不开寤而难道兮㉗，不别横之与纵。听奸臣之浮说兮㉘，绝国家之久长。灭规矩而不用兮㉙，背绳墨之正方。离忧患而乃寤兮㉚，若纵火于秋蓬㉛。业失之而不救兮㉜，尚何论乎祸凶？彼离畔而朋党兮㉝，独行之士其何望？日渐染而不自知兮㉞，秋毫微哉而变容㉟。众轻积而折轴兮，原咎杂而累重㊱。赴湘沅之流澌兮㊲，恐逐波而复东㊳。怀沙砾而自沉兮，不忍见君之蔽壅㊴。

【注释】

①箕（jī）：人名。殷纣王的伯父。佯：假装。寤：通"悟"，醒悟。②地：家乡的土地，这里指楚国。名：忠直之名。③怫（fú）：忧郁，愤怒。内伤：内心伤痛。④蕙芷：香草。⑤鲍肆：出售腌鱼的店铺，其味腥臭，故可比喻为小人聚集之地。鲍，腌渍鱼，其气味腥臭。肆，店铺。⑥离谤：遭受诽谤。攘：排挤，放逐。⑦首阳：山名，相传为伯夷、

叔齐采薇隐居处。⑧逾明：更加有名。⑨陈：陈列。蔽晦：遮挡。⑩荣：草开出的花。实：结出的果实。⑪商风：秋风，西风。肃：萧瑟。害生：危害生命。⑫育：或当作"堕"，坠落，脱落。⑬圣特：圣贤之人，明达聪慧。特，孤独。⑭隳(huī)：败坏，毁坏。不卒：不得善终，这里指伍子胥被吴王夫差赐死一事。卒，终。⑮不葬：不能下葬，指伍子胥投河死后尸体一直漂在水中。⑯随风靡：这里指蔚然成风，形成风俗。⑰信直：忠信正直之人。⑱虚伪：指奸佞之人。虚，虚假，不真实。伪，欺诈。当：担任。⑲制度：前代圣贤之法制。⑳务：谋取。去公：不为公家（国家）着想。㉑死节：为自己所坚持的忠直信念而死。㉒年齿：年龄。央：尽。未央，即未尽。㉓方舟：所乘的船。㉔发矇(méng)：明白，醒悟。㉕申子：即伍子胥。吴王曾封之于申，故号为"申子"。㉖不聪：听觉不灵敏。㉗道：开导，引导。㉘浮说：浮夸不实之说。㉙规矩：先王的法制。㉚离：遭遇。㉛秋蓬：秋天的蒿草。㉜业：已经。㉝畔：同"叛"。离畔：分散，离心离德。㉞渐染：日渐沾染，指君王长期听谗言，从而受其影响并随之变化。㉟秋毫：秋天鸟身上长出的细毛，这里比喻微小的事情。㊱原：当从一本作"厚"，众多。咎：过失。累重：累积。㊲流渐：流水。㊳复东：东入大海。㊴蔽壅：蒙蔽。

【译文】

　　苦于小人们对我嫉妒，箕子看透这些为避难装傻佯狂。这些人不顾国家只贪求个人名利，我内心忧郁而感伤。将蕙芷连结起来做成佩带，经过鲍鱼店就失去了芬芳。正直之臣品行端正，反遭谗佞小人排挤诽谤。世俗之人改清廉作风为贪邪，伯夷宁愿守节饿死在首阳山上。

　　独守廉洁不能容于世，叔齐却能得以美名远扬。层层乌云遮得天昏地暗，使得日月失去灿烂光芒。忠贞之臣想要进谏君王，然而谗佞之人在旁谗言诽谤。秋天百草将结出果实，夜里却突然降下寒霜。凛冽的西风摧残着万物，使百草凋枯不能生长。众人都结党营私妒害贤才，贤良反孤立无援易受损伤。心怀利国良策却不被重用，只好独居岩穴栖身隐藏。伍子胥伐楚建功却不得善终，可怜他被赐死而不能归葬。世人见其状纷纷从俗媚上，蔚然成风不讲立场。诚信正直之臣身败名毁，虚伪谄佞之徒却身显名扬。国家倾危君王追悔已晚，即使竭尽忠心也不能重现辉煌。废弃先王法制而不用，一味贪求私利而不为国家着想。我终究不能改变节操，愿意守节而死，可惜我年寿未尽，竟要就此夭折。乘着方舟随江远去，希望君王能够醒悟不再受欺蒙。哀痛忠直之言君王听不进，遗憾伍子胥被害而沉江。愿意竭尽所闻陈述政事，可惜碰上君王昏聩。君王不开悟难以开导，连横竖都不能分辨。好听邪佞之臣的虚浮言说，致使国运断绝难以久兴。放弃先圣法度而不施用，背离正直方向导致危倾。遭到忧患才知醒悟，就像纵火秋草无可挽救。已经犯错不能补救，还谈什么国家福祸吉凶。众奸佞相互勾结营私利，忠士直臣还能有什么希望！君王日益被小人蒙蔽而不自知，秋毫虽细却会改换容颜。很轻的物体过多也会压断车轴，小错积累也会酿成灾祸。我愿投身湘沅之流水，又怕尸身随波向东流入海洋。怀抱沙石沉江而死，不忍心见君王被小人欺蒙。

怨世

【题解】

《怨世》是一篇骚体政治檄文，主要写屈原被放逐后对楚国黑暗世道的怨愤。文中内容侧重于对社会现实和政治环境的描写，一开始就指出社会上下贤愚错位的邪僻风气，提出"世沉淖而难论兮，俗岭峨而嵾嵯"的观点。接着又详细刻画了屈原想远离又不舍、想背离又恐违纪和败坏声誉、想保全生命又不甘同流合污的矛盾心情，由此鲜明地展示了主人公纯洁而高贵的情操和坚定的政治立场。

【原典】

世沉淖而难论兮①，俗岭峨而崟嵯②。清泠泠而歼灭兮③，溷湛湛而日多④。枭鸮既以成群兮⑤，玄鹤弭翼而屏移⑥。蓬艾亲入御于床笫兮⑦，马兰踸踔而日加⑧。弃捐药芷与杜衡兮⑨，余奈世之不知芳何。何周道之平易兮⑩，然芜秽而险戏⑪。高阳无故而委尘兮⑫，唐虞点灼而毁议⑬。谁使正其真是兮⑭，虽有八师而不可为⑮。

【注释】

①沉淖（chén nào）：这里是没落的意思。难论：难以评说。②岭（yín）峨：参差不齐。岭，同"崟"。崟嵯（cēn cī）：形容山峰高低不平。③清泠泠：形容清凉，这里用来比喻那些高洁纯良的贤士。歼：尽。灭：消。④溷（hùn）湛湛：混浊杂乱的样子，比喻贪浊之人。⑤枭鸮（xiāo xiāo）：恶鸟名，在这里比喻小人。⑥玄鹤：古代神话中的神鸟，在这里比喻贤良人士。弭翼：吹下翅膀。屏（bǐng）移：离去，隐退。⑦蓬艾：草的名字，在这里比喻逸佞小人。床笫（zǐ）：床。笫，竹子编的席子。⑧马兰：草的名字，在这里指奸邪之徒。踸踔（chěn chōu）：形容马兰凌乱滋长的样子。加：增加，增益。⑨捐：丢弃，抛弃。药芷：香草名，比喻贤良忠正之士。药，即白芷。⑩周道：平坦的大道。⑪芜秽：荒芜肮脏的地方。险戏：危险。⑫高阳：帝颛顼的号。委尘：蒙尘，在这里指被尘玷污，即蒙受冤屈。⑬唐虞：尧舜。点灼：比喻受到诽谤。⑭使正：主持正义。真是：真假对错。⑮八师：指八位贤德而有声望的人。

【译文】

当今风气败坏而难以评说，世俗不分是非，颠倒贤愚。清正廉洁之徒都被抛弃不用，贪浊之人得宠日益大行其道。凶禽恶鸟既已成群结队，神鸟玄鹤只能被迫敛翅退缩。蓬艾受到喜爱被用来铺床，恶草马兰也随之凌乱生长越来越繁茂。抛弃白芷杜衡这些香草，叹世人竟不知什么是芳香。为什么平直宽阔的大道，如今杂草丛生危险重重。古帝高阳无缘无故蒙受冤屈，唐尧虞舜蒙受诽谤而横遭讥诮。让谁来主持正义评判真伪？虽有八位贤人也将无可奈何。

【原典】

皇天保其高兮①，后土持其久②。服清白以逍遥兮，偏与乎玄英异色③。西施媞媞而不得见兮④，嫫母勃屑而日侍⑤。桂蠹不知所淹留兮⑥，蓼虫不知徙乎葵菜⑦。处溷溷之浊世兮⑧，今安所达乎吾志⑨？意有所载而远逝兮⑩，固非众人之所识。骥踌躇于弊輂兮⑪，遇孙阳而得代⑫。吕望穷困而不聊生兮⑬，遭周文而舒志⑭。宁戚饭牛而商歌兮⑮，桓公闻而弗置⑯。路室女之方桑兮⑰，孔子过之以自侍⑱。吾独乖剌而无当兮⑲，心悼怵而耄思⑳。思比干之怦怦兮㉑，哀子胥之慎事㉒。悲楚人之和氏兮㉓，献宝玉以为石。遇厉武之不察兮㉔，羌两足以毕斮㉕。

【注释】

①皇天：天。②后土：对土地的尊称。③乎玄：纯黑色，与清白相对，比喻谗佞小人。④西施：春秋时越国美女，喻贤良。媞媞(tí)：貌美的样子。⑤嫫(mó)母：古代传说中的丑妇，喻小人。勃屑：步履蹒跚的样子。⑥桂蠹(dù)：桂树上的一种蛀虫。淹留：长久停留。⑦蓼(liǎo)虫：蓼草上的虫子。葵菜：甘美之菜。⑧溷溷(hūn)：惑乱，浑浊。⑨达：表达，表白。⑩意：内心。所载：所怀有。⑪骥：良马，这里比喻贤人。弊輂：破车。⑫孙阳：人名，古时的伯乐。得代：境遇得以改善。代，替换，改变。⑬吕望：即姜子牙。⑭舒志：志向得到舒展。⑮宁戚：人名，春秋时期人，曾放过牛，后被齐桓公拜为大夫，长期任齐国大司田。⑯置：放置，弃置。⑰路室：路边的房屋。方：正。桑：采桑。⑱过：路过。自侍：自己肃然起敬，这里指尊重对方。⑲乖剌(là)：背离，不合，引申为不得志。剌，违戾。⑳悼怵(chù)：悲伤凄怆。耄(mào)：昏乱，糊涂。㉑怦怦(pēng)：忠诚正直的样子。㉒慎事：尽心事奉君王。㉓和氏：人名，楚国卞和。㉔厉武：指楚厉王、楚武王。㉕羌：发语词。毕斮(zhuó)：斩、砍。

【译文】

苍天永远高高在上，大地长久广袤无垠。我身着洁白的衣服自在逍遥，偏偏不与污浊之人同流合污。西施姣美却不能事君王，嫫母奇丑反而每天陪在君侧。桂树上的蠹虫不知满足安守，蓼虫也不知去寻找甘美的葵叶。身处这浑浊的乱世，怎么才能舒展志向。胸怀忠贞却要远去，众人本就不知道我的选择。骏马拉着破车不肯前行，遇伯乐才以好车替代。吕望曾经穷困无以聊生，幸遇文王才得以施展雄才。宁戚夜里喂牛时叩角高歌，齐桓公听到后使他不再闲置。客舍旁有一少女专心不斜视正在采桑，孔子见她贞节周正便留在了身边。唯有我生不逢时遇不到明君，内心烦乱无限凄悲。想那比干一生忠诚正直，哀痛子胥至死都想着事奉君王。楚国的卞和真令人悲叹，献出宝玉却被错当成石头。遇到不知明察的厉王、武王，两只脚被砍掉饱受摧残。

【原典】

小人之居势兮①，视忠正之何若？改前圣之法度兮，喜嗫嚅而妄作②。亲谗谀而疏贤圣兮，讼谓闾娵为丑恶③。愉近习而蔽远兮④，孰知察其黑白？卒不得效其心容兮⑤，安眇眇而无所归薄⑥。专精爽以自明兮⑦，晦冥冥而壅蔽⑧。年既已过太半兮⑨，然埳轲而留滞⑩。欲高飞而远集兮⑪，恐离罔而灭败⑫。独冤抑而无极兮⑬，伤精神而寿夭⑭。皇天既不纯命兮⑮，余生终无所依。愿自沉于江流兮，绝横流而径逝⑯。宁为江海之泥涂兮⑰，安能久见此浊世？

【注释】

①居势：居于有势力的地位，身居高位。居，占据，处于。势，权力，权位。②嗫嚅（niè rú）：吞吞吐吐，窃窃私语。妄作：胡作非为。③讼：叽叽喳喳说话。闾娵（lǘ jū）：古代的美女名。丑恶：丑陋。④近习：亲近奸佞之人。蔽远：远离贤良。⑤心容：这里指内心的忠贞。⑥眇眇：遥远的样子。归薄：归依，归附。⑦专：专一。精爽：忠贞，忠信。⑧晦冥冥：昏

暗,这里指社会黑暗。⑨太半:大半,这里指年过五十。⑩埳(kǎn)轲:即"坎坷",不顺利,不得志。留滞:滞留。⑪集:停下的地方。⑫离罔:触犯法网。灭败:这里指没有了忠厚之志。⑬冤抑:指受到委屈感到压抑。⑭精神:思想感情。⑮不纯命:不正常,反复无常。⑯绝:横渡。径逝:径直远去。⑰泥涂:污泥。

【译文】

小人得志高居显位,又把忠正之士看成什么?更改前代圣贤的法度,喜欢窃窃私语胡作非为。君王亲信佞人斥逐忠义,公然诋毁美女同姬长相丑陋。君王宠爱谄谀而远离贤士,谁能辨别黑白。贤人始终都不能施展抱负,被远离弃无所归附。精诚专一来自我表白,却因世道黑暗反被小人排挤毁伤。人生已是年过半百,却仍是道路坎坷不得志。想远走高飞奔往他乡,又怕遭受罪罚毁损声誉。独受冤屈压抑无尽无穷,以至身心备受摧残减损寿命。上天这样反复无常没有公理,我只能无依无靠终此一生。宁愿投身于滚滚江水,随水流走永远不回。宁愿成为江海中的沙泥,怎么能够长久目睹这浊世污秽!

怨思

【题解】

《怨思》是《七谏》中最短的一篇。虽然只有短短的八句,却完整地表达了屈原对君王的忠诚,同时还对那些蒙蔽君王的奸佞小人进行了怒斥。文中用举例的方式,写了子胥、比干、子推等忠贞之人不得善终的典故,映衬了屈原的悲剧结局。

【原典】

贤士穷而隐处兮①,廉方正而不容②。子胥谏而靡躯兮③,比干忠而剖心。子推自割而饮君兮④,德日忘而怨深⑤。行明白而曰黑兮,荆棘聚而成林。江离弃于穷巷兮⑥,蒺藜蔓乎东厢⑦。贤者蔽而不见兮,谗谀进而相朋⑧。枭鸮并进而俱鸣兮,凤凰飞而高翔。愿壹往而径逝兮,道壅绝而不通⑨。

【注释】

①穷:困厄,不得志。隐处:指处在困境中,没有被国君任用。②廉方正:形容廉洁正直。不容:不容于世。③靡躯:指没有身体,这里指遭遇杀身之祸。靡,无。躯,身体。④子推:介子推,春秋时晋国的贤臣。饮(sì):即"食",这里指介子推自割股肉以为君食。⑤德日忘:恩德一天天忘记。怨深:积怨深也。⑥江离:一种香草,这里比喻贤能之人。⑦蒺藜:荆棘,这里比喻小人。东厢:正屋东边的房屋,这里指好房屋。⑧相朋:互相勾结,结为朋党。⑨壅绝:闭塞不通。

【译文】

贤能之士经常不得志而离世隐居,廉洁正直之人遭受排挤。子胥规劝吴王却遭到了杀身之祸,比干忠贞却被剖心不得善终。子推割下腿上的肉救治国君,君王却将恩德逐渐忘掉并怨恨加深。行为清白却被诬为污浊,荆棘丛生也能长成森林。香草江离被弃于穷街陋巷,恶草蒺藜却被供奉在了东厢房。贤臣受到排挤难见君王,奸佞之人反而受到重用结成朋党。猫头鹰成群飞翔一齐鸣叫,凤凰只能远远地在天空飞翔。我想见君王一面就离开,见面之路却被小人阻挡不能前往。

自悲

【题解】

"自悲",此处亦可看作自省,即篇中所称的"内自省而不惭兮,操愈坚而不衰",这种不断地扪心自问、自我反省,体现出屈原的高贵品格。文中写主人公被流放后对故乡和国君的思念之情,虽然流放三年,却仍然心系君王——"冀一见而复归",想念故乡——"狐死必首丘",接着写他去国远游,从而表达对现实的否定和对黑暗世事的批判。

【原典】

居愁勤其谁告兮①,独永思而忧悲②。内自省而不惭兮③,操愈坚而不衰。隐三年而无决兮④,岁忽忽其若颓⑤。怜余身不足以卒意兮⑥,冀一见而复归。哀人事之不幸兮,属天命而委之咸池⑦。身被疾而不闲兮⑧,心沸热其若汤。冰炭不可以相并兮,吾固知乎命之不长。哀独苦死之无乐兮,惜予年之未央。悲不反余之所居兮,恨离予之故乡⑨。鸟兽惊而失群兮,犹高飞而哀鸣。狐死必首丘兮⑩,夫人孰能不反其真情?故人疏而日忘兮⑪,新人近而俞好⑫。莫能行于杳冥兮,孰能施于无报?

【注释】

①愁勤(qín):愁苦郁闷。②永思:长久的思念。③自省:自我省察。省,检查。④无决:没有决定,没有绝断,在这里指没有听到君王召回的命令。⑤忽忽:匆匆。颓:倒塌,这里指岁月流逝。⑥卒意:实现愿望。⑦属(zhǔ):托付。咸池:日落之处,这里是天命不能违之意。⑧被:遭受。闲:病愈。

⑨恨：悲怨，怨恨。⑩首丘：头对着山丘的方向，这里的山丘指狐狸的巢穴。⑪故人：指以前受到过信任与重用的忠贞之臣，即文中主人公屈原。⑫新人：指靠进谗言而得到宠信的人。俞：同"愈"，"越来越……"的意思。

【译文】

我的处境愁苦向谁诉说，独自长久思念更加悲伤。自我反思觉得毫无愧疚，因而操守越发坚韧长久不衰。被放逐三年仍得不到回朝诏令，岁月转瞬即逝匆匆如流水。可怜我今生终不能实现愿望，只希望能返回朝廷见君王一面。悲哀自己在人世间遭遇的不幸，只能将命运归之上苍。遭受疾病总不能痊愈，心中恰似汤沸无限焦灼。冰和炭不能够共存并放，我固然知道我的命已不长。悲哀我孤独至死都将痛苦无乐，可怜我年寿未尽血气方刚。悲叹放逐而不能返回我的故居，遗憾我将远远地离开我的故乡。鸟兽受到惊吓离群失散，尚且还会哀号悲鸣高高盘桓。狐狸死时头要朝向故丘，人老将死谁能不思念家园？故旧忠臣日渐被淡忘疏远，谗谀新人却备受宠信。没有谁能行进在黑暗之中，谁能无偿付出而不求回报？

【原典】

苦众人之皆然兮，乘回风而远游①。凌恒山其若陋兮②，聊愉娱以忘忧③。悲虚言之无实兮，苦众口之铄金。过故乡而一顾兮，泣歔欷而沾衿④。厌白玉以为面兮⑤，怀琬琰以为心⑥。邪气入而感内兮⑦，施玉色

而外淫⑧。何青云之流澜兮⑨，微霜降之蒙蒙⑩。徐风至而徘徊兮⑪，疾风过之汤汤⑫。闻南籓乐而欲往兮⑬，至会稽而且止⑭。见韩众而宿之兮⑮，问天道之所在⑯。借浮云以送予兮，载雌霓而为旌⑰。驾青龙以驰骛兮，班衍衍之冥冥⑱。忽容容其安之兮⑲，超慌忽其焉如⑳？苦众人之难信兮，愿离群而远举。登峦山而远望兮㉑，好桂树之冬荣㉒。观天火之炎炀兮㉓，听大壑之波声㉔。引八维以自道兮㉕，含沆瀣以长生㉖。居不乐以时思兮，食草木之秋实。饮菌若之朝露兮㉗，构桂木而为室㉘。杂橘柚以为囿兮㉙，列新夷与椒桢㉚。鹍鹤孤而夜号兮㉛，哀居者之诚贞㉜。

【注释】

①回风：旋风。②凌：乘，腾驾。恒山：山名，五岳之一，为北岳，在山西北部。陋：原指狭小，这里指矮小。③愉娱：自我安慰。④歔欷(xū xī)：悲泣，抽噎。沾衿：沾湿衣襟。⑤厌：涂施。面：妆容。⑥琬琰(wǎn yǎn)：美玉。以为心：表白忠心。⑦感内：内心感知。⑧施：加上。外淫：溢于外表。⑨流澜：遍布，形容乌云很深厚。⑩蒙蒙：形容霜浓重，朦朦胧胧的样子。⑪徐风：轻轻吹拂的风。⑫疾风：急速的强风。汤汤(shāng)：本指水势浩大，这里指风势强劲。⑬南籓：南方偏远之地。⑭会稽(kuài jī)：山名，地处浙江省中东部，山川秀丽，是历代帝王加封祭祀的镇山之一。⑮韩众：传说中的仙人。宿：留下，住下。⑯天道：长生之道。⑰雌霓：虹有二环时，外环色彩暗淡的部分被称为雌霓。⑱班衍衍：漫长游走的样子。冥冥：昏暗，幽远。⑲忽：恍惚，不分明。容容：无所凭依，散漫无依。⑳超：高远，遥远。慌忽：模糊不清。焉如：到哪里。㉑峦山：山峦，小而尖的山。㉒好：喜好，爱好。冬荣：冬季的繁荣。㉓天火：由雷电或物体自燃引起的大火。炎炀(yàng)：形容火势旺盛。㉔大壑(hè)：大沟，这里指大海。㉕八维：四方（东南西北）和四隅（东南、西南、东北、西北）合称八维。道：自我引导。㉖沆瀣(hàng xiè)：北方夜间的水汽。㉗菌若：香木名，即菌桂。㉘构：构建，建造。㉙囿：园林。㉚列：一排排。新夷：即辛

夷。桢：植物名，即女贞。㉛鹍：鹍鸡。㉜居者：隐居的人，这里指屈原。诚贞：真诚忠贞。

【译文】

　　苦于众人都这样而苦恼，我只好乘着旋风高飞远游。登临恒山觉得它太渺小，暂且在此自我安慰暂时忘却烦忧。可悲那些虚妄之言不是事实，苦于众人之口可以熔金。经过故乡回头远望，潸然泪下湿透了衣襟。面敷白玉以为妆容，怀揣美玉琬琰表白忠心。虽感到谗邪俗气而内心不变，面色如玉石般莹润。天上乌云密布多么浓厚，细微霜粒降落朦朦胧胧。轻风吹来徘徊游荡，疾风来势凶猛强劲。听闻远方遍地安乐就想前往，中途来到会稽山上休息一番。看见仙人韩众便在此停宿，向他请教长生之道的真谛。凭借着浮云送我去远游，彩虹用来做旌旗。驾起青龙车疾驰飞奔，盘旋而上直至杳冥之地。恍惚中飘飘荡荡无所依靠，迷茫不知该向何处。悲叹世人使人难以信任，宁愿离开远走他乡。登上小山向远处眺望，喜见冬天也有桂花开放。观看天火火势猛烈旺盛，倾听大海涛声隆隆轰响。以八维做自我引导，呼吸夜晚的水气以求长生。生活无趣是因为忧时伤世，以秋天草木结的果实果腹。饮用菌若上清晨的露水，用桂木来构造房屋。在园圃中种上橘和柚，辛夷、女贞也栽种成行。鹍鸡白鹤夜里孤苦悲鸣，哀叹隐居的人真诚忠贞。

哀命

【题解】

　　"哀命"取自首句"哀时命之不合兮，伤楚国之多忧"中的两字，词句又很明确地点明了题旨，点明了楚国的多灾多难和自己的生不逢时。诗人痛恨群小谗佞之误国，哀怨灵修之过错，对自身及时局满怀悲愤和绝望。虽被放逐，但仍然洁身自好，绝不与世俗同流合污。最后决定投身汨罗江，以死与黑暗现实作最坚决的抗争。有人称此篇是屈原的绝命作，亦不为过。

【原典】

哀时命之不合兮①，伤楚国之多忧。内怀情之洁白兮②，遭乱世而离尤③。恶耿介之直行兮④，世溷浊而不知⑤。何君臣之相失兮，上沅湘而分离⑥。测汨罗之湘水兮⑦，知时固而不反⑧。伤离散之交乱兮⑨，遂侧身而既远⑩。处玄舍之幽门兮⑪，穴岩石而窟伏⑫。从水蛟而为徒兮⑬，与神龙乎休息。何山石之崭岩兮⑭，灵魂屈而偃蹇⑮。含素水而蒙深兮⑯，日眇眇而既远⑰。哀形体之离解兮⑱，神罔两而无舍⑲。惟椒兰之不反兮⑳，魂迷惑而不知路。愿无过之设行兮㉑，虽灭没之自乐㉒。痛楚国之流亡兮㉓，哀灵修之过到㉔。固时俗之溷浊兮，志眷迷而不知路㉕。念私门之正匠兮㉖，遥涉江而远去。念女媭之婵媛兮，涕泣流乎於悒㉗。我决死而不生兮，虽重追吾何及㉘。戏疾濑之素水兮㉙，望高山之蹇产㉚。哀高丘之赤岸兮㉛，遂没身而不反㉜。

【注释】

①时命：时代和命运。时命不合，即生不逢时。②怀情：怀有高尚忠贞的情操。③离尤：遭遇忧患。尤，通"忧"。④恶：厌恶。耿介：正直，光明磊落。⑤溷浊：混浊。⑥上：逆流而上。⑦测：度量水的深浅。这里指投身水中，用自己的身体来度量水的深浅，表示自绝于世。⑧固：固陋，愚陋。反：同"返"。⑨交乱：互相怨恨，这里指君臣的关系。⑩侧身：原指躲起来，这里有恐惧、不敢安身、避世的意思。⑪玄舍、幽门：都是指黑暗的居室。比喻身被放逐，远离朝廷的困境。⑫穴：这里作动词，隐居的意思。窟伏：即伏窟，潜伏于洞窟，亦穴居之意。窟，洞穴。⑬从：跟从，

跟随。水蛟：水中之龙。徒：同类的人。⑭崭岩：山石高而险峻的样子。⑮偃蹇：不得伸展的样子。⑯素水：白水，清洁纯净的水。蒙深：盛多的意思。⑰眇眇：形容遥远。⑱离解：携带，这里是筋疲力尽的意思。⑲罔：通"惘"。罔两：形容深思恍惚的样子。无舍：无所依附。⑳椒兰：椒树与兰花。这里喻指高尚节操。㉑设行：犹言施行，按照自己的意志去行动。㉒灭没：指名身败坏。㉓流亡：危亡。㉔过到：过错造成的。㉕瞀（mào）迷：心中郁闷迷惑。㉖私门：权力之门，这里指掌权的小人们。正匠：政教。㉗於悒（yì）：忧愁，不停叹息的样子。㉘重追：再三追思。何及：来不及，不能改变。㉙疾濑：湍急的流水。疾，迅速。㉚蹇产：迂回、曲折的样子。㉛赤岸：古时的地名，那里比较危险，这里比喻在朝廷中所处的危险境地。㉜没（mò）身：指投身江流中去。

【译文】

哀怜自己生不逢时，悲叹楚国多忧多难。我的心志清正纯洁无瑕，时逢乱世惨遭罪尤祸怨。憎恶忠诚正直之人，世道混浊忠奸不分。为什么明君贤臣不能相得益彰，放逐沅湘被迫离开。用身体测量汨罗湘水的深度，深知世事丑恶誓不回还。哀伤远离君王心中迷乱，心中恐惧避世隐居远离祸端。深藏在黑暗居室里面，隐居在岩石洞穴之间。与水中蛟龙相伴，与洞里神龙一起出没伏潜。高高山峰多么巍峨壮观，灵魂压抑而不得施展。饮用无尽的清洁泉水，太阳隐隐约约渐行渐远。哀叹形体疲惫不堪，神思恍惚更是无所依附。佩戴椒兰永不改变，魂不守舍不知归路。希望做事没有过错坚持己行，即使身败名裂也心安自乐。悲叹楚国大业日益危败，哀伤君王昏聩积重难返。世道本来就是这样混浊不堪，而我不知去路满心茫然。想到众臣皆以私心相教，便有涉江远去的打算。想到女嬃的眷恋牵挂，不禁涕泪横流悲伤叹息。我决心一死不再苟活，再三劝阻也无法改变。在急流清水之间嬉戏，仰望曲折险峻的高山。哀叹高丘也是危岸险境，我遂投身江中不再回还。

谬谏

【题解】

"谬谏",即委婉进谏。本篇与东方朔的身世经历相关,可视为东方朔对自身状况的呈现。文中通过劝谏国君应当明辨忠奸,亲贤者远佞臣,表达了忠心爱国的情怀。同时诗中不仅有作者对自己怀才不遇的感慨,也表达了希望得到君王重用,从而施展才华、为国尽忠的愿望。

【原典】

怨灵修之浩荡兮①,夫何执操之不固②。悲太山之为隍兮③,孰江河之可涸④。愿承闲而效志兮⑤,恐犯忌而干讳⑥。卒抚情以寂寞兮⑦,然怊怅而自悲⑧。玉与石其同匮兮⑨,贯鱼眼与珠玑⑩。驽骏杂而不分兮⑪,服罢牛而骖骥⑫。年滔滔而自远兮⑬,寿冉冉而愈衰。心悇憛而烦冤兮⑭,蹇超摇而无冀⑮。

【注释】

①灵修:这里指君王。浩荡:变来变去,反复无常。②操:节操,意志。③太山:即泰山。太,即"泰"。隍:护城河。④涸:干枯无水。⑤承闲:等待时机。⑥干讳:初犯忌讳。⑦卒:最终,终究。抚情:怀抱忠贞之情。寂寞:静默,这里指默默无言,不敢向君王进言。⑧怊(chāo)怅:惆怅,失意。⑨匮:装东西的匣子。⑩贯:用绳子穿起来。玑:不圆的珠子。⑪驽(nú):劣马。骏:良马。⑫服:动词,驾车。罢(pí):同"疲",疲劳,疲惫。骖:驾车时左边的马称为骖。⑬滔滔:形容时间逝去而不返。⑭悇憛(tú tán):忧愁。烦冤:烦闷,郁闷。⑮超摇:心意不安的样子。

【译文】

埋怨君王变来变去反复无常，他的意志为什么如此不坚定。悲哀泰山为什么要变为池塘，为什么江河将会枯竭水干。希望等待时机进献忠言，又恐触犯忌讳遭人毁怨。最终怀抱忠贞之情缄默不语，然而内心仍然懊恨独自伤悲。美玉与石块放进同一个匣子里，鱼眼和宝珠一起贯穿。劣马和骏马混杂不分，用疲惫的老牛驾车骏马却在两边。时光不停流逝一去不返，年纪越来越大日渐衰颓。心中满腔忧愁烦闷难遣，前途无望心中忐忑不安。

【原典】

固时俗之工巧兮，灭规矩而改错。却骐骥而不乘兮①，策驽骀而取路②。当世岂无骐骥兮，诚无王良之善驭③。见执辔者非其人兮，故驹跳而远去④。不量凿而正枘兮，恐矩矱之不同。不论世而高举兮⑤，恐操行之不调⑥。弧弓弛而不张兮⑦，孰云知其所至？无倾危之患难兮⑧，焉知贤士之所死？俗推佞而进富兮⑨，节行张而不著⑩。贤良蔽而不群兮，朋曹比而党誉⑪。邪说饰而多曲兮，正法弧而不公⑫。直士隐而避匿兮，谗谀登乎明堂⑬。弃彭咸之娱乐兮⑭，灭巧倕之绳墨。菎蕗杂于黀蒸

兮⑮，机蓬矢以射革⑯。驾蹇驴而无策兮⑰，又何路之能极⑱？以直针而为钓兮，又何鱼之能得？伯牙之绝弦兮⑲，无锺子期而听之。和抱璞而泣血兮⑳，安得良工而剖之㉑？

【注释】

①却：抛弃，摒除。②策：本指马鞭，这里意为驾驭，鞭打。驽骀：劣马。取路：行路。③王良：人名，春秋时善于驾驭马车的人。④驹跳：弯身跳跃。⑤论世：认识、观察世事，分辨世事的是非。高举：推崇优良品行。⑥不调：不合，这里指不与世合。⑦弧：弓。张：开弓。⑧倾危：倾覆，危险。⑨推佞：推举奸佞之人。进富：重视富贵之人。⑩张而不著：不能推广发扬。⑪朋曹：互相勾结的小人。党誉：彼此互相赞誉。⑫弧：使……变曲，亦即违背之意。⑬明堂：宫廷。⑭彭咸：人名，古代贤良之士。娱乐：指彭咸以伏节死为乐。⑮茋：古代弓弩的发射机关，这里作动词用，发射。⑯蓬矢：用蓬蒿做的弓箭。革：皮革。这里指皮革制成的甲、胄、盾之类器具。⑰蹇驴：跛脚的驴，这里比喻无能的佞臣。⑱极：穷极，穷尽。⑲伯牙：古代善弹琴之人。⑳和：指卞和。传说卞和在荆山得一璞玉，曾献越厉王和武王，却被二王分别砍断左右足。璞：未经雕琢的玉。㉑剖：雕琢。

【译文】

原本世俗之人就喜欢投机取巧，废弃法度又把政令改变。放弃那千里马不去乘驾，偏偏驾驭劣马去行路。当今世上难道真的没有良驹？实在是没有王良这样善于驾驭的人。骏马看到执鞭的不是善驭之人，所以飞蹄绝尘远去。不度量凿孔大小就削木柄，恐怕尺寸大小不会相同。不分辨世风便推崇美德，恐怕清高品行难以合众。强弓松弛而不张开，谁能说清它能射多远。不遇上灾难丛生的乱世，又怎知贤良忠直之士会不惜生死。世俗推举奸佞富贵之人，美好气节之人却难以推广发扬。贤良之士遭受排挤孤立无助，奸佞之徒营私结党相互吹捧。

邪说都被美饰不是正道，违背法度不再公平。忠直贤良之士隐居避世，谗谀之徒却登堂发号施令。抛弃彭咸以伏节死直为乐的高贵品质，废除了巧倕用以规矩曲直的绳墨。将莒蓢混在麻秆中作燃料，用蓬蒿做利箭去射盾牌。驾驭跛脚之驴又没有皮鞭，这样行路怎样才能达到目的地？用直钩去垂钓，又怎能钓得到鱼？俞伯牙破琴绝弦不再抚琴，是因为失去了知音钟子期。卞和怀抱璞玉痛哭泣血，怎么才能找到良匠把它雕琢成美玉？

【原典】

同音者相和兮，同类者相似①。飞鸟号其群兮②，鹿鸣求其友。故叩宫而宫应兮③，弹角而角动④。虎啸而谷风至兮⑤，龙举而景云往⑥。音声之相和兮，言物类之相感也。夫方圆之异形兮，势不可以相错⑦。列子隐身而穷处兮⑧，世莫可以寄托。众鸟皆有行列兮，凤独翔翔而无所薄⑨。经浊世而不得志兮，愿侧身岩穴而自托⑩。欲阖口而无言兮⑪，尝被君之厚德。独便悁而怀毒兮⑫，愁郁郁之焉极⑬。念三年之积思兮⑭，愿壹见而陈词。不及君而骋说兮⑮，世孰可为明之。身寝疾而日愁兮⑯，情沉抑而不扬⑰。众人莫可与论道兮，悲精神之不通。

【注释】

①相似："似"当作"仇"，相近，相配。②号：呼唤，呼叫。③叩：击打。宫：古代五音宫、商、角、徵、羽之一。④角：五音之一。⑤啸：吼。谷风：东风。⑥景云：发出亮光的浓云。往：跟随，跟从。⑦错：疑为"安"之误。⑧列子：名御寇，相传是东周时隐士，道家学说的代表之一。⑨薄：归附。⑩侧身：托身，藏身。托：托身，寄托。⑪阖口：闭口。⑫便悁（pián yuān）：愤恨。怀毒：心怀怨愤。⑬郁郁：忧愁郁闷。焉极：即有穷尽。⑭积思：心中积累的爱国情怀。⑮骋：自由驰骋，这里指自由自在向君王地诉说。⑯寝疾：卧病在床。⑰不扬：无法宣泄。

【译文】

音调相同才能声调和谐，族类相同则可相互匹配。飞鸟鸣啼是在呼唤同伴，麋鹿呦鸣意在寻求伴侣。叩击宫器则宫调相应，弹奏角器则角调和鸣。猛虎咆哮则谷风大作，神龙腾飞则彩云簇拥。音声一致音调和谐，如同同类间相互感应。方与圆形状不同各相异，绝不能把它们错杂相配在一起。列子隐居避世身处困窘，世道混浊无所托依。众鸟群飞成列成行，凤凰独飞无凭无依。身处浊世不得志难展宏图，只愿隐居在岩穴中聊以逃避。我本想对国事闭口不谈，但曾经受君恩厚重如山。独自忧愁心怀怨愤，愁怨满怀没有尽头。怀想放逐三年的郁积之情，只望能见君王一面陈诉忠言。没能赶上见君王无法倾尽衷肠，世人谁能替我说得清楚。卧病在床整日里忧愁烦闷，心情压抑难以宣泄。无人可以同我共论政道，悲叹精神不得畅通。

【原典】

乱曰①：鸾皇孔凤日以远兮②，畜凫驾鹅③。鸡鹜满堂坛兮④，鼋鼍游乎华池⑤。要裹奔亡兮⑥，腾驾橐驼⑦。铅刀进御兮⑧，遥弃太阿⑨。拔搴玄芝兮⑩，列树芋荷⑪。橘柚萎枯兮，苦李旖旎⑫。甂瓯登於明堂兮⑬，周鼎潜乎深渊⑭。自古而固然兮，吾又何怨乎今之人！

【注释】

①乱：结尾，这里是对《七谏》

全篇的总结。②孔凤：孔雀和凤凰。③畜凫：家养的鸭子。駕（jiā）鹅：野鹅。④鸡鹜：鸡鸭。堂坛：宽广的厅堂。⑤鼃黾（wā měng）：青蛙。⑥要褭（niǎo）：骏马的名字。⑦橐（luò）驼：骆驼。橐，同"骆"。⑧铅刀：钝刀，比喻资质愚钝。御：进用，使用。⑨太阿（ē）：古代名剑，相传为春秋时欧冶子、干将所铸。⑩玄芝：黑色灵芝，一种神草。⑪芋荷：芋头。⑫旖旎（yǐ nǐ）：原指柔美，这里指枝叶茂盛的样子。⑬甂瓯（biān ōu）：小瓦盆，这里用来形容卑鄙小人。⑭周鼎：夏禹所做的鼎，最后传到周，所以又叫周鼎。

【译文】

尾声：孔雀凤凰日益飞向远方，野鸭野鹅却在家中喂养。殿堂庭院里到处都是野鸡野鸭，青蛙悠然游在华丽的池塘。骏马都要奔走逃亡，人们驾着的却是骆驼。锈钝的铅刀被进献给君王，太阿利剑却被远远地抛弃在一旁。把玄芝灵草拔除干净，芋头却到处栽种。橘树柚树日渐枯萎凋零，苦李却长得枝叶繁盛。瓦盆陶罐陈列在高堂之上，周鼎却抛到了深渊之中。自古以来就是如此，我又何必怨恨当世的人！

哀时命

【题解】

《哀时命》为汉景帝时文人庄忌所作,是伤悼屈原之作。作者用屈赋追述先人、感怀今世,进而抒发对自身命运的感慨。本篇感情真切沉实,篇幅短小精悍,是咏屈赋中的佳作。

【原典】

哀时命之不及古人兮，夫何予生之不遘时①。往者不可扳援兮②，俫者不可与期③。志憾恨而不逞兮④，杼中情而属诗⑤。夜炯炯而不寐兮⑥，怀隐忧而历兹⑦。心郁郁而无告兮，众孰可与深谋⑧？欿愁悴而委惰兮⑨，老冉冉而逮之⑩。居处愁以隐约兮⑪，志沉抑而不扬。道壅塞而不通兮，江河广而无梁⑫。愿至崑崙之悬圃兮，采钟山之玉英。擥瑶木之橝枝兮⑬，望阆风之板桐⑭。弱水汩其为难兮，路中断而不通。势不能凌波以径度兮，又无羽翼而高翔。然隐悯而不达兮⑮，独徙倚而彷徉⑯。怅惝罔以永思兮⑰，心纡轸而增伤⑱。倚踌躇以淹留兮，日饥馑而绝粮⑲。廓抱景而独倚兮⑳，超永思乎故乡㉑。廓落寂而无友兮㉒，谁可与玩此遗芳㉓？白日晼晚其将入兮㉔，哀余寿之弗将㉕。车既弊而马疲兮，蹇邅徊而不能行㉖。身既不容于浊世兮，不知进退之宜当。

【注释】

①遘(gòu)时：遇到好的时机。②扳(pān)援：攀附。③俫(lái)者：将要到来的事物。俫，通"来"。期：会见。④逞：解脱。⑤杼(zhù)：发泄。属(zhǔ)诗：结撰诗文。属，撰写，纂辑。⑥炯炯：光明，这里形容眼睛有神。⑦隐忧：内心的痛楚。历兹：经年累月。⑧深谋：仔细、详尽的谋划。⑨欿(kǎn)：忧愁的样子。愁悴：指因忧愁而脸色憔悴。委惰：懈怠，疲倦。⑩逮：及，至。⑪隐约：隐居自守。⑫无梁：没有桥梁。⑬擥(lǎn)：同"揽"。橝(tán)枝：长长的枝条。⑭板桐：古代神话传说中的神山。⑮隐悯：隐忍，忍气吞声。⑯徙倚：徘徊不前。⑰惝罔(chǎng wǎng)：迷茫。⑱纡轸(zhěn)：心情痛苦。轸，通"殄"。⑲饥馑：同"饥饿"。⑳廓：空虚寂寞。抱景：守着影子，形容孤独。㉑超：远。㉒廓落：孤寂。㉓玩：研习，玩味。遗芳：古人留存下的贤德。㉔晼(wǎn)晚：夕阳西下。㉕将：长。㉖邅(zhān)徊：徘徊不前。

【译文】

　　哀叹时命比不上古圣贤,为什么唯独我生不逢时。以前的圣主追随不及,后世的明君也难以期待。心怀遗憾不得施展,抒发我的情怀秉笔赋诗。夜里目光明亮不能入睡,满怀忧伤经年累月直至今日。心中的郁闷无人可以诉说,众人谁能与我详尽商议?愁苦憔悴心灰意倦,时光荏苒不觉老之将至。愁苦中隐居山林自我约束,精神压抑不能振发高扬。道路阻塞不能通行,江河广阔没有桥梁。想要登上昆仑山的悬圃,采摘钟山上的玉英。手持玉树的长枝条,遥望阆风上的板桐。弱水急流不息难以涉渡,道路中断不能通畅。既不能脚踏波涛径直渡过河,又没有羽翼展翅高翔。隐居山林心志不能实现,只有独自徘徊排遣愁肠。怅惘迷茫久久沉思,心如刀绞倍增忧伤。犹豫徘徊长久停留,日益饥馑弹尽粮绝。孤独无依形影相吊,远远地思念我的故乡。冷落寂寞没有朋友,谁能与我玩味古贤遗风?临近傍晚太阳西下,哀叹我的寿命也将不长。车已破败马也疲惫,徘徊停滞不能再向前方。自己既然不被污浊社会所容,又不知进退怎样才适当。

【原典】

　　冠崔嵬而切云兮,剑淋离而从横①。衣摄叶以储与兮②,左袪挂于榑桑③。右衽拂于不周兮④,六合不足以肆行。上同凿枘于伏戏兮⑤,下合矩矱于虞唐。愿尊节而式高兮⑥,志犹卑夫禹汤⑦。虽知困其不改操兮,终不以邪枉害方。世并举而好朋兮,壹斗斛而相量⑧。众比周以肩迫兮,贤者远而隐藏。为凤皇作鹑笼兮⑨,虽翕翅其不容⑩。灵皇其不寤知兮,焉陈词而效忠?俗嫉妒而蔽贤兮,孰知余之从容?愿舒志而抽冯兮⑪,庸讵知其吉凶?璋珪杂于甑窐兮⑫,陇廉与孟娵同宫⑬。举世以为恒俗兮,固将愁苦而终穷。幽独转而不寐兮,惟烦懑而盈匈。魂眇眇而驰骋兮,心烦冤之忡忡⑭。志欿憾而不憺兮⑮,路幽昧而甚难。

【注释】

　　①淋离:形容剑长。从横:同"纵横"。②衣摄叶:形容衣服宽大。储

与：不舒展。③袪（qū）：袖子。榑（fú）桑：扶桑。④衽：衣襟，这里指衣服胸前交领部分。不周：神话中的山名。⑤伏戏：同"伏羲"。⑥尊节：谦退节制。式高：以崇高为榜样，指不同流合污。⑦犹：尚且。卑：以……为低，即轻视。⑧斗斛（hú）：古代测量谷物容积的量器。⑨鹑笼：放养鹌鹑的笼子。⑩翕（xī）翅：合，这里指收敛翅膀。⑪抽冯（píng）：发泄郁闷，抒发愤懑。⑫璋珪：古玉器名。甑窐（zèng guī）：蒸食器具，底部有许多透蒸气的小孔，至于鬲或窐上蒸煮，如同现代的蒸笼。窐，甑底部小孔。⑬陇廉：人名，古代一丑女。孟娵（jū）：人名，古代一美女。同宫：同室。⑭忡忡：忧愁。⑮欿（kǎn）憾：遗憾，这里指没有得到满足。不憺（dàn）：不安。

【译文】

帽子高耸直入云天，腰佩长长的宝剑纵横前行。衣服宽大不得舒展，左边衣袖挂在了扶桑树上。右边衣襟拂掠过不周山，天地四方不够我任意行走。上溯不与伏羲的法度相合，往后也不可以辅弼尧舜。希望谦退节制而把高尚节操作为榜样，心里还真瞧不起夏禹、商汤。即使知道会贫困也不改变操守，终不能因邪恶行为妨碍正直。世人喜欢举荐自己帮派中的人，混淆斗斛加以衡量。朋党之间互相勾结亲密并肩，贤人志士只能隐身避世潜藏。给凤凰打造一只鹌鹑待的竹笼，即使紧拢翅膀也难以容身。君主昏愦而不觉悟，向谁陈诉我的衷肠？世俗是那样嫉贤妒能，谁又知道我举止始终坦然从容？希望倾诉心志发泄愤懑，哪管它后果是吉还是凶。珪璋美玉放在了蒸器孔下，丑妇陇廉与美女孟娵住在同一房中。全天下都认为这是常理，注定我要愁苦潦倒终生。幽处孤独辗转难以入睡，只有烦闷愤懑郁结满胸。魂灵悠悠到处飘荡，心里烦冤忧心忡忡。心志失落动荡不安，路途幽暗艰险难行。

【原典】

块独守此曲隅兮①，然欿切而永叹②。愁修夜而宛转兮③，气涫灇其若波④。握剞劂而不用兮⑤，操规矩而无所施。骐骥骤于中庭兮，焉能极夫远道？置猨狖于棂槛兮⑥，夫何以责其捷巧？驷跛鳖而上山兮⑦，吾固知其不能升。释管晏而任臧获兮⑧，何权衡之能称⑨？箟簬杂于廳蒸兮⑩，机蓬矢以射革⑪。负檐荷以丈尺兮⑫，欲伸要而不可得。外迫胁于机臂兮，上牵联于缯隿⑬。肩倾侧而不容兮⑭，固陿腹而不得息⑮。务光自投于深渊兮⑯，不获世之尘垢。孰魁摧之可久兮⑰，愿退身而穷处。凿山楹而为室兮⑱，下被衣于水渚。雾露濛濛其晨降兮，云依斐而承宇⑲。虹霓纷其朝霞兮，夕淫淫而淋雨。怊茫茫而无归兮⑳，怅远望此旷野。下垂钓于溪谷兮，上要求于仙者。与赤松而结友兮，比王侨而为耦㉑。使枭杨先导兮㉒，白虎为之前后。浮云雾而入冥兮，骑白鹿而容与㉓。

【注释】

①块：孤独。曲隅：幽暗的角落，这里指山角。曲，曲折。②欿(kǎn)切：深切的痛苦。③修夜：长夜。宛转：忧心辗转。④气：心情。涫灇(guàn fèi)：沸腾。⑤剞劂(jī jué)：刻镂用的刀或凿子。⑥猨狖(yuán yòu)：一种黑色的长尾猿。棂(líng)槛：关野兽的笼子。⑦驷：驾。跛鳖：跛脚的鳖。⑧管晏：管仲和晏婴，春秋时齐国的名相。臧获：奴仆，这里指庸人。⑨权衡：衡量，比较。称：比较称重。⑩箟簬(kūn lù)：良竹。廳(zōu)蒸：去皮的麻杆，比喻脆弱无用的人。⑪机：古代弓弩上的发动机关。蓬：蓬蒿。矢：箭。革：箭靶。⑫檐(dàn)荷：负担重物。丈尺：形容行动迟缓。⑬缯(zēng yì)：系

有丝绳以射鸟的短箭。⑭倾侧：端肩侧行，小心畏惧的样子。不容：不被接纳。⑮陿（xiá）腹：腹肌紧收，即弯背屏息、很吃力的样子。息：这里指呼吸。⑯务光：人名，古代的隐士，相传汤让位给他，他不接受，负石沉水而死。⑰孰魁：形容高峻危险。⑱凿山楹：凿崖壁为室的意思。⑲依斐：形容云层浓密、堆垛的样子。⑳怊：悲伤失意的样子。茫茫：模糊不清，这里指心情忧伤难以说清。无归：无所依归。㉑耦（ǒu）：同"偶"，伴侣，这里指知音。㉒枭杨：原指狒狒，这里指古代传说中的山神。㉓白鹿：古人将白鹿视为瑞兽。容与：安逸从容的样子。

【译文】

独自隐居在这幽暗山角，心中悲切长叹声声。长夜愁苦令我辗转反侧，心绪不平就像那水沸浪涌。手握刻刀没有刻镂，手拿规尺却难画方圆。千里骏马在庭院里奔驰，怎么能够走得长远？将猿猴关在牢笼里，怎能责怪它没有敏捷的身手？驾着跛脚的海鳖去登山，本来就应该知道它不可能高升。放弃管仲和晏婴而任用庸才，又怎能称得上是善于用人？将美竹混在麻杆中，用蓬蒿做箭去射皮革。背负重担行动迟缓，想要伸一伸腰也难以做到。害怕距离太近被强弩硬弓所伤，又担心被系着丝绳的短箭射中。小心畏惧也不被接纳，屏气敛息畏祸避难。务光跳进深深的潭水，不想被尘世的污浊玷污。谁能长期忍受如此摧残，宁愿处境窘迫隐藏自身。开凿石山作为楹柱，下河洗衣就在水边。清晨山雾弥漫朦朦胧胧，袅袅白云萦绕屋宇。霓虹缤纷朝霞满天，傍晚又下起绵绵细雨。失落惆怅无处投奔，放眼望去只见一片旷野无际。在下面的溪谷水边垂钓，向上邀仙人同游共戏。与赤松子交结为友，和王侨比肩相伴。山神枭杨在前面为我开路，让白虎奔走前后做卫护。乘云驾雾进入玄冥之地，骑上白鹿自在逍遥无忧无虑。

【原典】

魂眐眐以寄独兮①，泪狙狙往而不归②。处卓卓而日远兮③，志浩荡而伤怀④。鸾凤翔于苍云兮，故矰缴而不能加⑤。蛟龙潜于旋渊兮⑥，身

不挂于罔罗⑦。知贪饵而近死兮⑧，不如下游乎清波⑨。宁幽隐以远祸兮⑩，孰侵辱之可为？子胥死而成义兮，屈原沉于汨罗。虽体解其不变兮⑪，岂忠信之可化？志怦怦而内直兮⑫，履绳墨而不颇⑬。执权衡而无私兮⑭，称轻重而不差。摡尘垢之枉攘兮⑮，除秽累而反真⑯。形体白而质素兮，中皎洁而淑清⑰。时厌饫而不用兮⑱，且隐伏而远身。聊窜端而匿迹兮⑲，嗼寂默而无声⑳。独便悁而烦毒兮㉑，焉发愤而抒情？时暧暧其将罢兮，遂闷叹而无名。伯夷死于首阳兮，卒夭隐而不荣㉒。太公不遇文王兮，身至死而不得逞。怀瑶象而佩琼兮㉓，愿陈列而无正㉔。生天墬之若过兮㉕，忽烂漫而无成㉖。邪气袭余之形体兮，疾憯怛而萌生㉗。愿壹见阳春之白日兮㉘，恐不终乎永年。

【注释】

①眰眰（zhēng）：独行的样子，形容孤独。寄独：寄居独处的意思。②汩（yù）：迅疾的样子。徂（cú）往：离去。③卓卓：高远的样子。④志浩荡：纵意放肆，心无所住的样子。⑤矰（zēng）缴：系有丝绳的可以射鸟的短箭。加：加害。⑥旋渊：极深的水潭。⑦罔罗：罗网。⑧饵：钓饵，引鱼上钩的食物。⑨清波：洁净的流水。⑩幽隐：隐身躲藏。⑪体解：身体肢解。不变：不改变初衷。⑫怦怦：心跳动的声音。⑬履：履行。绳墨：这里指法度。⑭权衡：指掌握权力。⑮摡：同"溉"，洗涤的意思。枉攘：形容混乱。⑯真：纯真。⑰淑清：明朗纯净。⑱厌饫（yù）：原指吃饱吃腻，这里指君王厌倦而不愿意听忠言。⑲窜端：藏头藏尾。⑳嗼（mò）：同"莫"，形容寂静无声。㉑便悁：忧愁。烦毒：烦闷愤恨。㉒夭隐：在隐居中死去。㉓瑶象：美玉和象牙。㉔陈列：诉说。无正：没有评判的人。㉕墬：同"地"。若过：形容时间过得飞快。㉖烂漫：散乱，消散。㉗憯怛（cǎn dá）：痛苦忧伤。㉘阳春：温暖的春天。

【译文】

灵魂独自飞行随遇而安，悠然离开一去不返。飞升上天越来越高，心绪烦乱满怀忧愁。鸾凤高高飞翔在云端，射鸟的短箭也不能把它伤害。蛟龙深深潜藏在极深的水潭，罗网也不能将它锁困。深知贪食香饵必遭杀身之祸，不如深深潜藏享受清澄的水波。宁愿隐居远离灾祸，谁能够再伤害侮辱我？伍子胥以死成就大义，屈原为理想投身于汨罗江。即使粉身碎骨也不动摇，岂能把忠诚、信义改变抛却？内心忠诚正直耿介，遵循法度从不偏颇。权衡考量毫无私心，称轻量重分毫不错。擦拭纷纷散落的污垢，除却累累污秽回复真性。形体清白本质纯真，内心纯洁品德方正。当今君王厌弃忠言不任用，只好隐伏山林远离灾祸。逃头匿足隐藏行迹，沉寂无声默默不语。孤独忧愁心里烦闷怨恨，如何发泄愤懑排遣忧情？时世昏暗不明心力憔悴，心中郁闷哀叹无美名流传。伯夷守节饿死在首阳山，默默而死不得显达。太公吕望如果不遇到周文王，一生到死也不能施展才华。怀揣美玉、象牙而戴玉佩，希望进献忠心却无人作证。生来就是天地之间的过客，时光匆匆而过一事无成。偏邪之气不断侵袭我的身体，使我忧伤痛苦百病丛生。渴望能再见一次春天的阳光，恐怕就要终结不能延年。

九怀

【题解】

"怀",思念,怀念追思之意。《九怀》,为西汉辞赋家王褒所作,是一组为屈原立言进而自我抒情的诗歌,包括《匡机》《通路》《危俊》《昭世》《尊嘉》《蓄英》《思忠》《陶壅》《株昭》九章。在内容上,《九怀》先写世事的混乱,黑白颠倒,贤愚不分;然后写屈原的悲惨和感伤;之后又想象屈原上天入地到仙界消遣娱乐的场景;最后写屈原终究不能忘怀现实,即使在美好的天庭,也情不自禁回望家国的心情。九篇诗歌看似重章复沓,但内容跌宕有致,细微之处各有特点。

匡机

【题解】

"匡",匡正补救;"机",危机、危险。"匡机"即对危险加以补救之意,就本篇而言,是指愿意忠贞地辅佐君王,帮助君王解除国家危机的意思。文章开头便描写了恶劣的自然环境,而这恶劣的自然环境是由于天道运行无常造成的,并以此隐喻楚国君王的无道,使屈原身处困境,内心苦闷。随后又写屈原为了排遣苦闷,只好超越现实,乘驾日月飞上朗朗天空,去追求理想中的世界,但屈原内心仍然怀恋故国,无法忘怀君王,因此而心绪郁结,无法解脱。

【原典】

极运兮不中①,来将屈兮困穷②。余深愍兮惨怛③,愿一列兮无从④。

【注释】

①极:天极,北极星。因其居天之中,不偏不倚,故可作为大道、准则的象征。运:转动,移徙。中:正,不偏不倚。②屈:困穷,困窘。③愍(mǐn):同"悯",悲痛,忧伤。惨怛(dá):忧伤,悲苦。④一列:全部陈述出来。无从:无由,没有门径。这里指没有进言、讽谏的门路。

【译文】

北极星运转没有在中间,承受委屈陷入困顿贫穷。我心中忧伤啊无限悲痛,想尽诉忠心却忧告无门。

九怀

【原典】

乘日月兮上征,顾游心兮鄗酆①。弥览兮九隅②,彷徨兮兰宫③。芷间兮药房④,奋摇兮众芳⑤。菌阁兮蕙楼⑥,观道兮从横⑦。宝金兮委积,美玉兮盈堂。桂水兮潺湲⑧,扬流兮洋洋⑨。蓍蔡兮踊跃⑩,孔鹤兮回翔⑪。

【注释】

①顾:眷顾。鄗(hào):同"镐",周武王姬发的都城,在今陕西省长安县西南。酆(fēng):同"丰",周文王姬昌的都城,在今陕西省户县境内。②弥览:历观,遍观。九隅(yú):九州。③兰宫:长满兰草的宫室。④间:本指里巷的大门,也泛指门。药:白芷。⑤奋摇:指各种香花芳草蓬勃生长的样子。⑥菌(jùn):通"箘",即箘桂,又称肉桂,一种香木。⑦观(guàn):宫廷或宗庙大门外两旁高大华丽的建筑物,也指楼台亭榭。观道:楼台旁的路。⑧桂水:散发着郁勃香气的水流。潺湲(chán yuán):形容水缓慢流动的样子。⑨扬流:水花四溅,飞动扬举。洋洋:形容河水流动的样子。⑩蓍(shī):即"耆",老。蔡:大龟。踊跃:跳跃。⑪孔鹤:孔雀和仙鹤。回翔:回旋飞翔。

【译文】

乘驾日月飞上朗朗天空,顾念追思周代都城镐京。遍观天下九州山川形势,徘徊徜徉在香洁高雅的兰宫。芷草做的大门,白芷盖的房屋,百花蓬勃开放,四处飘香。菌桂

掩亭阁蕙草饰高楼，楼观间的道路纵横交错。金银珠宝四处堆放，华美宝玉摆满庭堂。芳香的小溪潺潺流淌，波浪扬起水花四溅。老神龟在岸边跳跃爬行，孔雀仙鹤回转飞翔。

【原典】

抚槛兮远望，念君兮不忘。怫郁兮莫陈①，永怀兮内伤②。

【注释】

①怫郁：愤懑郁结。莫陈：无处陈述、申说的意思。②永怀：长久怀念。内伤：内心的悲伤。

【译文】

手抚栏杆向远处眺望，怀念君王时刻不忘。心中愤懑郁结不能陈诉，永久的怀念呀内心悲伤。

通路

【题解】

"通路"，即道路通畅的意思，这里指作者希望自己和屈原一样，可以寻求一条能走的道路，为国为君所用，从而一展雄心抱负。作者用比喻手法写君王不能任用贤才，致使凤凰远逝、诗人离世远游，不得不惆怅彷徨于天地之间，闲游于天国之上。然而，天国虽好，作者内心却仍然牵念君王，希望有坦途靠近君王。

【原典】

天门兮墬户①，孰由兮贤者②？无正兮溷厕③，怀德兮何睹④？假寐兮憋斯⑤，谁可与兮寤语⑥？痛凤兮远逝，畜鴳兮近处⑦。鲸鱏兮幽潜⑧，从虾兮游渚⑨。

【注释】

①墬：同"地"。户：单扇的门，也泛指房门。②孰由兮贤者：即"贤者何由"，贤人该走哪条路的意思。③溷厕：混乱杂错，是非不分。④怀德：怀德之人，有德之士。⑤假寐：不脱衣冠，和衣而睡。憋：同"悯"。⑥寤语：即面对面说话。寤：即"晤"，对，面对面的意思。⑦畜：养。鴳（yàn）：雀一类的小鸟。⑧鱏（xún）：同"鲟"，一种大鱼。幽潜：深水潜藏。⑨从虾：小鱼虾。渚（zhǔ）：通"渚"，水中小块陆地。

【译文】

天上有天门，地上有地户，不知哪条路贤人能出入？世上没有公正，好坏相混杂，内怀好品德谁能看见？和衣而卧悲悯世风日下，谁能与我面对面说话？痛心凤凰已经远去，畜养的小鸟却在君王身边亲附。大鲸鲟只能够深水潜藏，小鱼虾却任意戏游洲渚。

【原典】

乘虬兮登阳①，载象兮上行②。朝发兮葱岭③，夕至兮明光④。北饮兮飞泉⑤，南采兮芝英⑥。宣游兮列宿⑦，顺极兮彷徉⑧。红采兮骍衣⑨，翠缥兮为裳⑩。舒佩兮綝纚⑪，竦余剑兮干将⑫。腾蛇兮后从⑬，飞駏兮步旁⑭。微观兮玄圃⑮，览察兮瑶光⑯。

【注释】

①虬（qiú）：虬龙，古代传说中有角的小龙。登阳：上天。②载：乘坐。象：大约是一种神象。③葱岭：山名，在今新疆西南，帕米尔高原，昆仑山、天山皆自其中蜿蜒而出。④明光：古代传说中的神山。⑤飞泉：神话传说中昆仑山山谷名。⑥芝：灵芝，古人视为瑞草，食之可以成仙。英：华，即花。⑦宣游：遍游。列宿：指天上的二十八星宿。⑧顺极：围绕北极星。⑨红采：即彩虹。骍（xīng）衣：红色的马，这里指红色的。⑩翠缥（piǎo）：指淡淡的

青云。缥，淡青色，浅青色。⑪缤缅(shēn xǐ)：即"陆离"，繁盛的样子。⑫竦(sǒng)：原指恭敬，这里是执、持的意思。干将：宝剑名。⑬腾蛇：神话中形似龙的飞蛇。⑭飞驱(jù)：驱骥，神话中形似马的动物，善于奔跑。步：行走。⑮微观：暗暗地看。玄圃：当即"悬圃"。⑯瑶光：星名，即北斗星的第七星。

【译文】

乘着虬龙飞上高空，骑着神象遨游苍穹。早晨出发到了葱岭，傍晚到达东方明光山中。来到北方渴了饮昆仑飞泉，游至南方采摘瑞草灵芝。四处游遍天上二十八星宿，围绕北极漫步徘徊空中。七色彩虹做成上衣，淡青的云朵做成下裳。舒展玉佩光彩夺目，手中紧握吴国干将宝剑。神蛇腾飞紧紧跟随，驱骥奔驰不离身旁。侧目窥视天帝的园圃，仔细地察看那北斗瑶光。

【原典】

启匮兮探筴①，悲命兮相当②。纫蕙兮永辞③，将离兮所思④。浮云兮容与⑤，道余兮何之⑥？远望兮仟眠⑦，闻雷兮阗阗⑧。阴忧兮感余⑨，惆怅兮自怜。

【注释】

①启：打开。匮(guì)：盛物的箱子。探：取出，拿出。筴(cè)：古代占卜用的蓍草。②相当：一本"相"作"所"。所，当即所值、所遭逢的意思。③纫：穿连，连缀。永

辞：长辞。④所思：这里指君王。⑤容与：徘徊不进。⑥道：通"导"，引导。之：往，到……去。⑦仟眠：昏暗不明的样子。⑧阗阗（tián）：形容雷声很大。⑨阴忧：同"隐忧""殷忧"，深感忧虑。感：同"撼"，震动。

【译文】

打开木箱取出占卜用的蓍草，悲叹我的命运多有不详。连结蕙草发誓永辞浊世，将要离开时又想起我的君王。乘驾浮云徘徊不前，引导着我将要去何方。遥望楚国到处昏暗不明，耳闻空中雷声轰轰作响。深感忧虑震撼，内心惆怅失落独自哀怜。

危俊

【题解】

"危"，危险，孤危的意思。"俊"，指俊杰，才华出众之士。"危俊"，这里指才华出众的人却时时处境危险。本篇写作者去国远游，抒写超越现实、漫游升空的历程，上泰山、游星空，也无法使他轻松愉悦。最后写之所以心情阴郁，就是因为心系君王，寻觅不到知己而陷入忧思不绝的痛苦处境。

【原典】

林不容兮鸣蜩①，余何留兮中州②？陶嘉月兮总驾③，搴玉英兮自修④。结荣茝兮逶逝⑤，将去烝兮远游⑥。

【注释】

①蜩（tiáo）：蝉。②中州：指中国。③陶：喜欢，欢心。嘉月：吉祥的日子。总驾：聚集的车辆。④搴（qiān）：拔，摘取。修：修饰，打扮。

⑤结：编结。荣：这里是繁荣、茂盛的意思。茝（chǎi）：一种香草。逝：远逝，离开。⑥去：离开。烝：这里指君王。

【译文】

树林里容不下鸣叫的秋蝉，我又为何要留在中州大地？选个吉祥的日子吩咐集聚车驾，采摘美玉花朵我要自饰自修。编结茂盛的茝草径直远去，我将离开君王去远方遨游。

【原典】

径岱土兮魏阙①，历九曲兮牵牛②。聊假日兮相伴③，遗光燿兮周流④。望太一兮淹息⑤，纡余辔兮自休⑥。晞白日兮皎皎⑦，弥远路兮悠悠⑧。顾列孛兮缥缥⑨，观幽云兮陈浮⑩。

【注释】

①径：行走，经过。岱：泰山的别称，也称岱宗、岱岳。魏：同"巍"，高大。魏阙：天宫门外悬挂法令的地方。②九曲：这里指九天。牵牛：即牵牛星。③假日：假如有一天。相伴：徘徊，游荡。④遗光燿：发扬光彩，光芒四射。遗，显扬。燿，同"耀"。周流：这里指光芒周遍流动，照耀四方。⑤太一：这里指太一星，天庭中最尊贵的神。淹息：停滞不前。⑥纡：原本指曲折，这里指舒缓放松。⑦晞（xī）：早晨的日光。皎皎：这里形容日光明亮。⑧弥（mí）：远，久长，表示程度深。悠悠：形容道路长远、遥远。⑨列孛（bèi）：彗星。缥缥（piāo）：形容遥远。⑩幽云：幽暗的浮云。陈浮：漂浮弥漫。

【译文】

经过巍峨的泰山就见到了天宫门的魏阙，穿越九天看到了牵牛星。假如有一天一定要来此徜徉，借着太阳余晖四处遨游。仰望太一星稍作休息，放松马的缰绳且作休整。早晨初升的太阳洁白明亮，道路曲折漫长没有尽头。回看彗星缥缈悠远，眼观山中云气漂浮弥漫。

【原典】

钜宝迁兮砏磤①,雉咸雊兮相求②。泱莽莽兮究志③,惧吾心兮懤懤④。步余马兮飞柱⑤,览可与兮匹俦⑥。卒莫有兮纤介⑦,永余思兮怞怞⑧。

【注释】

①钜宝:星名,又称天宝星。砏磤(pān yīn):石头撞击发出的声响,这里形容声音很大。②雉:野鸡。雊(gòu):野鸡的鸣叫声。③泱莽莽:广大深远的样子。究志:无尽的志向。④懤懤(chóu):愁容满面的样子。⑤飞柱:古代传说中的神山。⑥匹俦(chóu):原指伴侣,这里引申为情义。⑦卒:终于,结果。纤介:忠贞正直之士。⑧永:永远,这里是悠长的意思。怞怞(yóu):忧愁的样子。

【译文】

钜宝星迁移发出很大的声音,野鸡一齐鸣叫雌雄相求。四周空旷陷入无尽的沉思,心生恐惧满腔抑郁忧愁。让马儿漫步在飞柱神山下,看有谁能做我的伴侣配偶。终于寻觅不到忠贞正直之士,我的思绪绵长忧愁不断。

昭世

【题解】

"昭",本是明的意思,这里"昭世"是使世事昭明、澄清之意。本篇首先写作者因为世态混乱冥昏而离开君王飞升苍穹以求得到解脱,随后写他即使寻遍了天庭,也始终找不到想得到的,从而愁肠寸断。最终明白自己无论怎样都难以舍弃忠君爱国的情结,从而永远无法忘记故乡和君王,不禁悲伤不已。

【原典】

世溷兮冥昏①，违君兮归真②。乘龙兮偃蹇③，高回翔兮上臻④。

【注释】

①世溷（hùn）：世道混乱的意思。冥昏：昏暗无光。②违君：离开国君。归真：回归纯真本性。③偃蹇（yǎn jiǎn）：形容龙的形体曲折夭矫的样子。④臻（zhēn）：至，达到。

【译文】

时世混乱昏暗无光，我要离开君王回归本真。乘驾飞龙高高飞升，回旋翱翔直达苍穹。

【原典】

袭英衣兮缇䋫①，披华裳兮芳芬。登羊角兮扶舆②，浮云漠兮自娱③。握神精兮雍容④，与神人兮相胥⑤。流星坠兮成雨，进瞵盼兮上丘墟⑥。览旧邦兮滃郁⑦，余安能兮久居！志怀逝兮心恻悷⑧，纾余辔兮踌躇⑨。闻素女兮微歌⑩，听王后兮吹竽⑪。魂悽怆兮感哀⑫，肠回回兮盘纡⑬。抚余佩兮缤纷⑭，高太息兮自怜。使祝融兮先行⑮，令昭明兮开门⑯。驰六蛟兮上征⑰，竦余驾兮入冥⑱。

【注释】

①袭：穿上。英衣：色彩艳丽的衣服。缇䋫（tí xí）：这里用作形容词，形容衣服色彩鲜艳。缇，黄赤色的丝织品。䋫，麻织的衣。②羊角：旋风。扶舆：犹言扶摇，随风盘旋的样子。③云漠，即云汉，也就是银河。漠，当作"汉"，形近而误。④神精：道家语，人的精气神。雍容：文雅大方，从容不迫。⑤相胥：这里是相伴的意思。⑥瞵（lín）盼：左顾右盼。瞵，视，看。丘墟：原指高丘，这里指昆仑之墟仙境。⑦滃郁：形容云气涌起，迷蒙的样子。这里喻指邦国安危。⑧怀：想，想要。逝：往，离开。恻悷（liú lì）：悲伤，忧愁。⑨纾：放松。踌躇（chóu chú）：犹豫，徘徊。⑩素女：这

里指宓妃，神女。⑪王后：神女名。⑫凄怆（chuàng）：凄惨悲伤。⑬回回：迂回曲折，这里形容心思郁结纠错而混乱。⑭缤纷：繁盛。⑮祝融：南方火神。⑯昭明：炎神。⑰蛟：传说中的一种龙。⑱竦：跳，向上进发。入冥：升入天空最高处，指升天。

【译文】

身穿鲜艳美丽的上衣，腰系美丽裙裳芳香袭人。乘着旋风扶摇盘旋而上九天，飘浮在银河上自娱自乐。振奋精神态度从容不迫，与仙人情思相通相伴同行。流星纷纷坠落如同降雨，左顾右盼登上昆仑之墟。俯视故国云气迷漫，我怎能在这里久居。心里想着离开啊心中伤悲，放松我的马缰徘徊犹豫。耳边响起仙女素女的低声吟唱，听到帝女宓妃吹奏竽管。神魂凄惨悲伤感慨哀痛，思绪绵绵盘曲郁结愁肠。抚摩我的玉佩缤纷作响，不禁深长叹息私自哀怜。

派遣火神祝融先行开路，命令炎神昭明开门候望。驾起六条蛟龙向上飞升，乘车高驰直上云霄。

【原典】

历九州兮索合①，谁可与兮终生。忽反顾兮西囿②，睹轸丘兮崎倾③。横垂涕兮泫流④，悲余后兮失灵⑤。

【注释】

①索合：索求志同道合的人。②西囿（yòu）：西方的园囿。③畛（zhěn）丘：高大险峻的山。崎倾：倾侧不正，形容山势崎岖险峻。④泫（xuàn）：形容流泪的样子。⑤后：这里指君王。失灵：失去了灵性，昏庸糊涂。

【译文】

游遍九州寻求志同道合之人，谁能与我结伴终生？忽然回头眺望西方园囿，只见山势高峻崎岖险峻。不禁涕泪横流泫然滚落，悲叹那君王如此糊涂昏庸。

尊嘉

【题解】

"尊"，尊崇，尊重的意思。"嘉"，美好，这里指德行高尚的人。"尊嘉"，即指尊崇德行高尚的人。本诗开篇描绘了春意盎然的阳春三月，作者由眼前美好的景象追怀曾经的贤人，从而联想到自身的处境，只能临淮水而悲叹；进而用浪漫手法把神话和现实结合起来，幻想出一段惊险刺激的水游场面，其中既有蛟龙导引、文鱼上濑、河伯开门，也有抽蒲陈坐、援芙蓉以为盖；最后写再热情、美好的画面，都无法令他忘怀故乡，想到自己身如浮萍，有家难回，禁不住伤感失意。

【原典】

季春兮阳阳①，列草兮成行。余悲兮兰生②，委积兮从横。江离兮遗捐③，辛夷兮挤臧④。伊思兮往古⑤，亦多兮遭殃。伍胥兮浮江，屈子兮沉湘。

九怀

【注释】

①季春：春季之末，阴历三月。季：末，小。阳阳：风和日丽的样子。②生：一作"悴"，为憔悴，凋零，陨落的意思。③江离：蘪芜，香草名。遗捐：遗弃。④辛夷：香木名。挤臧：排挤隐藏。臧，同"藏"。⑤伊：句首发语词。往古：前代，前世的人。

【译文】

阳春三月风和日丽，百花争艳芳草萋萋。我心悲痛兰草凋零，枝叶乱生凌乱不堪。香草江离遗弃在山野，香木辛夷被隐藏排挤。想起那往古的俊杰贤良，多半是命运多舛遭逢祸殃。吴国子胥被害尸浮江中，楚国屈原被逐自沉湘江。

【原典】

运余兮念兹①，心内兮怀伤。望淮兮沛沛②，滨流兮则逝③。榜舫兮下流④，东注兮磕磕⑤。蛟龙兮导引，文鱼兮上濑⑥。抽蒲兮陈坐⑦，援芙蕖兮为盖⑧。水跃兮余旌，继以兮微蔡⑨。云旗兮电骛⑩，儵忽兮容裔⑪。河伯兮开门，迎余兮欢欣。

【注释】

①运：运转，这里引申为转而一想。②淮：淮河。沛沛：水势盛大的样子。③滨：水边，这里用作动词，指站在水边。逝：远去，这里指流水远

去。④榜（bàng）：船桨，这里用作动词，是划船的意思。舫（fǎng）：船的通称，两船并在一起也称舫。⑤注：流注，倾泻。磕磕（kē）：水石撞击发出的声音。⑥文鱼：身上有斑彩花纹的鱼。濑：急流。⑦抽蒲：抽拔蒲草以编席。⑧援：引，取。芙蕖：荷花。⑨微蔡：草，这里指水藻之类。⑩电骛（wù）：风驰电掣般地前进。骛：奔驰。⑪容裔（yì）：形容船行水中高低起伏的样子。

【译文】

转而想起自己的遭遇，心怀悲痛无限感伤。眼望淮水滚滚东流，伫立河边想要随波而去。乘坐大船顺流而下，东流入海水石相击。水中蛟龙在前面引路导航，长着花纹的鱼带我穿越急流。拔些蒲草做坐席陈放船中，采点荷叶做船篷盖在船上。水花飞溅溅湿船旗，草芥漂浮卷入船中。挂起云旗船儿风驰电掣，极速前进船儿起伏摇荡。水神河伯打开大门，隆重迎接我前来拜访。

【原典】

顾念兮旧都，怀恨兮艰难。窃哀兮浮萍①，汎淫兮无根②。

【注释】

①浮萍：一种水草，浮在水面，下面有根须。②汎（fàn）淫：漂浮不定。汎，同"泛"。

【译文】

回首思念楚国郢都，心怀怨恨举步维艰。暗自哀怜像那水上的浮萍，四处漂泊不定无家可归。

九怀

蓄英

【题解】

"蓄",为蓄积,积累的意思。"英",美好的品质,德行。"蓄英"就是蓄积美好的品质,这里指自我修饰,自强不息的意思。本篇先从秋风萧萧的肃杀景象写起,渲染出万物衰竭的悲凉气氛;接着写君王昏庸,唐虞不存,让主人公不愿久留,他骑霓南上、奔赴天庭,不断地修养自身,自励自强,希冀有朝一日能施展才能,实行美政,成全自己的理想;最后,描写了主人公虽然去国远游,却仍然不忘君王,"身去兮意存",充分表达了他恋国与去国的矛盾。

【原典】

秋风兮萧萧①,舒芳兮振条②。微霜兮眇眇③,病殀兮鸣蜩④。玄鸟兮辞归⑤,飞翔兮灵丘⑥。望溪谷兮滃郁⑦,熊罴兮响嗥⑧。

【注释】

①萧萧:风声,形容秋风萧瑟。②舒芳:花草舒展、挺拔的样子。振条:树枝摇摆的样子。③眇眇(miǎo):这里是微小、微薄的意思。④殀(yāo):同"夭",死亡。⑤玄鸟:青鸟,这里指燕子。⑥灵丘:神山。⑦滃(wěng)郁:云雾弥漫。⑧罴(pí):一种猛兽,熊的一种。响嗥(hǒu háo):吼叫,嚎叫。响,同"吼",吼叫。

【译文】

秋风啊萧萧瑟瑟,使花草摇动让树枝动摇。微霜降落细细渺渺,鸣蝉蜷曲萎缩无声无息。燕子辞别北方回归南方,径向神山灵丘振翅飞翔。

233

望见山涧溪水云雾迷漫，山中熊罴吼叫惊动四方。

【原典】

唐虞兮不存①，何故兮久留？临渊兮汪洋②，顾林兮忽荒③。修余兮袿衣④，骑霓兮南上⑤。乘云兮回回⑥，亹亹兮自强⑦。

【注释】

①唐虞：唐尧和虞舜。②汪洋：形容水面宽广，波涛汹涌。③忽荒：即"荒忽"，不明了，模糊不清。④修：修饰。袿（guī）衣：衣服，上衣。⑤霓：虹的一种，又称雌虹、雌霓。⑥回回：这里形容云气旋转而运动扩散、四处弥漫的样子。⑦亹亹（wěi）：勤勉不倦的样子。

【译文】

唐尧和虞舜已经不复存在，我为什么还要在此停留？走近深渊只见一片汪洋，回顾山林视线模糊不清。整饰好自己的衣服行装，骑着虹霓腾空飞向南方。驾起五彩祥云盘旋回转，勤勉不倦自强不息。

【原典】

将息兮兰皋①，失志兮悠悠②。芬蕴兮黴黧③，思君兮无聊。身去兮意存，怆恨兮怀愁④。

【注释】

①皋（gāo）：水边的高地。②失志：失去志向，理想不能实现。悠悠：形容忧愁的样子。③芬蕴（fén yùn）：这里形容愁思蓄积的样子。黴黧（méi lí）：形容面色污黑的样子。④怆（chuàng）：悲伤。

【译文】

在长满兰草的岸边准备休息，失去志向内心忧思难忘。愁思蓄积不散面目黑瘦，思念君王闷闷不乐。身离国君情意还在，悲伤怨恨愁绪满怀。

九怀

思忠

【题解】

"思"为悲,"忠"为中心,"思忠"即悲伤的心情。本诗以"心伤"为主题,抒写了诗人愤世嫉俗、矢志不渝的情怀。诗中内容大致与前几篇相同,表达了诗人想要上九天与神灵畅游并在黎明时分倾听神女歌声的愿望、透露了世间的黑白颠倒,进一步说明即使逃得再远,也无法忘怀现实,内心的悲伤会永远跟随自己。

【原典】

登九灵兮游神①,静女歌兮微晨②。悲皇丘兮积葛③,众体错兮交纷④。贞枝抑兮枯槁⑤,枉车登兮庆云⑥。感余志兮惨慄⑦,心怆怆兮自怜⑧。

【注释】

①九灵:九天。游神:舒放精神,使之畅快。游,舒散,放散。②静女:指神女。微晨:清晨,黎明。③皇丘:大山。皇,大。丘,土山。葛:一种藤本植物,这里比喻奸佞小人。④错、交纷:都是形容错综交杂的样子。⑤贞:正直。枯槁:枯萎。⑥枉:弯曲,不正。庆云:祥云,瑞气。⑦惨慄:悲痛的样子。⑧怆怆:忧伤的样子。

【译文】

登上九天舒放精神,在黎明时分传来神女的歌声。悲叹那大山中葛草成堆,盘根错节纷乱不堪。挺拔的枝干受压枯萎,弯曲不正的车驾反倒尊贵显赫。想起这些令我悲痛不已,心中忧伤独自哀怜。

235

【原典】

驾玄螭兮北征[1]，向吾路兮葱岭。连五宿兮建旄[2]，扬氛气兮为旌[3]。历广漠兮驰骛[4]，览中国兮冥冥[5]。玄武步兮水母[6]，与吾期兮南荣[7]。登华盖兮乘阳[8]，聊逍遥兮播光[9]。抽库娄兮酌醴[10]，援爮瓜兮接粮[11]。毕休息兮远逝，发玉轫兮西行[12]。

【注释】

①玄螭（chī）：传说中黑色无角的龙。②五宿（xiù）：天上的五个星宿。旄（máo）：古代用牦牛尾装饰的旗帜。这里泛指旗帜。③氛：雾气。旌：旌旗。④漠：辽阔空旷的地方。驰骛（wù）：驰骋。⑤中国：古代华夏民族因为觉得自己居天下的正中，所以称呼自己所处的地方为中国，以与四夷相对。冥冥：幽暗。⑥玄武：指神龟，水神。水母：大约也是水神名。⑦期：约会。南荣：南方。⑧华盖：星名，包括北斗等群星。乘阳：上天。⑨播光：当作"瑶光"，指北斗星的第七星。⑩抽：引，持取。库娄：星辰名，因为形似酌酒的器皿而得名。酌：斟酒。醴（lǐ）：一种甜酒。⑪爮（páo）瓜：小瓜，这里是星辰名。接粮：作为粮食。⑫发玉轫：启程。轫，用来制止车轮转动的木头。

【译文】

驾起黑色无角龙车向北行进，前进的道路指向葱岭之山。连接起五大星宿当作大旗，扬起那满天云雾作为旌旗。穿过辽阔无际的旷野我继续向前，遍观华夏大地一片昏暗不明。天上神龟与水神前来送行，与我约定在繁花盛开的南国相逢。登上华盖群星来到天穹，姑且逍遥在北斗群星之中。举起库娄群星斟满酒浆，端来天官四星作为粮食。休息完毕我将远去，驱车出发直奔那西方。

【原典】

惟时俗兮疾正[1]，弗可久兮此方[2]。瘖辟摽兮永思[3]，心怫郁兮内伤[4]。

【注释】

①惟：想起。疾正：憎恶正直之人。疾，同"嫉"。②方：地，地方。③寤：睡醒。辟摽（pì biào）：抚摩、拍打胸口，这里是捶胸长叹的意思。④怫郁：忧郁，心情不舒畅。

【译文】

想到当今世俗憎恶正直之人，绝不可以长久留在此混浊之地。醒来捶胸顿足愁绪绵长，心中愁苦郁闷暗自哀伤。

陶壅

【题解】

"陶"，心中忧闷；"壅"，拥堵、滞塞。"陶壅"就是心中愁肠百结，无法排解。本篇分为三部分，第一部分描绘了主人公伤时俗之混乱，将奋翼而高飞；第二部分描述了主人公神游天庭仙界的情景；第三部分写长久的驰骋令他面色憔悴，筋疲力尽，随即想到从古至今的圣贤能为君王出谋划策，自己却遇不到明君而只能抚轼作诗长叹。最后以思君伤时作结。

【原典】

览杳杳兮世惟①，余惆怅兮何归？伤时俗兮溷乱②，将奋翼兮高飞③。

【注释】

①杳杳：昏暗，这里指世事。惟：有愚昧之意。②溷乱：混乱。③奋翼：展翅。

【译文】

看那时世昏暗世人愚昧，我心中惆怅啊哪里是我的归程？感伤当今风气一片混乱，我将展翅翱翔远走高飞。

【原典】

驾八龙兮连蜷①，建虹旌兮威夷②。观中宇兮浩浩③，纷翼翼兮上跻④。浮溺水兮舒光⑤，淹低佪兮京沶⑥。屯余车兮索友⑦，睹皇公兮问师⑧。道莫贵兮归真，羡余术兮可夷⑨。吾乃逝兮南娭⑩，道幽路兮九疑⑪。越炎火兮万里，过万首兮嶷嶷⑫。济江海兮蝉蜕⑬，绝北梁兮永辞⑭。浮云郁兮昼昏，霾土忽兮塺塺⑮。

【注释】

①连蜷（quán）：蜷曲的样子。②威夷：同"逶迤""委蛇"，形容旌旗随风飘扬、舒卷自如的样子。③中宇：天下。浩浩：广大的样子。④纷：美盛。翼翼：形容疾起高飞的样子。跻（jī）：登，上升。⑤溺水：水名。舒光：焕发光彩。⑥淹：停下。低佪：徘徊不前。京沶（chí）：水中的小块陆地。⑦屯：驻扎，聚集。索：求索，寻找。⑧皇公：天帝。问师：询问，请教。⑨夷：喜欢，高兴。⑩娭：同"嬉"，游戏。⑪道：取道，经过。九疑：即九嶷山，又名苍梧山，虞舜葬处，在今湖南省宁远县南。⑫万首：指海中众多岛屿。嶷嶷（yí）：同"嶷嶷"，高峻的样子。⑬蝉蜕（tuì）：蝉脱皮。这里是解脱的意思。⑭北梁：高大峻峭的山。永辞：永远地辞别。⑮霾（mái）：阴霾。塺塺（méi）：尘土飞扬的样子。

【译文】

乘驾八条飞龙盘旋而上，竖起彩虹旌旗随风飘扬。看天下浩浩渺渺，八龙矫健疾飞冲向天空。渡过了弱水焕发光彩，暂停徘徊不前在水中高地。把我的车驾集合起来去寻求朋友，见到天帝忙请教问师学习。他说："大道最贵处在于返璞归真，称赞我的道术令人喜悦。"

于是我又前往南方周游嬉戏，山路崎岖幽暗通往神山九嶷山。越过热如烈火的万里酷热之地，渡过江海中高耸的万座险峻岛屿。渡过江海如同蝉蜕得到解脱，跨越北面的高山险阻永别长辞。乌云密布白昼暗如夜，阴霾迷蒙尘土飞扬。

【原典】

息阳城兮广夏①，衰色罔兮中怠②。意晓阳兮燎寤③，乃自诊兮在兹④。思尧舜兮袭兴⑤，幸咎繇兮获谋⑥。悲九州兮靡君⑦，抚轼叹兮作诗⑧。

【注释】

①阳城：地名，春秋时的楚地。广夏：大屋。夏：通"厦"。②罔：同"惘"，失意。怠：精神疲惫。③晓阳：晓畅，即通达、明白的意思。燎寤：即"憭悟"，明白，理解。④自诊（zhěn）：省视，察看。⑤袭兴：相继兴盛。⑥幸：为天子所亲爱，宠幸。咎繇：皋陶，舜时的贤臣。谋：谋划，考虑。⑦九州：天下，指当时中国疆域。靡：无，没有。⑧轼：古代马车前的横木。

【译文】

在阳城的高屋大厦里暂且歇息，容颜衰老心神恍惚啊落魄失意。心里明白通达事理不糊涂，于是就在自我审视此地。想那唐尧与虞舜相继让国家兴盛，只为

重用皋陶获得兴邦之计。悲叹天下没有贤君圣主，抚着马车横木长叹作诗抒情意。

株昭

【题解】

"株"，借为"诛"，是责让、诛除的意思；"昭"，原意为显明、显达，这里指仕宦显达之人。"株昭"是指诛除显贵达人，引申为诛除奸佞之人的意思。本篇以一声叹息开篇，之后作者便开始诉说主人公的心事，进而说出世道和人心的险恶，对黑白颠倒、奸忠不分的现实产生了忧虑；接着写主人公驾祥云飞上云天，享受极乐，而在神游中回望世俗社会，自觉现实污秽不堪、纲纪败坏，于是决定携佩远逝。最后，主人公虽有离开的想法，但终因依恋国土、挂念君王而矛盾重重，最终泪流满面，悲伤欲绝。

【原典】

悲哉于嗟兮①，心内切磋②。款冬而生兮③，凋彼叶柯④。瓦砾进宝兮⑤，捐弃随和⑥。铅刀厉御兮⑦，顿弃太阿⑧。骥垂两耳兮，中坂蹉跎⑨。蹇驴服驾兮⑩，无用日多⑪。修洁处幽兮⑫，贵宠沙劘⑬。凤皇不翔兮，鹌鹑飞扬⑭。

【注释】

①于嗟（xū jiē）：叹息声。②切磋（qiē cuō）：古时雕刻骨器叫切，雕刻象牙叫磋。在这里比喻内心如刀切磋一样疼痛。③款冬：多年生草本植物，虽冰雪之下也能生芽，开花最早，故名款冬。④柯：草木的枝茎。⑤砾

(lì)：小石子。⑥捐弃：丢弃。随和：宝物的名称，属于和氏璧之类。⑦铅刀：不锋利之刀，这里指无用之人。厉御：积极进献。⑧顿：舍弃，废弃。太阿：宝剑名。⑨中坂：半山坡。蹉跎（cuō tuó）：失足，颠蹶。⑩蹇：跛，瘸。⑪日多：这里指被任用者多。⑫修：修饰，这里指有着美好品格的人。⑬沙劘（suō mó）：即摩挲，这里指用手抚摸，表示亲热。⑭鹑、鹊：都是小鸟名，这里喻指小人。

【译文】

我心悲伤仰天长叹，内心就像刀割一样疼痛。款冬在严寒中开花，草木枝茎却已凋谢。瓦砾碎石被视如珍宝，宝珠玉璧却被抛弃在一边。铅刀钝劣受到重用，太阿宝剑丢弃不用。千里良马疲惫垂耳，半山坡上蹉跎不前。跛脚瘸驴拉车驾辕，无用之人日益增多。清廉之士退避归隐，猥琐小人尊贵受宠。凤凰不能自由翱翔，鹌鹑鹊雀却能任意飞翔。

【原典】

乘虹骖蜺兮①，载云变化②。鹪鹏开路兮③，后属青蛇④。步骤桂林兮⑤，超骧卷阿⑥。丘陵翔舞兮⑦，溪谷悲歌。神章灵篇兮⑧，赴曲相和⑨。余私娱兹兮，孰哉复加⑩。

【注释】

①骖蜺：驾驭雌虹。②载：乘，乘坐。③鹪鹏（jiāo míng）：神鸟凤凰。④属（zhǔ）：跟随。⑤步骤：或慢或快地前进。步：缓行。骤：疾走。⑥骧（xiāng）：马昂首疾走的样子。卷阿（quán ē）：蜿蜒曲折的高山。卷，弯曲。引申为险峻。阿，高山。⑦丘陵：高高的土山堆。⑧神章灵篇：乐曲的篇章名。⑨赴曲：一起演奏乐曲。⑩孰哉复加：还有什么比这更快乐。

【译文】

乘驾彩虹升空远游，车载彩云变化万端。鹪鹏神鸟在前面开路，青蛇在后面紧紧跟随。或慢或快走在桂林道上，骏马昂首阔步穿过蜿蜒高山。山丘起伏欢乐起舞，溪谷流水歌声潺潺。奋笔写出神灵篇章，琴瑟齐奏相互应和。我在这里暗自愉悦，还有什么比这更让人快乐？

【原典】

还顾世俗兮，坏败罔罗①。卷佩将逝兮，涕流滂沱②。

【注释】

①罔罗：原指捕动物的用具，这里喻指法度纲纪。②滂沱：即"滂沱"，形容泪流满面的样子。

【译文】

环顾人间世俗百态，败坏法度纲纪误君误国。收拾行装我将去远方，泪眼蒙眬满心忧伤。

【原典】

乱曰：皇门开兮照下土①，株秽除兮兰芷睹②。四佞放兮后得禹③，圣舜摄兮昭尧绪④，孰能若兮愿为辅⑤。

【注释】

①皇门：指君王之门。②株秽：污秽、腐败的草木，这里喻指奸邪小人。③四佞（nìng）：指尧的四个佞臣驩兜、共工、苗、鲧。佞，奸臣。④摄：摄政，指代君主处理国家政务。昭：发扬光大。尧绪：唐尧传留下来的事业。⑤辅：辅佐之臣。

【译文】

君门大开光辉普照大地，扫除腐败的草木只留芳香兰芷。放逐四佞，大禹掌朝政，虞舜执政光大尧帝的事业，谁能像尧舜那样啊我愿意辅佐他。

九叹

【题解】

　　《九叹》和《九怀》一样,也是由九个短篇组成,由于每篇都以"叹曰"作结,故总题为"九叹"。本篇的作者是西汉经学家、文学家刘向。本篇主要以屈原的口吻叙述了他在政治上的遭遇,表达了刘向对屈原忠君爱国却遭贬殉身的悲愤和同情。

　　《九叹》包括《逢纷》《离世》《怨思》《远逝》《惜贤》《忧苦》《愍命》《思古》《远游》九章,每章独立成篇,思想上有复古倾向。

逢纷

【题解】

"逢纷"，意思是遭逢纷乱浊世。本篇为《九叹》的首篇，诗中以概述的方式介绍了屈原的高贵出身、美好的名字和德操，然后又用自诉的方式倾诉了屈原空怀美德而不被重用的苦闷，最后写被楚王放逐后思君念国的情怀，为后面八篇文章的主题奠定了基调。

【原典】

伊伯庸之末胄兮①，谅皇直之屈原②。云余肇祖于高阳兮③，惟楚怀之婵连④。原生受命于贞节兮⑤，鸿永路有嘉名⑥。齐名字于天地兮，并光明于列星。吸精粹而吐氛浊兮，横邪世而不取容。行叩诚而不阿兮⑦，遂见排而逢谗⑧。后听虚而黜实兮⑨，不吾理而顺情。肠愤悁而含怒兮⑩，志迁蹇而左倾⑪。心慌慌其不我与兮⑫，躬速速其不吾亲⑬。辞灵修而陨志兮⑭，吟泽畔之江滨。椒桂罗以颠覆兮⑮，有竭信而归诚。谗夫蔼蔼而漫著兮⑯，曷其不舒予情⑰。

【注释】

①伊：句首语气词。伯庸：屈原父亲的字。末胄（zhòu）：子孙，后裔。②谅：信，确实。皇：完美的意思。③云：句首语气词。肇（zhào）祖：始祖。高阳：相传是颛顼帝的别号。④婵连：族亲相连。这里指屈原与楚王同姓，同为颛顼高阳氏的后代。⑤原：屈原。贞节：坚贞的德操。⑥鸿永路：鸿大长远的路，这里指前程远大。⑦叩诚：真诚，忠诚。不阿：公正不阿。⑧见排：被排挤。逢谗：遭受谗害。⑨后：君王。听虚：听信假话、空话。虚，

空话，假话。黜实：贬斥诚实的人。⑩愤悁（yuān）：愤恨。⑪迁蹇：屈曲的样子，这里指心情不舒畅。左倾：意志颓丧不振。左，卑下。倾，破灭。⑫悇（tǎng）慌：恍惚，失意，内心忧伤。与：亲近，信任。⑬逯逯：疏远，不亲近的样子。⑭陨志：志气消失，失意。⑮罗：遭到。颠覆：跌倒，败坏。⑯蔼蔼：众多的样子。漫著：打击别人，抬高自己。著，夸耀。⑰舒：原指伸展，这里是抒发情感的意思。

【译文】

　　我是伯庸的后代，是诚信正直的屈原。我的始祖是古帝高阳氏，楚怀王与我族亲相连。我秉承坚贞节操而生，前途远大被赐予美好姓名。我的名字与天地相齐，光辉灿烂如同天上群星。我吸饮天地精华吐出浊气，身处浊世也绝不苟合求容。我行为忠诚刚直不阿，于是遭到诽谤受到排挤。君王听信谗佞贬斥忠良，不理睬我却顺从邪恶奸佞。我心怀愤恨满腔怒火，意志消沉精神颓废。内心忧伤君王对我不信任，孤独冷落君王不同我亲近。我辞别君王怅然失意，低吟悲歌在泽畔水滨。桂椒即使遭遇厄运，依然竭尽忠信一片诚心。众多谗人纷纷抬高自己贬低别人，为何不让我表明心志！

【原典】

　　始结言于庙堂兮①，信中途而叛之。怀兰蕙与衡芷兮，行中壄而散之②。声哀哀

而怀高丘兮③，心愁愁而思旧邦。愿承闲而自恃兮④，径淫曀而道壅⑤。颜黴黧以沮败兮⑥，精越裂而衰耄⑦。裳襜襜而含风兮⑧，衣纳纳而掩露⑨。赴江湘之湍流兮，顺波凑而下降⑩。徐徘徊于山阿兮，飘风来之洶洶⑪。驰余车兮玄石⑫，步余马兮洞庭。平明发兮苍梧⑬，夕投宿兮石城⑭。芙蓉盖而菱华车兮⑮，紫贝阙而玉堂⑯。薜荔饰而陆离荐兮⑰，鱼鳞衣而白蜺裳。登逢龙而下陨兮⑱，违故都之漫漫。思南郢之旧俗兮⑲，肠一夕而九运。扬流波之潢潢兮⑳，体溶溶而东回㉑。心怊怅以永思兮㉒，意晻晻而日颓㉓。白露纷以涂涂兮㉔，秋风浏以萧萧㉕。身永流而不还兮，魂长逝而常愁。

【注释】

①结言：誓言，这里指约定。②中埜：原野。③高丘：高山，这里比喻楚国都城和朝廷。④承闲：趁空闲的机会。自恃：自认为。⑤径：小道。淫曀(yì)：暗昧，昏暗不明。道壅：堵塞。⑥黴(méi)黧：污黑。沮败：沮丧败坏，这里形容气色差。⑦精越裂：精神上灰心失意。衰耄：衰老。⑧襜襜(chān)：形容衣服迎风飘动。⑨纳纳：形容衣服被濡湿。掩：遍及。⑩波凑：聚集的波浪。⑪飘风：旋风。洶洶：形容风很大。⑫玄石：原指青色的石头，这里是山名。⑬平明：早晨天刚亮的时候。苍梧：山名，即九嶷山。⑭石城：山名。⑮菱：通"菱"，一种水产植物。⑯阙：城楼。⑰薜荔：藤本植物。陆离：美玉。荐：坐席。⑱逢龙：山名。下陨：指从上往下看。⑲南郢：即郢都。⑳潢潢：水势浩大的样子。㉑溶溶：波浪翻滚。㉒怊怅：惆怅。㉓晻晻(yǎn)：抑郁愁苦的样子。㉔涂涂：浓厚的样子。㉕浏：形容风很快吹过。

【译文】

当初君王与我曾在庙堂约定，如今却听信谗言中途变心。我怀揣兰蕙和衡芷，只好将它们抛散在荒野中。怀念故土声声哀叹，满怀愁情思恋祖国家乡。我本想找机会竭尽忠心，怎奈道路堵塞幽暗不通。面目黧黑憔悴不堪，身老力衰没有精神。阵阵冷风吹动我的裙裳，浓浓寒露打湿我的衣

服。奔赴湍急的长江和湘水，顺着波涛向下漂流。漫步徘徊在山谷间，山风阵阵回旋凶猛。驾着我的马车向玄石山奔驰，来到在洞庭边慢步徐行。黎明我从苍梧山出发，傍晚投宿在石城山顶。荷花作盖菱花作车，紫贝砌楼台白玉铺堂厅。薜荔作装饰香草作卧席，五彩的上衣洁白的裙裳。登上逢龙山向下眺望，离开故都道路多么漫长。想起郢都的风物习俗，一夜之间九转愁肠。江水深广扬起波浪，浪涛翻滚奔向东方。内心惆怅止不住思念，精神抑郁一天天倍觉神伤。茫茫白露纷纷下降，秋风疾吹萧萧瑟瑟。身随水流永不回返，灵魂远逝愁眉不展。

【原典】

叹曰：譬彼流水，纷扬磕兮①。波涛汹涌，濆滂沛兮②。揄扬涤荡③，飘流陨往④，触峎石兮⑤。龙邛脟圈⑥，缭戾宛转，阻相薄兮。遭纷逢凶，蹇离尤兮。垂文扬采⑦，遗将来兮⑧。

【注释】

①磕：水石撞击发出的声音。②濆（pēn）：水波涌起。滂沛：水势浩大的样子。③揄扬：挥扬，扬起。涤荡：动摇，动荡。④陨往：指波浪起伏向前。⑤峎（yín）石：尖锐、锋利的石头。⑥龙邛（qióng）：水流不畅的样子。脟（luán）圈：水流发生了回旋。⑦垂文：流传文章。扬采：张扬文采。⑧遗（wèi）：赠与，给与。

【译文】

尾声：就像那奔腾的江水，浪花飞溅撞击巨石。风卷巨浪汹涌澎湃，大浪滚滚浩浩荡荡。扬起巨浪江流激荡，漂流而下奔向前方，猛烈撞击尖锐山石。洪流回旋盘旋环绕，水流终究被阻挡。时逢浊世遭灾殃，遭受污蔑和罪责。挥笔写下美丽篇章，留给后人体会我的思虑。

离世

【题解】

"离世",即远离世俗。本篇用呐喊和倾诉的方式,表达了屈原忠不见用的苦闷和怨情,以及对祖国的眷恋之情。本篇一开始就用急切的语气,在接连五句中用"灵怀"来呼叫楚怀王,以呼喊的方式,表达了对怀王听信谗言、疏远自己的满腔愤懑。接着又招来天地、四时、日月、招摇、咎繇等来佐证;接着重申自己即使为世俗所不容,却仍然坚守信念,保持忠诚,同时表达了对国家在昏君群小的手中日益倾危的忧虑;最后写屈原被放逐的行程及路上的所思所想,倾诉了自己内心的苦闷和对国家的热爱和眷恋之情。

【原典】

灵怀其不吾知兮①,灵怀其不吾闻。就灵怀之皇祖兮②,愬灵怀之鬼神③。灵怀曾不吾与兮④,即听夫人之谀辞⑤。余辞上参于天地兮⑥,旁引之于四时。指日月使延照兮⑦,抚招摇以质正⑧。立师旷俾端词兮⑨,命咎繇使并听⑩。兆出名曰正则兮⑪,卦发字曰灵均⑫。余幼既有此鸿节兮⑬,长愈固而弥纯。不从俗而诐行兮⑭,直躬指而信志⑮。不枉绳以追曲兮⑯,屈情素以从事⑰。端余行其如玉兮,述皇舆之踵迹⑱。群阿容以晦光兮⑲,皇舆覆以幽辟⑳。舆中涂以回畔兮㉑,驷马惊而横犇。执组者不能制兮㉒,必折轭而摧辕㉓。断镳衔以驰骛兮㉔,暮去次而敢止㉕。路荡荡其无人兮㉖,遂不御乎千里㉗。

【注释】

①灵怀：指楚怀王。②就：向，趋向。皇祖：怀王的祖先。③愬（sù）：同"诉"，诉说，告诉。④与：任用。⑤即：就，接近，靠近。⑥余辞：阿谀奉承的话。⑦延：长期，永远。照：察知，知晓。⑧抚：握持。招摇：星名，北斗星的第七星。质正：评断是非。⑨立：树立，确定某种地位。师旷：春秋晋国的一名乐师。俾：使。端：端正，这里指考察。⑩咎繇：即皋陶，舜时的贤臣。⑪兆：古人占卜算卦时，占卜工具上预示吉凶的裂纹。⑫发：显现，显露。⑬鸿节：大的节操。⑭诐（bì）行：邪行。诐，即"颇"，偏颇，不正。⑮直：停止，伸直。躬：身，身体。指：意旨，心志。信志：表明心志。⑯枉：不正，弯曲。⑰情素：同"情愫"。⑱述：根据，依照。踵迹：足迹，这里比喻前人的事业。⑲阿容：阿谀奉承。晦：冥。光：明。⑳幽辟：幽僻、昏暗的地方。㉑回畔：走回头路，即反悔。㉒执组：指驾驶车马。制：控制，约束。㉓轭（è）：车马拉物件时套在脖子上的器具。辕：马车上驾驭牲口的直木。㉔镳（biāo）衔：马的勒口，俗称马嚼子。骛：驰，乱跑。㉕次：止宿，停留。敢：不敢，岂敢。㉖荡荡：空阔广大的样子。㉗御：阻止，制止。

【译文】

怀王不明白我，怀王不了解我。我要向怀王祖先倾诉心曲，向那些神灵诉说冤情。怀王不任用我，又听信小人的阿谀奉承。我说的话上合天地，四时之神可以来作证。太阳月亮永远明白我，北斗星为我评出是非。我的话可请师旷来考察，也可让皋陶一起来听。通过占卜我起名叫正则，根据卦象我的表字是灵均。我小时候就有美的操行，长大后更加坚定而纯正。从不随波逐流胡作妄行，身心正直，意志坚定。决不违反正道追求邪曲，不违背真心去做事。行为端正纯洁如玉，继承先王治国的正道传统。众小人花言巧语蒙蔽君王，使朝廷昏暗国家衰败。车行中途突然走回头路，马儿受惊狂奔乱跑。车夫不能控制，必然折断车轭毁损车辕。勒口断折马儿乱奔，傍晚经过旅舍也不敢停止。宽阔的大道空无一人，脱缰的野马奔走千里。

【原典】

　　身衡陷而下沉兮①，不可获而复登②。不顾身之卑贱兮，惜皇舆之不兴。出国门而端指兮③，冀壹寤而锡还④。哀仆夫之坎毒兮⑤，屡离忧而逢患。九年之中不吾反兮，思彭咸之水游。惜师延之浮渚兮⑥，赴汨罗之长流。遵江曲之逶移兮⑦，触石碕而衡游⑧。波沣沣而扬浇兮⑨，顺长濑之浊流⑩。凌黄沱而下低兮⑪，思还流而复反。玄舆驰而并集兮⑫，身容与而日远。棹舟杭以横沥兮，涇湘流而南极⑬。立江界而长吟兮⑭，愁哀哀而累息⑮。情慌忽以忘归兮⑯，神浮游以高厉⑰。心蛩蛩而怀顾兮⑱，魂眷眷而独逝⑲。

【注释】

　　①衡：同"横"，意外。陷：下陷。②获：获得，得到。复登：这里是重新任用的意思。③端指：笔直向前。④壹：一旦，一经。寤：通"悟"，醒悟。锡：赐予。⑤坎毒：愤恨。⑥师延：人名，商纣时的乐师。浮渚：浮在水上，谓投水自尽。⑦江曲：江水曲折处。逶移：同"逶迤"，曲折绵延。⑧石碕：亦作"石圻"，曲折的石岸。⑨沣沣：水浪声。扬浇：水落回旋的样子。⑩长濑：长而湍急的水流。⑪凌：乘着。黄沱（tuó）：古时长江的别称。⑫玄：本指玄酒，古代祭祀时当酒用

的清水，这里是水的意思。舆：车。并集：并驾齐驱。⑬洎（jì）：同"济"，渡水。⑭江界：江边。⑮累息：长叹。⑯慌忽：同"恍惚"，迷茫，神志不清。⑰高厉：高高飞扬。⑱茕茕（qióng）：忧虑重重。⑲眷眷：形容依依不舍，频频回首的样子。

【译文】

我横遭陷害而沉沦，不能重新得到君王的任用。我不顾念自身的卑贱啊，只是哀伤楚国不能强盛。离开郢都笔直向前，希望君王一旦醒悟召我回朝廷。仆夫为我愤愤不平，可怜我屡受迫害遭遇祸患。放逐九年不召我回国都，想起了彭咸投水自尽。痛惜师延投水免遭刑罚，我也要举身自沉汨罗江。沿着曲折的江水蜿蜒前行，船触到石岸转而横走。波涛澎湃水流回旋，顺着湍急江水滚滚浊流。乘着长江顺流而下，多想逆流而上往回归返。船儿飞驰并肩齐进，从容离去越行越远。摇起船桨把大江横渡，渡过湘水奔向南方。站在江岸高歌长吟，声声长叹止不住悲伤。神情恍惚忘了归路，精神高飞在天际。心怀忧愁思恋故乡，灵魂依依不舍却孤独远行。

【原典】

叹曰：余思旧邦，心依违兮①。日暮黄昏，羌幽悲兮。去郢东迁，余谁慕兮？谗夫党旅②，其以兹故兮。河水淫淫③，情所愿兮。顾瞻郢路④，终不返兮。

【注释】

①违：迟疑，犹豫不决。②旅：众人，这里指党人。③淫淫：形容水流动的样子。④顾瞻：回头看。

【译文】

尾声：我思念故国，心中犹豫迟疑。太阳落山暮色苍苍，心中无限悲伤。离开郢都被放逐到东方，我会思念谁？小人党派太多，使我落到如此地步。河水滔滔东流，真愿像它那样。回望郢都的道路，我再也不能踏上归途。

怨思

【题解】

"怨思",指抱怨离开,怀念故土。本篇通过描写屈原离开故土时一路上的所见所闻,来感慨自己忠不见用,横遭打击的愤懑和惆怅之情,是作者为屈原抒发愤懑的一篇作品。文章一开始便用"惟郁郁之忧毒兮"来表达屈原心情的忧闷、愁怨,通过用"孤子""冤雏""孤雌""鸣鸠""玄猿""征夫""处妇"等来衬托他愁苦的心境;之后将目光转向历史层面,思索龙逢、比干、骊姬的往事,感到与当时的现实相同;随后进一步说明当今价值标准颠倒的社会现实,问自己是"容与以俟时",还是"屈节以从流";最后,屈原哀叹自己的命运,并认为既然以上两种选择皆不可,于是便只有"浮沉而驰骋""下江湘以邅迴""长辞远逝",在山水之间徘徊嬉戏了。

【原典】

惟郁郁之忧毒兮①,志坎壈而不违②。身憔悴而考旦兮③,日黄昏而长悲。闵空宇之孤子兮④,哀枯杨之冤雏⑤。孤雌吟于高墉兮⑥,鸣鸠栖于桑榆。玄蝯失于潜林兮⑦,独偏弃而远放⑧。征夫劳于周行兮⑨,处妇愤而长望⑩。申诚信而罔违兮,情素洁于纽帛⑪。光明齐于日月兮,文采燿于玉石⑫。伤压次而不发兮⑬,思沉抑而不扬。芳懿懿而终败兮⑭,名靡散而不彰⑮。

【注释】

①郁郁:忧愁郁闷。毒:怨恨。②坎壈(lǎn):不平,比喻遭遇不顺

利。违：背弃，改变。③憔悴：忧愁。考旦：直到天亮。④闵：哀伤，怜念。空宇：幽寂的居室。孤子：古代将失去父亲或父母都失去的孩子称为孤子。⑤冤雏（chú）：受了委屈的小鸟。⑥孤雌：失偶的雌鸟。高墉：高高的城墙。⑦玄蝯：同"玄猿"，黑色猿猴。潜林：高深的树林。⑧偏弃：抛弃在偏远的地方，这里指被放逐到偏远地方。⑨征夫：远行的人。周行：大路。⑩处妇：待在家里的妇女，这里指征夫的妻子。长望：长久地远远望着。⑪情素：同"情愫"。纽：缠结，束，系。⑫燿：同"耀"。⑬压次：受到压抑内心失常。⑭懿懿：形容非常芳香。⑮靡散：消失，消散。

【译文】

心中忧愁带着怨恨，命运坎坷也决不背弃理想。身心憔悴痛苦一夜到天明，从清晨到夜晚长久悲伤。可怜独居空室的孤儿，哀伤小鸟栖息在老树枯杨。失伴的雌鸟在高墙上悲啼，鸠鸟在桑树上声声鸣叫。黑猿消失在茂密的山林，孤零零被抛弃在远方。征夫在大道上奔波不息，家中妻子含恨伫立远望。坚守诚信之道决不背离，感情高洁如同束帛。美德与日月齐辉，文采与美玉争光。可惜身遭压迫不能奋起，情思受到压抑不得高扬。馥郁芳香终于消散，声名消失无从彰显。

【原典】

背玉门以犇骛兮①，塞离尤而干诟②。若龙逄之沉首兮③，王子比干之逢醢④。念社稷之几危兮⑤，反为雠而见怨⑥。思国家之离沮兮⑦，躬获愆而结难。若青蝇之伪质兮⑧，晋骊姬之反情⑨。恐登阶之逢殆兮⑩，故退伏于末庭⑪。孽臣之号咷兮⑫，本朝芜而不治⑬。犯颜色而触谏兮⑭，反蒙辜而被疑⑮。菀蘼芜与菌若兮⑯，渐藁本于洿渎⑰。淹芳芷于腐井兮⑱，弃鸡骇于筐簏⑲。执棠豀以刺蓬兮⑳，秉干将以割肉㉑。筐泽泻以豹鞹兮㉒，破荆和以继筑㉓。时溷浊犹未清兮㉔，世殽乱犹未察㉕。欲容与以俟时兮㉖，惧年岁之既晏。顾屈节以从流兮，心䌛䌛而不夷㉗。宁浮沉而驰骋兮㉘，下江湘以邅迴㉙。

【注释】

①背：离开。玉门：宫门。犇(bēn)骛：奔驰。②蹇：句首语助词。干诟：自求辱没。③龙逢(páng)：人名，夏代的贤人，因谏而为桀所杀，后用为忠臣指代称。沉首：这里是被杀害的意思。④醢(hǎi)：古代酷刑，把人剁成肉酱。⑤几危：危险。⑥雠：同"仇"，仇恨，仇视。⑦离沮：遭到破坏。⑧青蝇：这里指谗佞小人。伪质：黑白不分。⑨骊姬：晋献公夫人，进谗言杀太子申生。反情：颠倒是非，违反人情。⑩逢殆：遇到危险。⑪末庭：偏远的地方。⑫号咷(táo)：大声喧哗。⑬本朝：朝廷。⑭颜色：眉目之间的气色、容色。这里指君王的脸色。⑮蒙辜：蒙受罪过。⑯菀(yùn)：通"蕴"，郁积。蘪芜：香草名。菌若：植物名。⑰渐：淹没，浸泡。藁(gǎo)本：香草名。洿渎(wū dú)：小水沟。⑱淹：浸、渍。腐井：臭水井。⑲鸡骇：一种犀牛的名称，这里指犀角名。筐簏(lù)：盛物的竹器。⑳棠豀(xī)：亦作"棠溪"，古代一种名贵的宝剑，因出棠溪，故称。刜(fú)：击，砍。㉑秉：持，执。干将：宝剑名。㉒筐：盛满，装满。泽泻：草本植物名。豹鞟(kuò)：豹皮制成的革。㉓荆和：楚国的和氏璧。筑：捣土的工具。㉔涠浊：混浊。㉕殽乱：混淆，混乱。察：清楚，明白。㉖俟时：等待时机。㉗鞏鞏(gǒng)：受约束拘谨的样子。不夷：不乐意。㉘沅：沅水。㉙邅迴：徘徊，不进。

【译文】

离开宫门奔向远方，忠贞获罪自取其辱。就好像龙逢直谏被杀掉了头，比干劝纣被剁成了肉酱。担心国家危在旦夕，反与小人结仇遭人恨怨。思虑国家纲纪遭到破坏，自己反倒获罪遭遇灾难。小人就像青蝇颠倒黑白，又如晋国骊姬挑拨亲情进谗言。怕亲近君王遭遇灾祸，所以退身隐伏荒野泽畔。佞臣贼子大声喧哗，朝无贤良一片混乱。我不惜触犯君王忠言直谏，反倒蒙受罪过被君王猜疑。蘪芜菌若被堆积不用，藁本被浸在小水沟里。芬芳的白芷泡在臭水沟，珍贵犀牛角被丢进草筐竹器。用棠豀利剑去割蓬蒿野草，用干将宝剑去砍肉剖皮。豹皮口袋装满恶草，捣土大杵捣碎美玉和氏璧。时世浑浊是非不分,世道混乱好坏不明。想悠闲等待时机,又担心年纪已老等不及。想改变节操随流从俗,心中忧惧很不乐意。宁愿浮在沅水漂流而去,下到长江湘水徘徊嬉戏。

【原典】

叹曰:山中槛槛①,余伤怀兮。征夫皇皇②,其孰依兮。经营原野③,杳冥冥兮。乘骐骋骥,舒吾情兮。归骸旧邦,莫谁语兮。长辞远逝④,乘湘去兮。

【注释】

①槛槛(jiàn):车行驶中发出的声音。②皇皇:同"惶惶",恐惧不安的样子。③经营:来来往往。④逝:去,往。

【译文】

尾声:车行山中发出声响,我心中忧郁悲伤。路上行人惴惴不安,他的归宿在何方。在荒原山野周旋往来,杳无人迹一片苍茫。乘上骏马尽情驰骋,舒缓心情得以宣泄。死后尸骨要埋故乡,此种心情向谁来讲。永别楚国从此远去,乘着湘水漂流远方。

远逝

【题解】

"远逝",远行、远去之意。同《怨思》一样,《远逝》也是以"愁"起笔,开头便点出"愁"意,随后便将笔锋一转,写起消愁、解愁的话题。文中叙写了屈原空怀美政,不被楚王信任,远放江南的坎坷命运。在结构处理上,作者摹拟了屈原的《惜诵》,召集"上皇""五岳""八灵""九魁"等多方神灵,向神灵们倾诉心事,希望神灵们为自己排解忧愁。于是神灵们教他成仙之道,使他从此飞升羽化,遨游四海。

【原典】

志隐隐而郁怫兮①,愁独哀而冤结②。肠纷纭以缭转兮③,涕渐渐其若屑④。情慨慨而长怀兮⑤,信上皇而质正⑥。合五岳与八灵兮⑦,讯九魁与六神⑧。指列宿以白情兮⑨,诉五帝以置词⑩。北斗为我折中兮⑪,太一为余听之⑫。云服阴阳之正道兮⑬,御后土之中和⑭。佩苍龙之蚴虬兮⑮,带隐虹之逶蛇⑯。曳彗星之皓旰兮⑰,抚朱爵与鵕鸡⑱。游清灵之飒戾兮⑲,服云衣之披披⑳。杖玉华与朱旗兮㉑,垂明月之玄珠㉒。举霓旌之墠翳兮㉓,建黄繣之总旄㉔。躬纯粹而罔愆兮㉕,承皇考之妙仪㉖。

【注释】

①隐隐:忧愁。郁怫:心情郁闷不舒畅。②冤结:忧思郁结。③纷纭:纷繁杂乱。缭转:回环旋转,环绕。④涕:眼泪。渐渐:形容眼泪流淌的样子。屑:屑末,这里指眼泪多,像碎末一样掉下来。⑤慨慨:感叹、叹

息的样子。长怀：遐想，遐思。⑥信：通"申"，申明，申诉。质正：求人评定是非。⑦合：会集，聚合。五岳：五大名山的名称。五大名山为东岳泰山、西岳华山、南岳衡山、北岳恒山、中岳嵩山。八灵：掌管八方的神灵。⑧讯：询问。九魁（qí）：北斗九星。六神：掌管六宗的神灵。⑨列宿：众星宿。白情：表述真情。⑩五帝：五方之帝，东方太皡帝、南方炎帝、西方少昊帝、北方颛顼帝、中央黄帝。置词：陈词，措辞。⑪折中：调节，使适中。⑫太一：亦作"太乙"，星宿名。⑬服：实行，施行。⑭御：使用，应用。中和：中庸之道的主要内涵。⑮蚴虬（yòu qiú）：形容蛟龙蜿蜒曲折移动的样子。⑯隐：长，大。逶蛇：即"逶迤"，形容长虹弯弯曲曲，绵延不断的样子。⑰曳：拖，牵引。皓旰（hào gàn）：明亮的样子。⑱朱爵（què）：即朱雀。爵，通"雀"，一种神鸟。鹓鸃（jùn yí）：神俊之鸟。⑲清灵：清冥，即天。飒戾：清爽的样子。⑳服云衣：穿着云彩做的衣服。披披：长衣随风飘动的样子。㉑玉华："华"字一本作"策"，当从之。玉策，即用玉做的鞭子。朱旗：朱红色的旗子。㉒明月之玄珠：即明月珠，又叫夜光珠。传说中夜间能发光的宝珠，因珠光晶莹似月光，故名。㉓霓旌：以云霞为旗帜。堳翳（dì yì）：隐蔽，隐藏。㉔建：树起。黄纁（xūn）：赤黄色。总：汇集，聚合。旄：古代用牦牛尾做的旗子。㉕愆（qiān）：罪过，过失。㉖皇考：祖先。妙仪：美好的法则，高妙的法度。

【译文】

心中满怀忧愁难以舒畅，满腹冤屈独自哀伤。愁肠百转心乱如麻，止不住的泪水滚滚流淌。慨然长叹思念不止，想向上帝申诉讨还一个公道。集合五岳八方的神灵齐来考察，向九星六宗众神灵询问。指着众星列宿表白心意，向五方天帝倾诉衷情。北斗星可证明我中正不偏，太一星为我辨别善恶奸忠。遵循天地阴阳之正道，应用大地的中和真谛。驾驭青龙蜿蜒飞行，系着绵延不断的绚丽彩虹。牵引天上明亮彗星，抚摸朱雀和鹓鸃。遨游在清凉的高空啊，身披飘飘的五彩云衣。手持玉鞭和朱红旌旗，身佩光耀闪闪的明月珠。高举起云旗遮天蔽日，树起赤黄色牦牛尾做的大旗。我品行纯正没有瑕疵，承袭了先祖的美好法度。

【原典】

惜往事之不合兮，横汨罗而下沥①。棷隆波而南渡兮②，逐江湘之顺流。赴阳侯之潢洋兮③，下石濑而登洲④。陵魁堆以蔽视兮⑤，云冥冥而暗前⑥。山峻高以无垠兮，遂曾闳而迫身⑦。雪雰雰而薄木兮⑧，云霏霏而陨集⑨。阜隘狭而幽险兮⑩，石嶜嵯以翳日⑪。悲故乡而发忿兮，去余邦之弥久。背龙门而入河兮⑫，登大坟而望夏首⑬。横舟航而济湘兮⑭，耳聊啾而慌慌⑮。波淫淫而周流兮⑯，鸿溶溢而滔荡⑰。路曼曼其无端兮，周容容而无识⑱。引日月以指极兮⑲，少须臾而释思。水波远以冥冥兮，眇不睹其东西⑳。顺风波以南北兮㉑，雾宵晦以纷纷㉒。日杳杳以西颓兮㉓，路长远而窘迫㉔。欲酌醴以娱忧兮㉕，蹇骚骚而不释㉖。

【注释】

①沥：渡水。②棷：乘。隆波：很多的波浪。③阳侯：古代神话传说中的波涛之神。潢洋：水深而广大。④石濑：水和石头形成的激流。⑤陵：大土山。魁堆：高高堆起的样子。⑥暗：蒙蔽，遮蔽。⑦曾闳（hóng）：高大。⑧雰雰（fēn）：形容纷纷飘落的样子，这里就雪花而言。⑨霏霏：这里形容云雾浓重的样子。陨集：低垂。⑩阜：土山。⑪嶜嵯：同"参差"，不齐。翳（yì）日：遮住了太阳。⑫背：离开。龙门：郢都的东门。⑬坟：水中的高地。夏首：夏水的起点。⑭济（jì）：同"济"，渡过。⑮聊啾：耳鸣。慌慌：内心慌乱，忐忑。⑯淫淫：远远离去。⑰鸿溶：形容水势洪大的样子。滔荡：形容水势大，水面广。⑱容容：纷乱，散乱的样子。无识：没有标记，无法辨认。⑲极：北极星。⑳眇：高远，遥远。㉑风波：江上的风浪。㉒宵晦：天色昏暗，就像晚上一样。纷纷：纷乱。㉓西颓：向西方坠落。㉔窘迫：处境困苦。㉕酌醴：酌酒。㉖蹇：不顺利。骚骚：忧愁的样子。

【译文】

痛惜从前与君王政见不合，只好横渡汨罗随江流飘荡。乘着滚滚波涛向南行进，顺着长江湘水漂荡徜徉。奔向那浩渺的大水浪涛，越过急流险滩登上岛屿。高耸的大山遮蔽视野，乌云层层遮蔽前方。群山高峻连绵不断，山势峥嵘直逼面前。大雪纷纷飘落树上，乌云密布汇聚低垂。山高谷狭幽深险峻，怪石嶙嶙遮住阳光。思念故乡悲伤怨恨，离开故国已经很久。走出郢都东门进入大河，登上高岸把夏口眺望。掉转船头横渡湘水，阵阵耳鸣心中恍惚忧伤。波涛连天打着漩涡翻滚，大水浩茫奔流一片汪洋。道路漫长遥远没有尽头，周围一片纷乱无法辨识。依靠着日月星辰指引导航，暂时消除心头的忧思。流水广漠无穷深远，一片浩渺不能辨别方向。顺风随波漂南荡北，大雾弥漫天色晦暗。太阳遥遥向西落下，路途迢迢忧心难舒。想自斟自饮醉酒消愁，但愁思绵绵难以解脱。

【原典】

叹曰：飘风蓬龙①，埃坲坲兮②，中木摇落③，时槁悴兮④。遭倾遇祸⑤，不可救兮。长吟永欷⑥，涕究究兮⑦，舒情陈诗，冀以自免兮。颓流下隕⑧，身日远兮。

【注释】

①蓬龙：像龙一样盘旋，这里形容风转动、旋转的样子。②坲坲（fú）：尘土飞扬的样子。③中：草的古字。④槁悴：枯槁憔悴，这里形容草木凋零的残败情形。⑤倾：困难、危险。⑥欷：哭泣时抽噎、哽咽，引申为悲叹声。⑦究究：形容涕泪不止的样子。⑧颓流：往下流动的水。

【译文】

尾声：旋风盘旋尘土飞扬，草木随风摇摆，枯叶凋零落残。遭难遇祸不可挽救，悲吟长叹抽泣不已，泪水滂沱流泪不止。赋诗抒怀，希望能消灾免祸，顺流而下遭到放逐，故国日远难以回返。

惜贤

【题解】

"惜贤",即痛惜良贤之士,这里指屈原。文章开篇即云"览屈氏之《离骚》兮",可见是作者读《离骚》的感想。文中作者先是模仿屈原的"香草"喻,以此表达对屈原高洁人格的赞赏和追随;接着作者列出屈原作品中所推崇的历史人物子侨、申胥、由、夷、介子推等故事,表达自己的敬仰之情;随后又提到屈原作品中所提及的忠良却惨遭不幸的历史人物申生、和氏、申胥、比干等故事,以此来表达自己对历史与现实的困惑;最后,作者借屈原的命运叹自己的命运,倾诉了对现实社会的不满。

【原典】

览屈氏之《离骚》兮,心哀哀而怫郁①。声嗷嗷以寂寥兮②,顾仆夫之憔悴。拨谄谀而匡邪兮③,切湎沵之流俗④。荡渨渨之奸咎兮⑤,夷蠢蠢之溷浊⑥。怀芬香而挟蕙兮,佩江蓠之斐斐⑦。握申椒与杜若兮,冠浮云之峨峨⑧。登长陵而四望兮⑨,览芷圃之蠡蠡⑩。游兰皋与蕙林兮,睨玉石之崯嵯⑪。扬精华以眩燿兮,芳郁渥而纯美⑫。结桂树之旖旎兮⑬,纫荃蕙与辛夷。芳若兹而不御兮⑭,捐林薄而菀死⑮。

【注释】

①怫郁:心情不舒畅的样子。②嗷嗷:呼叫声。寂寥:形容寂静而空旷无人。③拨:治理整顿。匡:纠正,扶正。④切:涤荡清洗。湎沵(tiǎn niǎn):污浊。⑤荡:洗涤,清除。渨渨(wēi wō):污浊。奸咎:奸恶。

⑥夷：消灭，诛灭。蠢蠢：蠢蠢欲动，这里有捣乱的意思。⑦斐斐（fēi）：香气逼人。一本作"菲菲"。⑧浮云：冠名，比喻冠高。峨峨：形容冠高。⑨长陵：高大的山。⑩蠡蠡（lǐ）：同"历历"，形容排列整齐的样子。⑪睨：斜视。嵾嵯：同"参差"，高低不平。⑫郁渥：形容香气很浓。⑬旖旎（yǐ nǐ）：柔和美好的样子。⑭御：使用。⑮捐：舍弃，放弃。林薄：丛林。菀（yùn）：堆积，积聚。

【译文】

读完屈原的《离骚》，我内心郁闷悲伤不畅快。对着空寂无人的旷野大声呼叫，看见仆人也都像我一样憔悴伤怀。要整治奸佞匡正邪恶，涤荡卑浊的世风流俗。扫荡污秽以除谗佞，铲除扰乱治安的贪残之徒。怀抱芳香手持蕙草，身佩江离芳香浓郁。手持申椒和杜若啊，头戴切云冠高耸巍峨。登上高山四处眺望，看见园圃中的香芷排成行。在长满兰草的水边和蕙林游玩，回头看见美玉岩石千姿百态。美玉鲜花闪耀着明亮的光辉，香气浓烈纯洁美好。系结上柔美的桂树枝条，联缀上荃草香蕙和辛夷。如此芳香的花草不被佩戴啊，反被抛弃在丛林堆里枯死。

【原典】

驱子侨之犇走兮①，申徒狄之赴渊②。若由夷之纯美兮③，介子推之隐山④。晋申生之离殃兮⑤，荆和氏之泣血⑥。吴申胥之抉眼兮⑦，王子比干之横废⑧。欲卑身而

下体兮⑨，心隐恻而不置⑩。方圜殊而不合兮，钩绳用而异态。欲俟时于须臾兮，日阴曀其将暮⑪。时迟迟其日进兮⑫，年忽忽而日度⑬。妄周容而入世兮⑭，内距闭而不开⑮。俟时风之清激兮，愈氛雾其如塺⑯。进雄鸠之耿耿兮⑰，谗介介而蔽之⑱。默顺风以偃仰兮⑲，尚由由而进之⑳。心忼慨以冤结兮㉑，情舛错以曼忧㉒。搴薜荔于山野兮，采撚支于中洲㉓。望高丘而叹涕兮，悲吸吸而长怀㉔。孰契契而委栋兮㉕，日晻晻而下颓㉖。

【注释】

①子侨：即王子乔，古代神话传说中的仙人。②申徒狄：殷时仙人，相传不满殷纣暴虐，投水而死。③由、夷：许由和伯夷，古代义士的代表。④介子推：春秋时晋国人。⑤申生：春秋时晋献公太子，为继母骊姬谗害而死。⑥和氏：卞和，春秋楚人。⑦申胥：即伍子胥。抉眼：挖出眼珠。⑧横废：突遭意外，飞来横祸的意思。⑨卑身：低下身子。下体：卑躬屈腰。⑩置：废弃，舍弃。⑪阴曀：阴暗。⑫迟迟：形容行走缓慢的样子。⑬忽忽：形容速度很快，转眼即逝。⑭周容：阿谀奉承，取悦他人。⑮内：内心。距：通"拒"。⑯塺（méi）：尘土。⑰耿耿：形容诚信的样子。⑱介介：分隔，离间。⑲默：默然无声。偃仰：或俯或仰，与世沉浮。⑳由由：迟疑不决。㉑忼慨（kuǎng liàng）：失意怅惘。㉒舛（chuǎn）：相违背。曼：同"漫"，长，远。㉓撚（yān）支：香草名。㉔吸吸：呼吸急促，这里形容悲叹不已的样子。㉕契契：忧愁的样子。委栋：同"委惰"，疲倦的意思。㉖晻晻（yǎn）：日光渐暗。

【译文】

想跟随王子乔四处游走，又仰慕申徒狄投江洁身自好。想像许由、伯夷清高纯洁，又想像介子推一样隐身深山无所贪求。可怜晋国申生遭谗言祸害，可叹楚国卞和抱玉泣血。吴国子胥死后挖去双眼，殷朝比干横遭剖心之祸。想卑躬屈膝顺从世俗，可心中作痛不愿这样。方与圆形状不同不能相合，曲钩直绳的用处也大有区别。想稍等片刻美好时光，但日色昏昏

残阳将西落。时光一天天看似慢慢流逝,但岁月匆匆转瞬即逝。想苟合求容以迎合时俗,可内心总是拒绝不愿行。盼望时政清明风气变好,可雾气愈来愈浓如尘蔽空。想像雄鸠那样进献诚信,却遭到谗谄小人百般阻挠。想默默不语顺从流俗,心中又犹豫不愿这样。心中失意怅惘愁肠百结,心绪繁乱忧思深长。在荒山野岭摘取芳草薜荔,在小洲上采集香草撚支。遥遥远望高山叹息流涕,悲叹不已长思难忘。怎么将忧愁和疲倦缓解啊,太阳渐渐昏暗沉落西方。

【原典】

叹曰:江湘油油①,长流汩兮②。挑揄扬汰③,荡迅疾兮。忧心展转,愁怫郁兮。冤结未舒,长隐忿兮④。丁时逢殃⑤,可奈何兮。劳心悁悁⑥,涕滂沱兮。

【注释】

①油油:同"悠悠",形容水流动的样子。②汩(gǔ):形容水流很快。③挑:搅动,这里指水流激扬。汰:波浪。④隐:悲痛,痛苦。忿:愤愤然。⑤丁时:恰逢这时。⑥劳心:忧心。悁悁(yuān):忧伤郁闷的样子。

【译文】

尾声:江湘之水滚滚而去,滔滔不断疾速飞流。搅动波浪扬起浪花,奔流向前快速迅猛。忧心忡忡辗转难眠,心中无比愁苦郁结。怨恨情愁不能舒缓,悲愤痛苦无法消除。生逢乱世遭遇灾殃,命运如此又能怎样?劳心郁闷无比悲伤,泪水滚滚洒落如雨。

忧苦

【题解】

"忧苦",即忧愁痛苦的意思。本篇以"悲余心之悁悁兮,哀故邦之逢殃"开头,和《怨思》《远逝》一样,都以悲愁起笔,抒写了屈原放逐异乡时的凄苦心情和对黑白不分、忠奸不辨的现实的不满,表达了屈原对故国家乡的无限眷恋和对君王的思念之情。

【原典】

悲余心之悁悁兮,哀故邦之逢殃。辞九年而不复兮,独茕茕而南行①。思余俗之流风兮,心纷错而不受②。遵壄莽以呼风兮,步从容于山廋③。巡陆夷之曲衍兮④,幽空虚以寂寞。倚石岩以流涕兮,忧憔悴而无乐。登嶰岘以长企兮⑤,望南郢而窥之⑥。山修远其辽辽兮⑦,涂漫漫其无时。听玄鹤之晨鸣兮⑧,于高冈之峨峨。独愤积而哀娱兮⑨,翔江洲而安歌。三鸟飞以自南兮⑩,览其志而欲北。愿寄言于三鸟兮,去飘疾而不可得⑪。

【注释】

①茕茕:孤独的样子。②纷错:形容内心烦闷。受:接受,承受。③廋(sōu):同"瘦",这里指山崖的弯曲之处。④巡:巡视,这里是行走的意思。陆夷:高山和平地。衍:湖泽。⑤嶰岘(cuán wán):峭拔的山峰。企:立。⑥窥:泛指观看。⑦辽辽:遥远的样子。⑧玄鹤:鸾凤一类的神俊之鸟。⑨哀娱:犹"哀乐",悲伤与欢乐。⑩三鸟:神话中西王母身边的三青鸟。⑪飘疾:疾速飞行。

【译文】

可怜我心中忧苦悲伤，哀叹祖国遭受祸殃。离开郢都九年不能回返，孑然一身流浪南方。想起楚国的污浊世风，心绪烦乱难以接受。沿着山野迎风徐行，在山崖弯曲的地方慢步行走。行走在平坦曲折的湖泽间，四周一片空虚寂寞无声。倚靠着山岩悲痛流涕，心中忧苦憔悴没有欢乐。登上高峻的山峰久立长望，眺望郢都盼视家乡。山路绵绵十分遥远，路途漫漫看不到尽头。听到神鸟玄鹤在引颈晨鸣啊，看见它站立在巍峨的山岗上。孤独愤闷我苦中作乐，来到江中小洲悠然歌唱。三青鸟从南方翩翩飞来，观察它的神态是想要飞向北方。想委托三青鸟为我捎信，但它们疾速飞去而我难以赶上。

【原典】

欲迁志而改操兮，心纷结其未离①。外彷徨而游览兮，内恻隐而含哀②。聊须臾以时忘兮③，心渐渐其烦错④。愿假簧以舒忧兮⑤，志纡郁其难释⑥。叹《离骚》以扬意兮，犹未殚于《九章》⑦。长嘘吸以於悒兮⑧，涕横集而成行。伤明珠之赴泥兮，鱼眼玑之坚藏⑨。同驽骡与乘驵兮⑩，杂斑驳与闒茸⑪。葛藟蔂于桂树兮⑫，鸱鸮集于木兰⑬。偓促谈于廊庙兮⑭，律魁放乎山间⑮。恶虞氏之箫《韶》兮⑯，好遗风之《激楚》⑰。潜周鼎于江淮兮⑱，爨土鬵于中宇⑲。且人心之持旧兮，而不可保长。遭彼南道兮，征夫宵行⑳。思念郢路兮，还顾睠睠㉑。涕流交集兮，泣下涟涟㉒。

【注释】

①纷结：这里形容心思纷乱郁结。②恻隐：悲痛，难过。③须臾：悠然自得。时忘：忘记痛苦。④渐渐：逐渐。烦错：烦乱，烦闷。⑤簧：原指乐器内有弹性的薄片，这里指一种乐器。舒忧：缓解忧愁。⑥纡郁：形容愁思郁结难解的样子。⑦殚：尽。⑧嘘吸、於悒：都是啼泣的样子。⑨玑：不圆的珠子。⑩驵：骏马。⑪斑驳：杂色，色彩斑斓。闒茸（tà róng）：人品低劣，

庸碌无能。⑫葛藟：藤。藟(lěi)：攀援，缠绕。⑬鸱鸮(chī xiāo)：猫头鹰，这里指那些贪婪凶恶之人。⑭偓(wò)促：器量狭小，这里有龌龊之意。⑮律魁：高大魁梧，这里代指贤士。⑯《韶》：舜时代的六舞之一。六舞分别是《大韶》《韶箾》《筒韶》《箫韶》《韶虞》和《招》。⑰《激楚》：乐曲名，这里指民间俗乐，与上文《韶》的雅乐相对而言。⑱周鼎：指周代的传国宝器九鼎。⑲爨(cuàn)：炊灶。鬵(qín)：大釜。烹饪器具。中宇：堂屋。⑳宵行：夜行。㉑睠睠(juàn)：同"眷眷"，恋恋不舍的样子。㉒涟涟：形容泪流不止。

【译文】

我想改变志向丢弃节操，可心乱如麻无法改变。表面上悠然自得徘徊游荡，可内心忧痛满怀哀伤。姑且求得片刻时光把忧思忘却，然而心情不畅愈发烦闷。希望鼓瑟吹笙舒解忧愤，可心中愁思百结难以释放。悲吟《离骚》来抒怀明志，心中忧苦难尽诉于《九章》。止不住的抽泣声声悲啼，拭不干的眼泪交流成行。伤心明珠被丢进泥里，鱼眼当作宝珠精心收藏。把骡子和骏马混同一起，杂色劣马大受欣赏。恶草葛藟爬满桂树枝干，恶鸟鸱鸮聚集在木兰树上。贪愚小人在朝堂高谈阔论，高士贤良却被放逐在山野蛮荒。虞舜的《箫韶》之乐遭人厌弃，民间《激楚》那样的俗乐却备受欣赏。传国宝器九鼎沉入江水，反把

烧饭土锅摆在殿堂上。人心虽怀有淳朴的古风，但世风日下难以久长。把车转向南方的道路，就像远行的人昼夜辛苦奔忙。我思念着回郢都的道路，频频回首难舍难忘。禁不住涕泪满面，泪水纵横滚滚流淌。

【原典】

叹曰：登山长望，中心悲兮。菀彼青青①，泣如颓兮。留思北顾，涕渐渐兮②。折锐摧矜③，凝泛滥兮④。念我茕茕，魂谁求兮？仆夫慌悴⑤，散若流兮。

【注释】

①菀（yù）：草木茂盛的样子。②渐渐：形容眼泪往下流的样子。③摧：摧残，挫伤。矜：庄重，严肃。④凝：停止，终止。泛滥：沉浮。⑤慌悴：憔悴。

【译文】

尾声：登上高山眺望远方，心中无限悲伤。草木茂盛郁郁葱葱，眼泪像流水般滚滚流淌。思念故乡回头北望，禁不住泪水涟涟。意志信念受到挫伤，停止与世俗沉浮。想到我孤单一人，灵魂把谁寻求啊？仆人慌恐愁苦，离散如同流水一样。

愍命

【题解】

"愍命"，即悯命，这里是怜悯屈原生命的意思。本篇作者以自述的形式，以屈原的口吻抒写了屈原生不逢时、命运多舛、不为世容的不幸遭遇，以及屈原对清明之世的向往和对善恶不分、贤愚颠倒的现实的强烈不满，表达了作者对屈原不幸命运的怜悯和同情。

【原典】

昔皇考之嘉志兮①，喜登能而亮贤②。情纯洁而罔薉兮③，姿盛质而无愆④。放佞人与谄谀兮，斥谗夫与便嬖⑤。亲忠正之悃诚兮⑥，招贞良与明智。心溶溶其不可量兮⑦，情澹澹其若渊⑧。回邪辟而不能入兮⑨，诚愿藏而不可迁。逐下袟于后堂兮⑩，迎宓妃于伊雒⑪。刜谗贼于中廇兮⑫，选吕管于榛薄⑬。丛林之下无怨士兮，江河之畔无隐夫。三苗之徒以放逐兮⑭，伊皋之伦以充庐⑮。

【注释】

①嘉志：美好的志向。②登能而亮贤：即举贤授能的意思。登、亮在这里作动词用，均为推荐的意思。能、贤可以作贤能来看。③罔薉(huì)：不肮脏。薉，同"秽"。④姿：资质。愆：罪过、过失。⑤便嬖(pián bì)：君主左右能说会道、善于迎合的宠臣。⑥悃(kǔn)诚：至诚、忠诚。⑦溶溶：形容宽广。⑧澹澹：静止不动，安静的意思。⑨回邪：不正，这里指邪恶的人。辟：同"避"，回避、避开的意思。⑩下袟(zhì)：宫中等级不高的姬妾宫人。⑪伊雒(luò)：同"伊洛"，伊水和洛水的汇流处。⑫刜(fú)：削平。中廇(liù)：中间。⑬吕管：周吕尚和齐管仲的并称。榛薄(zhēn bó)：杂草丛生的地方，这里引申指山野僻乡。⑭三苗：传说尧时的佞臣，后被放逐三危山。⑮伊皋：伊尹和皋陶，这里喻指良臣贤相。庐：本义指临时居住的房屋，这里指朝廷。

【译文】

从前太祖有美好志向，喜欢推举俊才和贤能。性情纯洁身无污秽，天生才能出众没有过失。放逐奸佞和谄谀小人，斥退谗人和邀宠的近臣。亲近诚厚的忠正之士，招纳贤良和明智之人。心胸开阔不可度量，性情恬静犹如深渊。邪僻的言行难以侵入，永葆忠诚之志不变更。

把乱政的侍妾从后宫中赶出，把贤女宓妃从洛水迎进宫中。把谗夫佞贼从朝廷逐出，选用吕尚和管仲于山野僻乡。让山野之中没有怨恨之士，

使江河边没有隐居的贤人。把三苗之类的奸佞通通放逐，让伊尹皋陶般的贤臣充满朝廷。

【原典】

今反表以为里兮，颠裳以为衣。戚宋万于两楹兮①，废周邵于遐夷②。却骐骥以转运兮③，腾驴骡以驰逐。蔡女黜而出帷兮④，戎妇入而綵绣服⑤。庆忌囚于阱室兮⑥，陈不占战而赴围⑦。破伯牙之号钟兮⑧，挟人筝而弹纬⑨。藏瑉石于金匮兮⑩，捐赤瑾于中庭⑪。韩信蒙于介胄兮⑫，行夫将而攻城⑬。莞芎弃于泽洲兮⑭，瓟蟊蠹于筐簏⑮。麒麟奔于九皋兮⑯，熊罴群而逸囿⑰。折芳枝与琼华兮⑱，树枳棘与薪柴⑲。掘荃蕙与射干兮⑳，耘藜藿与襄荷㉑。惜今世其何殊兮，远近思而不同。或沉沦其无所达兮，或清激其无所通。哀余生之不当兮，独蒙毒而逢尤㉒。虽謇謇以申志兮㉓，君乖差而屏之㉔。诚惜芳之菲菲兮，反以兹为腐也。怀椒聊之莈莈兮㉕，乃逢纷以罹诟也㉖。

【注释】

①戚：亲近，亲密。宋万：春秋时宋国的南官万，是宋湣公时的逆臣。两楹：殿堂中间，是殿堂中最尊贵的位置。楹，厅堂的前柱。②周邵：亦作"周召"，辅助周成王的周公旦和召公。遐夷：边远地区的少数民族。③却：屏退，黜退。转运：运输。④蔡女：蔡国的女子，是贤德的代称。黜（chù）：贬斥。⑤戎：古代对西部少数民族的称呼。綵（cǎi）：彩色的丝织品。⑥庆忌：吴王僚的儿子，以勇武著称。吴王僚死后，庆忌逃亡魏国，后被吴王阖闾（即公子光）遣要离刺死。阱（jǐng）室：地牢。⑦陈不占：春秋时齐国一个胆小懦弱的人。⑧伯牙：春秋时人，以善于弹琴著名。号钟：古琴名。⑨挟：持。人筝：小筝。纬：琴弦。⑩瑉（mín）石：似玉的美石。金匮：放贵重物品的柜子。赤瑾：上等的玉。中庭：庭院。⑫韩信：汉高祖刘邦手下名将，与萧何、张良合称汉兴三杰。蒙：覆盖，这里是披服、穿上的意思。介：铠甲。胄：头盔。⑬行夫：士兵。将：带领，率领。⑭莞（guān）：一种

水草，可做席子。芎（xiōng）：一种植物，带有香气。⑮瓟（bó）：葫芦。蠡（lí）：瓢勺，一种舀水器具。篓（lù）：用竹子编的筐子。⑯九皋：能转九个弯的沼泽。⑰熊、罴：皆猛兽，这里比喻贪残之人。逸圃：谓禽兽在园子里奔跑。⑱琼华：玉花。⑲树：种植。枳棘：枳木和棘木，因多刺而被视为恶木。常用来比喻恶人或小人。⑳荃蕙：一种香草。射（yè）干：一种草本植物。㉑藿：豆叶。蘘（rǎng）荷：蘘草，多年生草本植物，夏季开花，白色或淡黄色。㉒蒙毒：蒙受苦难。逢尤：摒弃。㉓謇謇：直言的样子。㉔乖差：抵触。屏（bǐng）：摒弃，除去。㉕椒聊：香草名。莎莎（shè）：形容芳香气味弥漫。㉖逢纷：遭遇乱世。罹（lí）诟：遭受污蔑。

【译文】

当今把外表当作内里，把下衣裙裳当成上身衣服。亲近宋万之流让他们置于高位，周公邵公却被放逐蛮夷荒野。让千里马去运输东西，却乘驾驴骡让它飞奔驰骋。把蔡国美女贬逐赶出帷帐，反让戎狄丑妇穿锦绣衣服。勇士庆忌被囚禁在地牢，懦夫陈不占却领兵前往解围。摔碎伯牙的名琴号钟，反持小筝弹奏拨弄。把次于玉的石头珍藏在金柜里，上等的赤色美玉却被抛弃在中庭。猛将韩信身披铠甲充当小卒，行伍懦夫却率兵攻城。把芳草茝芎遗弃在水泽，葫芦瓜瓢藏在竹器中。麒麟奔蹄在曲折的沼泽，熊罴成群在御苑奔跑。把芳枝玉花摧残折尽，却栽植多刺的枳棘和木柴。挖掉香草荃蕙和射干，却栽种藜藿蘘荷恶草败叶。痛惜今世不比往昔，想到古今之人如此不同。有人沉沦世俗不能显达，有人清明自励却不能亨通。可怜我生不逢时啊，独受苦难背上罪名。虽然忠正敢言表明心志，但君王抵触摒弃不用。痛惜这芬芳香气，被君王认为是腐臭气息。怀揣椒聊香气四溢，遭逢乱世被人嫉恨。

【原典】

叹曰：嘉皇既殁①，终不返兮。山中幽险，郢路远兮。逸人诐诐②，孰可愬兮③。征夫罔极，谁可语兮。行吟累欷，声喟喟兮④。怀忧含戚，何侘傺兮⑤。

【注释】

①嘉皇：明君。殁：去世。②诶诶（jiàn）：能言善辩，花言巧语，这里引申为进谗言的意思。③愬：同"诉"，诉说。④喟喟（kuì）：叹气的样子。⑤侘傺（chà chì）：失意恍惚的样子。

【译文】

尾声：美好的明君已经逝世，再也不会回返。山中幽暗危险，回郢都的道路遥远漫长。谗佞小人花言巧语，我能够向谁诉说。放逐远行没有尽头，我又能向谁倾诉。边走边吟边长叹，一声声悲叹不断。忧愁凄苦又悲凉，穷愁潦倒多惆怅。

思古

【题解】

"思古"，即怀古。本篇采用倒叙的手法，写屈原被放逐后无人理解、孤苦无依、进退两难的悲苦情景。文中先描写了一个幽暗凄清的山林，然后引出在空旷山野独自徘徊的屈原，陈述了屈原在清冷恐怖环境下凄楚抑郁的内心独白；接着屈原想起了自己离开郢都、流落荒野的不幸遭遇，即便如此，却仍然始终挂念着国家的兴衰存亡，希望回去继续为国效力；最后屈原哀叹时俗颠倒混乱，世人不能理解自己，只能默默思念故国，从此退居隐遁。

【原典】

冥冥深林兮，树木郁郁。山参差以崭岩兮①，阜杳杳以蔽日②。悲余心之悁悁兮③，目眇眇而遗泣④。风骚屑以摇木兮⑤，云吸吸以湫戾⑥。悲余生之无欢兮，愁倥傯于山陆⑦。旦徘徊于长阪兮⑧，夕仿偟而独宿⑨。发披披以鬤鬤兮⑩，躬劬劳而瘏悴⑪。魂佳佳而南行兮⑫，泣沾襟而濡袂⑬。心婵媛而无告兮⑭，口噤闭而不言⑮。违郢都之旧闾兮⑯，回湘沅而远迁。念余邦之横陷兮，宗鬼神之无次⑰。闵先嗣之中绝兮⑱，心惶惑而自悲。聊浮游于山陿兮⑲，步周流于江畔。临深水而长啸兮，且倘佯而泛观⑳。

【注释】

①嶄岩：险峻的样子。②阜：土山。杳杳：昏暗幽深的样子。③悁悁（yuān）：忧心忡忡的样子。④眇眇：形容纵目远眺、望眼欲穿的样子。遗泣：流泪哭泣。⑤骚屑：风声。⑥吸吸：形容云浮动或移动的样子。湫（jiū）戾：卷曲的样子。⑦倥傯（kǒng zǒng）：困苦窘迫。⑧长阪：亦作"长坂"，高坡。⑨仿偟：同"彷徨"。⑩披披、鬤鬤（ráng）：均为头发散乱的样子。⑪劬（qú）劳：劳累，劳苦。瘏（tú）悴：疲惫憔悴的样子。⑫佳佳（guàng）：惶恐，心神不定的样子。⑬濡袂：沾湿衣袖。⑭婵媛：牵引，情思牵萦。⑮噤（jìn）闭：噤声，噤若寒蝉。⑯闾：乡里。⑰宗鬼神：宗族祖先的鬼神。次：次第。⑱闵：可怜。先嗣：对先人功业的

继承。中绝：中断，绝灭。⑲陿：同"峡"，峡谷。⑳泛观：全面观看。

【译文】

　　山林一片阴暗幽深，树木繁茂葱葱郁郁。山峦起伏峥嵘险峻，土山阴暗遮天蔽日。可怜我心中无限愁苦，放眼四望泪眼婆娑。秋风萧萧摇动草木，浓云团团翻滚飘浮。可怜我一生毫无欢乐，忧愁困苦久居在野岭荒山。白天我徘徊在高坡上，夜晚我辗转反侧独宿孤眠。披头散发蓬蓬松松，辛苦劳累心力憔悴。神魂不定匆匆南行，泪落衣襟沾湿衣衫。心中忧愁凄苦向谁诉说，只好喋声闭口不发一言。离开郢都我的故里家乡，渡过湘江沅水漂泊远行。想着我的祖国横遭危难，宗庙里的先人也无人祭祀香火。哀怜祖宗事业无人继承，心中惶惶恐惧暗自伤感。暂且在峡谷行走游荡，信步周游在大江岸畔。面对江水放声长啸，姑且徘徊徜徉四处游观。

【原典】

　　兴《离骚》之微文兮①，冀灵修之壹悟。还余车于南郢兮，复往轨于初古②。道修远其难迁兮，伤余心之不能已。背三五之典刑兮③，绝《洪范》之辟纪④。播规矩以背度兮⑤，错权衡而任意⑥。操绳墨而放弃兮，倾容幸而侍侧⑦。甘棠枯于丰草兮⑧，藜棘树于中庭。西施斥于北宫兮⑨，仳倠倚于弥楹⑩。乌获戚而骖乘兮⑪，燕公操于马圉⑫。蒯瞶登于清府兮⑬，咎繇弃而在壄⑭。盖见兹以永叹兮，欲登阶而狐疑。乘白水而高骛兮⑮，因徙弛而长词⑯。

【注释】

　　①兴：写，作。微文：隐约讽喻之文。②轨：本指车辙，这里喻指政治主张，法则。初古：前代。③三五：三皇五帝。典刑：旧的刑法。④绝：放弃。《洪范》：《尚书》的篇名。辟纪：法纪，法度。⑤播：舍弃，背弃。规矩：这里指法度。背度：背离法度。⑥错：丢开，背离。权衡：原指称量物体的工具，这里指法则标准。⑦倾：斜，不正。这里指小人而言。容

幸：通过逢迎来讨好人的人。⑧甘棠：树名，即棠梨，也叫白棠，杜梨。⑨北宫：侧室，偏居。⑩仳倠（pí huī）：名字，古代的丑女。弥楹：满堂。⑪乌获：人名，战国时期秦国的一个大力士。戚：亲近，亲密。骖乘：车右边的陪乘。⑫燕公：邵公，燕国的始祖。马圉（yǔ）：养马的地方。⑬蒯聩（kuǎi guì）：卫灵公的公子，忤逆不孝，欲害其母。清府：即清庙，古代帝王的宗庙。⑭咎繇：即皋陶。⑮乘：同"乘"。白水：神话中水名。⑯徙弛：退却。长词：长久告别，即永别。词，同"辞"。

【译文】

作《离骚》来隐约谏戒君王，希望君王能够顿然醒悟。让我的车驾回郢都，重修先王的纲纪典规。道路遥远难以返还，内心的伤痛不能缓解。君王背离三皇五帝的常法，丢弃《洪范》的纲纪法宪。抛弃圆规矩尺而违背法度，丢开衡量事物标准的尺度任意计算。执持法纪的人被弃置不用，阿谀谗诌小人陪侍在君前。白棠梨树枯死在野草丛中，蒺藜荆棘却种满庭院。美女西施被贬出宫中，丑妇仳倠却亲近君前。力士乌获得宠与君王同车共乘，贤臣燕公却养马操劳在马厩圈栏。武夫蒯聩忤逆不义反进宗庙，贤明皋陶却弃逐荒野山间。见是非如此颠倒我长长叹息，想进身献忠心又迟疑难决断。还是乘着白水远走高飞吧，趁此退身与浊世永别。

【原典】

叹曰：倘佯垆阪①，沼水深兮②。容与汉渚，涕淫淫兮。钟牙已死③，谁为声兮？纤阿不御④，焉舒情兮？曾哀凄歔⑤，心离离兮⑥。还顾高丘，泣如洒兮。

【注释】

①垆（lú）：黑色的硬土。阪：土山。②沼：水池。③钟牙：指钟子期和俞伯牙，春秋时人，精于音律。④纤阿：神话中为月神驾车的人。⑤曾：增加，累加。⑥离离：形容悲痛、忧伤的样子。

【译文】

尾声：徜徉在黑黝黝的黄土坡上，沼泽幽深。徘徊在汉水边，涕泪涟涟。钟子期俞伯牙已死，没有了知音弹琴给谁听？纤阿不为月神驾车，骏马怎么会开怀舒心？倍增哀伤凄然长叹，心肠痛断，回头遥望楚国高山，泪落如雨洒下。

远游

【题解】

"远游"，即去远方游历。本篇非屈原所作《远游》，但从思想内容及语汇词句来看，两者有很多相似之处，都是以被逐不得不去远方游历为诱因。不过屈原的远游是因受到外部环境的压迫，而刘向的远游则是因为性格原因。刘向的《远游》模仿屈原《涉江》的笔调，塑造了一个高大光辉的屈原形象，然后以浪漫主义手法抒写屈原上天下地的神游，通过瑰丽多彩的场景描写，向读者展示了一幅神奇美妙的神话世界，表现了屈原对真理的上下求索精神。

【原典】

悲余性之不可改兮，屡惩艾而不迻①。服觉皓以殊俗兮②，貌揭揭以巍巍③。譬若王侨之乘云兮，载赤霄而凌太清④。欲与天地参寿兮⑤，与日月而比荣。登崑苍而北首兮⑥，悉灵圉而来谒⑦。选鬼神于太阴兮⑧，登阊阖于玄阙⑨。回朕车俾西引兮⑩，褰虹旗于玉门⑪。驰六龙于三危兮⑫，朝西灵于九滨⑬。结余辔于西山兮⑭，横飞谷以南征⑮。绝都广以直指兮⑯，历祝融于朱冥⑰。枉玉衡于炎火兮⑱，委两馆于咸唐⑲。贯澒

濛以东揭兮⑳，维六龙于扶桑㉑。

【注释】

①惩艾：惩戒。不迻(yí)：不变。②觉皓(hào)：明亮。③貌：相貌，形象。揭揭：长而高。巍巍：高峻，在这里是崇高伟大的意思。④赤霄：红色的云。太清：太空，也就是天空。⑤参寿：同寿。参，齐，等同。⑥崑苍：即昆仑山。首：向，朝着。⑦灵圉(yǔ)：神仙名，这里指众神。⑧太阴：很深的阴气。⑨阊阖(chāng hé)：天宫的正门，也指皇宫的南门。玄阙：天宫，神话中天帝居住的宫殿。⑩朕：我。俾：使。⑪褰(qiān)：提起，举起。虹旗：画有虹霓的旗，或谓以虹为旗。⑫三危：古时山的名字。⑬朝：通"召"，召集。西灵：西方神灵。九滨：九曲水滨，传说中的地名。⑭结：盘旋、旋转。轸：原指横木，这里引申指车子。⑮横：横渡。飞谷：飞泉之谷，神话中的地名。⑯绝：飞越。都广：神话中的地名。⑰历：经过。祝融：神灵。朱冥：指南方。朱为赤色，古代南方尚赤，故称。⑱枉：弯曲，回转。玉衡：车前辕的横木的美称，这里代指车子。⑲委：放弃。馆：住宿的地方。咸唐：即咸池，神话传说中神灵日浴的地方。⑳贯：穿过。澒濛(hòng méng)：混沌之气。东揭(qiè)：向东去。㉑维：维系，拴缚。扶桑：古代神话传说中太阳升起的地方。

【译文】

可叹我忠直的本性不可改变，虽然屡遭打击也坚守不移。服饰艳丽鲜明与众不同，我形象高大志愿高远。愿意像仙人王侨那样乘云驾雾，驾起红云飞行遨游在太空。愿与天地同寿长命无期，与日月同辉齐放光明。登上昆仑山向着北方，众多仙人齐来拜见接迎。在阴气很重的地方挑选鬼神，与我一起从正门进天宫。掉转我的车头向西行进，高举虹旗直驱玉门山顶。驾起六龙奔驰在三危山上，召西方众神灵齐会九曲水滨。我的车盘旋在西山中，横度飞泉谷向南奔行。穿越都广山野径直前行，来到南方海神祝融的领地。回转玉车在炎火山上，两次放弃在咸池休息。穿过混沌之气离开东方，将六条神龙拴在扶桑树上。

【原典】

周流览于四海兮，志升降以高驰。征九神于回极兮①，建虹采以招指②。驾鸾凤以上游兮，从玄鹤与鹡明③。孔鸟飞而送迎兮④，腾群鹤于瑶光⑤。排帝宫与罗囿兮⑥，升县圃以眩灭⑦。结琼枝以杂佩兮，立长庚以继日⑧。凌惊雷以轶骇电兮⑨，缀鬼谷于北辰⑩。鞭风伯使先驱兮，囚灵玄于虞渊⑪。溯高风以低佪兮⑫，览周流于朔方⑬。就颛顼而敶词兮⑭，考玄冥于空桑⑮。旋车逝于崇山兮⑯，奏虞舜于苍梧⑰。淹杨舟于会稽兮⑱，就申胥于五湖⑲。见南郢之流风兮⑳，殒余躬于沅湘㉑。望旧邦之黯黮兮㉒，时溷浊其犹未央。怀兰茝之芬芳兮，妒被离而折之。张绛帷以襜襜兮㉓，风邑邑而蔽之㉔。日暾暾其西舍兮㉕，阳焱焱而复顾㉖。聊假日以须臾兮，何骚骚而自故㉗？

【注释】

①征：征召。九神：九天众神。回极：天极回旋的枢轴，即古人所认为的天体的轴心。②建：树立，竖起。虹采：彩虹作旗。招指：做指挥。③鹡明：传说中的神鸟。④孔鸟：孔雀。⑤瑶光：星名，即北斗七星中的第七星名。⑥排：推开。罗囿：神话传说中的地名。⑦眩灭：眼睛昏花，看不清楚。⑧长庚：太白星，古代指傍晚时分出现在西方天空的金星。⑨轶：超越，超过。⑩缀：缝合，连缀。鬼谷：鬼聚集的地方。北辰：北极星。⑪囚：囚禁。灵玄：即玄灵，神话中的北方之帝。虞渊：亦称"虞泉"，神话中太阳落下的地方。⑫溯：向着，面对。低佪：徘徊。⑬朔方：北方。⑭颛顼（zhuān xū）：传说中黄帝的后裔。敶：通"陈"，陈述，倾诉。⑮考：稽考，询问。玄冥：北方之神，主管刑杀。空桑：山名。⑯旋车：掉转车头。逝：远去。崇山：山名。⑰苍梧：山名，即九嶷山。⑱淹：古"济"字。杨舟：杨木制成的船。⑲五湖：湖名，即太湖。⑳郢：郢都。流风：流行的风俗。㉑躬：身。㉒旧邦：古国。黯黮（àn dǎn）：形容昏暗不明，这里比喻政治腐败黑暗。㉓襜襜（chān）：形容色彩鲜明。㉔邑邑：形容风势微弱。㉕暾暾（tūn）：本义是初升的

太阳，这里用来形容日光。舍：休息。㉖焱焱(yàn)：同"炎炎"，形容火光闪耀而灼热。㉗骚骚：忧愁痛苦的样子。自故：依然如故。

【译文】

遍行天下周游四海，上天下地翱翔奔驰。召集九天神灵在天中相聚，竖起彩虹大旗来指挥。乘驾鸾鸟凤凰向上飞行，玄鹤和鹔鹴紧紧跟随。孔雀飞舞来往迎送，仙鹤成群飞越北斗星。推开帝宫进入天苑，登上悬圃眼昏不清。系结美玉枝条增加佩饰，太阳隐没升起长庚星。乘滚滚惊雷追逐奔逸的闪电，把众多鬼怪绑缚在北极星。鞭策风伯让他前面开路，把玄帝囚禁在日落之处。迎着大风在高空徘徊，把北方周游遍行。向颛顼帝陈述衷情，再到空桑山考问玄冥。转过车头再驰向崇山，到九嶷山向舜帝进言。驾起杨木轻舟来到会稽，向伍子胥问道在五湖之中。看见郢都的政治和恶俗，准备自沉沅湘之中。望见故乡一片昏暗不明，世道混乱污浊没有改变。怀抱芳香的兰花苣草，反遭奸

人嫉妒被摧残凋零。张设绛帷多么鲜艳明亮，微微清风将它遮挡。明亮的太阳留在了西山，余光闪耀反射向了天空。暂且趁此时光休闲片刻，为何心中忧苦依然如故。

【原典】

叹曰：譬彼蛟龙，乘云浮兮。泛泛涒溶①，纷若雾兮。潦浽蟉辒②，雷动电发，驷高举兮③。升虚凌冥④，沛浊浮清⑤，入帝宫兮⑥。摇翘奋羽⑦，驰风骋雨，游无穷兮。

【注释】

①泛泛：浮游不定的样子。涒溶（hòng róng）：水深而宽阔的样子。②蟉辒（jiāo gé）：交错杂乱。③驷（sà）：马飞驰的样子。④虚：太虚，太空。冥：高远的天空。⑤沛：拨，排除。清：清气。⑥帝宫：天帝的宫殿。⑦翘（qiáo）：原指羽毛，这里指龙的尾巴。

【译文】

感叹到：就像那水中的蛟龙，腾云驾雾飞升。在浓云里浮游不定，变幻无常如那大雾一样。像水流一样交错杂乱，像惊雷震动闪电突行，迅疾飞向高空。登上高远天空，排除浊气浮游在清气中，进天帝所居的宫殿。摆龙尾振双翅，乘风驾雨，尽情遨游在无穷的太空。

九思

【题解】

　　《九思》和王褒《九怀》、刘向《九叹》一样，也是代屈原抒发忧愤，表达自己思念的一组文章，作者为汉代的王逸。

　　《九思》由《逢尤》《怨上》《疾世》《悯上》《遭厄》《悼乱》《伤时》《哀岁》《守志》九篇诗歌组成。其中《逢尤》《遭厄》主要写屈原受到的迫害，以及屈原内心的悲愤；《怨上》主要写屈原对君王的怨恨和希冀；《悯上》主要表达作者对屈原的怜悯同情；《疾世》《悼乱》则痛斥屈原所处的混乱时世；《伤时》《哀岁》以季节变化、时光流逝来象征屈原的焦虑和恐慌；《守志》是篇末总结，用想象为屈原描绘了一幅光明灿烂的天上清明之境，体现出屈原深埋在心底的对光明的渴望和追求。

逢尤

【题解】

"逢",遭遇,遭受;"尤",祸端。"逢尤"即为遭遇祸端。本篇是《九思》中的第一篇,作者细腻地刻画了屈原突遭横祸后的一系列心理活动:因无法承受飞来横祸而独自远游,但心中仍存得逢明君的幻想。但现实如此黑暗,屈原想着前朝贤君,又想起朝廷的混乱,不禁陷入忧国忧民又忧己的巨大矛盾和痛苦中不能自拔。本篇与《九叹》的首篇《逢纷》非常相似,作者模仿刘向,通过对屈原生平遭遇的描写,表达了对屈原的崇敬之情。

【原典】

悲兮愁,哀兮忧。天生我兮当暗时,被谗谮兮虚获尤①。心烦愦兮意无聊②,严载驾兮出戏游③。

【注释】

①谗谮(zhuó zèn):诋毁,这里指遭到奸人的诽谤、污蔑。虚:无缘无故地。尤:罪过,祸端。②烦愦:烦恼。无聊:没什么意思,这里指不快乐。③严:整肃,整饬。戏游:游玩,玩乐。

【译文】

我的心中是多么悲愁,我的心中是多么哀忧。我生来就遇上这昏暗的世道,蒙受奸佞诬陷无故遭受祸患。心里烦乱情绪愁闷,整装驾车去外面远游。

【原典】

周八极兮历九州①，求轩辕兮索重华②。世既卓兮远眇眇③，握佩玖兮中路踌④。羡咎繇兮建典谟⑤，懿风后兮受瑞图⑥。愍余命兮遭六极⑦，委玉质兮于泥涂。遽偟遑兮驱林泽⑧，步屏营兮行丘阿⑨。车軏折兮马虺颓⑩，憃怅立兮涕滂沲⑪。

【注释】

①周：周游，环绕。八极：八方极远之地。九州：古时中国分为九州，这里泛指全国。②轩辕：黄帝。索：寻找，求。重华：虞舜的名字。③世：盛世。卓：遥远。④佩玖（jiǔ）：玉佩上的装饰。玖，黑色的宝石。踌：踌躇，犹豫不决。⑤咎繇：即皋陶，舜时掌管刑狱的人。典谟：当时很有名的一本书，是《尚书》中《尧典》《舜典》《大禹谟》《皋陶谟》的统称。⑥懿：称赞，赞美。风后：人名，相传为黄帝时的臣子。瑞图：非常美丽的图，这里指上天赐予的好书籍。⑦愍：同"悯"，怜悯，可怜。六极：六种极凶恶之事。⑧遽：同"遂"。偟遑：同"张皇"，彷徨的意思。⑨屏营（bīng yíng）：彷徨。丘阿：山丘的曲深僻静处。⑩车軏（yuè）：古时马车将车辕和横木相连接的钉子。虺（huī）颓：疲病。⑪憃怅：惆怅失意的

样子。滂沱(tuó)：不停往下流，这里形容泪水多。

【译文】

走遍八方之地游遍天下，盼望一见黄帝寻找明君虞舜。盛世已经非常的遥远，握着玉佩半路上踌躇。美慕皋陶得遇明君建立纲纪，赞美凤后接受了瑞图。可怜我时运不济遭难受苦，好比抛弃美玉在那污泥之中。彷徨中驱向山林水泽，惊慌中走进深山老林。车辕折断了马也疲病，我怅然若失眼泪纵横。

【原典】

思丁文兮圣明哲①，哀平差兮迷谬愚②。吕傅举兮殷周兴③，忌嚭专兮郢吴虚④。仰长叹兮气饐结⑤，悒殟绝兮咶复苏⑥。虎兕争兮于廷中⑦，豺狼斗兮我之隅。云雾会兮日冥晦，飘风起兮扬尘埃⑧。走怅罔兮乍东西⑨，欲窜伏兮其焉如⑩。念灵闱兮隩重深⑪，原竭节兮隔无由⑫。望旧邦兮路逶随⑬，忧心悄兮志勤劬⑭。魂茕茕兮不遑寐⑮，目眽眽兮寤终朝⑯。

【注释】

①丁：武丁，殷高宗名。文：指周文王。②哀：可叹。平：楚平王。差：吴王夫差。谬愚：错误愚蠢。③吕：吕尚，即姜子牙。傅：傅说，殷商时期卓越的政治家、军事家。④忌：楚国的大夫费无忌。嚭(pǐ)：吴国大夫宰嚭。专：专宠、宠爱。虚：飞絮，这里指灭亡。⑤饐(yē)结：心里烦闷，气郁结胸。⑥悒殟(yì wēn)：昏厥，昏倒，突然失去知觉。绝：气绝。咶(huài)：气息，喘息。⑦虎兕(sì)：虎和犀牛，比喻凶恶残暴的人。⑧飘风：旋风。⑨怅罔(chàng wǎng)：失意，怅然若失的样子。⑩伏：隐藏，躲起来。焉如：不知道到哪里去了。⑪灵闱：君王的宫殿。隩(ào)：房屋西南角最深处，这里比喻隔膜太深。⑫竭节：责任和义务。无由：没有什么途径，这里指和君王沟通困难。⑬逶随：指路途曲折遥远。⑭悄(qiǎo)：忧伤。劬(qú)：过分辛苦劳累。⑮茕茕：形单影只，孤独寂寞。遑(huáng)：闲暇。

⑯眽眽（mò）：眼睁睁地。寤终朝：整夜不能入睡。

【译文】

　　思慕武丁文王圣明智慧，哀叹平王夫差糊涂谬愚。吕尚傅说得到重用殷周兴盛，费无忌宰嚭得宠郢都成废墟。仰天长叹忧愤之气梗塞郁结，忧郁愤怒我昏厥又复苏。奸臣虎兕在朝廷中争权夺利，恶人豺狼在身旁打架斗殴。云雾聚集遮蔽了太阳，旋风刮起来尘土飞扬。惆怅迷惘东西乱跑，想隐居躲藏又该到哪里去？想念君王却阻隔深重，愿意竭尽忠诚而没有途径。回望故乡道路曲折遥远，心中忧愁心志疲惫不堪。灵魂孤单难耐无法入睡，就这样眼睁睁直到天亮。

怨上

【题解】

　　"怨上"，即对"上"诉说怨情，这里的"上"既可以理解为上天，又可以理解为君王。本篇先描述了屈原因受奸臣排挤，独自身处荒凉苍野中，想着朝廷混乱、社稷将倾却又无可奈何的心情；接着写世事的艰险和环境的恶劣，使屈原沉浸在不安和痛苦中；最后写屈原对君主希冀与怨愤相互交织的复杂心情。篇中屈原对命运不公的控诉和对楚国政事的批判对后世的政治讽喻诗具有一定的启发作用。

【原典】

　　令尹兮謷謷①，群司兮恁恁②。哀哉兮溷浊③，上下兮同流。菽藟兮蔓衍④，芳虈兮挫枯⑤。朱紫兮杂乱⑥，曾莫兮别诸⑦。倚此兮岩穴，永思兮窈悠⑧。嗟怀兮眩惑⑨，用志兮不昭⑩。将丧兮玉斗⑪，遗失兮钮枢⑫。我心兮煎熬，惟是兮用忧。

【注释】

①令尹：楚国的一种官职，相当于宰相。謷謷(áo)：傲慢无礼。②群司：百官。詶詶(nóu)：多嘴多舌的样子。③哀：悲哀，可悲。溷溷(gǔ)：形容混乱的样子。④菽藟(shū lěi)：比喻小人。蔓衍：到处都是。⑤芳藃(xiāo)：一种香草，即白芷。挫枯：摧折，枯萎。⑥朱紫：朱为正色，紫为杂色，这里比喻正派和邪派两种类型的人。⑦曾：竟然。莫：没有人。别诸：辨别，区别。⑧永思：绵长的思绪。窈悠：悠长，悠悠。⑨怀：怀王。眩惑：被迷惑。⑩用志：行忠尽义。昭：显明，明白。⑪玉斗：北斗星。⑫钮枢：天枢星，北斗七星其中的一颗。

【译文】

令尹在朝上胡言乱语，群臣在下面叽叽喳喳。可悲朝政一片混乱，君臣上下龌龊不堪。蓬蒿遍地都在蔓延，香草全部被折断枯烂。红色和紫色混杂在一起，世上无人能分辨。身体靠在深山岩洞壁上，心里始终思念着君王。哀伤怀王遭到奸佞迷惑，忠义之心无人明了。眼看国家将要不保，政权将失去砥柱。我的内心如火焚烧，想到这些就悲痛不已。

【原典】

进恶兮九旬①，复顾兮彭务②。拟斯兮二踪③，未知兮所投。谣吟兮中壄④，上察兮璇玑⑤。大火兮西睨⑥，摄提兮运低⑦。雷霆兮硠礚⑧，雹霰兮霏霏⑨。奔电兮光晃⑩，凉风兮怆凄⑪。鸟兽兮惊骇，相从兮宿栖。鸳鸯兮噰噰⑫，狐狸兮徾徾⑬。哀吾兮介特⑭，独处兮罔依⑮。蝼蛄兮鸣东⑯，蟊蠽兮号西⑰。蛓缘兮我裳⑱，蠋入兮我怀⑲。虫豸兮夹余⑳，惆怅兮自悲。伫立兮忉怛㉑，心结缩兮折摧㉒。

【注释】

①进恶：当从一本作"进思"，想起。九旬：当从一本作"仇荀"。九，同"仇"，仇牧，人名。荀，荀息，也是人名。仇牧和荀息均因为主人而遭到刺杀。②复顾：又想起。彭务：彭，彭咸；务，务光，均是人名。彭咸和务光均是为国家而死，这里代指清白正直之士。③拟：效法，摹拟。二踪：上述两位古代贤人的踪迹。④谣：孤身一人。中壄：荒野之中。壄（yě）：同"野"。⑤上察：抬头看。璇玑（xuán jī）：北斗前二、三星星名，即天璇、天玑。⑥大火：星名，星宿中的红色大星，即荧惑星，又称流火星。睨：斜视。⑦摄提：星名，共六星，位于大角星两侧。左三星叫左摄提，右三星叫右摄提。运低：向下运行。⑧硠礚（láng kē）：本指石头撞击发出的声音，这里指很大的雷声。⑨霰（xiàn）：小雪珠。霏霏：纷纷扬扬，雨雪紧密的样子。⑩光晃：耀眼的光芒。⑪怆（chuàng）凄：悲伤。⑫噰噰（yōng）：鸟和鸣声。⑬徾徾（méi）：一个跟着一个，相互跟随。⑭介特：孤独一人。⑮罔依：无依。⑯蝼蛄（lóu gū）：一种对农作物有害的昆虫。⑰蟊蠽（máo jié）：像小蝉一样的害虫。⑱蛓（cì）：一种毛毛虫。⑲蠋（zhú）：蝴蝶、蛾等昆虫的幼虫。⑳豸（zhì）：一种没有脚的虫子。㉑忉怛（dāo dá）：悲伤，悲痛。㉒结缩（gǔ）：形容思绪错乱，郁结不结。折摧：低落到极点。

【译文】

想起为主而死的仇牧和荀息，又想起赴水而死的彭咸和务光。想要追随他们的遗迹走，却不知该去向哪里。孤身徘徊歌吟在荒野之地，抬头望见了天玑星。向西斜视看见了流火星，又见摄提星向下运行。转眼间惊雷隆隆作响，冰雹冰粒纷纷降落。闪电奔驰闪耀天空，凉风彻骨悲伤凄凉。飞禽走兽惊慌恐惧，相互依随栖息在一起。鸳鸯双双相互鸣叫，狐狸成群相互依傍。悲哀自己孤单寂寞，独自一人无依无靠。蝼蛄鸣叫在东边，小蝉呼喊在西侧。毛虫蠕动爬上衣裳，蠋虫钻进我的怀中。各种昆虫都来夹攻我，惆怅失意独自悲伤。长久站立满怀忧伤，忧思郁结摧残心志。

疾世

【题解】

"疾世"，即愤世嫉俗，痛恨世道人情之意。本篇分三个层次，首先描写了屈原不屑与世间小人为伍，但天下遍求贤人而不得的无奈心境；随后写屈原向上天寻求解脱的经历，接着写屈原虽忠贞有义与上苍的要求相符，但却因世事混乱而难展宏图；最后，屈原只能在理想与现实的矛盾间挣扎，对黑暗世道愈加嫉恨难平。

【原典】

周徘徊兮汉渚①，求水神兮灵女②。嗟此国兮无良③，媒女诎兮谇谀④。鹍雀列兮诨谨⑤，鸺鹠鸣兮聒余⑥。抱昭华兮宝璋⑦，欲衔礜兮莫取⑧。言旋迈兮北徂⑨，叫我友兮配耦⑩。日阴曀兮未光⑪，阒眴窕兮靡睹⑫。

【注释】

①周：四处，全部。汉渚：汉水一带。②灵女：传说中的水神，亦即汉

水之神。③无良：没有贤良之人。④诎（qū）：语言笨拙。谦谀（lián lóu）：形容混乱不清，言语不清。⑤讻讙（huá huān）：喧哗，嘈杂。⑥鸲鹆（qú yù）：一种小鸟的名字，又称为八哥。聒（guō）：声音吵闹，令人厌烦。⑦昭华：一种美玉。宝璋（zhāng）：一种玉器。⑧衒鬻（xuàn yù）：原指炫耀，这里指出卖。⑨言：句首助词，无实义。旋迈：转身远去。北徂（cú）：北行。⑩叫：呼喊。配耦（ǒu）：同"配偶"，这里指知己、朋友。⑪阴曀（yì）：阴天有风。⑫闃（qù）：同"阒"，寂静。睄窕（xiāo tiǎo）：昏暗，幽深。靡睹：无法看清。

【译文】

周游徘徊到了汉水滨，一心想追求水中的女神。哀叹国家没有良臣，媒人语言笨拙表达不清。小鸟成群啼叫喧闹，八哥叽叽喳喳让人烦躁。怀抱着珍贵的玉器，想要叫卖却无人想要。转身远去向北行进，声声叫唤我的知音。日色阴暗没有光亮，空旷寂静无法看清。

【原典】

纷载驱兮高驰①，将谘询兮皇羲②。遵河皋兮周流③，路变易兮时乖④。沥沧海兮东游⑤，沐盥浴兮天池⑥。访太昊兮道要⑦，云靡贵兮仁义。志欣乐

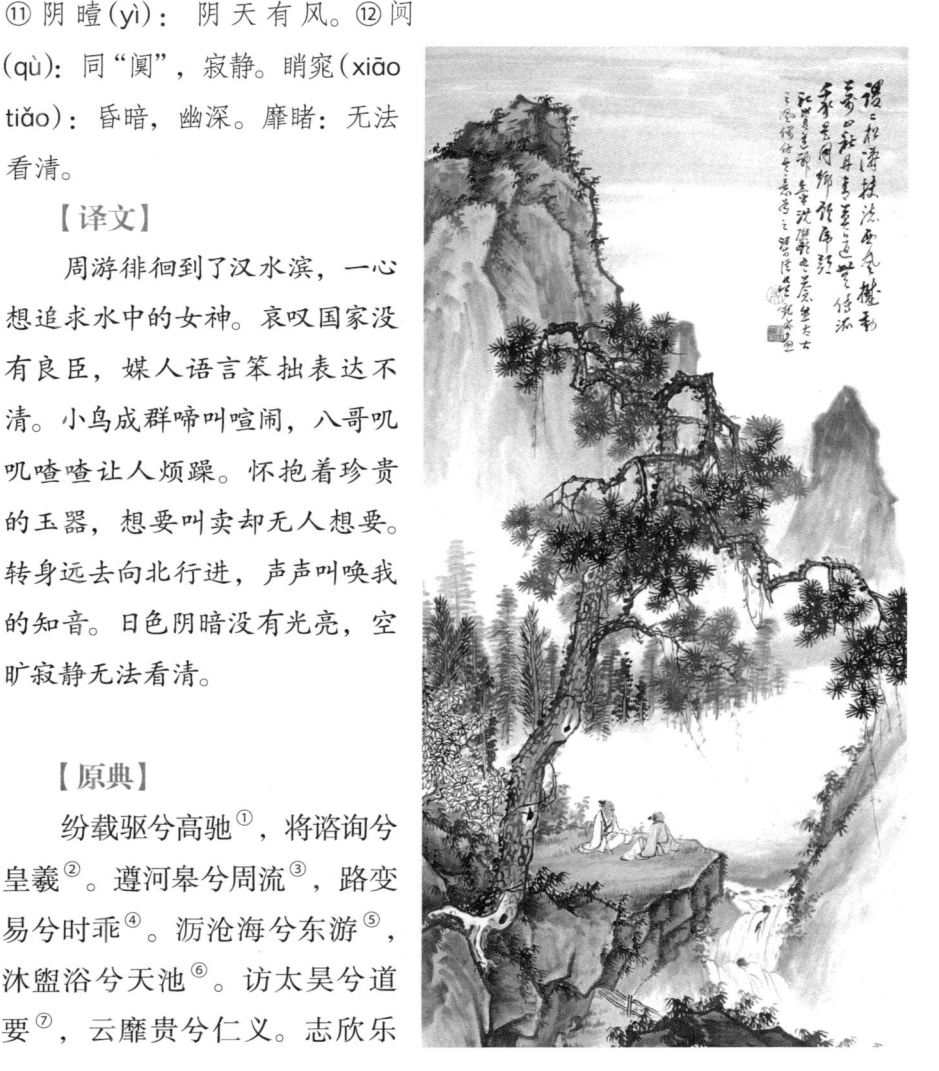

兮反征，就周文兮邠歧⑧。秉玉英兮结誓⑨，日欲暮兮心悲。惟天禄兮不再⑩，背我信兮自违⑪。踰陇堆兮渡漠⑫，过桂车兮合黎⑬。赴崑山兮䇡騄⑭，从邛遨兮棲迟⑮。吮玉液兮止渴，啮芝华兮疗饥⑯。居嵺廓兮尠畴⑰，远梁昌兮几迷⑱。望江汉兮濩渃⑲，心紧縓兮伤怀⑳。时曶曶兮旦旦㉑，尘莫莫兮未晞㉒。忧不暇兮寝食，咤增叹兮如雷㉓。

【注释】

①纷：缤纷美盛。高驰：纵马奔驰。②谘询：拜访，询问。皇羲：指伏羲氏。皇是对伏羲氏的尊称。③遵：沿着。④时乖：时世反常。乖，反常，谬误。⑤沥（lì）：渡水，渡过。⑥沐：洗发。盥（guàn）：洗手。浴：洗澡，洗身。天池：咸池，神话中日浴之处。⑦太昊：指上文的"皇羲"，对伏羲氏的尊称。道要：天道的要领。⑧邠（bīn）歧：地名，周民族最早活动并建国的地方。⑨秉：手持。玉英：美丽的花朵。⑩惟：思。天禄：天赐的福禄，这里指寿命。⑪自违：自相违背。⑫踰（yú）：从墙上爬过。陇堆：山名，或即今陇山。渡漠：穿过大漠。⑬桂车、合黎：均为山的名字。⑭崑山：即昆仑山。䇡（zhí）：拴缚马的足。騄（lù）：古代一种跑得很快的马。⑮邛（qióng）：同"蛩"，一种兽的名字，善于奔跑。遨（áo）：遨游，游览。棲迟：停留，歇息。⑯啮（niè）：咬。芝华：灵芝的花朵。疗饥：止住饥饿。疗，消除，止住。⑰嵺廓（liáo kuò）：空旷辽阔。尠（xiǎn）畴：缺少同道中人。尠，同"鲜"，缺少。畴，同类，道中人。⑱梁昌：踉跄的意思，这里指处境狼狈，进退失所。⑲濩渃（huò ruò）：江水浩荡，形容水势浩大。⑳縓（juàn）：紧紧缠绕。縓，束缚，缠绕。㉑曶曶（pò）：形容日月初出，光线不太明亮时的样子。旦旦：越来越亮。㉒莫莫：同"漠漠"，形容尘土飞扬的样子。晞（xī）：消散。㉓咤（zhà）：愤怒的声音。增叹：如同。

【译文】

缤纷美盛的车驾疾速奔驰，将要去咨询上皇伏羲。沿着河岸四处周游，道路曲折时世无常。渡过沧海向东行进，洗漱沐浴在咸池当中。见到太昊向他请教天道要领，他说最宝贵的莫过于仁义之行。心中欢喜转而向西行，投奔周文王到达邠岐之地。拿着玉花互相结盟，太阳落山心生悲戚。想到天赐福禄一去不返，背弃忠信违背本意。越过陇山渡过大漠，经过桂车到了合黎。赶到昆仑山拴好骏马，跟随邛兽游览栖息。吮吸玉液用以止渴，吃那灵芝花朵来充饥。身居旷野形单影只，走路踉跄时常神迷。眺望江汉水势洪大，心绪烦乱内心悲伤。太阳刚出天色将亮，灰尘蒙蒙久久没有消散。心郁难解无心进食，满腔愤怒哀叹如雷响。

悯上

【题解】

"悯"，为怜悯；"上"，这里指自己。"悯上"，就是怜悯自己的意思，这里应是王逸对屈原所遭受的不公平待遇表达怜悯之情。本篇在内容上先渲染了奸人当道、忠良遭弃的昏暗现状；接着刻画了主人公苦闷彷徨、满目凄凉的状态；最后写屈原独处山中，孤独憔悴，怀才而不见用的凄凉怨愤的心情。作者通过这些场景的描写，体现了对先贤的相知之情。

【原典】

哀世兮睩睩①，诶诶兮嗌喔②。众多兮阿媚③，骪靡兮成俗④。贪枉兮党比⑤，贞良兮茕独⑥。鹄窜兮枳棘⑦，鹈集兮帷幄⑧。蘮蒘兮青葱⑨，槁本兮萎落⑩。睹斯兮伪惑⑪，心为兮隔错⑫。

【注释】

①睩睩（lù）：谨慎小心的样子。②诶诶（jiàn）：巧言善辩的样子。嗌喔（yì wō）：一种声音，这里指奉承取媚的声音。③阿（ē）媚：阿谀谄媚。④骪（wěi）靡：指低头哈腰，委曲取容的样子。骪，同"骫"，骨头弯曲。

⑤贪枉：贪婪邪恶。党比：拉党结派。⑥茕独：孤独，引申为孤独无依。⑦鹄：鸿雁。枳棘：枳木和棘木。⑧鹈（tí）：一种水鸟。⑨蕠藘（jì rú）：一种草的名字。青葱：翠绿色。⑩槁本：香草。萎落：枯萎，衰落。⑪伪惑：虚伪丑恶。⑫隔错：受到了挫折。

【译文】

哀叹世俗之人要谨慎小心，巧言善辩只会奉承人。众多小人阿谀奉承，柔弱顺从已成风气。贪婪奸佞之人拉帮结派，忠臣贤士孤独无依。鸿雁被困在那枳棘林里，鹈鹕聚集在帷帐中。杂草丛生郁郁葱葱，香草槁本都枯萎凋零。看到世事如此虚伪丑恶，内心顿时受挫失意。

【原典】

逡巡兮圃薮①，率彼兮畛陌②。川谷兮渊渊③，山阜兮峉峉④。丛林兮崟崟⑤，株榛兮岳岳⑥。霜雪兮漼溰⑦，冰冻兮洛泽⑧。东西兮南北，罔所兮归薄⑨。庇荫兮枯树，匍匐兮岩石⑩。踡跼兮寒局数⑪，独处兮志不申，年齿尽兮命迫促。魁垒挤摧兮常困辱⑫，含忧强老兮愁不乐⑬。须发苎顇兮颗鬓白⑭，思灵泽兮一膏沐⑮。怀兰英兮把琼若⑯，待天明兮立踯躅⑰。云蒙蒙兮电倏烁⑱，孤雌惊兮鸣呴呴⑲。思怫郁兮肝切剥⑳，忿悁悒兮孰诉告㉑？

【注释】

①逡巡（qūn xún）：徘徊。圃：园圃。薮：湖泊。圃薮，指有着茂盛草木的湖泊，也就是沼泽。②率：沿着，顺着。彼：这些地方。畛（zhěn）陌：泛指田间小道。③渊渊：深幽。④阜（fù）：同"阜"，土山。峉峉（è）：形容山势高大。⑤崟崟（yín）：繁盛的样子。⑥株榛：丛林。岳岳：漫山遍野，形容多。⑦漼溰（cuǐ yí）：高高的堆积，这里指霜雪堆积的样子。⑧洛泽：冰冻，结成了冰。⑨罔：没有。归薄：归宿，停止。⑩匍匐：伏地而行，引申为隐藏之义。⑪踡跼（quán jú）：蜷缩起来，不舒展。寒：寒冷，凄苦。局数（cù）：同"拘束"。⑫魁垒（lěi）：心情郁闷，盘结不解。挤

摧：命运坎坷。⑬强老：指因忧愁而过早衰老。⑭苎（níng）颈：散乱憔悴。颗（piǎo）：头发斑白。⑮灵泽：天降甘露。一：代替。膏沐：润发的油脂，这里用作动词。⑯琼若：像玉一样的杜若，这里形容珍贵。⑰踯躅（zhí zhú）：踌躇不进。⑱倏烁：闪烁。⑲呴呴（gòu）：鸟鸣声。⑳怫郁：愤愤不平。切剥：形容心情极端痛苦急切。㉑怼：怨愤。悁悒（yuān yì）：忧郁。

【译文】

徘徊彷徨在湖泊草丛，沿着它们走过田间小路。大川河谷幽深昏暗，高山峻岭高大巍峨。树木茂盛长成了森林，草木挺拔密布四周。寒霜白雪纷纷降落，冰冻水面越来越厚。不论南北还是西东，都没有我的安身之处。栖身躲避在那枯树下，匍匐爬行在那岩石中。局促蜷缩在寒风里，独居荒野中壮志难酬。寿命将尽人生短暂。一生坎坷挫折时常困苦屈辱，忧虑使人过早衰老没有快乐。头发蓬乱两鬓斑白，希望天降甘露滋润头发。怀抱兰花手持杜若，独自徘徊在黑夜等待天明。云雾蒙蒙闪电如梭，孤单雌鸟惊恐哀鸣。心中愤懑肝肠寸断，满腔忧愤要向谁人倾诉？

遭厄

【题解】

"遭"，遭受，遭遇；"厄"，即祸端。"遭厄"即遭受祸端。本篇描写了屈原在遭受排挤迫害后，忍辱远离，寻求光明而不得的经历。文中先写朝中奸佞云集，贤良被黜的场景；接着写屈原不愿屈从，不得不远走高飞，寻找光明所在；接着写屈原来到不见天日的地方，迷失了方向；最后写屈原在天上神游时看到了思念的故乡，极度的依恋使他想返回家乡，但因小人当道而又犹豫不决的矛盾心情。

【原典】

悼屈子兮遭厄①，沉玉躬兮湘汨②。何楚国兮难化③，迄于今兮不易。士莫志兮羔裘④，竞佞谀兮谗阋⑤。指正义兮为曲，訾玉璧兮为石⑥。鸱鵰游兮华屋⑦，鵔鸃栖兮柴蔟⑧。起奋迅兮奔走⑨，违群小兮谡诟⑩。

【注释】

①屈子：屈原。子，对人的尊称。厄：祸端，灾难。②玉躬：玉体，对屈原身躯的美称。湘汨：汨罗为湘水支流，屈原投汨罗江而死。③化：教育感化。④羔裘：原本出自一首赞美士大夫的诗，这里借此典故，抨击当今世人志行低俗鄙恶。⑤阋（xì）：争吵，争斗。⑥訾（zǐ）：同"訾"，诋毁，指责。⑦鸱鵰（chī diāo）：鸱，同"鸱"，一种很凶恶的鸟。鵰同"雕"，一种猛禽。⑧鵔鸃（jùn yí）：神俊之鸟。柴蔟（cù）：柴木构建成的鸟巢。⑨奋迅：形容鸟飞或兽跑迅疾而有气势。⑩违：躲开，躲避。谡诟（xǐ gòu）：辱骂，羞辱。

【译文】

哀悼屈原无辜遭遇祸端，玉体沉入到汨罗江。楚国为什么如此难以教育感化，至今仍然没有改变。士人志行低俗鄙恶，竞相谄媚时常内讧。将公理正义当成邪恶，诋毁玉璧是块石头。恶鸟斑鸠游玩在那华屋中，神鸟鵔鸃栖息在柴草堆里。无奈奋飞而起迅速往外逃，躲避这群小人的轻毁辱骂。

【原典】

载青云兮上升，适昭明兮所处①。蹑天衢兮长驱②，踵九阳兮戏荡③。越云汉兮南济④，秣余马兮河鼓⑤。云霓纷兮晻翳⑥，参辰回兮颠倒⑦。逢流星兮问路，顾我指兮从左。径娵觜兮直驰⑧，御者迷兮失轨。遂踢达兮邪造⑨，与日月兮殊道。志阏绝兮安如⑩，哀所求兮不耦⑪。攀天阶兮下视⑫,见鄢郢兮旧宇⑬。意逍遥兮欲归,众秽盛兮杳杳⑭。思哽饐兮诘诎⑮,涕流澜兮如雨⑯。

【注释】

①适:奔向。昭明:光明,太阳。②蹑:踩着,踏着。衢(qú):大路,四通八达的道路。③踵:走到。九阳:古代神话传说中太阳升起的地方。戏荡:游荡。④云汉:银河,天河。济:地方。⑤秣(mò):喂牲口。余:休息。河鼓:指牵牛星。⑥晻翳(yǎn yì):光线被遮盖住而形成的阴影。⑦参辰:两颗一东一西的星星。回:回转。⑧径(jìng):同"径",这里指经过,越过。娵訾(jū zī):星宿名,在二十八宿为室宿和壁宿。⑨踢达:没走正途,走路歪斜的样子。邪造:斜向行进,指没有走正道。⑩阨(è)绝:阻断,断绝。安如:该怎么办呢。⑪不耦(ǒu):不符合。⑫天阶:星名。⑬鄢郢:楚国都城。鄢,在今湖北宜城,楚惠王曾徙都于此。⑭众秽:一群小人。杳杳:幽暗,这里指世俗风气恶浊。⑮哽饐(yē):因悲伤而气息滞塞。饐,同"噎"。诘诎(jié qū):滞塞,艰涩。⑯澜:本义指大的波浪,这里形容泪如泉涌的样子。

【译文】

乘着青云缓缓升上天,奔向光明所

在的地方。踩着天路径直驰骋,走到旸谷悠闲游荡。越过银河向南涉渡,喂马休整来到了牵牛星。云霓纷纷拥来遮蔽阳光,参辰二星回旋交替位置颠倒。遇到流星向它问路,回头为我指路方向向左。经过娵觜径直向前奔,车夫迷失了方向不知去往何方。于是胡乱走而走上歪道,与日月所行轨道相背离。满心志向阻隔该去往何方,哀叹追求的理想无人应和。攀上天阶星向下望,看见楚国鄢郢我的故乡。心意动摇想回家乡,佞人众多世风混浊。思前想后悲伤哽咽,眼泪如雨不停流下。

悼乱

【题解】

"悼乱",即哀悼世事的混乱。本篇表达了主人公想要奔赴远方的复杂心情。文章开篇从"乱"字入手,描写了自然界群兽并存、人世间是非倒置的混乱情景;接着写贤人被逐而奸佞得宠的黑暗朝政;接着写欲求隐居却满目怪兽恶鸟,生存受到威胁的场景;最后写主人公孤身一人、知音难觅的苦闷,最终明白自己最眷恋的还是祖国、君王的心情。其百折不挠的爱国精神令人敬佩。

【原典】

嗟嗟兮悲夫①,殽乱兮纷挐②。茅丝兮同综③,冠屦兮共绚④。督万兮侍宴⑤,周邵兮负刍⑥。白龙兮见射⑦,灵龟兮执拘⑧。仲尼兮困厄⑨,邹衍兮幽囚⑩。伊余兮念兹,奔遁兮隐居。将升兮高山,上有兮猴猿。欲入兮深谷,下有兮虺蛇⑪。左见兮鸣鵙⑫,右睹兮呼枭⑬。惶悸兮失气⑭,踊跃兮距跳⑮。便旋兮中原⑯,仰天兮增叹。菅蒯兮壄莽⑰,藋

苇兮仟眠⑱。鹿蹊兮踌踌⑲，貒貉兮蟫蟫⑳。鹳鹧兮轩轩㉑，鹑鹆兮甄甄㉒。

【注释】

①嗟嗟：叹词，表示感慨。②骰（xiáo）乱：交错，纷乱。纷挐（ná）：混乱，错杂。挐，同"拿"，纷纷伸手，表示混乱不堪。③茅丝：茅草和丝线，这里比喻忠奸、善恶。同综：交织。综，织机上使经线上下交错以便梭子通过的装置。④屦（jù）：古代用麻葛做成的鞋子。共绚（qú）：装饰相同。绚，古代鞋头上的装饰，有孔，可以穿系鞋带。⑤督：华督，宋人，有弑君之行。万：宋万，宋人，亦有弑君之行。⑥周邵：周公和邵公，二人都是周国的开国功臣。负刍（chú）：背柴草，这里指从事樵柴之事。⑦白龙：河神。躲（shè）：同"射"。⑧灵龟：有灵应的龟兆。执拘：拘禁。⑨仲尼：孔子，字仲尼。困厄：处境困难、窘迫，指孔子困厄于陈蔡之事。⑩邹衍：战国时的齐人，曾遭人陷害入狱。⑪虺（huǐ）蛇：一种毒蛇。⑫鵙（jú）：鸟名，即伯劳。⑬枭：鸟名，猫头鹰

一类的鸟，旧传枭食母，故常以喻恶人。⑭惶悸：惊恐。失气：这里形容因害怕恐惧而呼吸急促，气息若有若无的样子。⑮踊跃：跳跃。距跳：跳跃，超越。⑯便旋：徘徊，回旋。中原：这里指原野。⑰菅蒯（jiān kuǎi）：可编绳的一种茅草。壄（yě）：同"野"。壄莽：指满山遍野。⑱藋苇（guàn wěi）：芦苇。仟眠：草木丛生的样子。⑲蹊：路径，路线，这里是指在路上走。蹾（duàn）：形容野兽行进的样子。⑳貒（tuān）：猪獾。貉（hé）：一种野兽，外形似狐，毛棕灰色，是一种皮毛兽，现北方通称貉子。蟫蟫（xún）：形容紧紧跟随的样子。㉑鹯鹞（zhān yào）：两种猛禽。轩轩：形容猛禽飞舞、飞动的样子。㉒鹌（ān）：同"鹌"。甄甄（zhēn）：形容鸟飞翔的样子。

【译文】

长吁短叹内心好悲痛，忠奸混淆时世混乱。茅草丝线在一起织，礼帽鞋子同样装饰。刺杀君王的华督、宋万陪君吃喝，开国功臣周公、邵公却被放逐去背柴草。镇海神龙被箭射中，深渊神龟被捉拿拘禁。圣人孔子受尽困苦，贤人邹衍却被幽禁。想到这些伤心史事，赶快远走他乡隐居躲避。准备攀登那巍峨高山，可上面有乱舞的猿猴。想要进入深谷中，下面却有毒蛇头高举。左边听见伯劳在叫，右边看见鸱鸮呼叫。心中惊恐没有勇气，挣扎跳跃急忙逃出。盘旋徘徊在那原野，面对天空长叹不已。丛丛茅草郁葱繁盛，荻草芦苇簇拥茂密。麋鹿践踏留下足迹，猪獾小貉相互追逐嬉戏。只只鹯鹞翩翩飞舞，对对鹌鹑飞个不停。

【原典】

哀我兮寡独，靡有兮齐伦①。意欲兮沉吟，迫日兮黄昏。玄鹤兮高飞，曾逝兮青冥②。鸧鹒兮喈喈③，山鹊兮嘤嘤④。鸿鸨兮振翅⑤，归雁兮于征⑥。吾志兮觉悟，怀我兮圣京⑦。垂屣兮将起⑧，跂俟兮硕明⑨。

【注释】

①齐：共同，齐同。伦：同类，同一种人。②曾逝：高飞。青冥：天空。③鸧鹒（cāng gēng）：黄鹂，又作"仓庚"。喈喈（jiē）：禽鸟和鸣声。④嘤

嘤（yīng）：形容小鸟清脆的声音。⑤鸬（lú）：鸬鹚，一种水鸟。⑥于征：将去。⑦圣京：指故都郢郡。⑧垂屣（xǐ）：穿上鞋子。⑨跓俟（zhù sì）：停驻脚步等待。硕明：天色大明，这里指好机会到来。

【译文】

哀叹自己太孤寂，世上没有志同道合的人在一起。想要低头沉思这一生，可日落西山黄昏已止。黑色仙鹤已经高高飞翔，远远消逝在那蓝天之中。黄鹂鸣叫声声清脆，山鹊啼唱低音缠绕。鸿雁鸬鹚展翅而飞，南归大雁将要远行。我的内心开始觉醒，时时怀念故都郢城。穿着鞋子我将起身，长久站立等待天明。

伤时

【题解】

"伤时"，既指伤于自然之时，又指伤于时局世事。本篇是触景生情之作，从草木萌生的清明季节写到了清冷肃杀的冬季。作者通过借景喻世，展现出了小人横行、忠良遇害的浊世景象。于是，主人公远遁他乡，以避祸患，虽然受到了神灵的真诚相待，但依旧思念衰败的故国。全篇的"乱"和"思"相交织，形象地表现了主人公对国家的热爱和对现实的无奈。

【原典】

惟昊天兮昭灵①，阳气发兮清明②。风习习兮龢暖③，百草萌兮华荣④。堇荼茂兮扶疏⑤，蘅芷凋兮莹嫇⑥。愍贞良兮遇害⑦，将夭折兮碎糜⑧。时溷溷兮浇饙⑨，哀当世兮莫知。览往昔兮俊彦⑩，亦诎辱兮系累⑪。

管束缚兮桎梏⑫，百贺易兮傅卖⑬。遭桓缪兮识举⑭，才德用兮列施⑮。

【注释】

①惟：发语词。昊天：春天。昭灵：显示神通。②阳气：暖气。清明：空气清新。③习习：和煦。龢暖(hé nuǎn)：温暖。④华荣：花。⑤堇(jǐn)：蔬类植物。荼(tú)：苦菜。扶疏：树叶繁茂的样子。⑥蘅：杜衡。芷：白芷。莹娱(míng)：形容枯萎凋落的样子。⑦愍(mǐn)：怜悯，哀怜。贞良：忠贞贤良之士。⑧碎糜：碎烂。⑨时：时世。混混：混浊，指水、空气等含有杂质，不清洁，这里比喻社会环境的阴暗、肮脏。浇馈(jiāo zàn)：以羹浇饭，在这里表示混乱。⑩俊彦：俊杰，杰出的人才。⑪诎(qū)辱：委屈和耻辱。系累：束缚，捆绑，拘囚。⑫管：管仲，名夷吾，又名敬仲，字仲，谥号敬，史称管子，春秋战国时齐国的著名政治家。桎梏(zhì gù)：中国古代的一种刑具，在手上戴的为梏，在脚上戴的为桎，类似于现在的手铐脚镣。⑬百：人名，百里奚，秦穆公时的著名政治家。贺(mào)易：变易，更换。傅卖：自己把自己卖了。⑭桓缪：春秋五霸中齐桓公和秦穆公的并称。缪，通"穆"。⑮列施：充分地展示。列，陈列，布置。

九思

【译文】

　　只有春秋最显神通，天气渐暖空气清新。微风习习温暖舒适，百草萌生欣欣向荣。堇葵苦菜枝叶茂盛，杜蘅白芷凋零枯萎。哀怜忠良之士遭迫害，都将死去身体碎烂。时世混浊犹如汤浇饭，哀伤当世没人看穿。看到往昔诸多才俊，遭受屈辱陷入困境。管仲被捆绑套上了脚镣手铐，百里奚迫于无奈自己卖了自己。遇到齐桓公、秦穆公识贤能，贤才最终得以施展。

【原典】

　　且从容兮自慰①，玩琴书兮游戏。迫中国兮迮陿②，吾欲之兮九夷③。超五岭兮嵯峨④，观浮石兮崔嵬⑤。陟丹山兮炎野⑥，屯余车兮黄支⑦。就祝融兮稽疑⑧，嘉己行兮无为⑨。乃回揭兮北逝⑩，遇神孈兮宴娭⑪。欲静居兮自娱，心愁戚兮不能⑫。放余辔兮策驷⑬，忽飚腾兮浮云。蹠飞杭兮越海⑭，从安期兮蓬莱⑮。缘天梯兮北上，登太一兮玉台⑯。使素女兮鼓簧⑰，乘戈龢兮讴谣⑱。声噭誂兮清和⑲，音晏衍兮要婬⑳。咸欣欣兮酣乐㉑，余眷眷兮独悲㉒。顾章华兮太息㉓，志恋恋兮依依。

【注释】

　　①从容：舒缓自得的样子。②迫：迫于，受逼迫。中国：国家状况。迮陿（zé xiá）：狭小、狭窄，这里指环境险恶。③九夷：古时对东方少数民族的统称，亦指其所居之地。④五岭：山名，在今两广与湖南、江西交界一带，是长江和珠江的分水岭。嵯峨：崇山峻岭，形容山势高峻的样子。⑤浮石：东海一座山的名字。崔嵬（wéi）：形容山势高耸入云的样子。⑥陟（zhì）：登高。丹山：古时南方一座山的名字。炎野：古时南方一个地名。⑦屯：停下，止步。黄支：古时南方一个国家的名字。⑧祝融：古代传说中的火神。稽疑：决断疑事，解答疑问。⑨嘉：夸奖。无为：不特意为之，一切顺其自然的意思。⑩回揭（qiè）：转身离去。⑪孈（xié）：北方一个神的名

字。宴娭(xī)：宴饮嬉乐。⑫愁感：忧愁感伤。⑬辔(pèi)：驾驭马的缰绳。驷：古代一车套四马，因以称驾四马的车或一车所驾的四马。⑭蹠(zhí)：跳上，乘上。飞杭：飞船。⑮安期：神仙的名字，亦称"安期生""安其生"。蓬莱：神话中仙人居住的地方。⑯太一：神仙的名字。玉台：神仙太一居住的地方。⑰素女：神仙的名字，擅长音乐的女神。⑱乘戈：传说中仙人的名字。龢：同"和"，唱和。讴谣：歌唱。⑲嗷誂(jiào diào)：声音妖媚动听。清和：清亮和谐。⑳晏衍：旋律优美。要婬(yín)：舞容柔美妖冶的样子。婬，通"淫"。㉑咸：皆，都。欣欣：欢乐的样子。酣乐：陶醉。㉒眷眷：形容依依不舍的样子。㉓顾：看。章华：号称"天下第一台"，春秋时楚灵王所造。太息：长长叹息。

【译文】

姑且舒缓自得自我安慰，抚琴看书自娱自乐。迫于国内险临险恶，我将前往东方九夷。超越五岭高峻巍峨，观览浮石高竿入云。登上丹山奔向炎野，停车休整在黄支古国。询问火神祝融决断疑事，他夸奖我的行为顺其自然。于是返回到了北方，遇到神嬺相宴饮嬉戏。想要安静下来自娱自乐，心中悲愁怎么都做不到。放开缰绳鞭打快马，转瞬飞腾而上到达浮云。乘坐飞船渡过大海，跟随仙人安期来到蓬莱仙山。攀援天梯扶摇北上，攀附太一啊白玉高台。命令神仙素女吹奏笙竽，仙人乘戈伴唱歌声缭绕。歌声高亢音调清柔，旋律悠长舞姿柔美。

众人欢乐陶醉其中，我却眷恋故国独自悲伤。俯视章华长长叹息，恋恋不舍归情依依。

哀岁

【题解】

"哀岁",即哀叹岁月的流逝和年华的远去。本篇与《伤时》的写法相似,有着同样肃杀的季节背景。本篇通过对萧瑟秋季的描写,暗指屈原被逐后,满腹才华和报国之心无处施展的惆怅和无奈。秋季的肃杀,犹如屈原所处的险恶环境,使他深陷其中无处躲藏,只有哀叹连连而无计可施,在不断流逝的岁月和国家的愈加衰败中痛苦不堪。

【原典】

旻天兮清凉①,玄气兮高朗②。北风兮潦冽③,草木兮苍唐④。蚏蚗兮嗷嗷⑤,蝍蛆兮穰穰⑥。岁忽忽兮惟暮,余感时兮凄怆⑦。伤俗兮泥浊,曚蔽兮不章⑧。宝彼兮沙砾,捐此兮夜光⑨。椒瑛兮涅污⑩,葈耳兮充房⑪。摄衣兮缓带⑫,操我兮墨阳⑬。升车兮命仆,将驰兮四荒⑭。下堂兮见虿⑮,出门兮触蜂。巷有兮蚰蜒⑯,邑多兮螳螂。睹斯兮嫉贼⑰,心为兮切伤。

【注释】

①旻(mín):天空,通常是指秋季的天空。②玄气:大自然的气候。③潦冽(liáo liè):寒冷凛冽的样子。④苍唐:指秋季万物凋零时的衰败景象。⑤蚏蚗(yī jué):蝉的一种。嗷嗷(jiāo):昆虫的叫声。⑥蝍蛆(jí qū):蟋蟀或蜈蚣。穰穰(rǎng):原指五谷丰登,这里指虫子密集、多的意思。⑦凄怆:悲伤。⑧曚蔽:同"蒙蔽",遮住看不清楚。不章:辩不明白。⑨捐:丢弃。夜光:明珠。⑩椒瑛(yīng):比喻贤德之人。椒,香木。瑛,美玉。

涅（niè）污：染污。⑪葸（xǐ）耳：苍耳，一种草本植物，在这里比喻奸佞小人。充房：充满房间，这里指到处都是。⑫摄：整理。缓：使……松。⑬操：手持。墨阳：古代一种宝剑的名字。⑭四荒：四面无人，偏僻荒凉的地方。⑮虿（chài）：古书上的一种毒虫。⑯蚰蜒（yóu yán）：一种生活在阴湿地方的虫子。⑰嫉贼：痛恨奸佞小人。嫉，痛恨。贼，危害社会的人。

【译文】

秋天天气渐渐清凉，晴空万里天气明朗。北方寒风萧瑟凄凉，花草树木凋零枯黄。寒蝉嚯嚯叫得发慌，蟋蟀蜈蚣多得纷纷攘攘。时光飞逝一年又尽，感慨岁月心中悲伤。哀伤世俗混乱污浊，贤才蒙蔽不辨真相。沙子碎石被当宝贝，夜光明珠却被弃一旁。花椒美石被污泥污染，恶草苍耳却堆满房。整理衣冠放宽衣带，手持宝剑出门远行。命令仆从备好车驾，将要驰向荒凉四方。走下台阶看见了毒虿，走出房门遇上了马蜂。街巷里面密布着蚰蜒，城镇里面爬满了螳螂。看到这些令人痛恨的奸佞小人，气愤填膺满腹痛伤。

【原典】

俛念兮子胥①，仰怜兮比干。投剑兮脱冕，龙屈兮蜿蟺②。潜藏兮山泽，匍匐兮丛攒③。窥见兮溪涧，流水兮沄沄④。鼋鼍兮欣欣⑤，鱣鲇兮延延⑥。群行兮上下，骈罗兮列陈⑦。自恨兮无友，特处兮茕茕。冬夜兮陶陶⑧，雨雪兮冥冥。神光兮颎颎⑨，鬼火兮荧荧⑩。修德兮困控⑪，愁不聊兮遑生⑫。忧纡兮郁郁⑬，恶所兮写情⑭。

【注释】

①俛：同"俯"，低头。②龙屈：像龙一样屈曲。蜿蝼（zhuān）：弯曲而不能伸展的样子。③丛攒（cuán）：罗列分布，这里指草木丛生的地方。④沄沄（yún）：形容水流回旋汹涌的样子。⑤鼋鼍（yuán tuó）：鳖和鳄鱼。欣欣：悠然自得的样子。⑥鱣（shàn）：一说为鲤鱼、鲟鱼之类的大鱼。鲇（nián）：鲇鱼。延延：形容游来游去的样子。⑦骈（pián）罗：整齐地排列。⑧陶陶：形容漫长的样子。⑨颎颎（jiǒng）：同"炯炯"，光明的样子。⑩荧荧：微光闪烁的样子。⑪修德：修养德行。困控：没有人带着引进。⑫聊：开心，快乐。遑生：如何为生。⑬忧纡：忧思郁结。⑭恶（wū）所：何所，何处。写情：宣泄、排解感情。

【译文】

低头思念伍子胥，仰天长叹怜悯比干。扔掉利剑脱下帽冠，暂且屈曲不再伸张。隐藏荒山隐居水泽，匍匐丛林在草木莽莽中。远远看见山间溪流，水流回旋汹涌奔流。大鳖鼍龙悠然自得，鱣鱼、鲇鱼聚集在一起。上上下下成群游动，并列分布排列成行。可恨自己没有朋友，独自一人独凄凉孤苦。寒冬夜漫长实在难熬，雨雪纷飞昏暗无光。荒野神光炯炯闪亮，山中鬼火闪烁点点。德行美好却无人引进，忧愁难解又何以为生。忧思郁积愁绪萦绕，何处宣泄我的心绪？

守志

【题解】

"守志",这里指恪守志向,实现理想。本篇是一首有着神话色彩的游仙诗,写屈原在遭到流放后仍然坚守志节,不同流合污。文中先写了主人公因不满现状而远飞仙界;接着写到了在仙界与前朝圣贤、天上星宿同游交谈的愉快场景;最后写他辅助天地建立功勋,得到了精神上的满足。整篇彰显着坚强向上的乐观精神,乱辞部分描绘的君明臣贤、政清民安的美好画卷,展示了作者对屈原所处黑暗时世的愤慨和同情,借想象来替屈原完成美政的理想,体现了其对屈原的敬佩与欣赏。

【原典】

陟玉峦兮逍遥①,览高冈兮峣峣②。桂树列兮纷敷③,吐紫华兮布条④。实孔鸾兮所居⑤,今其集兮惟鸮⑥。乌鹊惊兮哑哑⑦,余顾瞻兮怊怊⑧。彼日月兮暗昧⑨,障覆天兮浸氛⑩。伊我后兮不聪⑪,焉陈诚兮效忠⑫。擥羽翮兮超俗⑬,游陶遨兮养神⑭。乘六蛟兮蜿蝉⑮,遂驰骋兮升云。

【注释】

①陟(zhì):由低处向高处走。玉峦:即玉山。②峣峣(yáo):形容山势高大的样子。③纷敷(fū):形容分布错杂的样子。④紫华:紫色的花。华,同"花"。布条:枝条摇曳。⑤实:相当于"是",此,这。孔鸾:孔雀和鸾鸟。⑥惟:只有。鸮(xiāo):同"枭",猫头鹰。⑦乌鹊:乌鸦和喜鹊。哑哑(yā):乌鸦叫声。⑧怊怊(chāo):惆怅,怅惘。⑨暗昧:昏暗无光。⑩浸(jìn)

氛：不详的气氛。⑪伊：句首助词。后：君主，君王。不聪：不明白。⑫焉：怎么，如何能。⑬摅(shū)：同"舒"，舒展的意思。羽翮(hé)：翅膀。⑭游陶：无牵无挂。养神：养足精神。⑮六蛟：六龙。蛟，古代传说中的龙类动物。蜿蝉(wān shàn)：蛟龙蜿蜒盘旋的样子。

【译文】

登上玉山独自徜徉，看见山冈高大巍峨。桂树成行分布错杂，紫花开放枝条舒展。原是孔雀凤凰栖息的地方，如今聚集的却是鸱鸮。乌鸦、喜鹊受惊哑哑直叫，我见此情景不禁内心悲伤。看那太阳月亮昏暗无光，妖气蔽天不吉祥。我的君王受蒙蔽看不清楚，如何表明心志报效忠诚？展翅高飞离开俗世界，尽情遨游怡养精神。乘上六龙盘旋而行，驰骋而上直达云霄。

【原典】

扬彗光兮为旗①，秉电策兮为鞭②。朝晨发兮鄢郢，食时至兮增泉③。绕曲阿兮北次，造我车兮南端。谒玄黄兮纳贽④，

崇忠贞兮弥坚⑤。历九宫兮遍观⑥，睹秘藏兮宝珍⑦。就傅说兮骑龙⑧，与织女兮合婚⑨。举天罼兮掩邪⑩，彀天弧兮射奸⑪。随真人兮翱翔⑫，食元气兮长存⑬。望太微兮穆穆⑭，睨三阶兮炳分⑮。相辅政兮成化⑯，建烈业兮垂勋⑰。目瞥瞥兮西没⑱，道遐迴兮阻叹⑲。志稸积兮未通⑳，怅敞罔兮自怜㉑。

【注释】

①彗光：彗星之光。②电策：电光，这里形容闪电的形状。电，闪电。策，鞭子。③食时：用膳的时候，这里特指进早餐的时刻。增泉：这里指银河。④玄黄：天地之神。纳贽（zhì）：初次拜见长者时馈赠礼物。⑤崇：崇尚，尊尚。弥坚：异常坚定。⑥九宫：这里指天宫。⑦秘藏：这里指隐藏或珍藏的大宗之物。⑧傅说（yuè）：人名，殷王武丁贤相，相传死后为辰宿。⑨织女：星名，在天琴星座。合婚：通婚。⑩天罼（bì）：星名，即天毕，因其形似罗网而得名。掩邪：将邪恶之人一网打尽。⑪彀（gòu）：张满的弓。天弧：星名，形状像箭搭在弓

上，所以叫弧矢。⑫真人：道家称存养本性或修真得道的人，亦泛称"成仙"之人。⑬元气：神仙家、方士服食导引术所用术语，指阴阳混一之气。⑭太微：太微星。穆穆：肃敬威严的样子。⑮三阶：星名。炳分："缤纷"之音变，光彩夺目。⑯成化：实现教化，育化众人。⑰烈业：显赫的业绩。垂勋：遗留功勋于后世。⑱目：太阳。瞥瞥：突然，表示很快。⑲邅迴：特别遥远的距离。⑳稸（xù）积：压抑，难以发挥。未通：没有实现。㉑敽罔：惆怅失意的样子。

【译文】

扬起彗星的光作旗帜，抓起闪电当马鞭。清晨出发于故乡郢都，早餐时分到达银河之滨。绕过曲阿山在北方住宿，接着驾车赶往南边。拜见天地之神送上礼物，崇尚贤良之人更加坚定。经过帝宫到四处去看，奇珍异宝尽收眼底。走近傅说骑苍龙，又与织女结下姻缘。高举天网消灭奸佞，拉满天弓射死奸佞。跟随仙人翱翔太空，吸食天地元气以求万古长存。望见太微星肃穆庄严，看见三台星光辉灿烂。它们好像在辅助君主育化万民，立下显赫业绩和不朽功勋。太阳转眼向西方下沉，前方道路遥远阻隔重重。壮志满腔未能实现，惆怅迷惘自怜自叹。

【原典】

乱曰：天庭明兮云霓藏，三光朗兮镜万方①。斥蜥蜴兮进龟龙②，策谋从兮翼机衡③。配稷契兮恢唐功④，嗟英俊兮未为双⑤。

【注释】

①三光：这里指日、月、星的光辉。镜：照耀。②斥：赶走。蜥蜴：一种爬行动物，这里比喻那些奸臣小人。龟龙：灵物，比喻忠良之士。③翼：辅助，辅佐。机衡：北斗七星中第三星璇玑与第五星玉衡的并称，也代指北斗。④配：相匹配，比得上。稷：指后稷，唐尧时的贤臣之一。契：商险阻，也是贤臣。恢：洪大，宽广。唐：唐尧。⑤嗟：感叹，赞叹。英俊：英武贤能。为双：独一无二，无人相比。

【译文】

尾声：天庭清明云霓深藏，三光明朗照耀四方。斥退奸佞的蜥蜴请来忠良龟龙，听从他们的出谋划策定国安邦。比得上后稷、契的德行啊发扬唐尧的功绩，赞叹今世英武贤能无人与您相匹配。

参考文献

[1] 林家骊译注. 楚辞[M]北京：中华书局，2015.
[2] 董楚平译注. 楚辞译注[M]上海：上海古籍出版社，2014.
[3] 亦文译注. 楚辞：精装典藏本[M]北京：中国画报出版社，2014.
[4]（战国）屈原，宋玉著；吴广平译注. 楚辞[M]长沙：岳麓书社，2011.
[5] 詹杭伦，张向荣著. 楚辞解读[M]北京：中国人民大学出版社，2008.
[6] 汤漳平译注. 楚辞评注[M]上海：上海三联书店，2014.